A senhora de Silver Bush

LUCY MAUD MONTGOMERY

A senhora de Silver Bush

Tradução: Thalita Uba

Principis

Esta é uma publicação Principis, selo exclusivo da Ciranda Cultural
© 2021 Ciranda Cultural Editora e Distribuidora Ltda.

Traduzido do original em inglês
Mistress Pat

Texto
Lucy Maud Montgomery

Tradução
Thalita Uba

Preparação
Cleusa S. Quadros

Revisão
Catrina do Carmo

Produção editorial
Ciranda Cultural

Diagramação
Linea Editora

Design de capa
Ciranda Cultural

Imagens
John Rawsterne/shutterstock.com;
Pavel K/shutterstock.com;
greenga/shutterstock.com;
Ardea-studio/shutterstock.com;
alaver/shutterstock.com

Dados Internacionais de Catalogação na Publicação (CIP) de acordo com ISBD

M787s	Montgomery, Lucy Maud
	A senhora de Silver Bush / Lucy Maud Montgomery ; traduzido por Thalita Uba. - Jandira : Principis, 2021.
	416 p.; 15,5cm x 22,6cm. - (Clássicos da literatura mundial; v.2)
	Tradução de: Mistress Pat
	ISBN: 978-65-5552-363-8
	1. Literatura infantojuvenil. 2. Literatura canadense. I. Uba, Thalita. II. Título. III. Série.
	CDD 028.5
2021-1032	CDU 82-93

Elaborado por Vagner Rodolfo da Silva - CRB-8/9410

Índice para catálogo sistemático:
1. Literatura infantojuvenil 028.5
2. Literatura infantojuvenil 82-93

1ª edição em 2021
www.cirandacultural.com.br

Sumário

O primeiro ano

Capítulo 1

Havia centenas de árvores, grandes e pequenas, na fazenda de Silver Bush, e cada uma era amiga pessoal de Pat. Era angustiante, para ela, quando uma – até mesmo algum abeto velho e nodoso no bosque dos fundos – era cortada. Ninguém jamais conseguira convencer Pat de que cortar uma árvore não era um assassinato… Um homicídio justificável, talvez, já que era necessário ter lenha e acender o fogo, mas um homicídio, de toda forma.

E nenhuma árvore jamais fora cortada na mata de bétulas-brancas atrás da casa. Isso seria um sacrilégio. Ocasionalmente, uma ou outra após uma tempestade de outono, e Pat lamentava o fato até que a falecida se transformasse em um lindo tronco coberto de musgo e com samambaias crescendo em tufos grossos por todo ele.

Todos em Silver Bush amavam o bosque de bétulas, embora ele não representasse para ninguém o que significava para Pat. Para ela, era um ser vivo. Ela não apenas conhecia as bétulas, como elas a conheciam; os refúgios perfumados pelas samambaias, permeados por sombras, a conheciam; o vento nos galhos sempre lhe fazia uma saudação calorosa. Desde que se entendia por gente, rincava naquele bosque, passeava por ele e nele sonhava. Não conseguia se lembrar se houve algum momento em que ele não levasse sua imaginação a um estado de transe e dominasse a sua vida. Na infância, costumava ser povoado pelos leprechauns e duendes das histórias de Judy Plum, e agora que aquelas crenças adoráveis e saudosas haviam se afastado dela como almas penadas distantes e afáveis, porém sua velha magia ainda assombrava o bosque branco. Ele nunca seria para Pat meramente o bosque comum de árvores de troncos brancos e fendas frondosas que era para qualquer pessoa. Por outro lado, Pat, pelo que sua família sempre disse, também se divergia um pouquinho das demais pessoas. Quando criança tinha olhos enormes… Depois, no início da adolescência, era uma diabrete amorenada e magricela… E continuava diferente agora que estava com 20 anos e deveria, como Judy Plum achava, ter alguns pretendentes.

Houve um ou outro garoto no passado de Pat, mas Judy os considerava meros experimentos. Pat, no entanto, não parecia querer qualquer namorado, a despeito das insinuações indiretas de Judy. Tudo o que realmente queria, ou deixava transparecer, era administrar Silver Bush e cuidar de sua mãe – que era um tanto inválida – e garantir que a menor quantidade possível de mudanças acontecesse por lá. Se pudesse fazer um pedido a uma fada, seria por uma vara de condão para garantir que tudo continuasse exatamente igual por, pelo menos, cem anos.

Ela adorava sua casa com fervor. Era extremamente leal a ela… Aos seus defeitos tanto quanto às suas virtudes… Embora nunca fosse admitir que houvesse qualquer defeito. Cada detalhe da propriedade conferia a Pat uma alegria imensa. Quando se ausentava para fazer uma visita, morria de saudade até poder voltar.

– Silver Bush não é a casa dela… É a sua religião – comentara tio Brian certa vez, provocativamente.

Cada cômodo significava alguma coisa…Portava alguma mensagem vital para ela. A dela tinha aquela aparência que as casas costumam ter quando são amadas por anos. Era uma casa onde ninguém jamais parecia estar com pressa… Onde ninguém jamais ia embora sem se sentir melhor de alguma forma… Um lugar onde sempre havia riso e ele abundou tanto em Silver Bush que as próprias paredes pareciam tomadas por ele. Era uma casa onde você se sentia bem-vindo no instante em que pisava nela. Ela o acolhia… Relaxava. As próprias cadeiras clamavam para serem ocupadas de tão hospitaleiras. E a propriedade era repleta de gatos lindos… Camaradas gorduchos e fofos estendidos no parapeito das janelas ou amontoados de filhotes macios como seda dormindo nas lajes quentes de arenito do antigo cemitério da família, além do pomar. As pessoas vinham de toda a Ilha para adotar um gato de Silver Bush. Pat odiava doá-los, mas, é claro, algo precisava ser feito, visto que as ninhadas nunca paravam de chegar.

– Tom Baker veio buscar um gatinhu hoje – comentou Judy. – "Di qui raça é?", ele perguntou, todo solene. Os Baker nunca tiveram muito tutano. – "Nossus gatus são gatus comuns, desses di jardim" –, eu respondi. – "Mas nós damos um bom lar para eles e cunversamus cum eles di vez im quandu, e qualquer gatu di respeitu gosta qui cunversem cum ele" – eu dissi –, "fazenu um elogiu aqui e ali. Intão eles dão u milhor delis para genti, inquantu são filhotis e também dipois. Pur certu, eu já nem sei mais qual é a aparência dum ratu" –, eu dissi. Eu num tava cum muita vontadi di dar u filhoti para eli. Eles vão tratar u bichu bem, num tenhu dúvida, mas nunca vão si lembrar di passar um tempu cum eli.

– Nossos gatos nos dominam, afinal de contas – observou Naninha preguiçosamente. – Tia Edith diz que é absurda a forma como nós os mimamos. Ela fala que existem muitos pobres cristãos que não têm a vida que nossos gatos têm e acha horroroso o fato de permitirmos que durmam no pé da nossa cama.

– Ora, ora, vê só, vucê deixou u Cavalheiru Tom zangadu – disse Judy, repreensivamente. – Gatus sempre sabem u qui a genti tá falanu delis. E u Cavalheiru Tom é um bichu sensível.

Naninha, distraidamente, observou o Cavalheiro Tom – um gato preto magricelo de Judy que era tão velho que se esquecera de morrer – afastar-se indignado por entre as samambaias da trilha. Pat, Judy e ela estavam passando o fim de tarde de verão no bosque branco. Tinham adquirido o hábito de cumprir seus afazeres ali, onde a música dos pássaros ocasionalmente invadia o silêncio das folhas ou um esquilo tagarelava ou o vento da mata tecia seus feitiços murmurantes. Pat ia lá para escrever suas cartas, e Naninha estudava suas lições. Volta e meia, sua mãe levava as agulhas para tricotar. Era um lugar adorável para se trabalhar... Embora Naninha tivesse dificuldade para se concentrar ali, geralmente deixava o trabalho para Pat e Judy. Essa estava sentada em um tronco musgoso, descaroçando cerejas para fazer compotas, e aquela estava fazendo novas cortinas verde-maçã para a sala de jantar. Naninha, tendo concluído que aquele era um assento digno de uma verdadeira dama, colocou as mãos para trás, sobre a grama, e apoiou-se nelas, olhando para as nuances opala do céu por entre a copa das árvores.

– O Bravo-e-Feroz não vai embora – concluiu ela. – Ele não é tão sensível assim.

– Ora, ora, num tem cumo maguar us sentimentus daquele gatu, pur-que ele num tem sentimentu nenhum – respondeu Judy, lançando um olhar um tanto desdenhoso para o grande gato cinza sentado no tronco ao lado de Pat, piscando os olhos verdes-claros, com um filete negro no centro, para o cachorro esguio de pelos castanho-dourados que estava alegremente roendo um osso bastante malcheiroso atrás do tronco, ocasionalmente pausando para fitar o rosto de Pat com um misto de adoração e melancolia.

Bravo-e-Feroz sempre considerara "o cão McGinty", como Judy o chamava, um intruso. Hilary Gordon o deixara com Pat há quase dois anos, quando foi para a faculdade em Toronto. No início, o coração de McGinty quase se partiu, mas ele sabia que Pat o amava e, eventualmente, animou--se um pouco e retribuiu Bravo-e-Feroz na mesma moeda. Uma trégua armada existia entre os dois, pois Bravo-e-Feroz não tinha se esquecido do que Pat fizera com ele no dia em que tinha arranhado o focinho de McGinty, que viveria sempre em termos amigáveis, mas Bravo-e-Feroz simplesmente não aceitava.

– Ora, ora, cum todas essas cerejas para serem discaroçadas antis da janta, eu realmenti quiria ter um fantasma daquele qui eles custumavam ter lá nu Castelu di McDermott antigamenti – disse Judy, suspirando exageradamente. – Aquele era um belu dum fantasma... Uma criatura ixtremamenti útil e trabalhadora. Vucês num iam acreditar nas coisas qui ele fazia... Mexia o angu, discascava as batatas, pulia a prataria... Ele num si poupava di nada. Foi uma pena u dia im qui u velhu lorde deixou um dinheirinhu para ele nu balcão da cuzinha, dizenu qui u trabalhador tinha feitu pur merecer. Ele nunca mais voltou... Deve di ter ficadu ofendidu. Ora, ora, McDermontt teve di contratar mais uma criada. Nunca si sabi comu si devi agir quandu si trata dessas criaturas. Pur certu, essa é a disvantagem dus fantasmas. Alguns teriam ficadu ofendidu si num recebessem um agradecimentu. Mas um fantasma daqueles seria uma mão na roda di vez im quandu aqui im Silver Bush, num seria, Naninha, quirida?

Por sorte, Judy não percebeu Pat e Naninha trocando sorrisos. Elas compartilhavam da alegria que era ouvir as histórias de Judy – uma diversão que havia substituído a credulidade do início da infância. Houve um tempo em que tanto Pat quanto Naninha teriam acreditado implicitamente no laborioso fantasma de McDermott.

– Judy, se essa história foi uma indireta delicada para que eu me mexa e ajude você com essas cerejas, não vou sucumbir – respondeu Naninha com um sorriso. – Detesto costurar e fazer compotas. Pat é quem tem o dom doméstico… Eu, não. Quando estou aqui, gosto de simplesmente me acomodar na grama e ouvir vocês conversarem. Estou usando meu vestido azul, e o suco da cereja mancha. Além disso, de vez em quando, sinto dores no estômago, de verdade.

– Si vucê vai cumer aquelas maçãzinhas verdis, vai ter qui aguentar as dores di barriga – retrucou Judy, demonstrando o princípio de causa e efeito sem remorso algum. – Mas quandu eu era nova, num era di bom tom ficar falanu sobre u qui si passa dentru du corpu tão abertamenti, Naninha.

– Vocês continuam me chamando de "Naninha" – lamentou, amuada. – Já pedi para pararem, mas ninguém para. Fora de casa, sou a Rae… Eu gosto disso, mas aqui, em Silver Bush, todo mundo fica me chamando de "Naninha". É tão… tão infantil… agora que tenho 13 anos.

– É mesmo, Naninha, quirida – concordou Judy. – Mas eu tô ve- lha dimais para aprender nomes novus. Achu qui vucê sempre vai ser "Naninha" para mim. E qui pandemônio foi para achar um nome para vucê! Vucê si lembra, Pat? E cumo vucê ficou chatiada purque eu fui procurar pur um bebê no canteiru di salsinha na noiti im qui a Naninha nasceu? Ora, ora, aquela foi uma noiti terrível im Silver Bush! Achamus qui a tua mãe num ia sobreviver, Patsy, quirida. E pensar qui já faz 13 anos!

– Eu me lembro de como a lua estava grande e vermelha àquela noite, erguendo-se sobre o Morro da Névoa – lembrou Pat, sonhadoramente. – Ah, Judy, você sabia que um raio atingiu o álamo do meio no Morro da Névoa na semana passada? Ele morreu e precisou ser cortado. Não sei como eu consegui suportar. Sempre amei tanto aquelas três árvores. Desde que me entendo por gente… Não, McGinty, não faça isso! Sei que é uma tentação quando o rabo dele fica balançando assim… Isso mesmo, Bravo-e-Feroz, erga esse rabo. E aliás, Bravo-e-Feroz, você não precisa… Você realmente não precisa… levar mais ratos mortos para a minha cama no início da manhã. Eu vou continuar acreditando que você os caçou.

– Us gritus qui ele dá inquantu leva um lá para cima! – exclamou Judy. – Seria di partir u curação si ele num pudesse mostrar para vucê.

– Pensei que você tivesse dito, agora mesmo, que ele não tinha sentimentos – ponderou Naninha, rindo.

Judy a ignorou e se voltou para Pat.

– Vamus fazer um pudim di cereja para amanhã, Patsy?

– Sim, acho que sim. Ah, lembra-se de como Joe adorava pudins de cereja?

– Ora, ora, tem muita coisa qui eu já mi isqueci sobre o Joe, Patsy, quirida. A última carta deli foi di Xangai? Achu qui aquélis chinesis amarelus num intendem nada sobre fazer pudim di cereja. Ou pudim di ameixa. Vamus fazer um nu Natal, quandu u Joe tiver im casa.

– Fico me perguntando se ele realmente virá – disse Pat, suspirando. – Ele nunca passou o Natal em casa desde que partiu. Sempre planeja vir, mas algo sempre o impede.

– Trix Binnie disse que Joe fez uma tatuagem no nariz e é por isso que ele não vem para casa – comentou Naninha. – Ela disse que o capitão Dave Binnie o viu ano passado em Buenos Aires e não o reconheceu, de tão horrível que estava. Vocês acham que isso pode ser verdade?

– Não si foi um Binnie qui contou – respondeu Judy raivosamente. – Num si preocupa, não, Naninha.

– Ah, não estou preocupada. Eu até gostaria que fosse verdade. Se ele se tatuou, vou pedir para que me tatue também quando vier para casa.

Simplesmente não havia nada a se responder àquilo. Judy voltou-se novamente para Pat.

– Até o Natal, ele vai ser capitão, num foi o qui eli dissi? Ora, ora, essi garotu chegou longi! Eli vai ser um ano mais novo qui o teu tio Horace quandu cunsiguiu seu primeiru naviu. Eu mi lembru bem di quandu eli veiu para casa, naqueli verão e trouxe u macacu juntu.

– Um macaco?

– Tô falanu. O bichu tomou conta. Tua pobre avó quasi arrancou os cabelus. I u velhu Jim Appleby, qui nunca foi cunhecidu pela sobriedadi, veio até Silver Bush para comprar uns porcus, e u macacu du teu tio Horace tava saltitanu na cerca du chiqueiru bem dispreocupadu. Teu avô dissi qui u velhu Jim ficou brancu... Excetu pelu nariz... I dissi: "Eu inlouquici! A mãe sempre dissi qui ia acuntecer e acunteceu! Nunca mais vou tocar em uma gota di álcool". E eli mantevi a prumessa pur dois mesis, mas ficou tão ranzinza i irritanti qui a família ficou toda filiz quandu eli isqueceu u macacu. Asenhora Jim chegou a falar qui gostaria qui u Horace Gardiner mantivessi seus bichus presus. Si u Jim vier, vai ser uma bela duma reunião, Patsy.

– Sim. Winnie e Frank virão, e estaremos todos juntos de novo. Precisamos planejar tudo um dia desses. Adoro planejar as coisas.

– Tia Edith diz que não há sentido em fazer planos, porque sempre acontece algo para arruiná-los – comentou Naninha tristemente.

– Jamais acredite nissu, meu tesouru. Di toda forma, i si forem arruinadus? Vucê vai ter si divertidu planejanu du mesmu jeitu. Num deixa qui a tia Edith transformi vucê im uma... Im uma... Cumu é mesmu qui u Sidchama?

– Pessimista.

– Ora, ora, essa num parece ser uma palavra qui ela diria! Infim, num deixi qui ela transformi vucê nissu. Mesmu si u meu quiridu Joe num vier para casa, tem a Winnie e o Frank e a família da tia Hazel, e todus us pirus qui a genti vai assar para u almoçu tão impuleiradus na cerca atrás du celeiru-igreja neste exatu minutu, crescenu qui uma beleza. I a Pat aqui tá guardanu um monti di receitas e cardápius das revistas. Ora, ora, tô achanu qui us preparativus vão ser grandiosus, i a minha cara tia Edith num vai estragar tudu cum as lamúrias dela. É ressentida cum a vida, aquela lá. Patsy, vucê si lembra da viz im qui tava dançanu nua sob u luar i a tia Edith ti pegou nu flagra?

– Dançando nua? E você não me deixa nem usar shorts dentro de casa – protestou Naninha.

– E a família partiu meu coração me dando um gelo… – prosseguiu Pat, como se Naninha não tivesse dito coisa alguma. – Eles nunca souberam como aquilo foi cruel. Aí, à noite, você voltou para casa, Judy, e eu senti o cheiro do presunto frito!

– Pur certu, eu cumia bem qui só antigamenti, Patsy. Mas isperu qui ainda tenha tantu pela frenti quantu u qui já passou. I talvez, senhora Naninha… Qui eu divia tá chamanu di "Rachel"… Si vucê num vai mi ajudar a discaroçar as cerejas, pudia ir para cuzinha preparar uns bolinhus di mirtilu para janta. A Patsy vai querer terminar u bordadu dela, i o Siddy gosta tantu daquelis bolinhus…

– Farei isso – concordou Naninha. – Gosto de coisas de mirtilo. Ah, e vou até Bay Shore na semana que vem para colher mirtilos com Winnie. Ela disse que posso dormir em uma barraca na praia. Quero dormir uma noite ao ar livre aqui em Silver Bush. Podíamos pendurar uma rede naquelas duas grandes árvores ali. Seria divino. Judy, o tio Tom teve algum caso amoroso quando era jovem?

– Ora, ora, qui mudança mais brusca di assuntu! – reclamou Judy. – Eli certamenti si divertiu um bucadu com as mininas, cumu u restu dus garotus. Num sei pur quê nunca tevi algu sériu. U qui fez vucê pensar neli?

– Ele me pediu para enviar cartas para ele de Silverbridge três vezes este verão. Disse que o pessoal dos Correios de North Glen era enxerido demais. Estavam endereçadas a uma mulher.

Pat e Judy trocaram olhares perspicazes. Judy reprimiu a própria euforia e perguntou com uma indiferença cuidadosa.

– Vucê pur acasu reparou nu nomi da moça, Naninha, quirida?

– Ah, senhora Alguma-Coisa – respondeu Naninha, bocejando. – Já esqueci. Tio Tom estava tão vermelho e constrangido quando me pediu isso que fiquei me perguntando o que ele estaria aprontando.

– Teu tio Tom devi tá pertu dus 60 anos – refletiu Judy. – É bem a idadi im qui alguns homis acabam cainu nas graças di uma mulher pela sigunda vez. Mas cum a Edith paara mantê-lu na linha, eli num podi si aventurar muitu longe. Pur certu, agora mi lembru di cumu eli tava loucu para ir a Klondike quandu tevi aquela grandi febri du ouru... Ninguém pudia sigurar u homi. Mas a velha Edith cortou as asinhas deli, i achu qui eli nunca a perdoou pur issu. Ora, ora, todus nóis já tivemus sonhus qui nunca si tornaram realidadi. Quem dera eu pudessi ir lá para u Velhu Mundu agora para ver si u Castelu McDermott continua tão grandiosu quantu custumava ser. Mas nunca vai acuntecer.

– "Todo mortal tem sua Carcassona" – disse Pat, lembrando-se do poema de Gustave Nadaud que Hilary Gordon certa vez lera para ela.

Mas Naninha, sempre a mais prática, disse friamente:

– E por que não, Judy? Você poderia tirar alguns meses de folga qualquer verão desses, agora que já tenho idade suficiente para ajudar a Pat. A passagem de segunda classe não deve ser muito cara, e você poderia visitar todos os seus parentes de lá e passar uns dias maravilhosos.

Judy piscou como se alguém tivesse batido nela.

– Ora, ora, Naninha, quirida, pareci muitu racional quandu vucê coloca dessa forma. É di si admirar qui eu nunca tenha pensadu nissu antis. Mas num sou mais tão jovem quantu eu custumava ser... Eu tô ficanu velha para saracotiar pur aí.

– Você não está velha demais, Judy. Vá no próximo verão. Tudo que você precisa fazer é tomar a decisão.

– Ora, ora, tumar a decisão – diz ela. – Vai ixigir algumas atitudis, Naninha, quirida... I um bucadu di reflexão.

– Não pense... Apenas vá – respondeu Naninha, deitando-se de bruços e puxando as orelhas de McGinty. – Se pensar demais, nunca irá.

– Ora, ora, quandu eu tinha 13 anos, era tão sábia quantu vucê. Fui ficanu tola cum u passar du tempu – retrucou Judy sarcasticamente.

– Num dá para ir à Irlanda cumu si eu tivessi inu passiar im Silverbridge. I meus amigus di lá já tão tudu velhu… Duvidu qui mi reconheceriam, grisalha dessi jeitu, feitu uma curuja. Hoje é um descendenti qui vive nu Castelu di McDermontt, imaginu eu, qui eli fali inglês di verdadi. U velhu lordi tinha um sutaqui tão pesadu qui dava para mexer cum uma culher di pau.

– É incrível pensar que você já viveu em um castelo, Judy… E que servia um lorde. É ainda mais extraordinário do que se lembrar de que a prima de quarto grau da mãe se casou com um nobre. Será que um dia a veremos? Pat, vamos até lá um dia fazer uma visita à nossa amiga nobre.

– Receio que ela não saiba da nossa existência – respondeu Pat, sorrindo. – Uma prima de quarto grau é uma parente bem distante, e ela foi para a Inglaterra viver com a tia quando era bem pequena. A mãe a viu uma vez, contudo.

– Ora, ora, viu mesmu – reforçou Judy. – Ela fez uma visita a Bay Shore quandu tinha 10 anos, e todus vieram aqui para brincar cum as crianças daqui. Elis si divertiram um bucadu. Ela é isposa di um baroneti agora… Sir Charles Gresham… I a tia deli é casada cum um condi.

– É um conde daqueles com cinta e espada? – quis saber Naninha. – Um conde que ganhou esses símbolos do título é muito mais interessante que um que não ganhou.

– Ora, ora, eli tem tudo qui um condi divia ter. Num mi lembru mais qual era u título deli, mas era um nome bem aristocráticu. Saiu nus jornais, quandu a prima di vucês si casou. Lady Gresham num era novinha, mas ela fez bem im isperar. Ora, ora, nunca vou mi isquecer das tias de Bay Shore quandu as notícias chegaram. Elas num pudiam ficar mais orgulhosas du qui já eram, intão ficaram é bem humildis. "Num significa nada para genti, é claru", dissi a tia-avó Frances. "Ela é uma *lady* agora, i num vai recunhecer qualquer parentescu cum genti comum qui nem nóis." Ora, ora, ouvir Frances Selby chamanu a si mesma di "genti comum"!

– Trix Binnie diz que não acredita que Lady Gresham tenha qualquer laço de parentesco conosco – comentou Naninha, pegando um filhote de gato bege, com um rostinho parecido com um amor-perfeito amarelo, que tinha se aproximado por entre as samambaias e aninhando-o debaixo do queixo.

– Ela jamais acreditaria mesmu! Mas prima di quartu grau ela é, e foi u tiu dela, u bispu, qui foi acusadu di roubar umas peças di prata na noiti qui passou im Bay Shore.

– Roubar a prataria, Judy? – Pat nunca tinha ouvido falar daquela história, embora Judy contasse lendas de sua família desde sempre.

– Tô falanu. Vucê cunheci aquela iscova i aqueli penti di prata qui ficam nu quartu di hóspedi di Bay Shore, sem contar u ispelhinhu e us dois frascus di perfumi. Elas tinham u maior orgulhu daquelas peças. Nunca tiravam du armáriu para genti comum, mas um bispu era um bispu, i quandu eli subiu para u quartu, tava tudu à disposição deli, na pentiadeira. Ora, ora, só qui, na manhã siguinti, num tava mais lá. A tia-bisavó Hannah ficou di cabelu im pé… Issu foi bem antis di ela num cunsiguir mais sair da cama… I causou u maior alvoroçu. Ela si sentou i iscreveu uma carta perguntanu pru bispu u qui eli tinha feitu cum as peças. Eli respondeu: "Sou pobri, mas honestu. As peças tão na caixa das cubertas. Eram luxuosas demais para um humilde padri que nem eu usar, i fiquei com medo de que parte de mim pudesse acabar gostando daquilu". Ora, ora, as peças tavam mesmu im cima das cubertas, i a pobre tia-bisavó nunca mais foi a mesma, dipois di ter chegadu au pontu di acusar u bispu di ter roubadu. Patsy, quirida, pur falar im cartas, tinha alguma novidade naquela qui vucê recebeu du Jingle esta manhã, si é qui eu possu perguntar?

– Uma novidade bastante especial – contou Pat. – Eu esperei para lhe contar agora à tarde, quando estaríamos aqui. Hilary mandou um projeto de uma janela para uma grande competição… E ganhou o prêmio. Contra cento e sessenta competidores.

– É um rapaz isperto, aqueli Jingle...Vai ser uma minina di sorti, a qui laçar u moçu.

Pat ignorou aquele comentário. Ela não queria nada de Hilary Gordon além de sua amizade, mas também não gostava muito da ideia de haver uma "menina de sorte", independentemente de quem fosse.

– Hilary sempre fora afeiçoado a janelas. Todas às vezes que via uma que fugisse do comum, ficava eufórico. Aquela mansarda na casa da velha Mary McClenahan... Judy, você se lembra de quando nos mandou até lá para que ela nos ajudasse com seus poderes de bruxa a encontrar McGinty?

– E ela ajudou, num foi?

– Ela já sabia onde poderíamos encontrá-lo, de todo modo – disse Pat, suspirando. – Judy, a vida era muito mais divertida quando eu acreditava que ela era bruxa.

– Tô falanu. – Judy balançou a cabeça grisalha misteriosamente. – Quantu menus si acredita nas coisas, mais gelada é a vida. Essi bosqui, pur exemplu... Era mais bunitu quandu era cheiu di fadas, num era?

– Sim... De certa forma. Mas a magia delas continua pairando no ar, embora elas tenham partido.

– Ora, ora, vucê custumava acreditar nelas, é pur issu. Si vucê num acredita im criaturas fantásticas, elas num podem ixistir. É pur issu qui us adultus nunca conseguem vê-las – retorquiu Judy sabiamente. – Eu sintu pena das crianças qui nunca tiveram a chance di acreditar nas criaturas. Elas vão ser mais miseráveis duranti toda a vida pur causa dissu.

– Lembro-me de uma história que você me contou... De uma garotinha que estava brincando em um bosque como esse e foi atraída para o reino das criaturas fantásticas por uma música maravilhosa. Eu costumava perambular na ponta dos pés por aqui ao entardecer para tentar ouvi-la. Mas não acho que eu realmente quisesse ouvir... Receava que se fosse para o mundo fantástico nunca mais retornaria. E nenhum mundo das fadas poderia me satisfazer depois de Silver Bush.

Uma expressão que sempre fazia as pessoas pensarem que Pat estava se lembrando de algo maravilhoso surgiu nos olhos castanhos-dourados dela. Pat não era a beldade da família Gardiner, mas havia certa magia em seu rosto quando essa expressão surgia. Ela se levantou, dobrou o bordado e entrou em casa, seguida por McGinty. Os pintarroxos começavam a assobiar, e as nuvens acima do bosque estavam assumindo uma tonalidade rosada. As samambaias e os capins da trilha pareciam dourados sob a luz do sol poente. Bem longe, à direta, longas sombras rastejavam pelo pasto do morro. E, lá embaixo, nos campos dos vales, pairava a névoa azul que era um mar de agosto.

Sid estava no quintal tentando forçar um bezerro obstinado a mamar. Os dois patinhos de estimação de Naninha aproveitavam deitados ao lado do poço. Eles deveriam servir de oferenda no almoço do Dia de Ação de Graças, mas Judy ainda não tinha tido coragem de contar isso a Naninha. Alec Compridão estava podando os caules da aveia jovem. A mãe Gardiner, tendo despertado de sua soneca, estava no jardim, em meio às cravinas aveludadas. Um esquilo corria atrevidamente pelo telhado da cozinha. Seria uma bela e tranquila noite, daquelas que ela adorava, com tudo e todos de Silver Bush felizes. Pat amava ver coisas e pessoas felizes, ela tinha o dom de encontrar prazer nas pequeninas coisas – o mais invejável de todos. Os morcegos podiam aparecer após o nascer da lua, e a enorme e verdejante amplitude da fazenda se estenderia ao redor da casa que sempre lhe parecera mais uma pessoa do que uma casa.

– Pat é louca por Silver Bush, não é? – comentou, Naninha. – Acho que ela morreria se precisasse ir embora. Creio que nunca se casará, Judy, só por causa disso. Eu também amo Silver Bush, mas não quero passar a vida toda aqui. Quero sair... Viver aventuras... E ver o mundo. –

– Pur certu, num siria nada bom si tudo mundu quisessi ficar im casa – concordou Judy. – Mas a Patsy sempri levou Silver Bush nu curação... Bem lá nu fundu. Quandu ela tinha só 5 aninhus, um belu dia, perguntou para a mãe di vucês ondi Deus tava. E tua mãe dissi, cum toda delicadeza: "Ele tá im todu lugar, Patsy". "Todu lugar?", a Pat perguntou, cum us olhinhus tristonhus: "Eli num tem uma casa? Ah, mamãe, ficu cum tantu dó Deli". Já tinha ouvidu uma coisa dessas? Ter pena di Deus! Bom, essa era a minha piquena Pat. Naninha, quirida… – Judy baixou o tom de voz, como se estivesse conspirando, embora Pat não pudesse ouvi-las, já estava bem longe. – U Jem Robinson tem aparicidu cum frequência, num tem? Eli é um bom rapaz, ei só tem mais um anu di faculdadi para fazer. Vucê acha qui a Pat tem algum interessi pur eli?

– Tenho certeza que não, Judy. Embora ela afirme que os únicos obstáculos dele são: o fato de que ele precisa de costeletas e que nasceu uma geração atrasada. Eu a ouvi dizer isso para o Sid. O que ela quis dizer com isso, Judy?

– Só u Bom Home lá di Cima é qui sabi – grunhiu Judy. – Pur certu, Naninha, quirida, num tem problema algum im ser um pouquinhu ixigenti. As meninas de Silver Bush nunca foram comu as Binnie. "Olive tem um derriço para cada dia da semana", a senhora Binnie mi dissi uma vez, toda orgulhosa. "Intão ela si preocupa mais cum quantidadi du qui cum qualidadi", eu dissi. Mas i si vucês forem ixigentis dimais, eu ti perguntu?

– Ainda não tenho idade suficiente para ter namorados – respondeu Naninha –, mas espere até eu ter. Deve ser excitante, Judy, alguém lhe dizer que a ama.

– U velhu Tom Drinkwine já mi dissi issu uma vez, mas eu num sinti euforia ninhuma – comentou Judy pensativamente.

Capítulo 2

– Todos os meses são amigos meus, mas o das maçãs é o mais estimado – cantarolou Pat.

Era outubro em Silver Bush, e ela, Naninha e Judy colhiam maçãs na parte nova – que não era tão nova assim, visto que já tinha vinte anos de existência – do pomar todas as tardes. A antiga, no entanto, era muito mais velha, e as maçãs de lá eram, em sua maioria doces e dadas aos porcos. Às vezes, Alec Compridão Gardiner pensava que seria melhor arrancar tudo e fazer algo de realmente útil lá, mas Pat se recusava a ouvir a voz da razão quanto a isso. Ela gostava mais daquele espaço do que do novo. As árvores tinham sido plantadas pelo bisavô Gardiner, e o local era sombrio e misterioso, com tantos abetos antigos quanto macieiras, além de um cantinho especial onde gerações de gatos amados foram enterradas. Além disso, como Pat apontou, se a parte antiga fosse limpa, o cemitério ficaria exposto para o mundo todo ver, visto que era rodeada por três lados. Esse argumento havia feito Alec Compridão recuar. Ele se orgulhava, à sua maneira, do velho cemitério da família, onde ninguém mais era enterrado hoje em dia, mas muitos avôs e bisavôs de todos os graus de parentesco repousavam…Pois os Gardiner de Silver Bush eram pioneiros da Ilha do Príncipe Edward. Desse modo, essa parte fora poupada e, na primavera, ficava tão linda quanto a outra, quando as árvores nodosas brotavam novamente jovens e floridas por um breve período durante os dias doces e as noites frescas da primavera.

Aquela era uma tarde tão tranquila e encantadora, que Silver Bush também parecia tranquila e onírica. Pat pensava que a velha fazenda tinha um humor para cada hora e dia do ano. Uma hora, estava alegre… Em outra, melancólica… Em outra, amigável… Em outra, austera… Em outra, cinza… Em outra, dourada. Hoje, estava dourada. O Morro da Névoa havia enrolado um cachecol de neblina azul em seus ombros marrons e ainda era misteriosamente adorável, a despeito do álamo faltante. Atrás dele, um grande castelo de nuvem branca, com sombras malva, se erguia. Uma chuva delicada e fantasmagórica havia caído na noite anterior, e o aroma da pequena fissura no cemitério, repleta de samambaias geadas, pairava no ar. Os pastos estavam verdes para o outono. O quintal da cozinha todo tomado pelo dourado pálido dos álamos, e a granja dos perus quase se perdia em meio à brasa dos sumagres carmesim. As bétulas brancas, que alguma noiva já esquecida havia plantado ao longo da Whispering Lane, que ligava Silver Bush a Swallowfield, estavam âmbar, e o enorme bordo próximo ao poço era como uma chama vermelha. Quando Pat parava alguns minutos só para olhar para ele, ela sussurrava:

– O escarlate dos bordos em mim provoca um motim; como o ribombo de um clarim.

– U qui é qui vucê tá sussurranu para si mesma, Patsy? Pur certu, pode contar para mim, si for algum chisti. Vucê pareci qui tá si divertinu.

Pat ergueu as sobrancelhas como asinhas delgadas.

– É só o verso de um poema, Judy, e você não gosta muito de poesia.

– Ora, ora, poesia é interessanti, na hora i no lugar certus, mas num vai salvar as maçãs si cair uma giada forti uma noiti dessas. Istamos um pouquinhu atrasadas cum a colheita. I tem mais trabalhu du qui nunca para dar conta, agora qui teu pai comprou a velha propriedadi dus Adams para fazer pastu i vai cumeçar a criar gadu.

– Mas ele vai contratar um homem para ajudá-lo, Judy.

– Ora, ora, i quem é qui vai cuidar du home contratadu, eu ti perguntu? Eli vai precisar cumer, eu achu, i talvez pricisi qui lavi i custuri algumas coisas. Num tô reclamanu du trabalhu a mais, podi ter certeza. Mas nunca si sabi comu são essas pessoas qui a genti num cunheci. Já faz muitu tempu qui num temus ninguém novu aqui im Silver Bush, i vai ser uma mudança i tantu, comu vucê mesma dissi.

– Não me importo com mudanças que sejam consequentes de coisas agregadas, apenas com as provocadas pelas que se vão – explicou Pat, parando para jogar uma maçã podre em dois gatinhos que estavam se perseguindo entre os troncos das árvores. – E estou muito feliz porque o pai comprou a velha propriedade dos Adams. A ponte de pedras que eu e o Hilary construímos no Jordão e a fonte retirada agora pertencem a nós… Bem como felicidade.

– Ora, ora, i pensar qui a filicidadi foi comprada! – comentou Judy, rindo. – Eu num achava qui era pussível, Patsy.

– Judy, você não lembra que eu e Hilary chamávamos aquele pequeno morro perto da fonte retirada de "felicidade"? Costumávamos nos divertir tanto lá…

– Ah, eu lembru. Só tava brincanu cum vucê, Patsy, quirida. Pur certu, mi incomoda pensar qui qualquer pessoa puderia comprar filicidadi. Ora, ora, ixistem algumas coisas qui Deus guarda para Si mesmo, i essa é uma delas. Embora eu já tenha cunhecidu um homi na velha Irlanda qui tentou comprar a morte.

– Ele não poderia fazer isso, Judy – retrucou Pat, suspirando, lembrando-se do dia sombrio em que Bets, sua adorável e amada amiga de infância, falecera, deixando um vazio em sua vida que nunca mais fora preenchido.

– Mas eli tentou. I intão, quandu quiria a morti i rezava para qui ela viessi ela num vinha. "Não, não", a morte dizia, "tratu é tratu." Mas essi funcionáriu contratadu… Ondi é qui eli vai durmir? Issu tem mi incomodadu. Será qui teu pai vai querer passar u meu cafofu da cuzinha para eli i mi mudar para algum lugar im cima da iscada da frenti?

Judy não conseguiu evitar a ansiedade em sua voz. Pat sacudiu as esguias mãos morenas, que falavam com a mesma eloquência de seus lábios, para assegurar Judy.

– Não, de forma alguma, Judy. O pai sabe que o cafofo da cozinha é o seu reino. Ele vai arrumar aquele belo espaço em cima do celeiro para ele. Vai colocar um fogão, uma cama e uns móveis e vai ficar bem confortável. Ele pode passar as noites lá, enquanto estiver por aqui, não acha? O que tem me preocupado, Judy, é que talvez ele queira ficar pela cozinha e acabe arruinando nossas noites tão alegres.

– Ora, ora, eli vai si virar. – Judy ficou subitamente de bom humor. Ela abriria mão do cafofo da cozinha sem uma única palavra de protesto, se Alec Compridão assim decretasse, mas a mera ideia fazia seu coração doer. Ela dormia confortavelmente naquele quartinho há mais de quarenta anos. – Só ispero qui teu pai num contrati u Sim Ledbury. Eli tem sidu vistu pur aqui, pelu qui sei.

– Ah, o pai certamente não iria querer um Ledbury em casa – garantiu Naninha.

– Num si podi iscolher, Naninha. Essi é u problema. Mãu di obra ixterna tá im falta, i teu pai pricisa di um home qui intenda di vacas. U Sim pareci achar qui intendi. Mas ter um Ledbury cum livri acessu à minha cuzinha vai ser um ossu duru di ruer, cum aquela cara di defuntu deli i odianu gatus desdi qui nasceu. U Cavalheiro Tom deu uma única olhada para eli nu dia qui eli tevi aqui i logu disapareceu. Si cunsiguirmus arranjar um home qui seja bom para us gatus, vucês nunca vão mi ouvir reclamar deli, inquantu cumprir suas obrigações pela remuneração paga. Teu pai tem a reputação di nunca si deixar irritar pur coisa alguma, intão podi acabar senu passadu para trás. Mas vai ser u qui vai ser, i agora qui a genti terminou cum esta árvori, eu vou assar umas ameixas.

– Ficarei aqui fora até o sol se pôr. Acho, Judy, que quando eu ficar bem velhinha, vou simplesmente ficar sentada aproveitando o sol o tempo todo... Eu gosto tanto... Naninha, que tal voltarmos ao campo secreto antes do pôr do sol?

Naninha meneou a cabeça cheia de cachos castanho-dourados.

– Eu adoraria, mas torci o pé esta manhã e ainda está doendo. Vou me sentar no túmulo de Willy, o Chorão, no cemitério por um tempinho e devanear. Sinto-me tremeluzente hoje... Como se fosse feita de raios de sol.

Quando Naninha dizia coisas assim, Pat tinha a vaga sensação de que ela era bastante inteligente e deveria receber educação formal, se fosse possível. Mas era preciso admitir que, até então, Naninha parecia partilhar da indiferença da família pela educação. Ela preferia descaradamente "se divertir" e saltitava pela vida como um gato atrás de um rato.

Pat partiu em mais um de seus adorados passeios até o campo secreto... Aquele lugarzinho rodeado por árvores, bem no final da fazenda, que ela e Sid descobriram há tanto tempo, e que ela, ao menos, amava desde que encontraram. Quase todo domingo à noite, quando eles caminhavam pela fazenda, conversando e planejando – pois Sid estava se tornando um fazendeiro entusiástico –, acabavam no campo secreto, onde a grama nunca morria e que sempre provia uma safra maravilhosa de morangos silvestres. Sid prometera a ela que jamais araria aquele espaço. Era, de toda forma, pequeno demais para valer a pena cultivar. Além disso, se fosse arado, seria o fim dos famosos bolos de morango de Judy e das ainda mais deliciosas sobremesas que Pat fazia e chamava de "tortas cremosas de morango".

Era agradável ir lá com Sid, mas melhor ainda ir sozinha. Nesses momentos, não havia coisa alguma entre ela e a harmonia silenciosa e arrebatadora que partilhava com aquele lugar. O local mais solitário e belo da fazenda. Seu mero silêncio era amigável e parecia surgir do bosque ao redor como uma presença real. O vento nunca soprava lá, e a chuva e a neve caíam comedidamente. No verão, era como um poço de luz do sol; no inverno, um poço de gelo… Agora, no outono, era um poço de cor. Sombras almiscaradas e apimentadas pareciam pairar sobre as velhas cercas cinza. Pat sempre sentia que aquele campo sabia o quanto era belo e se regozijava nesse conhecimento. Ela permaneceu lá até o sol se pôr e, então, voltou lentamente para casa, saboreando cada instante do crepúsculo paulatino. Que bela expressão, "crepúsculo paulatino"… Quase tão adorável quanto o "escurecer" de Judy, embora esse último detivesse um aspecto sinistro que sempre deixara Pat eufórica.

No topo do campo do morro, ela parou, como sempre, para admirar Silver Bush. A luz brilhava na porta e nas janelas da cozinha, onde Judy estava preparando o jantar, com os gatos expectando alguma "sobrinha", e McGinty eriçando a orelha pontuda em busca dos passos de Pat. Seria tão bom quando o tal contratado, o funcionário tão necessário, estivesse por perto, esperando pelo jantar? É claro que não. Ele seria um estranho e um desconhecido. Pat ressentia tremendamente a mera ideia da existência dele.

Eles jantariam à luz do lampião. Durante um período, ela odiava ter que acender um lampião para o jantar… Isso significava que o vento tinha soprado o verão para bem longe, e que as noites de inverno estavam se aproximando. Depois, ela passou a gostar… Era tão aconchegante, adorável e tão "Silver Bush", com o "escurecer" de Judy espiando por entre as vinhas carmesim ao redor da janela.

A cor de casa sob o crepúsculo outonal era algo deslumbrante. Todas as árvores ao redor pareciam adorar. A casa pertencia a elas, e ao jardim, e ao morro verdejante, e ao pomar; e eles pertenciam a ela. Não era possível separá-los, pensava Pat. Ela sempre se perguntara como alguém poderia viver em uma casa onde não havia árvores. Parecia uma indecência, como um corpo excessivamente nu. Árvores... Para ocultar, acariciar e sombrear... Árvores para observá-lo na partida e cumprimentá-lo na chegada. Álamos marcando fronteiras... Bétulas conferindo a graça da inocência... Bordos atuando como amigos... Abetos e pinheiros provendo mistério... Choupos sussurrando segredos. Só que eles nunca realmente o faziam. Você pensava que conseguia compreender, bastando ouvir... Mas quando ia embora, percebia que eles estavam apenas rindo de você... Uma risada suave, sussurrada, sedosa. Todas as árvores guardavam algum segredo. Quem sabia se todas aquelas bétulas brancas, que passavam o dia todo empertigadamente eretas, não se desprendiam delicadamente da terra e piruetavam sobre os prados, enquanto os jovens abetos do campo torta de carne dançavam uma sarabanda? Rindo de si mesma, Pat correu na direção da luz e da alegria da cozinha caiada de Judy, com a vida cantando em seu coração.

Capítulo 3

– Tillytuck! Ondi já si viu um nomi dessis? – exclamou Judy, bastante estarrecida. – Eu nunca tinha ouvidu essi nomi aqui na Ilha.

– Ele trabalhou na Costa Sul por anos, mas nasceu, na verdade, na Nova Escócia, pelo que o pai disse – explicou Naninha.

– Ora, ora, issu ixplica tudu. Muitus nomis istranhus qui eu cunheçu vieram da Nova Iscócia. I du qui é qui a genti devi chamar u homi? Si eli for jovem, podemus chamar pelu primeiro nomi, si é qui eli tem um, mas si for um poucu mais velhu, vai ter qui ser " sinhor Tillytuck", já qui a mão di obra contratada tá ficanu chiqui dimais hoje im dia. Vai ser u meu fim, si eu tiver qui dizer " sinhor Tillytuck" toda vez qui abrir a boca. Sinhor Tillytuck!

Judy refletiu sobre aquele absurdo.

– Ele já tem certa idade, o pai disse. Mais de 50 – esclareceu Naninha.

– E o pai também disse que ele é um tanto peculiar.

– Peculiar, é? Ora, ora, as pessoas custumam falar issu di mim, intão vamus formar uma bela dupla. Essa peculiaridadi deli é compensada nu trabalhu? Essa é a questão.

– Ele veio bem recomendado, e o pai estava quase entrando em deses-pero, sem conseguir encontrar alguém minimamente adequado.

– I u sinhor Tillytuck é casadu, eu perguntu? Sinhora Tillytuck! Ora, ora.

– O pai não disse. Mas ele estará aqui amanhã, então descobriremos tudo sobre ele. Judy, o que tem aí nessa panela?

– Um pouquinhu di sopa qui sobrou du almoçu. Acho qui vamus gostar di uma sopinha antis di durmir. I vamos deixar um pouquinhu na panela para u Sid. Eli foi vadiar pur aí, i a noiti tá fria, i podi ser qui a volta para casa seja longa.

Não havia qualquer traço de desdém do "vadiar" de Judy. Ela achava que a vadiagem era um dos deleites de direito da juventude.

Era uma noite molhada e turbulenta de novembro, com ocasionais jatos ferozes de chuva nas janelas. O fogo, entretanto, brilhava alegremente: Cavalheiro Tom estava encolhido em sua cadeira de costume; McGinty cochilava no tapete; Bravo-e-Feroz, de um lado do fogão, e Squedunk, um gato listrado ainda jovem, do outro, ronronavam em um coral; e Naninha estava usando um vestido vermelho-cereja que destacava o brilho jovial de seu cabelo. Ele era tão lindo, pensou Pat, cheia de orgulho. Nada pálido e desbotado como o loiro, que nem o de Dot Robinson... Não, era um castanho-dourado quente.

A sopa de Judy tinha um aroma bem tentador. Era mestre na arte de fazer sopas. Alec Compridão sempre dizia que bastava ela passar a mão por cima da panela. A mãe Gardiner estava cosendo perto da mesa. Ela nunca mais fora muito forte após a cirurgia, e Pat, que a observava com um amor ciumento, pensava que ela deveria estar descansando. Sua mãe, por outro lado, sempre gostara de coser.

– Vai ser a última coisa que pararei de fazer, Pat. A maioria das mu-lheres não gosta de coser, pois sempre gostei. As roupinhas gastas de quando vocês eram crianças pareciam ser parte de vocês. E, agora, tem suas pecinhas de seda. Eu realmente não me importo. Gosto de pensar que ainda sou um pouco útil.

– Mãe! Nunca mais ouse falar desse jeito! A senhora é o coração e a alma de Silver Bush… Sabe que é. Nós não sobreviveríamos sem a senhora nenhum único dia.

A mãe sorriu… Aquele sorriso lindo, doce e misterioso dela… O sorriso de uma mulher muito sábia e muito afetuosa. Por outro lado, tudo com relação à mãe era sábio e afetuoso. Quando gritinhos de risada ecoavam, parecia que ela também estava rindo, embora ela nunca risse… Não realmente.

– Vamos ter uma noite alegre – dissera Naninha. – Se esse tal de Tillytuck não gostar de ficar no celeiro à noite, talvez esta seja a última noite em que teremos a cozinha só para nós, então vamos aproveitar ao máximo. Conte-nos umas histórias, Judy… E eu vou assar umas maçãs com cravo.

– "Apinhai lenha em abundância, o vento sopra gelado" – recitou Pat. – Ao menos coloque mais alguns gravetos no forno. Não parece tão romântico quanto "apinhar lenha em abundância", não é?

– Tô achanu qui é mais confortável, mesmu qui num seja mais românticu – respondeu Judy, sentando-se para bordar em um canto, onde podia ocasionalmente mexer a sopa com sua mão mágica. – Elis custumavam apinhar a lenha nu Castelu di McDermott, i aí a genti ficava cum u rostu ardenu i as costas cungelanu. Ora, ora, prifiru a modernidadi quantu a issu.

– Parece estranho pensar em fogo no Paraíso – observou Pat, enrolando-se como uma turca no velho tapete bordado que ficava diante do fogão, com a estampa de três gatos pretos um tanto puídos. – Mas eu gostaria de acender uma fogueira lá de vez em quando… Em uma noite turbulenta e ventosa como a de hoje para contrastar. E, agora, sua história de fantasmas, Judy.

– Eu já isgotei minhas histórias di fantasma... – protestou Judy, que há anos dizia a mesma coisa. Entretanto, ela sempre criava ou inventava uma nova, contando-a com uma verossimilhança de detalhes tamanha que até mesmo Pat e Naninha ficavam, às vezes, convencidas. Não se podia mais acreditar em fadas e duendes, é claro, mas o mundo ainda não tinha perdido toda a fé nos fantasmas. – Pur outru ladu, agora qui parei para pensar, achu qui nunca contei para vucês sobri a noiti im qui u meu tiu-avô viu u velhu McDermott... U avô du velhu McDertmott da minha épuca... Sentadu nu própriu túmulu, cunversanu cunsigu mesmu, parecenu zangadu. Já contei?

– Não... Não... Continue – pediu Naninha.

Mas a história do velho McDermott não estava destinada a ser contada, pois, naquele momento, ecoou uma batida forte à porta da cozinha. Antes que alguém daquele trio paralisado pudesse se mover, a porta se abriu, e Tillytuck entrou na cozinha... E, embora ninguém conseguisse perceber naquele instante, também na vida e no coração de Silver Bush. Eles sabiam que aquele era Tillytuck porque não poderia ser mais ninguém no mundo.

Tillytuck entrou e fechou a porta, mas só depois de um cachorro magrelo de pelos pretos lisos entrar e parar ao seu lado. McGinty sentou-se e olhou para ele, e o cachorro estranho sentou-se e olhou para McGinty. O trio de Silver Bush, contudo, só tinha olhos para Tillytuck. Elas olhavam para ele como se estivessem hipnotizadas.

Tillytuck era baixo e sua largura quase se equivalia à estatura. O rosto vermelho era quase quadrado e ficava ainda mais quadrado, se é que isso era possível, por causa das ultrapassadas costeletas de tom avermelhado desbotado. A boca não passava de uma linha larga, e o nariz era um botãozinho redondo. Os cabelos não podiam ser vistos, pois estavam escondidos debaixo de um gorro de pele velho e enxovalhado. O corpo estava embalado em um sobretudo desbotado, e havia um belo cachecol xadrez enrolado em seu pescoço. Em uma mão, carregava uma velha e abarrotada mala Gladstone e, na outra, algo que evidentemente era um violino embrulhado em uma flanela.

Tillytuck ficou parado ali, olhando para as três mulheres com seus olhinhos pretos brilhantes quase ocultos pelas bolsas de gordura.

– Como vocês estão contentes em me ver! – exclamou ele. – Só um tanto paralisadas. Bem, não consigo evitar ser tão bonito.

Ele explodiu no que parecia ser uma convulsão interna de risos silenciosos. Pat, se chacoalhou para sair do transe. Sua mãe tinha ido para o pavimento superior... Alguém precisava fazer... Dizer... Alguma coisa. Judy, provavelmente pela primeira vez na vida, parecia incapaz de se mover ou de falar.

Pat levantou-se do tapete e deu um passo adiante.

– Senhor... senhor Tillytuck, certo?

– O próprio, ao seu dispor... Nome cristão, Josiah –, respondeu o recém-chegado, fazendo uma reverência que teria sido cortês, se ele tivesse algum pescoço. Foi só depois que Pat pensou que ele tinha uma bela voz. – Idade, 55... Na política, liberal... Religião, fundamentalista... Um vadio, figurativamente, falando. E membro da Ordem de *Orange* – acrescentou ele, olhando para a enorme imagem do Rei Guilherme em seu cavalo branco, atravessando o Rio Boyne, dependurada na parede.

– O senhor não quer... Tirar o casaco... E sentar-se? – disse Pat, um tanto atordoada. – Veja... Não o esperávamos esta noite. Meu pai nos disse que o senhor chegaria amanhã;

– Consegui uma carona em um caminhão até Silverbridge, então decidi aproveitar – explicou o senhor Tillytuck.

Ele pendurou o gorro em um prego, revelando uma cabeça repleta de cachos grisalhos grossos. Tirou o cachecol e o casaco, e a causa de uma protuberância misteriosa de um lado foi esclarecida... Uma coruja-das-neves de pelúcia, branca e enorme, que ele orgulhosamente colocou na prateleira do relógio. Largou a mala em um canto, depositando o violino em cima dela. Então, com um discernimento imperturbável, escolheu o assento mais confortável da cozinha... A poltrona de madeira brilhante de almofadas vermelhas do tio-bisavô Nehemiah Gardiner... Afundou-se nela e tirou um cachimbo preto, curto e grosso do bolso.

– Alguma objeção? – perguntou ele. – Nunca fumo quando as damas não apreciam.

– Não nos importamos – respondeu Pat. – Estamos acostumadas com o tio Tom fumando.

O senhor Tillytuck encheu e acendeu o cachimbo deliberadamente. Há dez minutos, ninguém naquele cômodo o tinha visto antes. E, agora, parecia que ele pertencia àquele lugar... Parecia ter sempre estado ali. Era impossível pensar nele como um estranho ou como uma mudança. Até mesmo Judy, que, via de regra, não se importava com o que qualquer homem falava de suas roupas, estava agradecendo às estrelas por estar usando seu vestido de droguete novo e um avental branco. McGinty o cheirara uma única vez aprovativamente e então voltara a dormir, ignorando solenemente o novo cachorro. Os dois gatos cinza continuaram ronronando. Apenas Cavalheiro Tom ainda não tinha se decidido e continuava encarando-o, desconfiado.

O corpo do senhor Tillytuck era quase tão quadrado quanto seu rosto e estava embrulhado em um velho suéter cinza bastante puído e desbotado, revelando vislumbres de uma camisa de flanela vermelha que provocaram um brilho peculiar repentino nos olhos de Judy. Era exatamente o tom que ela queria para os botões de rosa do tapete que pretendia bordar na primavera.

– Se não se importam com o cachimbo, se incomodam com o cachorro? – prosseguiu o senhor Tillytuck. – Se, talvez ele pudesse ficar deitadinho ali naquele canto?

Judy decidiu que estava na hora de se recompor. Afinal de contas, aquela era a sua cozinha, e não do senhor Tillytuck.

– Ora, ora, e é um cachorro bem-comportadu, eu ti perguntu, senhor Tillytuck?

– É, sim – garantiu Tillytuck solenemente. – Mas é um cachorro um tanto desafortunado… Nasceu azarado que só. A senhorita pode não acreditar em mim, senhorita… Senhorita…

– Plum – respondeu Judy secamente.

– Senhorita Plum, esse cachorro teve uma vida difícil. Ele já teve sarna uma vez, cinomose uma vez, e verme várias vezes. Foi atropelado por um caminhão no verão passado e envenenado com estricnina no verão anterior.

– Deve ter tantas vidas quanto um gato – comentou Naninha, rindo.

– Ele tá bem de saúde agora – garantiu o senhor Tillytuck. – Tá um pouquinho manco por ter cortado a pata em um caco de vidro na semana passada, mas logo vai superar. E ele tem uns surtos de vez em quando… Epilepsia. Espuma pela boca. Cambaleia. Cai. Depois de dez minutos, se levanta e sai correndo, novinho em folha. Então não precisa se preocupar com ele se tiver uma crise. É um cachorro e tanto, só um pouco sensível, e é bom com as vacas. Tenho muito respeito pelos cachorros… Sempre toca meu coração, quando vejo um.

– Qual o nome dele? – quis saber Pat.

– Eu o chamo apenas de Cão – respondeu o senhor Tillytuck. E "Apenas Cão" ele ficou sendo durante toda a sua permanência em Silver Bush.

"Um tantu falador dimais, senhor Tillytuck", pensou Judy. No entanto, ela se limitou a dizer:

– E o qui o senhor pensa dus gatus?

– Ah – respondeu o senhor Tillytuck, que parecia bastante contente, fumando seu cachimbo durante a conversa. – Sou afeiçoado a gatos, senhorita Plum. Quando vim aqui aquele outro dia, pensei que iria gostar das pessoas daqui porque tinha um gato no peitoril da janela. É meio que instintivo para mim. Então, pensei comigo mesmo: "Esse lugar tem personalidade. Iria gostar de trabalhar aqui". E como eu estava certo!

– Ondi é qui u sinhor tava trabalhanu?

– Em uma fazenda de raposas na Costa Sul. Não vou citar nomes. Eu fiquei três anos por lá. Tudo corria bem… Eu gostava do trabalho… Até a velha esposa do patrão morrer e ele se casar de novo. Não consegui me entender com a nova senhora da casa. Tudo que tinha na mesa para comer era comprado, e só tinha o suficiente para satisfazer os vermes da barriga. Uma senhora terrivelmente rabugenta. Não dava nem para falar sobre o tempo com ela que encontrava um jeito de brigar por causa disso. Parecia entender como uma ofensa pessoal quando você achava que o dia estava feio. E ela implicou com o Cão desde o início. "Até mesmo um cachorro tem direitos, mulher", eu disse a ela. "Nós não vamos nos entender", falei para ela. "Sou bastante seletivo quanto às minhas companhias", eu disse para ela. "Meu cachorro é uma companhia melhor que uma mulher briguenta", eu insisti. "Não sou escravo de ninguém", eu disse para ela… E pedi a conta. Quando não consigo ficar em um lugar sem brigar com os donos da casa, simplesmente dou no pé. É provável que eu fique aqui por um tempo. Parece um porto seguro para mim. Essa poltrona acomoda bem as minhas ancas. Já tive meus altos e baixos. Sobrevivi ao Titanic para começar.

– Oh! – Naninha e Pat eram só olhos e ouvidos. Aquilo era excitante. Judy mexeu a sopa com vigor. Será que ela teria um rival na arte de contar histórias?

– Sim, eu escapei… – continuou o senhor Tillytuck. – Não embarcando nele.

Ele colocou o cachimbo de volta na boca e emitiu um ruído que elas descobriram ser o que ele chamava de "risada".

"Ora, ora, intão é issu qui u sinhor chama di 'piada'", pensou Judy. "Tô capitanu a tua essência, sinhor Tillytuck."

– Não, mas já vivi minhas próprias tragédias – prosseguiu o senhor Tillytuck. Ele enrolou a manga do suéter e exibiu uma longa cicatriz branca no braço musculoso. – Foi um leopardo que me fez isso quando eu era adestrador em um circo nos Estados Unidos, na época em que era jovem. Ah, aquela era uma vida excitante. Exerço um poder peculiar sobre os animais. Nenhum animal – afirmou o senhor Tillytuck impactantemente – consegue me olhar nos olhos.

– Ora, ora, e usinhor é casadu? – perguntou Judy sem rodeios.

– De jeito nenhum! – exclamou o senhor Tillytuck, de modo tão explosivo que todos se sobressaltaram, até mesmo Cavalheiro Tom. Então, ele se acalmou novamente. – Não, não tenho esposa nem prole, senhorita Plum. Já tentei me casar várias vezes, mas sempre aconteceu algo que impediu. Às vezes, todos pareciam estar dispostos, menos a garota em si. Às vezes, ninguém estava disposto. Às vezes, eu não conseguia fazer a pergunta. Se eu não fosse um homem tão parcimonioso, talvez tivesse me casado diversas vezes. Precisava de algo para soltar minha língua.

O senhor Tillytuck piscou para Pat, e ela sentiu uma vontade terrível de piscar de volta. Realmente, algumas pessoas causam um efeito esquisito sobre nós.

– Sempre pensei que ninguém me entendia tão bem quanto entendo a mim mesmo – continuou o senhor Tillytuck. – É improvável, agora, que eu vá me casar. Mas enquanto houver vida, há esperança. – Dessa vez, foi para Judy que ele piscou, e ela percebeu que não ficou tão zangada quanto deveria ter ficado. Então deu uma última mexida na panela e levantou-se bruscamente.

– O sinhor vai tomar sopa cum a genti, sinhor Tillytuck?

– Ah, um lanchinho nunca cai mal – respondeu o senhor Tillytuck em um tom satisfeito. – Não sou imune aos prazeres do palato. E desde que entrei nesta casa, toda vez que a senhorita mexeu nessa panela, eu disse a mim mesmo: "De todos os cheiros que eu já cheirei, nunca cheirei um cheiro que fosse tão bom quanto o cheiro desse cheiro".

Pat e Naninha se encaminharam para a mesa. O senhor Tillytuck as observou com admiração.

– Duas damas – observou ele na mesma hora. – Como têm classe. A menor tem os trejeitos de uma aristocrata.

– Ora, ora, i u sinhor percebeu issu, foi? – respondeu Judy, sentindo-se imensamente satisfeita.

– Naturalmente. Sou um especialista quando se trata de mulheres. "É muita elegância reunida", disse a mim mesmo quando abri a porta. Que diferença das meninas da fazenda de raposas... Cá entre nós, senhorita Plum, elas pareciam umas maçãs secas penduradas em um fio. Uma delas era magra feito uma doninha e vivia de alface, para ficar ainda mais magra. Mas essas duas... O cupido deve ter um trabalho danado com elas, eu imagino. Sem dúvidas a senhorita tem de lidar com muitos garotos que aparecem por aqui senhorita Plum?

– Ora, ora, apareci um ou outru – respondeu Judy, complacentemente. – I agora, sinhor Tillytuck, vai si sentar?

O senhor Tillytuck se acomodou em uma cadeira.

– Será que a senhorita poderia deixar de lado esse negócio de "senhor"? – perguntou ele. – Não estou acostumado e me sinto como um peregrino, um estrangeiro. Josiah, então... Se não se importar.

– Ora, ora, mas eu mi importu – respondeu Judy com firmeza. – Pur certu, Josiah sempre foi um nomi qui eu num cunsigu mais falar desdi qui u velhu Josiah Miller, lá di South Glen, matou a mulher.

– Eu conhecia bem o Josiah Miller – comentou o senhor Tillytuck, pegando a colher. – Primeiro, ele asfixiou a mulher; depois, a enforcou; e aí a jogou no rio amarrada a uma pedra. Não quis arriscar. Ah, eu o conhecia bem. Na verdade, posso dizer que ele já foi bastante amigo meu, uma época. Mas depois do que aconteceu, eu tive que me afastar dele, é claro.

– Ele foi enforcado? – perguntou Naninha com um interesse sinistro.

– Não. Não conseguiram provar, embora todo mundo soubesse que tinha sido ele. As pessoas sentiam certa empatia por ele. Era uma mulher estranha que precisava ser morta. Ele morreu de causas naturais, mas seu fantasma permaneceu na Terra. Eu o encontrei, certa vez.

– Ah! – Naninha não reparou na desaprovação evidente de Judy por ele estar invadindo seu terreno. – É mesmo, senhor Tillytuck?

– Sem dúvidas, senhorita Gardiner. A maioria dos fantasmas não passa de ratos. Mas esse era um espectro genuíno.

– Ele... Ele falou com o senhor?

O senhor Tillytuck confirmou com a cabeça.

– "Estou vendo que saiu para caminhar, como eu", ele disse. Mas eu não respondi. Descobri que é melhor não me intrometer com assombrações, senhorita. São interessantes, porém perigosas. Muito irresponsáveis, falando em termos românticos. Então, como o amigo Josiah estava bem no meio da rua, e eu não podia dar a volta por ele, eu o atravessei. Nunca mais o vi novamente. Senhorita Plum, isso que é sopa!

Judy passara a noite toda oscilando entre aprovar e desaprovar o senhor Tillytuck... E continuou assim durante toda a permanência dele em Silver Bush. A apreciação dele por sua sopa lhe garantiu mais uma pratada. Pat desejava que seu pai voltasse para casa de Swallowfield. Talvez o senhor Tillytuck não soubesse que precisava dormir no celeiro. O senhor Tillytuck, contudo, disse, ao se levantar da mesa.

– Pelo que sei, meus aposentos ficam no celeiro... Então, se puderem fazer a gentileza de me mostrar onde fica...

– A senhorita Rachel vai pegar o lampião e mostrar o caminhu – disse Judy. – Tem muitas cubertas na cama, mas receiu qui u sinhor vai ficar cum friu. Num acendemus u fogu, purque num sabíamos qui u sinhor vinha hoje.

– Eu acendo o fogo em um piscar de olhos.

– Ora, ora, intão vai ficar todu defumadu. Aqueli fogareiru pricisa di uma hora acesu até parar di isfumaçar. Parece qui tem um desajusti na chaminé. Alec... U sinhor Gardiner vai mandar arrumar.

– Eu mesmo arrumo. Trabalhei com um pedreiro por anos. Lá na fazenda de raposas, eles também tinham uma chaminé que não funcionava e eu deixei no capricho.

– Ela puxava a fumaça? – perguntou Judy em um tom cético.

– Se puxava? senhorita Plum, a chaminé "puxou" o gato uma noite. O pobrezinho nunca mais foi visto.

Judy aquiesceu. O senhor Tillytuck pegou a mala, o violino, a coruja e o cachorro.

– Estou pronto, senhorita Gardiner. E quanto à questão dos nomes, senhorita Plum, o príncipe de Gales me chamou de "Josiah" durante todo o verão em que trabalhei no rancho dele em Alberta. Um jovem muito democrático. Mas se a senhorita não conseguir se forçar a me chamar assim, apenas "Tillytuck" estará de bom tamanho. E se tiver verrugas ou qualquer coisa assim nas mãos... – Naninha colocou uma mão culposa para trás. – Posso curá-las em um piscar de olhos.

– Eu agradeçu, mas nós intendemus di uma coisa ou outra aqui im Silver Bush. Minha vó mi insinou uma simpatia para verrugas quandu eu era jovem e funciona muitu bem. Boa noiti, sinhor Tillytuck. Isperu qui fiqui aquecidu e durma bem.

– Estarei nos braços de Morfeu logo, logo – garantiu o senhor Tillytuck.

Elas ouviram a risada de Naninha flutuar até a cozinha pela chuva durante todo o trajeto até o celeiro. Evidentemente, o senhor Tillytuck a estava entretendo.

– Ele certamente é peculiar – comentou Pat. – Pessoas peculiares conferem cor à vida, não é, Judy?

Naninha entrou correndo, com o rosto brilhando e radiante do vento e da chuva.

– Ele não é um amor? Ele me contou que é de uma das melhores famílias da Nova Escócia.

– Tenhu minhas dúvidas quantu a issu – disse Judy. – Achu qui eli tava falanu simbolicamenti, comu eli mesmu diz. I num custumava ser di bom tom roubar uma história da boca duma pessoa comu eli fez cumigu. Mas eli pareci ser uma criatura humildi i di bom coração, i a genti provavelmenti devi cunsiguir tolerar a presença deli inquantu nossus bichinhus também cunsiguirem.

– Ele achou você maravilhosa, Judy. E gostaria que você o chamasse de "Josiah".

– Issu eu num façu. Mas num tô dizenu qui num vou parar di usar u "sinhor" dipois di um ou dois dias. É isforçu dimais. Naninha, quirida, amanhã vou preparar uma simpatia para essa tua verruguinha. Sei qui eu divia ter feitu issu há muitu tempu, mas cum todas essas idas i vindas i contratações, acabou passanu batidu. Ora, ora, num vou permitir qui qualquer sinhor Tillytuck di custeleta si livre das verrugas da família para mim!

– Preciso escrever para Hilary contando tudo sobre ele – disse Pat, rindo. – Ele ficaria fascinado com o homem. Ah, Judy, se Hilary pudesse aparecer aqui em uma dessas noites de novembro, como costumava fazer, tudo seria perfeito. Já faz dois anos que ele foi embora e parece que faz um século. Sobrou sopa para o Sid, Judy?

– Para dar e vender. Foi no baile di South Glen qui ele foi?

– Independentemente de onde ele tenha ido, levou Madge Robinson – contou Naninha. – Ele está se dedicando bastante a ela agora. Durante o verão, foi a Sara Russell. Acho que o Sid é um namorador inveterado.

Pat sorriu, contente. Quantidade era sinônimo de segurança. Afinal de contas, Sid nunca parecera realmente interessado em qualquer garota depois do falecimento de Bets. Pat ficava satisfeita em pensar que ele seria fiel à memória dela pelo resto da vida... Como Bets também seria. Ela nunca mais teria outra amiga próxima. Gostava de pensar em si mesma como uma velha solteirona, e em Sid como um velho solteirão, vivendo o restante da vida juntos e felizes, amando e cuidando de Silver Bush, com Winnie, Naninha e Joe, vindo fazer longas visitas com suas famílias, e McGinty e os gatos vivendo para sempre, e Judy contando histórias na cozinha. Não era possível pensar em Silver Bush sem Judy. Ela sempre estivera lá e, é claro, sempre estaria.

– Judy – disse Naninha solenemente, virando-se quando estava na porta do corredor, a caminho de seu quarto. – Judy, não vá se apaixonar pelo Josiah. Eu o vi piscando para você.

A única resposta de Judy foi uma bufada.

Capítulo 4

Os dias daquele final de outono pareceram passar como um rio dourado de felicidade para Pat, mesmo depois que a última folha havia caído. Sua mãe estava bem... O pai estava exultante com a boa safra... Naninha estava mais interessada nos estudos... Os novos filhotes de gato da leva do verão tinham todos encontrado lares excelentes... E havia bailes e derriços suficientes para satisfazer o amor não muito passional de Pat pela vida social. Quase todas as vezes, ela preferia assar maçãs e ouvir as histórias de Judy sobre fantasma na cozinha a ir a uma festa. Naninha não conseguia entender; ela ansiava pelo dia em que teria idade suficiente para ir a festas e ter "namorados".

– Quero ser o centro das atenções – informou ela a Judy em um tom sério. – Alguns flertes... Só dos bons, Judy... E então eu me apaixonarei com sensatez.

– Ora, ora – respondeu Judy, piscando os olhos –, eu achu qui issu num é pussível, Naninha, quirida. Um casu di amor sensatu... Mi pareci um tantu sem graça.

– Pat diz que nunca se apaixonará por qualquer pessoa. Eu realmente acredito que ela quer ser uma velha solteirona, Judy.

– Já ouvi muitas outras mininas dizerem issu – respondeu Judy, bufando.

Entretanto, ela se sentia secretamente inquieta. As meninas de Silver Bush, de todas as gerações, nunca foram assanhadas, mas ela gostaria que Pat demonstrasse um pouco mais de interesse pelos jovens que passavam por Silver Bush e a levavam a bailes, ao cinema, a festivais gastronômicos, a eventos de patinação e a passeios na neve sob o luar. Pat tinha diversos "amigos homens", mas eles não passavam de amigos e, aparentemente, jamais deixariam de ser. Judy ficara bastante eufórica quando Milton Taylor, de South Glen, começara a frequentar Silver Bush e a levar Pat para sair. Pat, no entanto, não saía com ele com a frequência que Judy gostaria.

– Ora, ora, Patsy, quirida, eli vai herdar a milhor fazenda di South Glen um dia, i qui bom rapaz eli é! Será um maridu muitu du afetuosu para vucê.

– "Um marido muito afetuoso" – repetira Pat, rindo. – Ah, Judy, você é tão vitoriana. "Maridos afetuosos" estão fora de moda. Gostamos dos homens das cavernas, não é, Naninha?

Naninha e Pat trocaram sorrisos. A despeito da diferença de idade, elas eram grandes amigas, e Pat tinha o péssimo hábito de contar a Naninha tudo sobre seus derriços, o que eles faziam e o que diziam. Pat tinha uma língua afiada quando queria, e os jovens em questão não ficariam, se sentiriam muito lisonjeados se a ouvissem.

– Mas você não pensa em se casar um dia, Pat? – perguntara Naninha, certa vez.

Pat meneou a cabeça castanha impacientemente.

– Ah… Quem sabe um dia… Quando eu precisar… Mas não por muitos anos ainda. Ora, Silver Bush não poderia ficar sem mim.

– Mas se Sid se casar…

– Sid não se casará – exclamou Pat com fervor. – Não acho que Sid jamais se casará. Você sabe que ele era apaixonado por Bets, Naninha. Acredito que sempre será fiel à memória dela.

– Judy diz que os homens não são assim. E todos afirmam que May Binnie está decidida a laçá-lo.

– Sid jamais se casaria com May Binnie... Disso eu tenho certeza – garantiu Pat. Só de pensar naquilo, ela sentia um calafrio. Ela e May Binnie sempre se detestaram.

Tillytuck se interessava pela vida amorosa de Pat quase tanto quanto Judy. Todo jovem que aparecia em Silver Bush era severamente analisado, embora não soubesse, pelos olhinhos pretos de Tillytuck. Ele se regozijava em ouvir as pilhérias de Pat.

– Céus, ela sabe como lidar com os homens! – exclamara ele, cheio de admiração, certa noite, após Pat sair com Milton Taylor. – Ela será uma ótima esposa para alguém um dia. Admito que eu admiro a postura dela, Judy.

– Ora, ora, todas nóis sabemus comu lidar cum us homes aqui im Silver Bush, Tillytuck – respondera Judy altivamente.

Pois agora era apenas "Judy" e "Tillytuck". Judy se recusava a chamá-lo de "Josiah" e "senhor" era formal demais. Eles viraram ótimos amigos depois de um tempo. Parecia a Judy, assim como para todos os outros, que Tillytuck sempre estivera em Silver Bush. Era impossível crer que fazia apenas seis semanas desde que ele tinha chegado, com sua coruja e o Apenas Cão. Os próprios gatos ronronavam mais alto quando ele entrava na casa. É verdade que Cavalheiro Tom nunca o aprovou totalmente. Por outro lado, Cavalheiro Tom sempre fora um gato reservado e taciturno, que nunca se afeiçoara a ninguém além de Judy.

Tillytuck tinha um cantinho e uma poltrona cativos na cozinha e vivia aparecendo por lá para pedir a Judy que lhe preparasse uma xícara de chá. A parte divertida, para Pat e Naninha, era que Judy sempre preparava, sem nunca reclamar. Ela logo descobriu que Tillytuck adorava tortas e bolos, e quando estava de bom humor com relação a ele, sempre lhe deixava uma fatia sobre a mesa para perplexidade das meninas, que passaram a pensar que Judy estava interessada em Tillytuck, para seu imenso desprezo. Às vezes, ela chegava a se sentar do outro lado do fogão e tomar chá com ele. Quando se sentia compelida a reprimi-lo, ele sempre a apaziguava com um elogio.

– Viu como eu sei lidar com as mulheres? – sussurrava ele complacentemente para Pat. – Não é uma pena que eu não seja um homem casado?

– Talvez você ainda se case, um dia – respondera Pat com o rosto sereno, pingando uma gota de geleia vermelha como um rubi brilhante no centro amarelo-claro de suas tortinhas de limão.

– Talvez... Quando eu decidir se terei piedade de Judy ou não – respondeu ele, piscando para ela. – Há vezes em que eu acho que ela seria boa para mim. Ela gosta de falar, e eu gosto de ouvir.

Judy ignorava besteiras dessa natureza. Ela já tinha, conforme informara às meninas, captado toda a essência de Tillytuck.

Ela se sentia, contudo, muito ressentida por ele nunca ir à igreja. Judy pensava que todos os homens contratados por alguém deveriam ir à igreja. Era um sinal de respeito. Se não fossem, os vizinhos criticadores alegariam que era porque eles trabalhavam tanto em Silver Bush durante a semana que não tinham forças para ir à igreja aos domingos. Mas Tillytuck era imune aos seus argumentos.

– Não aprovo os cânticos humanos – afirmava ele com firmeza. – Nada deveria ser cantado na igreja além dos salmos de Davi... Talvez uma ou outra paráfrase ocasional em situações especiais. Esses são os meus princípios e eu vou me ater eles. Sempre canto um salmo antes de ir para a cama e todos os domingos, pela manhã, leio um capítulo do Testamento.

– I nu túmulu di Willy, u Chorão – murmurara Judy, que, por algum motivo misterioso, ressentia o hábito de Tillytuck de ir ler o dito capítulo no cemitério.

E então... O Natal estava se aproximando e grandes preparativos estavam em andamento. Era possível ouvir as iniciais maiúsculas na voz de Tillytuck quando se referia a eles. Teriam uma "re-união" de verdade. Winnie e Frank estariam presentes, além de tio Tom, tia Edith e tia Barbara, de Swallowfield, e tia Hazel, tio Rob Madison e seus cinco filhos, bem como as tias-avós de Bay Shore, se o reumatismo permitisse. Na verdade, esperava-se que fosse o que Judy costumava chamar de "um verdadeiro pandemônio", e Pat era um poço de felicidade e expectativa. Seria o primeiro Natal "de verdade" desde que ela se tornara a "senhora" de Silver Bush. No Natal anterior, Frank estava com bronquite, então ele e Winnie não puderam ir, e um ano antes, a família de tia Hazel pegara sarampo, e Hilary não aparecera por lá pela primeira vez em anos, então não tinha sido um Natal nem um pouco natalino. Mas tudo seria diferente aquele ano. Além disso, esperava-se que Joe viesse para casa para passar o primeiro Natal desde que fora embora. Os perus de Judy estavam tão gordos quanto podiam estar, e eles matariam um ganso, pois o pai de Pat gostava de ganso, e alguns patos, porque tio Tom gostava de patos. Quanto ao restante do cardápio, Pat vasculhava durante boa parte de seu tempo livremuitos livros de Silver Bush, cheios de receitas de família que resistiram ao tempo. A maioria tinha belos nomes, relacionados a todos os tipos de pessoas que haviam criado as receitas... Muitas delas já eram falecidas ou partido para terras longínquas. Pat sentia-se eufórica ao folheá-los... A salada de repolho com geleia da avó Selby... Os biscoitos de gengibre da tia Hazel... A torta de bife da prima Miranda... O pudim de Bay Shore... O bolo de frutas da bisavó Gardiner... A torta de carne moída do velho Joe Pingle... O molho de passas de tio Horace. Pat nunca conseguiu descobrir quem era o velho Joe Pingle. Ninguém, nem mesmo Judy, parecia saber. Tio Horace havia trazido a receita do molho de passas para casa de sua primeira viagem e dissera a Judy que havia matado um homem para consegui-la... Embora ninguém acreditasse nele.

Judy planejava usar um novo "vestido de festa" para a ocasião. O antigo, uma peça azul antiquíssima, estava mesmo um tanto ultrapassado.

– Além dissu, Patsy, quirida, vou pricisar dum vistidu novu si for visitar a velha Irlanda um dia desses. Num cunsigu tirar a ideia da minha cabeça desdi qui a Naninha tocou nu assuntu. Pur certu, si eu for, queru tá bem bunita para ver meus velhus amigus, e também fazer uma visita au Castelu di McDermott. U qui vucê acha di um tom vinhu, Patsy? Mi disseram qui tá na moda, nesti outonu. I talvez u cetim seja uma boa mudança da seda.

Embora a ideia de uma ida de Judy para a Irlanda, mesmo que apenas para uma visita, deixasse Pat com uma sensação nauseada, ela mergulhou de cabeça na empreitada para o novo vestido e foi à cidade com Judy para ajudá-la com a escolha e pressionar a costureira a fazer exatamente o que Judy queria. Tio Tom estava na cidade aquele dia, e elas o viram sair furtivamente de uma joalheria, tentando esconder um pacotinho todo decorado no bolso antes de encontrá-las. Sem conseguir fazê-lo a tempo, ele murmurou algo sobre ter que encontrar um homem e escapuliu por uma rua lateral.

– Tio Tom anda terrivelmente misterioso com relação a alguma coisa por esses dias – observou Pat. – O que você acha que ele estava comprando naquela loja? Tenho certeza de que não poderia ser nada para tia Edith ou tia Barbara.

– Ora, ora, Patsy, quirida, achu qui u teu tiu Tom tá querenu si casar. Cunheçu us sinais.

Pat sentiu outra sensação desagradável. Uma mudança em Swallowfield era tão ruim quanto uma mudança em Silver Bush. Tio Tom e as tias sempre viveram lá... Sempre viveriam. Pat não conseguia imaginar uma "tia Tom" naquele cenário.

– Ora, Judy, não acho que ele seria tão tolo assim. Na idade dele! Pense, ele está com 60 anos!

– Cum meus próprius olhus, Patsy, eu u vi iscrevenu uma carta e infianu nu bolsu qui nem um doidu quandu percebeu qui eu tava olhanu. I coranu! Quandu um homi da idadi deli fica vermelhu, tem uma coisa nu ar. Lembra qui, duranti u verão, a Naninha contou qui eli pidiu para ela mandar umas cartas deli para uma mulher?

Pat suspirou e afastou aquela questão perturbadora de sua mente. Ela não permitiria que sua tarde fosse arruinada. Havia muitas coisas a comprar além do vestido de cetim de Judy. Pat adorava fazer compras. Era fascinante entrar em uma grande loja de departamento e escolher o que comprar... Coisas bonitas que queriam ser levadas daquele ambiente sufocante e fazer parte de um lar de verdade. Eles precisavam de cortinas novas para a sala de jantar e de capas para as almofadas do salão grande, além de um jogo de pequenas taças para servir os coquetéis de frutas gelados. Pat já tinha definido qual seria a entrada do jantar de Natal. Judy estava um tanto receosa quanto a tanta modernidade... "Coquetéis" pareciam algo um pouco esquisito, afinal de contas, sendo que Silver Bush sempre fora um lugar de temperança...

– Ah, Judy, querida, não é esse tipo de coquetel. Apenas pedaços de frutas... E suco... E uma cereja marasquino no topo. Você vai adorar.

Judy se rendeu. Se Patsy queria pratos requintados, ela os teria. De toda forma, Judy tinha certeza de que os Binnie nunca iniciaram um jantar com coquetéis, e era sempre bom estar alguns passos adiante deles. Judy aproveitou cada minuto de sua excursão à cidade e levou para casa um cetim cor de vinho tão brilhoso que impressionaria até mesmo o castelo de McDermott. Impressionou Tillytuck, a quem Judy o mostrou com orgulho aquela noite.

– Um tanto voluptuoso – foi tudo o que ele disse. E, àquela noite, ficou sem torta.

Tillytuck confessou para si mesmo, enquanto se encaminhava para o celeiro, que Esta fora uma das vezes em que seu tato lhe falhara. Se ele soubesse que Judy tinha na despensa um pato assado gelado e um prato de batatas douradas que pretendia dividir com ele como um "lanchinhu", ele se sentiria ainda pior com relação à sua sensibilidade. Afinal de contas, Naninha descobrira os quitutes, e Pat, ela e Judy se esbanjaram antes de ir para a cama, com Sid chegando no finalzinho para raspar os ossos e ouvir a história de Judy sobre um anel de diamante perdido que fora encontrado acidentalmente no papo de um peru abatido.

– Issu mi lembra… Eu já cuntei para vucês sobre a primeira vez im qui a tia Hazel temperou piru quandu era um fiapu di minina? Ora, ora, nunca houve uma disgraça tamanha im Silver Bush. Levamus muitu tempu para isquecer.

– O que aconteceu, Judy?

– Vucês num vão contar para ela qui eu contei, num é? Bom, intão, ela simplismenti decidiu qui ia temperar e rechear u piru para u jantar certa vez, i qui num era para ninguém interfirir. A genti num isperava receber visita aqueli dia, ia cumer u piru só entre nós, vistu qui num somus comu us Binnie, qui vendem tudu qui podem lá da fazenda deles i vivem só di batata. Mas chegou uma visita inesperada… Um pissual chiqui da cidadi, além di tudu… Um membru du Parlamentu i a isposa. Eu agradeci aus céus pur termus u piru, mas, ora, ora, u qui acunteceu quandu u pai di vucês cortou uma fatia du peitu, para dar toda a carne branca para sinhora visitanti!

– Judy, o que aconteceu? Não seja tão misteriosa.

– Misteriosa, é? Bom, é qui eu odeiu contar essa história terrível sobre Silver Bush. Tudu bem qui teu pai quasi murreu di rir dipois. Bom, intão, para contar a pior parti, tua tia Hazel num cortou fora u papu du piru, i quandu upai di vucês infiou a faca nu meio du peitu, um monti di aveia iscorreu pelu pratu. Eu num tava lá, é claru… Jamais mi sentaria à mesa cum uma visita requintada daquela… I ainda bem qui eu num tava lá, purque eu nunca mais ia ser a mesma. Já foi ruim ubastanti ouvir a vó di vucês contar tudu. Ela nunca mais andou com a cabeça erguida da mesma forma, a pobri velhinha. Ora, ora, é tudo mutivu di risu agora, mas tudu mundu achou uma tragédia na época.

Naninha gargalhou com a história, mas Pat sentiu-se um tanto incomodada. Era terrível que algo assim tivesse acontecido em Silver Bush, mesmo há um quarto de século. Nada pior poderia se dizer dos Binnie.

– Espero que nada vergonhoso aconteça em nosso jantar de Natal – comentou ela em um tom ansioso.

– Num si preocupa, Patsy, quirida. Num tem mais pena di pavão na casa. Pur certu, eu queimei todas dipois daqueli dia. Teu tio Horace disse qui eu era uma velha supersticiosa, i eu fiquei muitu irritada purque eli é qui tinha trazidu aquelas penas para casa. Intão, num vai ter nada para trazer azar, mas, di toda forma, eu vou mi sintir grata quandu tudu acabar. Comu u Tillytuck tava comentanu ontem, ixisti certu nervosismu com relação a tudu issu.

– Tillytuck me contou hoje que o avô dele era pirata – contou Naninha. – E também que ele sobreviveu ao terror de Halifax quando aquele navio carregado de munição explodiu na época da guerra. Você realmente acha, Judy, que Tillytuck viveu todas as aventuras que ele alega?

A única resposta de Judy foi uma risada sarcástica.

Capítulo 5

O Natal estava se aproximando e havia muito a ser feito. Pat e Naninha trabalharam como castores, e Judy se desdobrava, ou tentava, em três ao mesmo tempo. Uma grande caixa de quitutes fora preparada e enviada para Hilary… O pobre Hilary, ia passar o Natal sozinho em uma hospedaria deprimente em Toronto. A carne moída e o bolo de Natal teriam de ser preparados. A prataria e as travessas de bronze tinham de ser polidas. Tudo precisava estar limpo e organizado.

– As coisas nesta casa são boas – observou Naninha enquanto polia as colheres. – Fico me perguntando por quê. Não são realmente bonitas, mas são boas.

– É porque são amadas – respondeu Pat delicadamente. – Foram amadas e cuidadas por anos. Eu amo tudo nesta casa tremendamente, Naninha.

– Eu acho que você ama demais, Pat. Eu também amo, mas você parece idolatrar.

– Não consigo evitar. Silver Bush significa tudo para mim e parece significar cada vez mais a cada ano que passa. Eu realmente quero que este Natal seja excelente…Que tudo saia perfeito… Que todo mundo se divirta. Judy, você acha que seis tortas de carne moída serão suficientes? Seria vergonhoso se não tivéssemos o suficiente de tudo.

– Mais qui suficienti – garantiu Judy. – A senhora Tom Robinson acha qui somus terrivelmenti ixtravagantis. "Uma cuzinha cheia é sinônimu di um testamentu vaziu", ela disse para mim esses dias, quandu passou aqui para imprestar as minhas braçadeiras. "Ora, ora", eu dissi: "num somus qui nem us Birtwhistle lá di Silverbridge". "Quandu elis recebem visita", eu dissi: "num tem nem um pedacinhu di manteiga para cumer naquela casa até terem ganhadu uns bons trocadus", eu dissi. Ela ouviu tudu di cabeça irguida, mas sintiu u golpi. A velha sinhora Birtwhistle era prima da mãe dela. Ora, ora, eu sei coisas dimais sobri todas as pessoas dessas redondezas para qualquer uma delas vir dar pitacu na minha cuzinha. Um testamentu vaziu, ora essa! Qui u Bom Home Lá di Cima permita qui demori muitu tempu para qui a genti pricisi falar sobri testamentus im Silver Bush.

– Mas tia Edith diz que nóis cometemus extravagâncias demais em Silver Bush – comentou Naninha. – Ela diz que nóis deveríamus ser mais frugais.

– Frugais! Eu detesto essa palavra – disse Pat. – Parece tão... Tão viscosa. Eu realmente espero que Joe chegue a tempo. Precisamos fazer uma festa, se ele conseguir alguma noite entre o Natal e o Ano-Novo. Eu adoro dar festas. É tão gostoso ver as pessoas vindo a Silver Bush bem-vestidas, sorridentes e felizes. Espero que todos estejam com bastante apetite no dia de Natal. Adoro alimentar pessoas com fome.

– Ora, ora, i di qui servem as mulheres si num é para alimentar u mundu? – ponderou Judy complacentemente. – Pur certu, eu ficu contenti só di ver um gatu tomanu seu leiti. Ficu é filiz qui vucês, mininas, tenham herdadu as verdadeiras noções di hospitalidade di Silver Bush. Tô lembranu da algazarra qui a tia Jessie causou uma vez purque apareceu visita inesperada i ela num tinha nada para oferecer para as pessoas cumerem. Nunca, im Silver Bush, passamus pur um apertu desses.

– Não é tão divertido aqui quanto na casa dos Jebb contudo – afirmou Tillytuck, que estava lixando o cabo de um machado em seu cantinho e pensava que Judy precisava ser um pouquinho refreada. – Eles viviam brigando por lá. Dois começavam, e aí todos se juntavam a eles. Era interessante. Vocês nunca brigam. Nunca vi uma família tão harmoniosa.

– Mas nós jamais deveríamos brigar mesmo – exclamou Pat em um tom indignado. – Seria terrível ter brigas aqui em Silver Bush. Espero que nunca aconteça.

– Então vocês serão uma família afortunada – concluiu Tillytuck. – Não há muitas famílias que não têm desavenças de vez em quando.

– Acho que eu morreria se algum de nós brigasse – respondeu Pat. – Deixamos isso para pessoas como os Binnie.

A esperança permanecia viva com relação a Joe, mas os dias se passavam sem qualquer notícia dele ou de seu navio. Já fazia três anos que Joe não vinha para casa, e Pat sempre sabia, quando percebia uma certa expressão nos olhos de sua mãe, que ela estava com saudades de seu garoto marinheiro. O Natal dela não seria o mesmo se Joe não chegasse a tempo.

Pat esperava por um belo dia de Natal, limpo e claro, com a geada crepitante, campos nevados imaculados, e lindas boinas de pelo branco a cobrir os postes da rua, mas teve suas dúvidas quando lançou um último olhar pela porta da cozinha na véspera do Natal. Ela e Judy tinham ficado acordadas até tarde para preparar o recheio das "aves", agora Judy estava fazendo suas preces antes de ir para a cama no quartinho da cozinha, e Tillytuck tinha se recolhido no cômodo do celeiro – talvez já estivesse até roncando. Um vento irascível e encrenqueiro brigava com as bétulas brancas e choramingava em meio aos celeiros. Não parecia que o dia seguinte seria bonito, mas era preciso esperar pelo melhor, como Judy dizia. Pat deixou o frio da noite de inverno do lado de fora e parou por um instante na cozinha quente para admirar as coisas em geral. Tudo que ela mais amava estava em segurança sob seu teto. A casa parecia estar respirando suave e alegremente enquanto dormia. A vida era doce.

As esperanças de Pat por um dia bonito foram vãs. A manhã de Natal alvoreceu com uma combinação horrorosa de neblina e chuva. Para Pat, a chuva, por si só, era algo honesto... A neblina, adorável e misteriosa... Mas, juntas, eram horríveis. Tillytuck concordava com ela.

– O tempo está fechando, Judy – comentou ele pesarosamente quando chegou para o café da manhã. – Fechando com a neblina. Eu consigo tolerar um dia chuvoso, mas detesto esses meios-termos, é como uma mulher que nunca consegue se decidir. Não, senhor.

– Ora, ora, num sei u qui é qui vamus fazer, cum as pessoas andanu pelu meu chão limpinhu cum as botas sujas – lamentou Judy desgostosamente.

– Teremos que fazer como se faz na Nova Escócia, Judy.

Judy mordeu a isca.

– Ora, ora, i u qui é qui elis fazem lá na Nova Iscócia, si é qui possu saber?

– Eles fazem o melhor que podem – respondeu Tillytuck solenemente, enquanto saía com os baldes de leite.

Tillytuck era quem fazia boa parte da ordenha agora. Judy abriu mão daquele afazer relutantemente. Quando Alec Compridão insistiu na mudança, teve receio de que ele achasse que ela estivesse ficando velha demais para aquilo. E nunca conseguiu se convencer de que Tillytuck mungia as vacas da maneira correta. Além disso, estava deixando os gatos do celeiro mal-acostumados ao ordenhar leite diretamente na boca deles. Não era assim que se treinava um gato. Vucê jamais veria Cavalheiro Tom ou Bravo-e-Feroz ou Squedunk si comportanu daquele jeitu.

Depois do café da manhã, os pacotes azuis, dourados, roxos e prateados foram distribuídos, e todos ficaram contentes. Pat receava que Sid talvez não gostasse dos pijamas maravilhosos de seda que ela comprara, mas ele gostou.

– São os pijamas mais sofisticados que já vi na vida – jurou Naninha.

– E onde é que a senhorita viu tantos pijamas assim? – quis saber Alec Compridão, tentando se divertir "à custa" da caçula.

– Nas vitrines de promoções – respondeu Naninha... E o pai é que virou motivo de riso.

Não era necessário muito esforço para fazer as pessoas de Silver Bush rirem. A risada lhes ocorria facilmente.

– Num é isperta, essa minina? – disse Judy... Enrijecendo de pavor logo em seguida.

Tillytuck estava desembrulhando seu presente de Natal para a "sinhora" da casa cheio de orgulho. Uma cereja-de-jerusalém! Uma planta bonita, certamente, com suas folhas verdes brilhantes e frutas vermelhas como rubis, e a mãe Gardiner ficou encantada com ela. Mas Judy se recolheu na cozinha subitamente, seguida por Pat.

– Judy, qual o problema? Não vá ficar doente justo hoje!

– Patsy, quirida, si eu aduecer hoji, essi vai ser u menor dus problemas qui puderia acuntecer pur aqui. Vucê viu u qui foi qui u Tillytuck deu para tua mãe? Nada menus qui uma cereja-di-jerusalém! Pur certu, eu fiquei toda arripiada quandu vi.

– Mas o que é que tem, Judy? É uma planta bonita. Achei muito bonito, da parte dele, se lembrar da mãe.

– Ora, ora, vucê num sabi qui cerejas-di-jerusalém dão azar? Trouxeram uma para esta casa há trinta anos, i teu tio Tom iscurregou na iscada i quebrou três custelas naquela noiti. Tô falanu. Patsy, quirida, vucê num pode iscatender aquela coisa lá fora pelu menus até u almoçu acabar?

Pat meneou a cabeça.

– Não podemos fazer isso. Tillytuck ficaria ofendido. De toda forma, sei que minha mãe jamais aceitaria. Não seja supersticiosa, Judy. Uma plantinha linda como uma cereja-de-jerusalém não pode dar azar.

– Isperu qui vucê teja certa, Patsy, mas vamus ver u qui vai acuntecer. "U tempu tá fechanu, Judy", eli dissi. Num é di si admirar qui tivessi fechanu, já qui eli tava guardanu aquela coisa lá nu celeiru! Mas cum tudu qui tem para fazer, num vou ficar aqui lamentanu.

– Vou checar o quarto de hóspedes agora mesmo para que esteja tudo em ordem, caso alguém chegue cedo – disse Pat alegremente. – Posso colocar aquele novo tapete bordado que você guardou no ático do lado da cama? Aquele com as rosas grandes e fofas?

– É claru. Fiz aqueli tapeti para ser parti du teu inxoval, mas du jeitu qui vucê anda isnobanu us homes a tortu i a direitu, teremus muitu tempu para issu. Coloca bastanti cuberta na cama, Patsy, quirida. Si as tias di Bay Shore vierem, podi ser qui elas fiquem a noiti toda. Elegância sem confortu num é u istilu di Silver Bush. Já a tua tia Helen, lá di Glenwood... Vucê bem sabi u quantu ela si preocupa im ser eleganti... Colchas di seda, rendas delicadas e almofadas di crochê... Mas eu sempre ouvi dizer qui as pessoas qui passaram a noiti lá juravam ter passadu friu. U ministru passou uma noiti lá i ficou cum tantu friu qui começou a perambular pela casa di madrugada im busca di uma cuberta e caiu na iscada dus fundus. Uma disgraça e tantu. Tô falanu.

Naninha já tinha arrumado o quarto de hóspedes e estava furiosa porque Pat insistia em reorganizá-lo repetidamente.

– Você vai ficar pior que a tia Edith antes de completar 30 anos, Pat. Ela acha que ninguém sabe fazer coisa alguma além dela mesma. E Judy não é muito melhor, independentemente do que pense. Ela passou semanas me ensinando a fazer molho, mas hoje, que eu queria fazer sozinha, ela não deixa. Vocês todas me cansam.

– Não seja rude, Naninha. Você arruma a cama tão bem quanto qualquer pessoa, mas é preciso colocar cobertas a mais. Você sabe como eu adoro arrumar camas e pensar em todas as pessoas cansadas que se deitarão nelas. Você pode pegar o polidor e trabalhar nos espelhos? Quero que brilhem como diamantes... Especialmente os do corredor.

O espelho do corredor era aquele que havia sido trazido da França pela tataravó Marie Bonnet. Era uma peça comprida, levemente reluzente, em uma moldura de cobre avermelhado, e Pat o adorava. Naninha também era afeiçoada a ele, porque achava que ficava mais bonita nele do que em qualquer outro espelho de Silver Bush.

– Pur certu, essi sempri foi u ispelhu lisonjeiru – afirmou Judy, enquanto Naninha esfregava a moldura. – Muitus rostus bunitus já si olharam neli.

– Será que – comentou Pat, passando casualmente pelo corredor só para ter certeza de que Naninha estava polindo direito –, se alguém aparecesse por aqui em uma noite de luar, não conseguiria ver todos os rostos que já se olharam nele novamente refletidos?

– Ora, ora, vucê iria pricisar du ispelhu incantadu du castelu di McDermott para issu – disse Judy, rindo. – Aqueli ispelhu era diferenti di todus us outrus. Era amaldiçuadu. Eu sempri tivi medu deli. Às vezes, paricia ser amigu i, às vezes, paricia ser inimigu. I eu sempri quiria olhar neli, mesmu cum medu, só para ver si via alguma coisa lá dentru.

– E viu, Judy?

– Nadinha, minha quirida. U ispelhu num era para genti comum, qui nem eu. Nunca vi nada pior du qui a minha própria cara sardenta. Mas tinha genti qui via.

– O que eles viam, Judy?

– Ora, ora, num temus tempu para issu agora. É du meu molhu di passas qui eu pricisu tomar conta nesti momentu.

Pat fechou a porta do corredor e se apoiou resolutamente nela.

– Judy, nem mais um passo neste corredor até você nos contar o que as pessoas viam no espelho de McDermott, nem que fiquemos sem molho de passas este Natal.

– Ora, ora... – Judy se rendeu. – Talvez seja milhor contar quandu u Tillytuck num tá pur pertu para dizer qui eli próprio saiu du ispelhi. Vucês ouviram eli, outru dia, quandu eu "tava contanu sobri um baili di sábadu à noiti im South Glen, qui durou tempu dimais... Passanu da meia-noiti... I qui u Home Mau apareceu? U Tillytuck mi dissi solenimenti: "Eu mi

lembru muitu bem. Eu tava naqueli baili". "É claru", eu dissi, sarcastica-
menti, "vucê devi ter uma idadi muitu avançada, Tillytuck, já qui u baili
acunteceu há oitenta anos". Mas eli cuntinuou sorrinu. Num tem comu
invergonhar aqueli home. Di toda forma, num cunsigu mi lembrar di
todas as histórias du ispelhu agora. Tevi uma Kathleen McDermott, certa
vez, qui num era lá flor qui si cheirassi, i um dia ela iscapuliu du castelu
para fugir cum u amanti. Mas u home foi mortu nu meiu du caminhu, i a
Kathleen voltou correnu para casa, pensanu qui ninguém ia ficar sabenu.
Só qui a porta tava fechada quandu ela chegou. McDermott tinha olhadu
nu ispelhu i discubriu tudu. Bridget McDermott viu u maridu soldadu
morrenu na Índia na noiti im qui eli foi mortu. Mas ninguém jamais soubi
u qui a Nora McDermott viu, pois a pobrezinha derrubou u lampião qui
tava siguranu, u vistidu dela pegou fogu i ela morreu im duas horas.

– Oh! – Naninha estremeceu deliciosamente. – Por que eles mantive-
ram uma peça tão terrível no castelo?

– Pur certu, u ispelhu fazia parti du castelu – respondeu Judy. – Num
dava para tirar di lá. I eli era mais amigu du qui inimigu. Eileen McDermott
soubi qui u maridu tava vivu, dipois di um naufrágiu na ilha du Mar du
Sul, quandu tudu mundu passou u invernu todu tendu certeza di qui eli
tinha si afogadu. Ela viu eli nu ispelhu. I u McDermott da minha época
viu um minuetu senu dançadu neli, certa noiti, i passou a ser um home
milhor dipois dissi. I agora vou voltar para minha cuzinha. Já perdi tempu
dimais papeanu cum vucês.

– Metade da diversão de qualquer preparativo é conversar sobre as
coisas – refletiu Naninha, passando o pano no espelho uma última vez.

Aquele espelho não tinha fantasmas. Mas Naninha se sentiu secretamente satisfeita quando se viu refletida nele.

Capítulo 6

Eventualmente, tudo estava nos conformes. A mesa estava lindamente posta… Pat fizera Naninha tirar a toalha três vezes antes de considerá-la uniforme o suficiente para satisfazê-la… A casa estava repleta de aromas deliciosos, todos estavam arrumados, à exceção de Judy.

– Num vou colocar meu vistidu di festa até terminar u almoçu. Num queru qui fique manchadu. Quandu a última louça tiver sidu lavada, eu subu e colocu a tempu du jantar. Tudu mundu vai mi ver dislumbranti. Tua mesa tá linda, Patsy, mas eu achu qui ficaria milhor si aquela planta da cereja num tivesse ali nu meiu.

– Pensei que Tillytuck ficaria contente. Você sabe como ele é sensível. E se ela vai trazer azar de toda forma, que diferença faz onde vai ficar?

– Olha só para ela, rinu à custa da velha tola. Ora, ora, vamus ver, Patsy. Joe acabou num vinu, afinal de contas, i eu achu qui foi isso qui u impediu.

Pat olhou em volta, sentindo-se feliz. Tudo estava perfeito. Ela precisava correr e dar o nó na gravata de Sid. Adorava fazer aquilo… Ninguém mais em Silver Bush podia fazer isso para ele. De que importava se a chuva caía fria lá fora? Ali dentro estava aconchegante e quente, os cômodos sorridentes transbordavam a magia do Natal. Então, a velha aldrava de bronze começou a bater. Os primeiros convidados haviam chegado... Tio Brian e tia Jessie, que não tinham sido convidados, mas decidiram simplesmente aparecer e ainda levaram consigo o abastado primo Nicholas Gardiner, de Brunswick, que os estava visitando e queria ver os parentes de Silver Bush. Pat, enquanto abria a porta para eles, olhou rapidamente pela porta da sala de jantar para ver se conseguiria amontoar mais três lugares sem estragar tudo e percebeu que não era possível. A cereja-de-jerusalém tinha dado início ao seu trabalho sujo.

Logo, todos chegaram... Frank e Winnie, tia Hazel e tio Robert Madison, com todos os pequenos Madison; as duas majestosas tias-avós, Frances e Honor, da fazenda de Bay Shore; tio Tom, tia Barbara e tia Edith... Essa última com a mesma expressão de desaprovação de sempre.

– Molho de passas – disse ela, fungando, enquanto subia as escadas. – Judy Plum fez de propósito. Ela sabe que não posso comer molho de passas. Sempre fico com dispepsia.

Ninguém, no entanto, parecia ter dispepsia na mesa de Natal. A princípio, tudo correu muito bem. Uma senhora doce e amável, com olhos castanhos-dourados e cabelo grisalho, estava sentada na ponta da mesa, e seu sorriso cativante fazia todos se sentirem bem-vindos. Pat não se sentara para poder ajudar Judy a servir, mas todos os demais estavam acomodados à mesa. As crianças tinham sido colocadas em uma mesinha especial no salão pequeno, como era costume da família, e os coquetéis foram servidos sem qualquer percalço... Três coquetéis extras foram preparados às pressas por Naninhas, que, por sua vez, se esquecera de colocar uma cereja marasquino em cada um deles. É claro que tia Edith foi agraciada com um coquetel sem cereja e culpou Judy por aquilo, e a tia-avó Frances recebeu outro e sentiu-se menosprezada. O velho primo Nicholas recebeu o terceiro, mas não se importou. Ele não comia cerejas, de toda forma. Tio Tom comeu a dele, embora tia Edith o tivesse lembrado de que cerejas marasquino costumavam causar indigestão em gente velha.

– Não sou tão velho assim – respondeu tio Tom secamente.

Tio Tom realmente parecia surpreendentemente jovem, como Pat e Judy logo perceberam. A longa barba preta e ondulada, que foi ficando cada vez mais curta durante o verão, agora estava cortada em uma boa altura, e ele estava usando óculos de armação dourada no lugar dos antigos. Pat pensou nas tais cartas, mas afastou aquela lembrança com determinação. Nada devia estragar aquele almoço de Natal... Embora Winnie estivesse contando uma história que certamente não deveria contar. Judy quase congelou de pavor quando ouviu a voz clara de Winnie lá da cozinha.

– Foi pouco depois de eu ter me casado com Frank, sabe? Eu ainda não tinha me organizado. Visitas inesperadas apareceram para jantar certa noite, e mandei Frank ir à mercearia para comprar um pouco de presunto fatiado para uma refeição de emergência. Parecia mesmo um tanto rosado demais, quando eu estava colocando no prato... Tão bonito, com pequenos ramos de salsinha. Estava muito artístico. Frank serviu todos e, então, colocou uma garfada na boca. Ele largou o garfo e olhou para mim. Eu sabia que havia algo terrivelmente errado, mas o que era? Parei de servir o chá e coloquei o presunto na boca. O que vocês acham que tinha acontecido? – Winnie olhou com olhos travessos para todos na mesa. – O presunto estava cru!

Gargalhadas ecoaram na sala de jantar. Em meio ao alvoroço, Pat correu até a cozinha, onde Judy e ela compartilharam um momento silencioso de raiva. Elas mesmas tinham rido quando Winnie contara a história para a família pela primeira vez. Mas contar ao mundo todo era algo bem diferente.

– Ora, ora, qui disgraça tia Edith i a sinhora Brian terem ouvidu isso! – lamentou Judy. – Mas num si culpi, Patsy. Eu cunheçu muito bem aquela língua solta da Winnie. I vucê reparou qui a Naninha pegou aquela cadeirinha verdi lá du salão piquenu pru teu tio Brian e uma perna rachou? Toda viz qui eu olhu, a rachadura aumentou, i só u Bom Home

Lá di Cima sabe si vai aguentar até u fim du almoçu. I lá tá u Tillytuck, tudu amuadu purque iscurregou nu chão i caiu nu cachorru. Eli jura qui eu derramei molhu nu cantinhu deli, desastrada qui sou. Mas tá na hora di levar a sopa'.

E então, como se estivesse esperando pelas palavras de Judy como deixa, a cereja-de-jerusalém mostrou do que era capaz, quando decidia agir. Pareceu que tudo aconteceu ao mesmo tempo. Tillytuck, ainda mais amuado com o comentário de Judy, abriu a porta e saiu furiosamente em meio à chuva. O Terra-Nova encharcado de tio Tom, que havia seguido o pessoal de Swallowfield até lá, entrou correndo. Apenas Cão simplesmente não conseguiu aceitar aquilo depois de ter sido pisoteado. Ele avançou no intruso. Os dois cachorros rolaram em uma avalanche de pelos contra as pernas de Pat, que estava a caminho da porta da sala de jantar com uma travessa cheia de pratos de sopa repletos com um caldo delicioso que Judy chamava de "canja de galinha". A pobre Pat desabou no chão, misturando-se ao caos de cachorros, pratos quebrados e sopa derramada. Ao ouvir o alvoroço, todos, à exceção de primo Nicholas, saíram correndo da sala de jantar. O bebê de dois anos de idade de tia Hazel começou a berrar estrondosamente. Tia Edith teve um ataque cardíaco no mesmo instante. Judy Plum, pela primeira e única vez na vida, perdeu a cabeça, mas foi por uma boa causa. Ela pegou um pimenteiro enorme da cômoda e jogou todo o conteúdo na fuça dos cachorros briguentos irados. Funcionou. O Terra-Nova se afastou, saiu correndo enlouquecido pela sala de jantar, arruinando o vestido novo de crepe georgette azul de tia Jessie ao colidir com ela, atravessou o corredor como um temporal, correu para o pavimento superior, bateu em uma parede com um delicado papel de parede pastel, disparou novamente, e escapou pela porta da frente, que Billy Madison teve a brilhante ideia de segurar aberta para ele. Quanto a Apenas Cão, ele havia saído em disparada pela porta do porão, que havia sido deixada aberta, e bateu na prateleira do outro lado da escada. Apenas

Cão, a prateleira, duas panelas, três baldes de lata e uma dúzia de potes de vidro das conservas de ameixa de Judy desabaram na escada do porão!

Parecia que o pandemônio reinou em Silver Bush pelos próximos quinze minutos. Tia Edith estava arfando e exigia uma compressa gelada. Ela fora levada para o pavimento superior por tia Barbara, onde cuidaram dela.

– A agitação sempre provoca essa dor no meu coração – murmurou ela pesarosamente. – Judy Plum sabe disso.

Tio Tom e tio Brian estavam rolando de rir. Tia Frances e tia Honor estampavam uma expressão que dizia: "Não é assim que as coisas são feitas em Bay Shore". E a pobre Pat se arrastava zonzamente pelo chão, pingando sopa, vermelha de vergonha e humilhação. Foi Naninha quem salvou o dia. Naninha foi soberba. Ela não perdeu a compostura nem por um segundo.

– Todos vocês, voltem a se sentar – ordenou ela. – Buddy, pare de berrar… Eu mandei parar! Pat, levante-se e vá se trocar. Judy, limpe essa bagunça. Ainda sobrou muita sopa… Pat estava trazendo apenas metade dos pratos, e Judy guardou uma panela cheia na despensa. Eu a esquentarei em um piscar de olhos. Fechem a porta do porão e mantenham aquele cachorro lá embaixo até a pimenta sair dos olhos dele.

Judy sempre declarou que nunca sentiu tanto orgulho de qualquer pessoa em Silver Bush quanto de Naninha naquele dia. Mas, naquele exato momento, Judy só se sentia extremamente humilhada. Nunca algo tão vergonhoso acontecera em Silver Bush. Ah, quando ela pusesse as mãos em Tillytuck… Quando ela pusesse as mãos naquela cereja-de-jerusalém!

Em um período surpreendentemente curto de tempo, os convidados tinham voltado à mesa, onde primo Nicholas permanecera placidamente comendo biscoitos durante todo o tumulto. Naninha e Judy serviram a sopa. Pat retornou com outro vestido e novamente recomposta. Dois gatos, cujo sistema nervoso havia sido desarranjado, retornaram para a paz e a tranquilidade do quarto de Judy. A cereja-de-jerusalém esperara o momento certo. Os pratos principais, ganso, pato e peru, fizeram grande sucesso, e o molho de Judy foi aclamado com todos os elogios que um molho poderia receber, embora primo Nicholas tenha conseguido derramar uma jarra de molho na toalha de mesa. Judy se adiantou e limpou calmamente. Ela recuperara o fôlego e estava preparada para qualquer coisa. Ah e a sobremesa ficou incrível.

Pat sentou-se para comer a sobremesa e todos estavam rindo. As pessoas sempre recorriam a Pat porque ela lhes fazia rir. No entanto, a preocupação corroía secretamente seu coração. Tia Jessie tinha comido apenas três colheradas de pudim! Será que não estava bom? E Winnie, de alguma forma, parecia esquisita. Ela tinha ficado subitamente muito quieta e bastante pálida.

Para alívio de Judy, a cadeira quebrada aguentou todo o almoço, embora rangesse alarmantemente toda vez que tio Brian se movia. Então, chegou a hora da "grande lavação de louça", como Judy chamava, na cozinha. Judy, Pat e Naninha se dedicaram à tarefa alegremente. As coisas não estavam tão ruins assim, afinal de contas. Os convidados estavam em uma boa discussão em família no salão grande e as crianças estavam sentadas ao redor de Tillytuck no salão pequeno, parecendo fascinadas, enquanto ele lhes contava histórias. "Mintiras pavorosas", Judy jurava que eram. Por outro lado, Tillytuck, certa vez, dissera:

– Eu seria um homem muito enfadonho se só contasse a verdade.

De toda forma, ele estava mantendo os "pequeninos" quietos, e isso era ótimo.

Capítulo 7

Depois que a louça havia sido guardada, Pat e Judy começaram a pensar no jantar. Judy, com total determinação, colocou a cereja-de-jerusalém no aparador lateral e escondeu a cadeira quebrada no armário do corredor. Uma toalha limpa – aquela com as margaridas bordadas – foi posta, e Pat começou a se sentir animada. Afinal de contas, os convidados estavam se divertindo, e isso era o que mais importava. Até mesmo tia Edith tinha voltado para a sala, pálida, heroica e misericordiosa. Apenas Cão saiu do porão e se acomodou em seu cantinho novamente. Silver Bush ecoava vozes alegres, a luz do fogo cintilava na bela louça, quitutes deliciosos estavam sendo trazidos da despensa e do porão, e Pat pensou, cheia de orgulho, que a mesa do jantar, com suas velas acesas, estava ainda mais bonita que a do almoço. E todos deixavam transparecer no rosto feliz, a gratidão por aquele Natal incrível.

– Qual o problema de Win? – perguntou Naninha, que decidira ajudar Pat e Judy a servir as visitas e jantar com elas mais tarde na cozinha. – Ela está amarelada, meio esverdeada… Ela está doente?

Assim que Naninha fez a pergunta, Frank apareceu, todo apressado, e sussurrou algo no ouvido de Pat, que soltou uma exclamação de incredulidade.

– Eu achava que seria melhor se ela não viesse – afirmou ele. – Mas ela estava ansiosa demais para... E você sabe... Não esperávamos... Isso... Por mais duas semanas.

Pat o afastou e correu para o telefone. A confusão se instaurou novamente em Silver Bush. Winnie estava sendo levada para o pavimento superior, para o quarto do poeta. Pat e Judy estavam correndo enlouquecidas de um lado para o outro. A mãe Gardiner não conseguia permanecer sentada à mesa. Naninha se tornou a única responsável por servir os convidados e se saiu bem. Como Tillytuck costumava dizer, ela tinha a cabeça no lugar. A refeição, contudo, foi um tanto desanimada. Não houve risos. E ninguém mais tinha muito apetite, à exceção do primo Nicholas. Um médico e uma enfermeira chegaram em meio ao temporal e, assim que foi possível, as visitas foram embora... Exceto o primo Nicholas, que não tinha entendido o que estava acontecendo e anunciou sua intenção de permanecer por alguns dias em Silver Bush.

Assim que todos se foram, Judy, com uma expressão severa, marchou até a sala de jantar e levou a cereja-de-jerusalém para Tillytuck, desarrolhando o frasco de sua ira.

– Tira essa coisa da casa imediatamenti, Josiah Tillytuck. Ela já provocou istragu dimais i, agora, cum i qui si ispera lá im cima, num vou tolerar qui permaneça aqui nem mais um minutu.

Tillytuck obedeceu humildemente. De que adiantava teimar com as mulheres?

Um silêncio estranho pairou sobre Silver Bush... Uma quietude de expectativa. A louça da janta foi lavada e guardada, e Judy, Pat e Naninha sentaram-se diante do fogo na cozinha para esperar... E comer maçãs vermelhas no lugar do esquecido jantar. Sua alegria irrepreensível estava começando a aumentar, a despeito de tudo. Afinal de contas, aquilo tudo era motivo para umas boas risadas.

Tillytuck estava fumando em seu canto com Apenas Cão aos seus pés. McGinty estava tão colado em Pat quanto era possível, e Bravo-e-Feroz e Squedunk passeavam pelo térreo. Alec Compridão e primo Nicholas estavam discutindo sobre uma história de família no salão pequeno. Sid estava lendo sobre um assassinato misterioso na sala de jantar. As coisas pareciam normais de novo... Se não fosse pelos ruídos abafados no pavimento superior e as visitas ocasionais da enfermeira, com seu chapéu branco, à cozinha.

– Ora, ora, qui dia! – comentou Judy, suspirando.

– Foi terrível – concordou Pat –, mas será uma história para rirmos um dia. É por isso que nem sempre as coisas acontecem como o esperado, eu acho. Não haveria histórias interessantes. Eu só gostaria que Hilary estivesse aqui hoje. Preciso escrever um relato completo para ele. Que bela cena eu devo ter protagonizado, coberta de sopa e de cachorros! Bem, oito dos nossos pratos bons de sopa foram para o lixo, e a cadeira pequena já era... E não temos ameixa em conserva até o próximo outono... Mas, no entanto, esse foi o único estrago real.

– Ispero qui seja mesmu – respondeu Judy, voltando a orelha para o teto. – U qui foi qui vucê fez cum a cereja, Tillytuck? Si colocou nu celeiru, u lugar vai pegar fogu esta noiti mesmu.

– Levei para o chiqueiro – respondeu Tillytuck em um tom amargo.

– Ora, ora, qui Deus ajudi us pobres porquinhus, intão – disse Judy.

– Jamais me esquecerei da expressão da tia Frances – comentou Naninha, rindo.

– Ora, ora, tia Frances, é? Num si importa cum ela, não, Naninha, quirida. Já acunteceram coisas im Bay Shore também. Eu mi lembru di uma viz eu tava lá para dar uma mão para elis, i bem quandu a tia Frances foi colocar uma tigela enormi di groselha im cunserva na mesa, ela deu u maior berru da vida e caiu para trás cum tigela e tudu. A sopa di hoje num foi nada pertu daquilu! Paricia qui ela tinha sidu morta i tava cuberta di sangui. Num primeiru momentu, tudu mundu achava qui ela tinha tidu um trecu. Mas dipois discubriram qui um minininhu travessu tinha si iscondidu dibaixu da mesa e agarradu a perna dela. Ora, ora, já ri muitas vezes dessa história. U vistidu dela ficou arruinadu, e ela… Patsy, quirida!

– Judy… O que foi?

– Ora, ora, nada dimais – respondeu Judy em um tom desesperadu. – É só qui eu isquici di colocar meu vistidu di festa, afinal de contas! Nem mi passou pela cabeça, dipois da briga dus cachorrus… I eu fiquei disfilanu na frente das visitas cum meu velhu vistidu di drogueti.

– Não ligue para isso, Judy – acalentou Pat, percebendo que Judy estava realmente chateada. – Ninguém reparou. E você poderia acabar manchando o vestido e aí como ficaria sua visita ao Castelo de McDermott?

– Tua tia Edith vai pensar qui num tenhu nada além di drogueti para vistir – grunhiu Judy. – Imbora u vistidu dela mesma tivesse cum umas falhas na custura, si é qui vucês repararam. Eu é qui num tô acustumada cum briga di cachorru na minha cuzinha… – Ela lançou um olhar malevolente na direção de Tillytuck. – Já fazia muitu tempu qui eu num via uma… A última foi na igreja di South Glen, uns dez anos atrás. Ora, ora, aquilu foi um pandemônio! U Billy Gardiner sempre levava u cachorru para igreja. Tudu mundu sabia qui u pobre Billy num batia muitu bem da cabeça, e custumavam colocar eli nu bancu dus fundus, já qui u cachorru si comportava bem, embora tenha, uma vez, soltadu um uivu horrorosu quandu uma moça convidada da cidadi si levantou para cantar um hinu. Pur certu, ninguém culpou u cachorru. Mas nesse dia, vou ti contar, outru cachorru entrou na igreja, já qui a porta tava aberta, i u cachorru du Billy foi para cima deli. U cachorru di fora saiu correnu pelu corredor cum u cachorru duo Billy atrás deli. Foi pegu bem imbaixu du púlpitu! Ora, ora!

O corpo de Judy estremeceu com o riso da lembrança, que a fez se esquecer do vestido não usado.

– O que fizeram com eles, Judy?

– U qui fizeram? U velhu Jimmy Gardiner i u velhu Tom Robinson pegaram um cachorru cada um i levaram lá para fora, siguranu pela peli du pescoçu. Imaginem a cena, minhas quiridas… Um idosu todu soleni, cum uma barba cumprida i uma ixpressão quasi pagã, atravessanu u corredor da igreja, di um ladu até u outru, siguranu um cachorru pelu cangoti.

– Ah – comentou Tillytuck. – Eu estava na igreja aquele dia. Lembro bem.

Aquilo foi demais para Judy. Ela se levantou e foi para a despensa. Sid apareceu para avisar que primo Nicholas queria ir para a cama, e desejava uma garrafa de água quente para levar consigo. Pat o conduziu ao quarto de hóspedes. Tillytuck, ao perceber que estava sobrando, encaminhou-se para o celeiro.

Pat tinha acabado de retornar quando alguém bateu à porta. Quem é que poderia ser àquela hora da noite? Naninha abriu… E encharcado da noite sem estrelas apareceu Joe! Capitão Joe, alto, bronzeado e mudado, após anos de tufões nos mares da China, mas, sem sombra de dúvidas, Joe.

– Vim de avião – explicou ele laconicamente. – Lá de Halifax. Desci em Charlottetown ao anoitecer e contratei um carro para me trazer para cá. Pensei que chegaria a tempo do jantar. Tudo que poderia acontecer com aquele carro aconteceu… Até um eixo quebrado. De toda forma, cá estou… E por que é que vocês estão todos de pé a essa hora e com essas caras tão solenes?

Pat contou a ele. Joe assobiou.

– Não! A pequena Winnie? Ora, eu sempre penso nela como uma criança ainda. Que noite para a cegonha trabalhar! Tem alguma coisa na despensa, Judy?

O velho sorriso dele impediu que Judy se sentisse insultada. Joe sabia que haveria algo na despensa. Judy tinha um peru inteiro guardado, bem como a panela de sopa. No tempo que levou para a mãe Gardiner chegar à cozinha, abraçar Joe e voltar apressadamente para o pavimento superior, Judy já tinha posto a mesa novamente e todos estavam sentados, até o mesmo o já perdoado Tillytuck, que Naninha fora buscar no celeiro.

– Ah, vale a pena voltar para casa para tudo isso – disse Joe. – Naninha, você já está quase adulta. Pat, algum namorado?

– Ora, ora, é bom qui vucê pergunte issu para ela – afirmou Judy. – Vucê num acha qui já tá na hora di termus outru casamento im Silver Bush? Ela isnobou u Elmer Moody na semana passada cum tantu desprezu qui eli foi imbora juranu qui nunca mais botava us pés im Silver Bush.

– Ele respira pela boca – alegou Pat airosamente.

– Olha só para ela. Tem qui encontrar um defeito im todus us pobres garotus. Mas i vucê, Joe? Tá vinu para casa para procurar uma isposa?

Joe enrubesceu, surpreendentemente. Pat não sabia se gostava daquilo. Ela tinha ouvido rumores de várias garotas para quem capitão Joe escrevia ocasionalmente. Nenhuma delas era boa o suficiente para Joe. Mas era aquela velha história... Mudança... Mudança... Pat sempre odiara a mudança. E suspiros breves, frios e inesperados de mudança viviam soprando em tudo, até mesmo nos momentos mais felizes, trazendo o frio do presságio.

– E você não está todo tatuado, afinal de contas, Joe – observou Naninha, um tanto decepcionada.

– Só minhas mãos – esclareceu Joe, mostrando uma âncora azul em uma e suas próprias iniciais na outra.

– Você tatua as minhas iniciais na minha mão? – perguntou Naninha animadamente.

Antes que Joe pudesse responder, um senhor indignado apareceu subitamente na cozinha, envolto em sua camisola. Era primo Nicholas e estava claramente de mau humor.

– Gatos! – rosnou ele. – Gatos! Eu tinha acabado de pegar no sono quando um gato pulou na minha barriga... Na minha barriga, imaginem vocês. Eu detesto gatos.

– Deve... Ter sido Bravo-e-Feroz – disse Pat, arfando. – Ele realmente gosta de ficar na cama do quarto de hóspedes. Eu lamento muito, primo Nicholas...

– "Lamenta", mocinha? Eu não consigo mais pegar no sono depois de ter sido despertado. Seu pesar poder curar isso? Eu desci para lhe pedir que encontre aquele gato e o prenda. Não sei onde o bicho foi parar... Provavelmente debaixo da cama, planejando mais maldades.

– Rabugento... Muito rabugento – murmurou Tillytuck audivelmente.

Naninha miou, e primo Nicholas a fitou com olhos furiosos.

– Os modos de Silver Bush não são mais como eram na minha época – declarou ele devastadoramente. – Eu tive bastante dificuldade em pegar no sono. Havia muita movimentação lá em cima. Alguém está doente?

– Sim... Mas num é contagiosu – garantiu Judy.

Pat, tentando não rir, subiu as escadas correndo e encontrou Bravo- -e-Feroz encolhido no canto do corredor, certamente tentando descobrir quantas vidas ele ainda teria. Pela primeira vez na vida, Bravo-e-Feroz estava assustado. Pat o levou para baixo e o trancou na varanda dos fundos, não sem antes acarinhá-lo... Pois ela não era muito afeiçoada ao primo Nicholas.

O cavalheiro irado finalmente foi persuadido a voltar para a cama. Evidentemente, alguma noção do que estava acontecendo passou pelo cérebro idoso dele, pois, enquanto Pat o ajudava a subir as escadas com suas pernas um tanto trêmulas, ele sussurrou:

– Talvez eu não devesse falar sobre isso para uma garota jovem como você... Mas é um bebê?

Pat confirmou com a cabeça.

– Ah, nesse caso… – ele disse, olhando em volta com um ar desconfiado. – Melhor ficar de olho naquele gato. Gatos sugam a respiração dos bebês.

– Que bela impressão nosso primo Nicholas terá de Silver Bush – comentou Pat, meio lamentando e meio rindo, quando retornou à cozinha. – Nem mesmo nossos gatos e cachorros sabem se comportar. E quanto a você, Naninha… Estou com vergonha de você. O que a fez miar para ele?

– Eu não estava miando para ele – respondeu Naninha solenemente. – Estava apenas miando.

– Ora, ora, num pricisa si preocupar cum u qui u velhu Nicholas Gardiner vai pensar dus nossus bichus – garantiu Judy, fungandu. – Num falei nada antes purque eli é primu di vucês, i a palavra pronunciada num podi ser recuperada. Mas vucês sabem comu é qui u nossu caru Nicholas cumeçou a vida? Quandu u irmãozinhu deli murreu, u velhu Nicholas, qui tinha só 11 anos na época, ganhou cinquenta centavos para deixar todas as crianças da vizinhança entrarem para ver u corpinhu du falicidu nu caixão pur um centavo pur pessoa. Esse foi u iníciu di toda a furtuna deli. Eli multiplicou aquelis cinquenta centavus, fazenu crescer sem parar, sem nunca fazer um mau negóciu.

– Judy, isso é realmente verdade? Quero dizer…Você não confundiu o primo Nicholas com outra pessoa?

– Di jeitu ninhum. Us Gardiner num são tudu flor qui si cheiri, meu tesouru. Pur certu, a família riu dessa história pur muitus anos. Até mesmu a mãe riu deli. Ela era uma Bowman, i eli puxou u jeitu isquisitu dela. Intão, eli é mais dignu di pena du qui motivu di risu.

– Sim, de fato – concordou Pat. – Imagine como deve ser nunca conhecer o prazer de amar um gato adorável, misterioso e macio.

– Ele é extremamente rico, não é? – perguntou Naninha.

– Ora, ora, di um tipo di furtuna, Naninha, quirida. Mas é milhor ser pobri i si sintir ricu du qui ser ricu e si sintir pobri. Ouçam!

Judy ergueu a mão subitamente.

– O que foi isso?

– Parece ser um gato no telhado da varanda – respondeu Sid.

Pat subiu as escadas correndo, voltando alguns minutos depois, corada de agitação.

– Venha aqui, tia Naninha – chamou ela, rindo.

Capítulo 8

Joe, Sid e Alec Compridão foram se deitar. Tillytuck, comentando brevemente que tinha vivido cenas empolgantes suficiente para um dia, recolheu-se novamente no celeiro. Pat, Naninha e Judy, entretanto, resolveram aproveitar a noite. Eram três horas da manhã. Elas estavam sentadas em torno do fogo revivendo aquele fatídico Natal. Gargalharam a plenos pulmões ao se lembrarem da expressão no rosto de primo Nicholas.

– Pur certu, eli num pricisava causar tamanhu alvoroçu pur causa dum gatinhu – ponderou ela. – Eu bem mi lembru du qui acunteceu cum um hom im Silverbridge uns anos atrás. Ele deitou na cama certa noiti e incontrou um defuntu nu meiu dus lençóis.

– Judy!

– Tô falanu. Era u própriu irmãu deli, mas si u Tillytuck tivesse aqui, diria qui eli é qui era u falicidu. Agora, vamus cumer mais alguma coisa. Tô mi sintinu comu si num fizesse uma refeição decenti há semanas, cum todas essas brigas di cachorru, primus ranzinzas e genti vuanu qui nem pássaru. Ainda bem qui eu fiz u Tillytuck sumir cum aquela cereja-di--jerusalém antes du Joe sair di Halifax.

– E pensar que a mãe agora é avó e que nós somos tias – comentou Naninha. – Sinto-me terrivelmente velha. Estou contente que é uma menina. Podemos deixá-la muito fofa. O nome dela será Mary Laura Patricia, por causa das duas avós, e vão chamá-la de "Mary". Frank colocou o "Patricia" por sua causa, Pat, porque, segundo ele, se não fosse por você, essa criança jamais teria nascido. O que ele quis dizer com isso?

– É besteira. Ele insiste em pensar que abri mão de uma carreira para que Winnie pudesse se casar. Fico feliz que ela tenha ganhado o nome da mãe. Por outro lado, sempre penso que um segundo nome é triste e reprimido, porque nunca é mencionado o suficiente para ganhar personalidade. Quanto a um terceiro, não passa de um fantasma.

– Tilllytuck estava realmente agitado, não estava?

– Consegue imaginar o Tillytuck bebê? – disse Pat em um tom sonhador.

– Ora, ora, eli foi, i talvez tenha sidu u orgulhu i a alegria da família – disse Judy, suspirando sentimentalmente. – É realmenti terrível u qui nóis nus tornamus cum u passar dus anos. Pur certu, outru Natal si passou i num podemus negar qui tevi seus momentus filizis.

E então amanheceu. A chuva passou; o mundo todo estava encharcado e inundado, mas, ao leste, a alvorada nascia cor-de-rosa, e logo o Morro da Névoa surgiu como um seio marrom desnudo sob a luz pálida do sol da manhã. A casa, após toda a agitação, exibia uma aparência desgrenhada, cínica, envergonhada. Pat ansiava para botar a mão na massa e recobrar sua serenidade e seu autorrespeito.

Winnie, pálida e doce, perguntou a eles, com sua risada gostosa, o que achavam de sua pequena surpresa. Sid declarara à indignada Naninha que o bebê tinha o rosto de um macaco. A mãe Gardiner estava exausta e condenada a passar o dia na cama. E Judy saíra para conferir se os porcos haviam sobrevivido à cereja-de-jerusalém.

Capítulo 9

– Ora, ora, tô sintinu gostu di primavera hoje – anunciou Judy em uma manhã de maio.

O inverno tinha sido longo e gelado, embora socialmente agradável, com bailes e outros eventos. Dois bailes foram organizados para Joe em Silver Bush… Um na semana seguinte à sua chegada e o outro na noite antes de sua partida. Tillytuck tocara o violino nas duas ocasiões, e Naninha dançara várias músicas e se achara quase adulta. Tornou-se uma piada na família, o fato de que Naninha roubou a afeição de Ned Avery por Pat, tendo sido convidada por ele para ir a um baile em South Glen. A mãe Gardiner, contudo, não permitiu. Naninha, segundo ela, era jovem demais. Naninha ficou irritada.

– Parece-me que sempre se é jovem ou velha demais para fazer qualquer coisa de que se goste no mundo – disse ela em um tom desdenhoso. – E a senhora não permitiu que Joe tatuasse minhas iniciais no meu braço. Seria uma distinção e tanto. Ninguém na escola tem qualquer tatuagem. Trix Binnie morreria de inveja.

– Ora, ora, desde quandu us Gardiner si importam cum u qui um Binnie pensa di qualquer coisa? – ralhou Judy.

A primavera demorou a chegar aquele ano. Judy tinha um ditado, segundo o qual, "numera primavera até a neve du Morro da Névoa derreter, e a neve du Morro da Névoa só derreti quandu chega a primavera". Houve algumas promessas espasmódicas... Dias subitamente lindos, seguidos por ventos leste cortantes e neblinas cinza fantasmagóricas, ou ventos noroeste e geadas. Naquele em particular, contudo, parecia que a primavera tinha realmente chegado para ficar. Era um dia quente de brilhos e sombras extasiantes. Em determinado momento, uma nuvem prateada de chuva desceu pelo Morro da Névoa... Passou pela casa grande... Atravessou o campo da lagoa... O bosque branco... E desceu até o golfo. Então, ele decidiu ser ensolarado. Os horizontes estavam marcados por névoas azul-claras, e uma esmeralda envolvia as árvores por todos os lados. O mundo era doce, e a lagoa era uma safira imensa. Naninha encontrou umas violetas brancas e roxas nas águas cantantes do Jordão, e samambaias jovens desabrochavam na beirada do bosque de bétulas. Pat descobriu que aquele pequeno amontoado de narcisos-dos-poetas no gramado estava espiando acima do nível do chão. Ela sentiu uma pontada de dor ao se lembrar que havia ganhado aquelas flores de Bets... que tanto amava a primavera, mas não respondia mais ao seu chamado. Pat olhou saudosamente para a casa comprida, morro acima... Que voltara a ser a casa comprida e solitária, pois as pessoas que haviam se mudado para lá depois da partida dos Wilcox também tinham ido embora, e ela voltou a ser abandonada, como costumava ser quando Pat era criança e desejava que suas janelas pudessem ser acesas à noite, como as das outras casas. Agora, ela não se sentia mais assim com relação à casa, embora ainda uma onda de prazer a invadisse quando a chama do crepúsculo tocava as janelas do lado oeste, criando uma ilusão fugaz de vida e cor, e ainda estremecesse quando parecia gelada e desolada nas noites enluaradas de inverno. Ela ressentia a ideia de que qualquer pessoa morasse lá sendo que Bets, a doce e amada Bets, se fora para sempre, para nunca mais retornar. Enquanto permanecesse vazia, ela podia fingir que Bets ainda estava lá e desceria o morro correndo, como nos velhos e jamais esquecidos tempos, em uma dessas noites de primavera que pareciam conseguir evocar qualquer coisa de seu túmulo.

Quando Judy "sentia o gosto" da primavera, era hora de começar a fazer faxina na casa, e como Tillytuck ia passar o dia fora na "outra fazenda", como a "antiga propriedade dos Adams" agora era chamada, Judy e Pat aproveitaram a oportunidade para limpar o quarto do celeiro... Uma tarefa que Judy desempenhou com bastante descontentamento, visto que estava temporariamente irritada com Tillytuck, em partes porque Apenas Cão tinha matado três de suas galinhas no dia anterior e comido a perna de uma das calças cáqui de Sid, e em partes porque...

– Eli voltou para casa bêbadu ontem à noiti di novu e durmiu nu istábulu.

O "di novu" de Judy parecia implicar que Tillytuck voltava para casa alcoolizado com frequência. Para falar a verdade, aquela era apenas a segunda vez que isso acontecia, e Tillytuck era tão bom trabalhador que Alec Compridão ignorava esse lapso ocasional.

– Não qui eli tivesse confessadu qui tava imbriagadu... Ah, não. Eli só dissi qui a lua paricia um tantu instável. E ficou mi dizenu qui num era para eu ficar pensanu im casamentu, mesmu qui eli gostassi di conversar cumigu. Logu eu! Mas di qui adiantava ficar zangada cum eli naqueli istadu? Eli fica mais irritadu quandu a genti ri deli. Até tentou subir a iscada du celeiru... Eu fiquei observanu da janelinha redonda e mi divertinu... Mas eli num cunsiguia confiar nas próprias pernas, intão foi lá pru istábulu, caminhanu todu duru e pomposu. Ora, ora, só Deus sabe u qui é qui a genti vai incontrar nu isconderiju deli... Num seria di si admirar si acharmus um ninhu di bodi.

– Tillytuck disse que vai arranjar um rádio – comentou Naninha, que não estava na escola, visto que era sábado.

– Ora, ora, um rádiu, é? Ficu aliviada im ouvir issu. Talvez, si eli arranjar um, num fiqui lenu porcarias qui nem esta. – Judy exibiu um livro que acabara de encontrar na mesa de Tillytuck. – Vucês tão venu? *Us errus di Moisés*. É um livru pagão qui eli imprestou du velhu Roger Madison di Silverbridge, i quandu eu u reprimi pur tá lenu essi tipu di coisa, eli dissi: "Eu gostu di ver us dois ladus da moeda", eli dissi. Tamanha curiosidade!

Judy jogou a obra ofensiva pela janela, no chiqueiro, e lavou as mãos ostensivamente.

– Não se pode catequisar Tillytuck – ponderou Pat. – E ele realmente lê muito a Bíblia dele.

– Mas ele tem dúvidas com relação à história de Jonas e a baleia – observou Naninha. – Ele me disse.

– Eli fala essi tipu di coisa para uma criança? – Judy ficou horrorizada. – Eu vou é falar u qui eu pensu dissu para eli. Num vai cair na deli, Naninha. Nunca tivemus um bezerru disgarradu im Silver Bush, i si Moisés cometeu um ou dois errus, eu sou da opinião di qui eli sabia mais das coisas im geral du qui u Josiah Tillytuck i u velhu Roger Madison juntus.

– Você só está um pouco enfezada com o Tillytuck porque ele tentou se intrometer nas suas histórias – sugeriu Naninha, como quem não quer nada.

Uma cena havia se desenrolado na cozinha duas noites antes, quando Judy estava contando uma história de uma mulher do sul que colocara veneno de rato, em vez de fermento em pó, por acidente nas panquecas da família, e Tillytuck afirmara que tinha comido uma das panquecas.

– Eu num possu cum aqueli Tillytuck – declarou Judy acaloradamente. – Eu mi atenhu à verdadi, mas eli fica inventanu coisa.

– Mesmo assim, você fez doces para ele depois, Judy.

– Ora, ora, fiz mesmu – admitiu Judy, dando um sorriso depreciativo. – Eli cunsegue imbromar a genti, di alguma forma, cum aquela lábia deli. Tem vezes im qui eli cunsiguiria cunvencer até u papa. Nunca ria duma velha sinhora, Naninha, quirida. Tillytuck i eu nus intendemus bastante bem, apesar das nossas discórdias. Si eli pensa qui eu tô morrenu di amores pur eli, qui seja. Eli num tem muitus prazeres nesta vida. E agora qui terminamus u quartu, vamus...

– Os porcos estão no cemitério, Judy – gritou Naninha.

– Vou arrancar u couru delis – berrou Judy enquanto descia as escadas do celeiro, apavorada. – Mas, afinal di contas, dava para culpar us pobris porcus? Elis num eram mais us mesmus desdi qui tinham comidu a cereja-di-jerusalém.

Naquela tarde, elas encararam o sótão. Pat sempre adorava fazer faxina, em geral – e no sótão em especial. Era delicioso deixar Silver Bush tão limpa e doce quanto a primavera... Uma cortina nova aqui... Um papel de parede novo ali... Uma mão de tinta onde era necessário. Pequenas mudanças que não machucavam ninguém... Não muito. Pat sempre sentia pena dos papéis de parede antigos e sentia falta deles.

Quando se ia ao sótão, sempre se encontrava diversas coisas já esquecidas, e todos os fantasmas da família faziam uma bela vistoria.

– Pur certu, fazer faxina na casa i cavar um poçu são as únicas duas coisas qui eu cunheçu qui si cumeça im cima i termina imbaixu – comentou Judy. – Bom, u sótão tá prontu, i essa é a quadragésima vez qui eu limpu essi lugar. Quarenta i um anos im maiu, Patsy, quirida, desdi qui eu vim trabalhar im Silver Bush, esperanu poder passar u verão aqui, si a mãe du Alec Cumpridão gostassi di mim... I aqui tô eu, até hoji.

– E aqui ficará por mais quarenta anos eu espero – disse Pat, dando um abraço nela. – Mas ainda não terminamos, Judy. Eu quero ver o que tem naquele velho baú preto no canto. Já faz anos que não é devidamente esvaziado.

– Ora, ora, num tem muita coisa lá além di velhas relíquias da antiga decência – respondeu Judy.

– Nós realmente deveríamos dar uma olhada. Pode ser que as mariposas tenham entrado nele.

– Pur certu, é sempre fácil incontrar uma disculpa pru qui a genti quer fazer – observou Judy furtivamente. – Mas podemus vasculhar tudu si vucê isperar eu preparar a janta primeiru. A genti sobi aqui nu iscurecer i vê u qui tem lá dentru.

Como combinado, depois da janta, Pat se refugiou no sótão, que estava ficando mais escuro, embora o brilho do crepúsculo ainda brilhasse lá fora. Era um pôr do sol de primavera... Dourados pálidos, rosas suaves e verdes-maçãs etéreos escureciam até se mesclarem com o azul prateado acima das bétulas. Pat ardia com a beleza daquilo, sendo uma dessas pessoas

que sentem o fascínio
da beleza como uma dor.

Névoas violeta encobriam os morros distantes. Os bordos de Swallowfield, com suas saias verdejantes, eram garotas bailando com os abetos escuros atrás delas, como velhas damas de companhia soturnas. Sid tinha arado o campo torta de carne naquele dia, e a terra estava disposta em lindos sulcos vermelhos uniformes. Do campo da lagoa ecoava o trilo de alguns sapos em meio à noite sorumbática de primavera, e havia uma espécie de glamour indefinível sobre tudo. As coisas estavam um pouco "esquisitas", como às vezes costumavam parecer, certas noites, durante sua infância.

– Isso me faz pensar na noite em que você me contou que Naninha estava a caminho – comentou ela com Judy, que estava subindo as escadas, ofegando de leve. – Ah, Judy, querida, veja só esse pôr do sol.

– Tem algu di ispecial neli? – indagou Judy um tanto secamente, pois não gostava da ideia de ficar sem ar após apenas dois lances de escada.

– Há algo de especial em todo pôr do sol, Judy. Eu nunca vi uma nuvem com essa cor e esse formato ... Veja... Aquela acima do pinheiro alto.

– Num tô neganu qui é bunitu. Pur certu, eu num seria qui nem u velhu Rob Pennock, lá di South Glen. A isposa deli tinha muita vergonha da insensibilidadi deli. "Eli siquer sabi qui ixisti algu chamadu 'pôr du sol'", ela mi dissi um dia, toda impacienti.

– Deve ser terrível não conseguir enxergar e sentir a beleza – respondeu Pat suavemente. – Fico muito contente por conseguir encontrar a felicidade em todas as pequenas coisas bonitas... Como aquela nuvem. Parece, para mim, que toda vez que olho por uma janela, o mundo me dá um presente. Veja todos aqueles velhos pinheiros ao redor da lagoa. Judy, já lhe ocorreu que a lagoa está secando? Parece-me que não é tão funda quanto costumava ser.

– Receiu qui teja mesmu – concordou Judy. – As lagoas são assim. Tinha uma lá im Swallowfield quandu eu vim para cá... I agora num passa di um buracu verdi, cheiu di musgu e samambaia.

– Não sei se eu suportarei se ela secar. Eu sempre a amei tanto...

– U qui é qui vucê num ama nesta velha propriedadi, Patsy, quirida?

– Quanto mais coisas e pessoas você ama, mais felicidade você sente, Judy.

– Ora, ora, i mais tristeza também. Eita, num sei u qui foi qui mi fez falar issu! Simplismenti saiu.

– É verdade, eu suponho – aquiesceu Pat, pensativamente. – É o preço que se paga por amar, eu acho. Se eu não tivesse amado tanto Bets, não teria doído tanto quando ela morreu. Mas valeu a pena, Judy.

– Sempri vali – dissi Judy gentilmenti. – Intão num dê ouvidus para minha cunversa boba sobri tristeza.

– Bem, e o baú preto. Judy?

– Naninha quer qui a genti ispeie pur ela. Dissi qui num vai demorar… Ela ainda tinha umas lições di latim para istudar. Ela tá finalmente ficanu bastanti interessada nus istudus. U Joe deu uns conselhus para ela vez ou outra.

– Espero que a gente consiga prover uma boa educação de verdade para ela, Judy. Parece que nunca temos muito dinheiro, preciso admitir.

– Hospitaleirus dimais, achu qui alguns pur aí pensam. A sinhora Binnie diz qui nóis distribuímus mais cum a culher du qui us homis conseguem trazer para casa cum a pá… Típico Binnie. Nossus homis gostam da vida boa. I daí si num temus muitu dinheiru, Patsy, quirida? Pur certu, temus um montão di coisa qui ninhum dinheiru podi comprar. Vai ter u suficienti reservadu para Naninha quandu a hora chegar, num pricisa ter medu. U Bom Hom Lá di Cima vai garantir.

O zunido da centrífuga chegou até elas lá do quintal, onde Tillytuck estava operando a máquina sob o enorme bordo ao lado do poço e cantando um salmo em alto e bom tom, com McGinty e alguns gatos como plateia. Pat reparou que Tillytuck tinha uma voz impressionantemente bonita. E ele estava colocando o pires para os seres fantásticos, exatamente como Judy sempre fizera.

– Eu costumava pensar que os seres mágicos realmente vinham beber aquele leite. Gostaria de poder acreditar nessas coisas hoje em dia, Judy.

– É divertidu acreditar nas coisas. Volta e meia eu ficu pensanu, Patsy, quirida, im tudu qui us céticus perdem. Quantu au piris di leiti, u McGinty é qui toma boa parti, agora. Olha só para eli sentadu ali, abananu u rabu toda vez qui u Tillytuck chega nu final dum versu. Ele podi num ter um bom ouvidu para música, mas sabe comu agradar u Tillytuck.

– Judy, tenho quase certeza de que cachorrinhos fofos como o McGinty devem ter almas.

– Um bucadinhu di alma, talvez – respondeu Judy cautelosamenti. – Eu nunca cunsigui intender u versículo "ficarão di fora us cães", Patsy, quirida, mas nunca conti isso pru ministru ou pru Tillytuck. Sempre qui eu veju u cachorru McGinty, eu pensu no Jingle. Vucê num recebeu uma carta deli ontem? E tem alguma novidadi quantu a eli vir para casa nu verão?

– Não – respondeu Pat, suspirando. Ela esperava que Hilary viesse. – Ele precisa trabalhar nas férias, Judy.

– Suponhu qui a mãe deli num teja danu mais atenção para eli du qui sempri deu?

– Não sei. Ele nunca toca no nome dela, agora. É claro que ela está sempre disposta a mandar todo o dinheiro de que ele precisa… Mas ele é extremamente independente, Judy. Está decidido a ganhar todo o dinheiro que pode sozinho. E quanto a vir para casa… Bem, você sabe, desde que o tio dele faleceu, e a tia se mudou para a cidade, ele não tem realmente um lar para retornar. É claro que eu já disse uma dúzia de vezes que ele deveria enxergar Silver Bush como a casa dele. Você se lembra de como eu costumava colocar uma vela nesta janela aqui quando queria que ele viesse para cá?

– I eli nunca deixou di vir, num é mesmu, Patsy? Eu quasi acreditu qui si vucê colocassi uma vela ali nessa noiti di ventu, eli acabaria venu i vinu aqui. Patsy, quirida… – A voz de Judy ficou mais persuasiva e confidencial. – Vucê nunca pensa nu Jingle… Vucê sabi…

Pat riu, seus olhos âmbar se encheram de uma hilaridade travessa.

– Judy, querida, você sempre teve grandes esperanças de nos unir, mas está fadada a se decepcionar. Hilary e eu somos amigos, mas jamais seremos qualquer outra coisa. Somos amigos demais para sermos qualquer outra coisa.

– Vucê parece tão dicidida a rejeitar todus us dimais – observou Judy, suspirando. – I eu sempri gostei du Jingle. Num é nada ruim ser amiga du maridu, pelu qui mi disseram.

– Por que você tem tanta convicção de que eu deveria arranjar um derriço "de verdade", Judy? Seria de se pensar que você quer se livrar de mim.

– Ispero qui vucê mi conheça milhor, meu tesouro. Quandu vucê si for di Silver Bush, a luz irá imbora dus olhus da velha Judy Plum.

– Então simplesmente fique feliz por eu pretender ficar, Judy. Não quero nunca deixar Silver Bush… Quero permanecer aqui para sempre e envelhecer com meus gàtos e cachorros. Eu amo até mesmo as paredes desta casa. Veja, Judy, a hera chegou ao telhado. Ainda bem que temos muitas vinhas por aqui, pois a casa precisa desesperadamente de uma pintura, e o pai disse que não poderá bancar este ano.

– Teu tio Tom tá pintanu Swallowfield… Di brancu, cum detalhis im verdi, é para ser… Eli começou hoji.

– Sim. – Uma sombra pairou sobre o rosto de Pat. Todos em North Glen já sabiam, àquela altura, que Tom Gardiner andava trocando correspondências com uma mulher da Califórnia, embora nem mesmo as fofoqueiras de plantão mais engajadas tivessem conseguido descobrir qualquer outra coisa, nem mesmo o nome dela. – Swallowfield realmente precisa de uma pintura, mas isso já faz anos. E agora tio Tom parece estar com mania de arrumar as coisas. Ele vai até mesmo mandar tingir e texturizar a velha porta vermelha. Eu sempre amei tanto aquela porta. Judy, você não acha que ele está pensando em se casar, acha?

– Eu num saberia dizer. I a nossa cara tia Edith num ia gostar nada – respondeu Judy em um tom que indicava que, para ela, ao menos, seria um bálsamo de Gileade se Tom Gardiner realmente se casasse, afinal de contas. – Tem outra história correnu pur aí, Patsy, di qui u Joe tá noivu da Enid Sutton. Vucê sabe si é verdadi?

– Não sei dizer. Ele a viu diversas vezes quando estava em casa. Bem, ela é uma ótima moça e seria uma boa companheira para Joe.

Pat sentia-se bastante magnânima em sua aprovação da alegada escolha de Joe. Se fosse Sid… Pat relutaria um pouco. Sid, no entanto, não pensaria em se casar por mais alguns anos.

– Ora, ora, si acontecer mesmu um casamentu, isperu qui a Enid tenha mais sorti cum u vistidu qui a mãe dela tevi. Foi uma custureira da cidadi qui fez… Us Sutton si julgavam milhoris qui a custureira di Silverbridge… I ela ficou duenti, mas mandou avisar qui u vistidu taria prontu para u casamentu sem falta. Quandu chegou u dia, ela telefonou avisanu qui tinha mandadu u vistidu pelu trem, mas u trem qui chegou num trouxi vistidu ninhum. I, u qui é pior, u vistidu nunca reapareceu… Nunca, Patsy, quirida. A pobre noiva si casou vistida di sarja azul e lágrimas.

– O que aconteceu com o vestido, Judy?

– Só u Bom Home Lá di Cima é qui sabi. Foi dispachadu pelu agenti lá di Charlottetown, i essa foi a última vez qui si viu ou si ouviu falar deli. Cetim i renda branca! Pur outru ladu, achu qui ela tevi mais sorti qui a noiva du castelu di McDermott.

– O que aconteceu com ela?

– Ora, ora, foi cem anos antis da minha época lá, mas mi contaram a história. Ela foi até u guarda-roupa i colocou a mão lá dentru para pegar u vistidu di noiva i… – Judy inclinou-se para frente dramaticamente no sótão que escurecia. – I u qui ela pegou foi uma mão isquelética.

– De quem?

Pat estremeceu deliciosamente.

– Ora, ora, di quem? Essa era a questão, Patsy, quirida. Di ninhum cristão, certamenti. A pobri noiva dismaiou, i u casamentu pricisou ser adiadu, i u noivu foi mortu nu caminhu para casa. Caiu du cavalu. Eu vi u tal guarda-roupa várias vezis quandu trabalhava lá, mas us McDermott nunca mais permitiram qui fossi abertu di novu. Dizia a história qui u vistidu cuntinuava pinduradu lá. Ora, ora! – Judy suspirou. – Achu qui vou ter qui fazer uma visita à velha Irlanda nu outonu. Tenhu tidu uma vontadi qui há anos eu num sintia.

Naninha veio correndo pelas escadas, seguida por Bravo-e-Feroz, que saltava três degraus por vez.

– Ah, espero ter chegado a tempo. Já terminei o latim. Não é de se admirar que o latim tenha morrido. As pessoas realmente falavam aquilo? Assim como vocês e eu falamos? Não consigo acreditar. Joe me fez prometer que serei a primeira da turma e disse que, se eu for, ele vai tatuar meu braço, independentemente do alvoroço que vocês causarem. Então, ou eu chego lá ou dane-se.

– As jovens du castelu di McDermott nunca falavam "dani-si" – repreendeu Judy.

– Ah, suponho que elas falassem com um sotaque tão pesado que só um guindaste poderia suportar – retrucou Naninha. – Bem, vamos atacar o velho baú. É tão divertido vasculhar caixas antigas... Nunca se sabe o que se pode encontrar. É como viver por um tempinho no ontem.

Capítulo 10

Elas arrastaram o velho baú preto do canto até a janela. Bravo-e-Feroz, decidindo que aquilo não era algo que faria bem a qualquer gato, refugiou-se na escuridão do beiral do telhado e imaginou ser um tigre de bengala. O baú preto estava repleto com a miscelânea usual que os velhos baús de sótãos costumam abrigar. Chapéus antigos de veludo e renda, com abas floridas; maços de cartões de Natal esquecidos; plumas de avestruz; fotos de família desbotadas; cordões de ovos de pássaros; vestidos descartados com corpetes, polonesas e mangas bufantes de outras tendências; antigos livros escolares; mapas que as crianças de Silver Bush tinham desenhado; pacotes de cartas amareladas; um enchimento de cabelos usados em épocas pompadorianas; coisas velhas que um dia foram belas e agora estavam desbotadas. Elas se divertiram tremendamente.

– O que é isto aqui? – quis saber Naninha, erguendo uma grande maçaroca de arame amassado.

Judy soltou um ronco de riso.

– Ora, ora, são as velhas anquinhas da tua tia Helen. Eu mi lembru di comu teu pai brigou cum ela quandu ela trouxi issu para casa. Ela era uma moça muitu refinada i sempre a primeira da família a saber das novas tendências. Ela foi a um concertu aquela noiti lá im Silverbridge cum u derriçu da época, i disseram qui eli ficou vermelhu até as orelhas, di tão invergonhadu qui tava. Mas dipois di algumas semanas, tudu mundu tava usanu. Eli divia ficar agradecidu por ela num ter usadu qui nem a Maggie Jimson lá im South Glen quandu a irmã dela, qui tava trabalhanu im Boston, mandou umas para casa... Bem sufisticadas, cubertas di cetim azul.

– Como foi que ela usou, Judy?

– Pur cima du vistidu – explicou Judy em um tom solene. – Dizem qui u pissual qui tava na igreja aqueli dia nunca mais foi u mesmu. Ora, ora, mas a moda vivi mudanu. Só us beijus qui nunca sai di moda. Talvez essas velhas anquinhas sejam levadas lá para baixu, um dia desses, i ixibidas na cornija da lareira comu uma peça di herança.

– Olhem só para isto! – Naninha ergueu um chapéu de veludo mar-rom enorme, com uma pena de avestruz de um tom esverdeado imunda. – Imaginem usar um chapéu assim.

– Ora, ora, essi chapéu era da tua tia Hazel, cum essi monti di pluma, i ficava lindu cum u pentiadu *pompadour*. Mas eu mesma nunca gostei di chapéus di veludu, desde qui aqueli ratu saltou du chapéu da sinho-ra Reuben Russell em um dumingu na igreja da ponti. Aquilu foi um pandemôniu.

– Se Tillytuck estivesse aqui, ele diria que era o próprio rato – disse Naninha, rindo.

Pat encontrou um objeto.

– Judy, aqui está minha antiga forminha de queijo! Várias vezes eu me perguntei o que teria acontecido com ela. Eu queria guardá-la como lembrança daqueles queijinhos deliciosos que você costumava fazer para mim nela... Um queijo só para mim, todo ano. Você não se lembra da Judy fazendo queijo, Naninha, mas eu me lembro. Era tão divertido...

– I aqui tá um dus chapéus di babadus da bisavó Gardiner – anunciou Judy. – Quantas vezis eu num remendei essi chapéu ... Ela vivia dizenu qui ninguém sabia rufar um babadu qui nem a jovem Judy. Ora, ora, eu era a jovem Judy naquela época i tinha aprendidu u truque nu castelu di McDermott. A velha sinhora Gardiner sempre fez us próprius chapéus... Ela era uma bela custureira. Era realmenti uma sinhora distinta, mesmu qui algumas pessoas a achassem um tantu arroganti. Eu já contei para vucês da noiti im qui ela tava ajuelhada du lado da cama cum a janela aberta, fazenu suas orações e suas preces prus céus, eu suponhu... Quandu um gatu enormi entrou pela janela e pulou nas costas dela di repenti, si siguranu nela cum as garras?

– Oh! – Naninha estremeceu de euforia. – E o que a bisavó disse?

– Dissi? – Judy olhou em volta com cautela. – Já faz 39 anos, i eu nunca contei para ninhuma viv'alma. Ela dissi uma palavra qui cumeça cum "mal" e termina cum "dição".

Pat rolou de rir. A majestosa Bisavó Gardiner, cujo retrato estava dependurado no salão grande, com seu chapéu branco emoldurando o rosto imaculado! Realmente, as coisas que Judy sabia sobre pessoas respeitáveis eram terríveis.

– Esti panu velhu era um vistidu qui a vó di vucês custumava usar. – Judy ergueu um tecido desbotado com muitos babados. – Seda listrada qui nem fileiras di grama. Talvez seja aquele... Num tô dizenu qui é, mas podi ser... Qui ela usou só duas vezes.

– Por que ela não usou mais? – quis saber Naninha.

– Ora, ora, si for esse... Prestem atenção. Num tô dizenu qui é... A vó di vucês i a prima dela, a senhora Tom Taylor, eram grandes rivais, pelo qui diziam, quandu si tratava di vistidus, i as duas gostavam di coris alegris. I quandu a vó di vucês foi para igreja toda dislumbranti cum seu vistitu listradu, a sinhora Tom ficou verdi di inveja i num dissi nada, mas foi à cidadi nu dia siguinti, comprou u mesmu vistidu e deu para uma faxineira lá da ponti. A pobrezinha ficou filiz qui nem pintu nu lixu, e usou uvistidu para ir à igreja nu dumingu siguinti. Ora, ora, foi muitu cruel da parti da sinhora Tom, i ela teve u qui merecia, pois u pai dela murreu i ela tevi qui usar pretu pur dois anos. Nu entantu, a vó di vucês nunca mais colocou u vistidu listradu di novu.

– Que tolice da parte dela – comentou Naninha arrogantemente.

– Ora, ora, são as pessoas tolas qui fazem coisas interessantis – retorquiu Judy, rindo. – Num haveria muitas histórias para contar si tudu mundu fossi ispertu. I vejam só u velhu ursinhu di pelúcia du Sid! Ele nunca durmia sem u bichinhu. Fui eu quem custurou essis butões nu lugar dus olhus quandu u Ned Binnie arrancou us originais e u pobri Sid ficou cum u curaçãozinhu partidu.

– Estão dizendo, lá na escola, que Sid está interessado por Jenny Madison – contou Naninha.

– Sid tem um novo "interesse" a cada dois meses – ponderou Pat delicadamente. – Esse vestido devia ser lindo na época dele, Judy... Uma espécie de tecido prateado com babados de renda nas mangas.

– Pratiado, é? Quem dera vucê pudesse vê-lu comu eu veju! Essi foi u vistidu qui a tia Lorraine usou na primeira festinha dela, nu verão im qui eu cheguei aqui. Era ainda mais azul qui us olhus dela. Cunsigu ver a moçoila dançanu nu quintal sob a luz da lua para ixibir u traji antes di ir para festa. Já faz quarenta anos qui ela virou pó nu cimitériu da igreja. A primeira festinha dela foi também a última. Vucês devem si lembrar da lápide dela, di mármori brancu, com uma cabecinha di bebê i asinhas saindu di trás das orelhas. Pur certu, eu nunca achei adequadu parau túmulo duma minina, mas mi disseram qui num era um bebê, mas um querubim, seja lá u qui issu quer dizer. Nunca mi isquici du dia im qui eu levei u Sid para u cimitériu da igreja di South Glen quandu eli tinha 6 anos di idadi. Eli olhou para u querubim i dipois para mim. "Cadê u restu deli, Judy?", eli perguntou, todu soleni.

– Essas são as cartas dela? – indagou Naninha, erguendo um maço de papéis amarelados.

– Achu qui essas são da tia-avó Martha. Ela também murreu jovem, mas tevi um derriçu qui iscrevia belas cartas. U pai dela num gostava du garotu i, um dia, a Martha murreu di tristeza i também pur ter usadu meias finais dimais duranti u invernu. Vucês podem iscolher a ixplicação romântica ou a sensata, u qui acharem milhor.

– Por que o pai não aprovava o garoto?

– Num achu qui eli desaprovava u moçu em si, mas eli tinha um tio qui chegou a ser inforcadu pur ter participadu di uma rebelião, mas qui acabou soltu i si recuperou. Nunca mais voltou a falar. Alguns diziam qui a garganta deli tinha sidu machucada... Mas outros diziam qui eli tinha vistu alguma coisa qui u assustou tantu qui u home nunca mais dissi uma única palavra. Di toda forma, u pai dela num quiria ninguém "meiu-inforcadu" na família.

– Ah, olhem só que beleza! – exclamou Pat, exibindo uma pulseira prateada. – Está um pouco preta, mas é possível limpar.

– U cadiadu i a chavi qui fecham a pulseira sumiram, Patsy, quirida, intão num dá para usar. Issu também era da tia Hazel. Foi um furor na época. Eu mesma era louca para ter uma, mas dipois qui ouvi a história da pulseira da Sissy Morgan, lá im Bay Shore, elas perderam todu u encantu para mim.

– O que aconteceu?

– Ora, ora, u derriçu dela era capitão, i antis di partir para viagem qui acabou senu a última qui faria, eli colocou uma pulseira cum cadiadu nu pulsu dela... Uma pulseira di ouru... I levou a chave cum eli, fazenu a minina prometer qui nunca ia si casar cum qualquer outra pessoa até qui eli voltassi i abrissi a pulseira. A Sissy prumeteu sem si preocupar muitu. Us Morgan prumetiam qualquer coisa. Mas ela era bunita, a tal da Sissy, i u capitão era loucu pur ela. I durante uma tempestade, eli foi arremessadu para fora du naviu, i a chavi foi parar nu fundu du Atlânticu, juntu cum u corpu deli. A pobre Sissy ficou tristi, mas us Morgan se recuperam rápidu das coisas, i um anu dipois, ela tava ávida para si casar cum u Peter Snowe. Só qui ela tinha medu di quebrar a promessa da pulseira. U pai dela quiria u casamentu, purque u Peter era muitu ricu, mas a Sissy num quis quebrar a promessa e foram várius alvoroçus pur causa dissu. Ora, ora, mas u ingraçadu mesmu foi a sequência di tudu.

– Qual foi a sequência?

– Ora, ora, a sequência? Bom, a Sissy tava durminu profundamenti na cama em uma noiti di luar i quandu acordou, a pulseira tava aberta… Simplismenti aberta. Ela num viu nada nem ninguém, mas tava aberta.

– Não acho isso engraçado, Judy – afirmou Naninha, estremecendo de leve. – Isso foi… Horrível.

– Ora, ora! Pur certu, u ingraçadu foi qui u Peter Snowe num quis si casar cum ela, dipois dissu… Dissi qui num ia ficar cum u refugu di um fantasma. U restu dus homis parecia ter a mesma opinião, i ela murreu uma velha solteirona.

– Vejam, aqui está a colher de prata de Joe – exclamou Pat. – Isso é um achado. Nunca soubemos o que tinha acontecido com ela. Como é que veio parar aqui? A mãe vai ficar contente!

A colherinha de prata com os amassados onde Joe tinha fincado os dentes… Joe, que estava a caminho da China naquele mesmo instante. Pat suspirou e se levantou.

– Bem, isso é tudo. Será que deveríamos queimar todas essas cartas antigas? Por um lado, gostaria de lê-las… Há algo de fascinante em cartas antigas… Parece ser portões fantasmas abertos… Mas suponho que tia Martha não fosse gostar.

Ela pegou o maço de papéis. Um velho trevo de quarto folhas, amassado e escapuliu do meio delas. Quem teria encontrado a sorte com ele? Não a tia Martha, afinal. As cartas estavam desgastadas e amareladas… Cheias de velhas palavras de amor escritas há anos por corações que eram pó… Cheias de velhas alegrias que um dia foram júbilo e de velhas tristezas que um dia foram agonias.

– Precisamos arrastar o velho baú de volta para o canto dele. Vejam como o Bravo-e-Feroz está espiando de dentro dele.

Os olhinhos de Bravo-e-Feroz estavam brilhando em seu esconderijo, passando aquela sensação desconcertante que os olhos dos gatos frequentemente passam... Como se fossem meramente transparentes, permitindo que o fogo ardente por trás se tornasse visível.

– Diziam qui u tio du derriçu da Martha ficava com essa ixpressão, às vezis – sussurrou Judy enquanto descia as escadas.

Aquilo era assustador demais. Naninha desceu as escadas correndo atrás de Judy, mas Pat se demorou por ali, retornando à janela onde a lua cheia estava começando a tecer padrões lindos de folhas de videiras no chão do sótão. Quanto mais assustador o sótão, mais ela o adorava. As cartas em sua mão a fizeram pensar na carta de Hilary daquele dia. Como todas as cartas dele, aquela também tinha certo sabor. Era viva. Podia-se quase ouvir a voz de Hilary falando por meio dela... Ver o riso em seus olhos. Toda vez que se relia uma carta dele, encontrava-se algo novo. A daquele dia continha um rascunho do projeto premiado dele de uma casa na encosta de um morro. Havia algo de vagamente similar a Silver Bush. Pat teve um daqueles momentos de desejar fervorosamente que Hilary estivesse por perto... Que eles pudessem dar as mãos e atravessar correndo a ponte de pedras que cortava o Jordão. Certamente, eles só precisavam atravessá-la para se encontrar na velha terra das fadas. Então, retornariam à Felicidade e à Fonte Retirada, seguindo o pequeno riacho enevoado em meio aos velhos campos, onde a luz do luar adorava sonhar. Eles se demorariam lá, envoltos em um silêncio delicioso. Aromas noturnos elusivos os rodeariam. Pequenas ovelhas brancas estariam espalhadas pelos morros. Certamente, Felicidade abrigava os velhos dias para os dois, e eles os encontrariam lá. Pat estremeceu. O vento cada vez mais forte gemia sinistramente na janela do sótão. Repentina e estranhamente, se sentiu sozinha... Bem ali, em sua amada Silver Bush, se sentiu sozinha... Com saudades de casa. Aquilo era arrepiante. Ela desceu as escadas correndo e deixou o sótão para os fantasmas.

Capítulo 11

Quando Judy leu um trecho dos "Eventos da Semana" de um jornal de Charlottetown para as meninas de Silver Bush certa noite, elas ficaram apenas moderadamente animadas e satisfeitas com a notícia. A condessa de Medchester, dizia o parágrafo, estava visitando amigos em Ottawa durante seu trajeto de volta da casa de Vancouver para a Inglaterra.

– Essa é a mulher qui si casou cum o condi qui é tio da prima di vucês, Lady Gresham – explicou Judy, cheia de orgulho. – Ora, ora, fiquei até arripiada, comu diz a Naninha, di ler issu nu jornal e pensar qui a genti tem, di certa forma, uma conexão cum ela.

– Mesmo que ela não saiba da nossa existência – lembrou Pat, rindo. – Imagino que Lady Gresham não se gabe para seus amigos do parentesco bem distante com algumas pessoas desimportantes de uma fazenda no Canadá.

– Ela provavelmente pensa que somos índios – comentou Naninha, sorrindo. – De toda forma, como Judy disse, dá um certo arrepio.

– Quandu vucê vir a May Binnie di novu, vai poder dizer... Para si mesma, é claru... "Vucê num tem uma prima di quartu grau na aristocracia britânica, senhorita Binnie." Issu vai ser uma satisfação tremenda.

– Vou falar isso para a Trix – disse Naninha.

– Você não vai dizer nada disso – repreendeu Pat. – Não faça papel de ridícula, Naninha. Não somos mais importantes aos olhos da condessa de Medchester... Supondo que ela um dia tenha ouvido falar de nós... Do que os Binnie. E quem se importa? Vejam aquela coroa de flores de cereja atrás da granja. Tenho bastante certeza de que não há nada mais bonito nos jardins do Castelo Medchester... Se é que há um castelo.

– É claru qui tem um castelu – afirmou Judy, recortando a notícia. – Um condi num ia aceitar viver im qualquer lugar mais humildi. Vou colocar isso aqui na paredi para mostrar para u Tillytuck. Ele nunca acreditou im mim quandu eu dizia qui vucês eram primas di terceiru grau de Lady Gresham...

– Quarto, Judy, quarto.

– Ora, ora, talvez eu tenha feitu alguma cunfusão cum us númerus, mas di qui importa? Di toda forma, issu vai convencer u homi. Eli tava um tantu rabugentu hoji di manhã, quandu veiu tomar café, mas num sabia u motivu... Qui nem a centopeia qui senti dor di reumatismo im uma das penas, mas num sabe dizer im qual. Eli andava mi isnobanu, mas issu vai ser um tapa na cara deli. Uma condessa di verdadi, cum uma criada para fechar as botas dela! Ora, ora! Eu tivi mesmu a sensação, ontem à noiti, di qui tinha alguma coisa istranha nu ar.

Quando a carta chegou, naquele dia... Deixada na caixa de correio na estrada como uma correspondência qualquer e levada até a casa pelas mãos não muito limpas de Tillytuck... Judy sentiu que havia algo ainda mais estranho no ar. Um envelope pintado de creme, com um delicado brasão prateado na aba, endereçado com uma bela caligrafia em tinta preta à senhora Alex Gardiner, North Glen, Ilha do Príncipe Edward, e com selo de Ottawa. O brasão e o selo provocaram um efeito muito estranho em Judy. Ela arfou e olhou para Cavalheiro Tom, que piscou perspicazmente.

– Morreu alguém? – quis saber Tillytuck.

Judy o ignorou e chamou Pat em um tom agitado. Ela veio do jardim, com os braços cheios de violetas brancas e McGinty saltitando logo atrás dela. Naninha atravessou o quintal correndo, com o sol da primavera brilhando em seus cabelos castanhos-dourados. Judy estava parada no meio da cozinha, segurando a carta longe do corpo.

– Judy, o que foi?

– É uma boa pergunta – respondeu Judy. – Dá só uma olhada nu brasão. I nu selu.

Pat pegou a carta.

– Estou arrepiada… Toda arrepiada – sussurrou Naninha.

– Arrepiada, é? Pur certu, vucê vai é ficar arrepiada di verdadi, si issu for u qui eu tô pensanu qui é.

– É para a mãe – informou Pat lentamente. Sua mãe estava fazendo uma visita em Glenwood. – Acho que é melhor abrirmos. Talvez seja algo que requeira atenção imediata.

Judy entregou uma faca a Pat. Ela tinha o pressentimento de que aquela carta não deveria ser aberta como uma correspondência ordinária. Pat abriu o envelope, tirou a carta… Que também continha um brasão… E passou os olhos por ela. Ela ficou vermelha… Ficou branca… Olhou para os outros em silêncio.

– O que foi? – sussurrou Naninha. – Rápido… Estou com uma sensação esquisitíssima na espinha.

– É da condessa de Medchester – explicou Pat em um tom grave. – Ela disse que prometeu a Lady Gresham que visitaria os primos dela antes de retornar à Inglaterra… Ela virá para Charlottetown para visitar uns amigos e quer passar aqui… aqui… no próximo sábado. Sábado!

A pobre Pat repetiu a palavra como se "sábado" significasse o fim do mundo.

Por um instante, ninguém falou... Ninguém conseguia falar. Até mesmo Tillytuck parecia ter entrado em estado de coma. Em meio ao silêncio, Cavalheiro Tom foi até Tillytuck e enfiou as garras em sua perna, mas o homem nem sequer se mexeu.

Naninha foi a primeira a se recuperar.

– Receber a condessa de Medchester aqui – repetiu ela, arfando. – Não podemos.

Mas Judy tinha recuperado o fôlego. E ela era especialista em lidar com situações sem precedente.

– Ora, ora, talvez a genti num possa... Mas vai receber mesmu assim. U qui é uma condessa, afinal di contas? Pur certu, ela comi, bebi i lava atrás das orelhas qui nem qualquer outra pessoa. Qui horas ela vem para cá, Patsy?

– Pela manhã... Ela vai embora na barca da noite. Isso significa que ela estará aqui para o almoço, Judy!

– Vai tá num ótimu lugar para almuçar, intão. Vai ser um dia di orgulhu im Silver Bush, i ninhuma condessa jamais vai fazer uma refeição tão boa quantu a qui vamus preparar. Um poucu di planejamentu, contudu, é necessáriu, intão trata di si recompor, Patsy, i vamus botar a mão na massa. Num temus tempu a perder. Pur certu, a condessa num podi cumer violetas.

Pat arfou. Ela se sentia envergonhada. Era, definitivamente, típico de um Binnie ficar aturdida daquele jeito.

– Você tem razão, Judy, é claro. Vejamos... É terça-feira. O piso da sala de jantar e do salão grande precisa ser reformado... Está simplesmente terrível. Vou pintá-los hoje e envernizar amanhã. Eu gostaria de poder fazer alguma coisa com relação à porta da frente. A tinta está descascando toda. Mas não ouso me meter com isso. Precisamos deixá-la aberta e torcer para que a condessa não repare. Além disso, Naninha, precisamos ir à casa de Winnie um dia desta semana para ajudá-la a terminar as costuras. Devíamos ter ido na semana passada, mas eu queria esperar até a próxima para ver a enorme macieira deles florida. Vamos na quinta. Assim, teremos a sexta-feira para nos prepararmos. Precisamos levá-la ao quarto do poeta, pois o teto não está rachado lá, como no de hóspedes, e precisamos colocar a colcha bordada da mãe na cama. Sid pode ir buscá-la na sexta à noite. É uma pena que tenha de encurtar a visita, sendo que é a primeira que faz em anos... Mas ela vai querer estar aqui, é claro.

– Ora, ora, i intão serão duas distintas damas juntas – disse Judy. – A mãe di vucês é páreo para qualquer condessa du mundu. Pur certu, uma Selby di Bay Shore podi si gabar di sua istirpe.

Pat era ela mesma novamente. Tillytuck estava pasmo de admiração por ela. Daquele momento em diante, Silver Bush se tornou um local de planejamento eufórico, porém cauteloso, e de reformas, limpezas, decorações e discussões. Até mesmo Tillytuck se envolveu.

– O almoço é que é o ponto-chave – afirmou ele. – Nunca se deve torcer o nariz para uma boa refeição.

Todos concordavam com aquilo. O almoço precisava ser tão incrível que nem mesmo a esposa de um conde poderia esnobá-lo. Pat fez um trabalho de pesquisa incansável em seus livros de receitas. Naninha faltou à escola para ajudar. O que era o latim e a chance de uma tatuagem comparado com aquilo?

Ficou decidido que eles serviriam frango frito no almoço... O frango frito de Judy era dos sonhos.

– Cum aspargus. Pur certu, aspargus são uma ispécie di vegetal nobri. Vucê podi fazer aqueli molhu qui aprendeu nu cursu di culinária, Patsy, quirida. Vai dar tempu di coser us guardanapus novus?

– Naninha e eu passaremos a noite fazendo isso. Acho que serviremos bolinhas geladas de melão e sorvete de sobremesa, e um bolo de coco com limão. Não podemos exagerar demais.

– Para num parecer ostensivu – concordou Judy, que adorava usar palavras longas de vez em quando.

– E, afinal de contas, pode ser que ela esteja de regime – comentou Naninha, rindo.

Naninha tinha recobrado a placidez. Trix Binnie ficaria arrasada quando soubesse de tudo, simplesmente arrasada.

– Espero que ela goste de Silver Bush – disse Pat, suspirando. Isso era tudo que importava para ela.

– Ela num cunsiguiria evitar – garantiu Judy. – Vamus torcer para qui u tempu teja bom nu sábadu. Si chuver...

Judy deixou que a imaginação das pessoas definisse como seria receber uma condessa durante uma tempestade.

– Precisa estar bom – foi o ultimato de Pat.

– Vocês não acham que seria bom... Rezar para que o tempo esteja bom? – sugeriu Naninha, que sentia que não se podia arriscar de forma alguma.

Judy meneou a cabeça.

– Minhas quiridas, eu num rezaria. Nunca si sabi a consequência dessi tipu di preci. Eu bem mi lembru daqueli dia na igreja di South Glen im qui u ministru, u velhu sinhor McCary, rezou cum todas as forças para qui chuvessi. Quandu as pessoas tavam sainu da igreja para ir para casa, cumeçou um temporal qui incharcou tudu mundu. U velhu James Martin i u velhu Thomas Urquhart tavam juntos, i u Thomas dissi: "Eu gostaria qui eli num tivessi rezadu até a genti chegar im casa. Us McCary nunca cunsiguiram ser comedidus", eli dissi. Intão, é milhor deixar a natureza cuidar dissu, minhas quiridas i agradecer u Bom Homi Lá di Cima pur num ter ninhuma cereja-di-jerusalém pur pertu. Quandu ela vier, Patsy, quirida, é claru qui eu vou ficar nu meu cantinhu, mas vucê num acha qui eu divia colocar u meu vistidu di festa, casu ela mi veja andanu para lá i para cá?

– É claro, Judy. E, ah, Judy, você acha que consegue convencer o Tillytuck a não usar aquele chapéu de pele horroroso por apenas um dia? Imagine se ela o vê atravessando o quintal com aquilo!

– Num pricisa si preocupar cum u Tillytuck. Eli vai tá na cidadi nu dia, levanu us bizerrus qui u teu pai vendeu. I num tá muitu filiz cum issu. Imagina qui eli tava pensanu qui ia ver uma condessa! I também foi sarcásticu. Eli mi dissi: "Impina essi teu nariz, Judy. Afinal di contas, tua vó era bruxa, i issu é uma ispécie di aristocracia, figurativamenti falanu." "Num pricisu impinar u nariz", eu dissi. "Cunheçu u meu lugar i vou ficar quietinha neli, falanu sem figura ninhuma." U Tillytuck realmenti passa um poucu da conta. Eli tava fumanu u cachimbu nu cimitériu hoji, sentadu nu túmulo du Willy, u Chorão. Uma ousadia só.

– Tia Edith e tia Barbara estão extremamente animadas – disse Pat. – Eu queria que elas viessem para o almoço, mas se recusaram. Tia Edith vetou. No entanto, ela se ofereceu, muito gentilmente, para nos emprestar as colheres de sopa de prata. Disse que uma condessa saberia, só de olhar, se as colheres são de prata pura ou apenas banhadas. Ainda bem que nossas colheres de chá são de prata pura... É uma pena que estejam tão velhas e desgastadas.

– Ora, ora, são ainda mais aristocráticas justamenti pur issu – reconfortou Judy. – A própria condessa vai dizer: "Tem família pur trás dessas peças. Nada di fugaz nelas", ela vai dizer. I pur falar nu pissual di Swallowfield, vucês repararam im alguma coisa diferenti na barba du tio Tom?

– Sim... Quase desapareceu – respondeu Pat, suspirando. – Não passa de um bigode com costeletas de carneiro agora.

– Quandu desaparecer pur completu, nós teremus novidadis – garantiu Judy, anuindo misteriosamente com a cabeça.

Pat, no entanto, não tinha tempo para se preocupar com os pelos faciais do tio Tom. Na noite de quarta-feira, Silver Bush estava pronta para receber a condessa… Ou a própria realeza. Na quinta-feira, Sid levou Pat e Naninha até Bay Shore para ajudar Winnie com as costuras de primavera. Elas costuraram a manhã toda. À tarde, Winnie disse:

– Vamos deixar isso de lado por um tempo. Vamos aproveitar o sol e o vento. Não é sempre que temos uma tarde como essa para passarmos juntas.

Elas perambularam pelo jardim, colhendo flores, admirando as flores das macieiras, observando o porto e criando rimas absurdas. Em meio à diversão, elas ouviram o telefone tocar na casa.

Capítulo 12

Pat foi atender, já que Winnie estava com o bebê que nascera no Natal nos braços. Quando ouviu a voz de Judy, ela soube que algo gigante tinha acontecido, pois Judy nunca usava o telefone, se pudesse evitar.

– Patsy, quirida, é vucê? Tenhu uma notícia para vucê. Ela tá aqui.

– Judy! Quem? A condessa?

– Tô falanu. Mas num possu ixplicar pelu telefoni. Volta para casa u quantu antis, quirida. Sid e teu pai foram para cidadi.

– Chegaremos logo – respondeu Pat, arfando.

Mas como chegar lá? Frank tinha saído com o automóvel. Não havia opção alguma além da velha carroça e do velho cavalo cinza. Levaria uma hora para chegar a Silver Bush. E era preciso telefonar para o tio Brian para que ele levasse sua mãe imediatamente para casa. Pat e Naninha conseguiram arriar o cavalo e após alguns séculos… Ou que pareceu serem alguns séculos… Elas se encontravam no quintal de Silver Bush. Que parecia tão silencioso e pacífico como sempre, com Apenas Cão cochilando à porta e três filhotes de gatos encolhidos em uma bola na plataforma do poço.

– Suponho que a condessa esteja no salão grande – disse Pat. – Vamos entrar pela cozinha e descobrir tudo o que pudermos com Judy primeiro.

– Como se fala com uma condessa? – indagou Naninha, arfando. – Pat, acho que vou me esconder no quarto do celeiro.

– Não vai, não! Você não é uma Binnie! Vamos conversar com Judy e, então, escapulimos lá para cima para colocar umas roupas decentes antes de enfrentarmos a fera.

Pat estava com seu vestido de linho azul… Que, por acaso, era a peça mais lisonjeira que ela tinha. Naninha estava usando seu lindo suéter verde, com a gola de linho branco bordado, sobre a qual seus cabelos bagunçados pelo vento brilhavam da cor do sol nas faias de outubro. As meninas correram, rindo de nervosismo, pela viela de tijolos até a porta da cozinha e entraram sem pestanejar. Então, congelaram. Os olhos de Naninha se voltaram para Pat.

– É realmente possível sobreviver a coisas assim ou as pessoas simplesmente morrem?

Judy Plum e a condessa de Medchester sentadas à mesa, onde havia um prato com as sobras de salsichas e batatas assadas. Bem no instante em que as meninas entraram, Judy servia nata de sua "vaquinha de nata" na xícara da condessa, que acabara de pegar uma fatia de algo delicioso que Judy chamava de "pão do bispo". Cavalheiro Tom se aliviando meticulosamente em seu toalete no meio do chão, e Bravo-e-Feroz encolhido no colo da condessa, enquanto McGinty observava sentado ao lado de sua cadeira. Tillytuck calado, sentado em seu canto… Por sorte, sem o chapéu de pele, que, por outro lado, ele havia pendurado no encosto da cadeira. Judy usava seu vestido de droguete listrado, mas com um lindo avental branco engomado à perfeição, completamente à vontade, como se a condessa fosse uma faxineira. Quanto a Lady Medchester, Pat, em meio à própria perplexidade, teve a impressão instantânea de que ela estava completamente contente.

– I aqui – disse Judy, com uma despreocupação incrível – istão as mininas di qui eu tava falanu... As filhas da sinhora Alec Cumpridão. Patricia e Rachel.

A condessa se levantou imediatamente e apertou a mão de Patricia e de Rachel. Ela tinha cabelo castanho claro e um lindo sorriso em seu rosto quadrado e avermelhado.

– Fico muito feliz que vocês tenham aparecido antes de eu ir embora – disse ela. – Teria sido terrível voltar para casa e ter que dizer a Clara que não vi nenhuma de suas primas. Ela sempre teve lembranças adoráveis dos dias maravilhosos que passou na Ilha do Príncipe Edward quando era criança. Foi péssimo me impor a vocês dessa forma. Mas recebi um telegrama da Inglaterra ontem à noite que indicava ser imperativo que retornasse esta noite, então precisei vir esta tarde. Sua Judy – ela deu um sorriso para Judy – me recebeu muito bem e me mostrou sua bela casa... E, ainda por cima, me preparou uma refeição deliciosa. Eu estava faminta.

De alguma forma, todos acabaram sentados à mesa. Pat percebeu que, por sorte, Judy teve o bom senso de colocar a melhor toalha na mesa, bem como as colheres de prata. Mas por que é que eles não comeram na sala de jantar? E o que a chaleira de prata estava fazendo no aparador, enquanto a velha de cerâmica marrom decorava a mesa?

E lá estava o Tillytuck, apenas de camisa! O que mais se podia fazer além de morrer? O que se podia dizer? Pat pensou loucamente em um artigo de uma revista recente sobre "como começar uma conversa com pessoas que você acabou de conhecer", mas nenhum dos truques parecia se encaixar ali com precisão. No entanto, eles não foram necessários. A condessa continuou conversando de um modo franco, amigável e encantador que, de alguma forma, incluía todos, até mesmo Tillytuck. Pat, sentindo despreocupadamente que nada mais importava de toda forma, jogou o convencionalismo pelos ares. Naninha nunca fora de se aturdir por tempo demais com alguma coisa e, após um curtíssimo período, estavam todos conversando alegremente. A condessa insistiu que eles tomassem chá e comessem um pouco de pão doce com ela... Ela própria já estava na terceira xícara, segundo ela. Judy foi à despensa e voltou com alguns biscoitos de laranja esquecidos. Lady Medchester quis saber tudo sobre a mãe Gardiner e lamentou muito por não poder levar um gatinho de Silver Bush consigo para a Inglaterra.

– Vocês podem ver que um dos seus gatos já decidiu que gosta de mim – comentou ela aos risos, olhando para os flancos peludos de Bravo-e--Feroz, que respirava placidamente em seu colo.

– E esse gato não é de tolerar qualquer um, simbolicamente falando, madame – afirmou Tillytuck.

Pat teve a confusa impressão de que era bastante apropriado dizer "madame" para uma rainha, mas a uma condessa certamente não era uma boa forma de se dirigir. Uma condessa! Será que aquela mulher robusta e tranquila, naquele terninho de tweed simples, até um tanto desleixado, era realmente uma condessa? Oras, ela parecia uma pessoa qualquer. E tinha algo de estranhamente semelhante com a senhora Snuffy Madison, de South Glen! Só que a senhora Snuffy era mais bonita!

E não havia como negar... Ela estava gostando do pão doce e dos biscoitos.

– Gatos não costumam tolerar – concordou Lady Medchester, sorrindo para Tillytuck com seus olhos mel e dando um pedacinho de salsicha para o melancólico McGinty. – É por isso que a aprovação deles, quando se é conquistada, é muito mais elogiosa do que a de um cachorro, que se satisfazem com muito mais facilidade, não acha?

– A senhora disse uma verdade – disse Tillytuck em um tom de admiração.

Naninha, que, até então, havia conseguido manter uma expressão modesta no rosto, escapou por pouco da morte ao engasgar com um gole de chá. Pat, olhando enlouquecidamente em volta, subitamente deparou-se com os olhos de Lady Medchester. Algo foi transmitido entre seus olhares... Compreensão... Camaradagem...Um contentamento delicioso com aquela situação. Depois disso, Pat não se importava mais com o que qualquer pessoa pudesse dizer ou fazer... O que foi uma boa escolha, visto que, poucos minutos depois, quando Lady Medchester comentou que tinha amigos no Titanic, Tillytuck disse, empaticamente:

– Ah, eu também, madame... Eu também.

– Velhu mentirosu! – murmurou Judy.

Todos, no entanto, a ouviram. Dessa vez, foi Lady Medchester quem escapou por pouco de uma tragédia por causa de um biscoito. Novamente, seus olhos brilhantes buscaram os de Pat.

– A senhora não pode ficar até minha mãe chegar? – perguntou Pat quando a condessa se levantou, removendo delicada e pesarosamente o gato sedoso de seu colo.

– Lamento muito não poder. Eu já fiquei tempo demais. Preciso pegar aquele trem. Mas foi maravilhoso. E posso dizer a Clara que, ao menos, vi as filhas de Mary. Vocês certamente virão à Inglaterra, um dia, e quando o fizerem, devem me procurar. Fico muito ressentida em largar este gatinho.

– A senhora está com pelos em toda a barriga – informou Tillytuck. – Agora, os cachorros não vão gostar.

Se olhares pudessem matar, o de Judy teria sido assassino. A condessa, no entanto, colocou as mãos nos ombros de Pat, deu um beijo em seu rosto e abaixou a cabeça, tremendo de rir.

– Este homem é inestimável – sussurrou ela. – Inestimável. Bem como a sua Judy. Minhas queridas, eu gostaria de ter podido ficar mais.

A condessa pegou seu chapéu pequeno e molenga, com uma pena marrom e dourada, que parecia uma peça de segunda mão da loja de Silverbridge, ajustou a estola de raposa cinza que Pat sabia que deveria ter custado uma pequena fortuna, deu um beijo em Naninha, fez uma visita misteriosa com Judy à despensa, colocou um par de luvas antiquadas e foi para o carro. Antes de entrar, ela olhou em volta. Silver Bush a tinha enfeitiçado da mesma forma que fazia com todos.

– Um lugar tranquilo e belo, onde há tempo para se viver – disse ela, como que falando para si mesma. Então, ela acenou para Judy. – Tivemos uma ótima conversa, não tivemos?

E, então, ela se foi.

– Ora, ora, Silver Bush foi honrada nu dia di hoji – disse Judy enquanto elas voltavam à cozinha.

– Judy, conte-nos tudo... Estou simplesmente explodindo. E por que vocês acabaram comendo na cozinha?

– Ora, ora, num põe a culpa im mim – ralhou Judy. – É uma história longa qui vou levar um tempu para contar. Eu nunca vivi uma tardi qui nem essa na vida. Tillytuck, vucê quer cumer alguma coisa? Não qui vucê teja merecenu... Mas sobraram algumas batatas e salsichas, si vucê quiser.

– O que é bom o suficiente para uma condessa é bom o suficiente para mim – afirmou Tillytuck, sentando-se ávido à mesa. – É uma senhora de finura, aquela lá, embora talvez tenha as cadeiras um pouco mais largas do que se esperaria de uma condessa, simbolicamente falando. Tem algo de fascinante nela.

– Vamus pru cimitériu – sussurrou Judy para as meninas. – Ninguém vai perturbar a genti lá, i aí eu possu contar toda a história. Pur certu, essa vai ficar nus anais di Silver Bush.

– Tio Brian acabou de telefonar para avisar que a mãe estava em um piquenique com umas amigas da tia Helen e ele não conseguiu encontrá-la.

– Não importa mais – disse Pat, suspirando. – Por que, ah, por que as coisas nunca acontecem conforme o planejado? Mas não importa ... Ela foi adorável... E se divertiu...

– Ora, ora, issu é verdadi – concordou Judy, acomodando-se no túmulo de Willy, o Chorão, enquanto Pat, Naninha e McGinty se sentavam no de Dick, o Aventureiro –, i nada puderia ser mais magníficu cum relação a ela. Mas quandu ela chegou, mininas, eu fiquei um minutu sem saber si eu ficava ondi tava ou si mi escondia. Eu a levei até u quartu du poeta para lavar as mãos... Ora, ora, fiz todas as honras, culoquei até mesmu aquele sabuneti chiqui qui vucê trouxi para casa dia desses, aqueli cum imbalagem brilhanti... I as melhores tualhas bordadas. Num cunsigui colocar u cobre-leitu novu, mas quiria qui vucês ouvissem a condessa elogianu a linda colcha di retalhos! Aí eu corri pru meu quartu para dar uma olhadinha nu meu livru di *Conhecimento útil*. Mas num cunsigui incontrar nadinha sobre comu intreter alguém da nobreza, intão tive qui tentar mi lembrar du qui eu via nu Castelu di McDermott. Foi mesmu uma pena eu num ter siquer pensadu im colocar meu vistidu di festa. Eu tava agitada dimais. Quandu terminei di ixplicar para ela qui eu tinha telefonadu para vucês, ela só si satisfez depois qui eu concordei im mostrar toda a propriedadi para ela. Ela dissi qui quiria muitu cunhecer uma fazenda canadense di verdade. Para mim, foi ótimu, já qui eu num sabia si era educadu deixar uma condessa suzinha e ficar cum ela nu salão grandi era uma ideia assustadora. Eu passeei cum ela pelu pomar, pelu bosqui brancu i pelu cimitériu dus gatos. E aí atravessamus u cimitériu da família i eu contei todas as velhas histórias... Como ela riu du Willy, u Chorão! Aí, quandu a genti voltou para casa, ela quis ver a minha cuzinha... Eu num sabia comu o Apenas Cão ia se comportar... Quandu entramos, ela mi dissi, qui nem uma velha amiga falaria para outra: "Vucê podi mi servir uma xícara di chá, Judy? I u qui é essi cheiru deliciosu qui eu tô sintinu?" Bem, mininas, vucês sabem u qui era... As batatas i salsichas qui eu tinha colocadu nu fornu para mim i para u Tillytuck, já qui num tinha mais ninguém im casa. "Possu provar?", ela perguntou, toda convincenti. "Aqui mesmo na cuzinha, Judy, ondi u aroma dus lilases tá entranu pela janela, Judy", ela dissi, "i saiba qui essis mesmus gatinhus brancus tão penduradus na paredi du meu viveiro há mais anus qui eu vou admitir até mesmu para vucê, Judy", ela dissi. Pur certu, eu num pudia refutar uma condessa, intão fiz u qui ela pidiu. Peguei a melhor chaleira e uma das cadeiras da sala para ela. Mas ela já tinha si sentadu na velha poltrona du Nehemiah e dissi: "Queru meu chá servidu naquela velha chaleira marrom. Num tem nada comu uma chaleira velha para dar gostu para u chá", ela dissi. I mandou eu mi sentar cum ela i cumer um poucu di salsicha e batata. Mas eu num cumi muitu, não, mininas... Tava sem apititi. Seti salsichas disapareceram du pratu, i eu só cumi uma delas. Imaginem só, eu, tomanu chá cum uma condessa i dobranu u dedinhu, toda eleganti, dá para imaginar? A sinhora Binnie jamais vai acreditar. Vucês mesmas acreditariam, mininas? Ela já tevi nu Castelo di McDermott, quandu era jovem, i mi contou tudu sobre u velhu casarão. Fez eu sintir qui pricisu ir logu para lá. Aí chegou u Bravo-e-Feroz perguntanu: "Tem lugar aí prum gatinhu?", i pulou nu colu dela. Ora, ora, vucês viram cum us próprius olhus qui ela é completamenti diferenti du primo Nicholas. Bem, ficamus sentadas ali, papianu, ela, eu i us gatus, tudu muitu gostosu i agradável, quandu eu ouvi um barulhu terrível na varanda dus fundus. Paricia qui num era um som dessa terra, mas eu sabia qui era u Tillytuck gargarejanu. Eli tinha mi ditu qui tava cum a garganta duída esta manhã. Eu olhei para condessa um tantu apreensiva, mas ela tava admiranu a vaquinha di nata e pareceu num perceber. Eu tava cum medo qui, quandu eli parassi di limpar a garganta, cumeçasse a cantar um salmo, mas nunca imaginei qui eli fossi ter a ideia di entrar. Fiquei totalmenti perplexa quandu vi u home paradu na porta. Fiz sinal para eli ir imbora, mas eli num deu bola i quasi si sentou nu chapéu da condessa, qui ela tinha largadu im uma cadeira sem prestar muita atenção. Cunsigui tirar bem a tempu, mininas, i logu eli si isparramou nu assentu. Acreditem si quiserem, a condessa sorriu para eli daqueli jeitu amigável dela i cumentou sobri u tempu. I num é qui u Tillytuck dissi para ela qui sabia qui ia chuver por causa du reumatismu nu braçu? I intão, si apoianu nas pernas ditrás da cadeira, cum us dedões infiadus nu cintu, todu dispojadu, eli começou a contar para ela uma das "tragédias" deli... Comu um liãu tinha iscapadu da jaula e infiadu as garras neli. "Na última vez, era um leopardu", eu falei, sem cunsiguir mi segurar. Mas a condessa intendeu u jogu deli, i eu percebi qui ela tava dandu corda para eli, i eli pensanu qui tava mi insinanu comu entreter uma visita. Aí, u Apenas Cão começou a ter um daqueles surtos deli, mas u Tilllytuck inxotou u bichu tão dipressa qui achu qui a condessa num percebeu. Cum tudu issu, eu tava ficanu um poucu nervosa, intão u som dus cascus du velhu cavalu na viela di entrada da casa foi música para us meus ouvidus.

– Você ofereceu à condessa um golinho daquela sua garrafa preta, Judy? – perguntou Sid, que tinha chegado em casa e viu que ninguém havia preparado o jantar para ele. – Se ela deixou alguma coisa na despensa, eu ficaria feliz em fazer uma boquinha.

– Por que você a levou para a despensa quando ela estava indo embora, Judy? – quis saber Pat.

– Ora, ora, eu tinha prumetidu para ela um poti di geleia di morangu. Mas num achu qui ela vai cunsiguir chegar im casa cum eli inteiru... Tem alguma coisa nessas viagens pelo oceano qui num cai bem... Ela vai jogar o poti nu mar no meio du caminhu. Ela dissi para mim na dispensa, Patsy, quirida, qui vucê tem um sorrisu lindu i qui é muitu simpática. Pur certu, vou colocar um pedacinhu di biscoitu qui ela deixou nu pratu na minha caixinha di tesourus para posteridade. Foi u terceiru dela, intão num foi insultu algum ela ter deixadu um pouquinhu. Bom, agora tudu acabou, i só u Homi Lá di Cima sabe si eu vou cunsiguir pregar us olhus esta noiti.

Judy estava roncando em alto e bom tom em seu quartinho quando Pat e Naninha foram para a cama. O jovem Joe Merritt tinha passado por Silver Bush àquela noite, querendo convidar Pat para o cinema, mas Pat recusara. Judy, como sempre, queria saber por que o pobre Joe era sempre esnobado. – Eli num era, afinal di contas, um jovem muitu educadu i, ainda pur cima, primu dus Merritt di Charlottetown?

– Ele não tem defeito algum, Judy – explicara Pat serenamente –, mas nossos gostos com relação ao que é divertido ou não são completamente diferentes.

– Ora, ora, issu é grave – concordou Judy, riscandu Joe Merritt de sua lista de possibilidades.

– Abra a cortina e deixe a noite entrar, Naninha. E não acenda o lampião ainda. Quando você o acende, transforma a escuridão em um inimigo. Ela olha para você com ressentimento. Neste momento, ela é gentil e amigável. Vamos sentar aqui à perto da janela e conversar sobre tudo. Seria perverso ir dormir tão cedo em uma noite como esta.

– Dormir! Nunca mais dormirei novamente neste mundo – afirmou Naninha, suspirando dramaticamente, agachando-se no chão e se aninhando no joelho de Pat enquanto devorava alguns sanduíches de agrião.

Elas estavam adquirindo o hábito de trocar confidências à janela, apenas com as árvores e as estrelas como testemunha. Àquela noite, o perfume dos lilases pairava no ar, e a noite era como um frasco de perfume que derramara. Um vento despertava ao longe, nos abetos do morro. Os pintarroxos ainda assoviavam, e o bosque branco era um mundo elusivo e enigmático que exalava mistério. Bravo-e-Feroz entrou e pulou no colo de Naninha, onde se acomodou e ronronou, contraindo e estendendo as patas alegremente. Qualquer colo era um bom colo para Bravo-e-Feroz.

– O dia foi agitado demais para eu estar com sono… Partes foram terríveis e partes foram maravilhosas. A Lady Medchester não é adorável, Pat? E não porque é uma condessa. Ela tem um ar tão refinado de alguma forma. Não é nem um pouco bonita… Você reparou em como ela se parece com a senhora Snuffy Madison? E as roupas dela eram bastante desleixadas. Exceto a estola de raposa, é claro. Mas o chapéu… Bem, parecia que o Tillytuck tinha mesmo se sentado nele. Mas, apesar disso tudo, há algo com relação a ela que nós jamais conseguiremos atingir, Pat, nem em cem anos.

– Ela não se importaria com o que os Binnie pensam – comentou Pat em um tom travesso.

– Não faça isso… Estou ficando vermelha. E jamais vou mencionar isso para Trix. Não quer comer um sanduíche, Pat? Você deve estar oca. Nenhuma de nós comeu qualquer coisa desde o almoço além de um biscoito e um pedacinho de pão doce. Eu só estava fingindo comer, diante de Lady Medchester. Gatinho, pare de enfiar suas garras em mim. Tenho certeza de que Lady Medchester terá uma história incrível para contar quando chegar à sua casa. Os salões majestosos da Inglaterra ecoarão de risos por causa de Judy e de Tillytuck.

– De Tillytuck, talvez… Mas não de Judy. As pessoas riem com Judy, não dela. Nossa condessa gostou de Judy. Você percebeu que bela voz ela tem? De alguma forma, me fez pensar em coisas antigas e delicadas que foram amadas por séculos… Naninha, jamais me esquecerei daquela imagem quando entramos na cozinha… Judy Plum e a condessa de Medchester frente a frente, na nossa mesa da cozinha, com Tillytuck na plateia. Ninguém jamais acreditará. Será uma história para contar aos nossos netos… Se um dia os tivermos.

– Eu pretendo ter – respondeu Naninha secamente.

– Bem… – continuou Pat, debruçando-se para fora da janela para observar a mais bela das criações… A lua nova no céu noturno… – Há uma coisa que a condessa de Medchester nunca saberá que perdeu… Meu bolo de coco e limão e o frango frito de Judy. Preciso escrever para Hilary e contar tudo.

O segundo ano

Capítulo 1

Pat nunca conseguiu descobrir como a visita de Lady Medchester a Silver Bush foi parar nos jornais de Charlottetown. Mas lá estava, nos "Acontecimentos da Semana". "A condessa de Medchester, que estava passando alguns dias na casa de amigos em Charlottetown, fez uma visita a Silver Bush, North Glen, na última quinta-feira. Lady Medchester é parente distante do senhor e da senhora Alexander Gardiner. A condessa ficou encantada com nossa bela ilha e disse que a paisagem lembrava mais o velho mundo do que qualquer outro lugar que ela havia visto no Canadá."

O pessoal de Silver Bush não gostou da nota. Cheirava a um tipo de publicidade que eles desprezavam… "Achar que tem o rei na barriga", como Sid expressara de modo bem popular. Sem dúvidas, os Binnie não puderam comentar coisa alguma por um tempo, e todos na igreja de South Glen, no domingo seguinte, olhavam para a família Gardiner com o mesmo deslumbramento com que olhariam para a própria realeza. Mas nada disso superava o que Pat considerava uma falta de bom gosto. Até mesmo Tillytuck achou o texto "um tanto bruto, simbolicamente falando". Ninguém reparou que Judy – que, como talvez se pudesse esperar, provavelmente ficaria mais indignada que todos os outros – não tinha muito a dizer e se absteve de comentar o assunto. Eventualmente, a questão foi esquecida. Afinal de contas, havia coisas muito mais importantes a se pensar em Silver Bush. Condessas podiam ir e vir, mas perus fujões precisavam ser resgatados à noite, os lírios brancos precisavam ser separados, sementes de plantas perenes precisavam ser plantadas, e uma nova fileira de delfínios precisava ser planejada para a viela de entrada. A visita de Lady Medchester foi relegada ao seu exato lugar na perspectiva de Silver Bush... Uma lembrança feliz da qual conversar e rir nas noites de inverno diante do fogo.

Enquanto isso, tio Tom tinha tingido e texturizado a antiga porta vermelha e pintado a casa das maçãs de verde-salva, com uma borda marrom. E todos em Silver Bush e Swallowfield estavam se perguntando, com certa inquietação, por que ele o tinha feito. Não que elas não precisassem de cuidados. A casa das maçãs já há muito andava desbotada, e o vermelho da porta estava muito descascado. De todo modo, elas estavam assim há anos, e tio Tom nunca se importara. Mas agora, bem no auge de tempos difíceis, quando a colheita de feno tinha sido fraca, os grilos de Jerusalém abundavam como nunca, e os nabos praticamente não haviam brotado, ele estava gastando um bom dinheiro nessas pinturas desnecessárias.

– Ele tá ficanu cada dia mais jovem – observou Judy. – Ora, ora, issu é muitu suspeitu, tô falanu.

– Minha suposição é de que tem uma mulher no ar, simbolicamente falando – comentou Tillytuck.

Essa foi a nuvem no horizonte de Pat durante aquele verão. Alguma mudança estava a caminho, e mudanças e Swallowfield eram quase tão ruins quanto mudanças em Silver Bush. Tudo era igual há anos. Tia Edith e tia Barbara comandavam a casa, geralmente concordando bastante amigavelmente, e ambas mandando e desmandando no bom e velho tio Tom. E agora as duas estavam inquietas. Tom estava saindo da linha.

– Tem a ver com aquelas cartas para a Califórnia... Tenho certeza disso – confessou tia Barbara a Pat em um tom entristecido. – Nós sabemos que ele as anda recebendo... O pessoal dos correios nos contou. Não sabemos onde é que ele as guarda... Já procuramos em todo lugar. Edith diz que se conseguir encontrá-las, queimará todinhas, mas não vejo de que isso serviria. Não fazemos a menor ideia de quem ela é... Tom deve postar suas respostas na cidade.

– Se Tom trouxer uma... Uma esposa para cá... – Tia Edith engasgou com aquela palavra. – Você e eu precisaremos ir embora, Barbara.

– Ah, não diga isso, Edith. – Tia Barbara estava prestes a chorar. Ela amava Swallowfield quase tanto quanto Pat amava Silver Bush.

– Digo, sim – insistiu tia Edith irredutivelmente. – Você consegue imaginar permanecer aqui, sob o comando de uma nova senhora da casa? Suponho que possamos pagar uma casinha em Silverbridge.

– Não consigo acreditar que tio Tom realmente será tão estúpido a essa altura da vida – disse Pat.

– Nunca fui homem – comentou tia Edith um tanto superfluamente –, mas sei de uma coisa... Um homem pode ser estúpido em qualquer idade. E você conhece o antigo provérbio. Tom está com 59 anos.

– Às vezes, eu penso – disse tia Barbara lentamente – que você... Que nós... Não agimos corretamente ao terminar o relacionamento de Tom com Merle Henderson tanto tempo atrás, Edith.

– Besteira! O que havia para terminar? – ralhou tia Edith secamente. – Eles não estavam noivos. Ele tinha uma paixonite de garoto por ela... Mas você sabe tão bem quanto eu, Barbara, que teria sido péssimo se ele se casasse com uma Henderson.

– Ela era uma garota inteligente e bonita – protestou tia Barbara.

– Ela falava pelos cotovelos, e a avó dela era louca – retrucou tia Edith.

– Bem, o doutor Bentley diz que todos são loucos, em algum sentido. Eu realmente acho que nós não deveríamos ter nos intrometido Edith.

O "nós" de tia Barbara era uma concessão para manter a paz. Ambas sabiam que Edith tinha agido sozinha.

Pat as entendia, e seu coração se fechou para tio Tom quando ela o encontrou esperando por ela na velha escadaria no meio da Whispering Lane, onde as árvores os ocultavam da vista tanto de Swallowfield quanto de Silver Bush. Pat estava decidida a seguir adiante apenas acenando friamente com a cabeça, mas ele colocou uma mão tímida em seu ombro.

– Pat – disse ele lentamente. – Eu… Eu gostaria de conversar com você. Não é… Não é sempre que tenho a chance de encontrá-la sozinha.

Pat sentou-se desajeitadamente na escada. Ela tinha um terrível pressentimento do assunto que tio Tom queria discutir com ela. E não iria ajudá-lo… Não ela! Com a barba minguante, a porta vermelha e os granéis de maçãs, ele tinha deixado todos nas duas fazendas agitados durante todo o verão.

– É… É um pouco difícil de começar – disse ele hesitantemente.

Pat não tornaria as coisas fáceis. Ela olhou com indiferença por entre as bétulas, para um campo onde os ventos formavam padrões trançados no trigo que crescia e criava sombras sinuosas como um vinho âmbar sendo derramado. Contudo, pela primeira vez na vida, Pat estava cega para a beleza.

O pobre tio Tom tirou o chapéu de palha e secou a sobrancelha, que estava mais arqueada do que em qualquer outro momento dos últimos trinta e poucos anos.

– Não sei se você já ouviu falar de uma… Uma… Uma moça chamada Merle Henderson – disse ele em um tom desesperado.

Pat nunca tinha ouvido falar dela até aquele dia, quando tia Edith a mencionara.

– Já – respondeu ela secamente.

Tio Tom parecia aliviado.

– Então… Então talvez você saiba que, em determinado momento… Muito tempo atrás… Quando eu era jovem… Hã, mais jovem… Eu…

Eu... Resumindo... Merle e eu estávamos... Estávamos... Resumindo...
– Soltou a verdade explosivamente. – Eu estava perdidamente apaixonado
por ela.

Pat ficou furiosa ao perceber que seu coração estava amolecendo. Ela
sempre amara tio Tom... Ele sempre fora bom para ela... E agora parecia
tão patético.

– Por que o senhor não se casou com ela? – perguntou Pat delicadamente.

– Ela... Ela não me aceitou – respondeu ele com um sorriso encabula-
do. Agora que ele tinha mergulhado de cabeça, já estava nadando. – Ah,
eu sei que Edith pensa que foi ela quem acabou com tudo. Mas não foi
nada disso. Se Merle quisesse se casar comigo, nem um batalhão de Ediths
teria impedido. Não me admira que Merle tenha me recusado. Teria sido
um milagre se ela gostasse de mim... Na época. Eu não passava de um
garoto inexperiente, e ela... Ela sempre foi uma moça belíssima, Pat. Não
sou romântico... Mas ela sempre me pareceu como um... Como um ser
etéreo, Pat... Uma... Uma fada, em suma.

Pat teve um lampejo súbito de compreensão. Para tio Tom, sua Merle
perdida não era apenas Merle... Era juventude, beleza, mistério, romance... Tudo que faltava na vida de um fazendeiro um tanto careca, além
da meia-idade, dominado por duas irmãs solteironas.

– Merle tinha cabelos castanho-avermelhados macios e encaracola-
dos... E olhos da mesma cor, suaves e doces... E uma boquinha vermelha
linda. Se você pudesse ouvi-la rir, Pat... Eu nunca esqueci a risada dela.
Costumávamos dançar em festas... Ela era leve como uma pluma, esguia
e delicada como... Como aquela jovem bétula sob o luar, Pat. Ela caminhava como... Como a primavera. Nunca gostei de mais ninguém... Eu
a amei durante toda a vida.

– O que aconteceu com ela?

– Merle foi para a Califórnia... Tinha uma tia lá... E se casou lá. Mas
agora está viúva, Pat. Dois anos atrás... Você se lembra? Os Streeter vieram

da Califórnia para uma visita. George Streeter era um velho amigo meu. Ele me contou sobre Merle... O marido não a deixou bem de vida, e ela precisava ganhar o próprio sustento. Ela é oradora pública... Uma instrutora... Ah, é muito inteligente, Pat. As cartas dela são maravilhosas. Eu... Eu não consegui tirá-la da minha cabeça depois do que George me contou. E então... Eu... Bem, eu escrevi para ela. E temos nos correspondido desde então. Eu a pedi em casamento, Pat.

– E ela aceitou?

Pat fez a pergunta delicadamente. Ela não podia magoar os sentimentos de tio Tom... O bom e velho tio Tom, que tinha amado, perdido seu amor e seguido amando fielmente. Aquilo era muito romântico.

– Ah, essa é a questão – respondeu ele misteriosamente. – Ela ainda não decidiu... Mas está inclinada a aceitar, Pat... Acho que ela está inclinada a aceitar. Creio que ela está bem cansada de enfrentar o mundo sozinha, pobrezinha. E é nisso que quero que me ajude, Patsy.

– Eu! – exclamou Pat, surpresa.

– Sim. Veja, ela está em New Brunswick agora, visitando uns amigos, e acha que seria uma boa ideia vir até a Ilha e... E... Meio que sondar o terreno, eu suponho. Descobrir, talvez, se eu sou o tipo de homem com quem ela poderia ser feliz. Ela queria que eu fosse a New Brunswick, mas é difícil, para mim, me ausentar agora, com a colheita prestes a acontecer e apenas um rapazote para me ajudar. Leia o que ela disse, Patsy.

Pat pegou a carta um tanto relutantemente. Estava escrita em um papel azul-claro grosso, e exalava um perfume bastante carregado. O parágrafo referente à visita dela, contudo, era bastante sensato.

"Nós dois provavelmente mudamos muito, favo de mel, e talvez seja melhor nos vermos antes de tomarmos uma decisão."

Pat teve dificuldades em reprimir um sorriso com o "favo de mel".

– Ainda não entendi onde eu entro, tio Tom.

– Eu... Eu quero que você a convide para passar uns dias em Silver Bush – explicou tio Tom agitadamente. – Não posso convidá-la para vir a Swallowfield... Edith teria... Teria um chilique... E, de toda forma, ela não viria. Mas se você escrever uma cartinha para ela... Para a senhora Merle Merridew... E a convidasse para vir a Silver Bush... Ela frequentou a escola com o Alec... Faça isso, Patsy.

Pat sabia que estaria colocando a si mesma em uma grande confusão. Certamente, tia Edith jamais a perdoaria. Judy pensaria que ela havia enlouquecido de vez, e Naninha acharia tudo uma grande piada. Era, no entanto, impossível recusar o pedido do pobre tio Tom, que implorava pelo que acreditava ser sua nova chance de felicidade. Pat não cedeu de imediato, mas depois de conversar com sua mãe, ela disse a tio Tom que o faria. O convite foi redigido e enviado no dia seguinte, e durante a semana que se seguiu, Pat oscilou entre o arrependimento, a apreensão e a determinação de permanecer ao lado dele sob qualquer circunstância.

Houve uma enorme consternação em Silver Bush quando o restante da família ficou sabendo o que ela tinha feito. Seu pai ficou em dúvida... Mas, afinal de contas, aquele era um assunto de Tom, e não seu. Sid e Naninha, como Pat previra, consideraram tudo uma piada. Tillytuck teimosamente se recusou a emitir qualquer opinião. Aquele era o problema de um homem só, simbolicamente falando, e mulher nenhuma tinha o direito de interferir. Judy, depois de um horrorizado: "Que Deus infie um poucu di juízu nessa tua cabeça, Patsy!", ficou um pouquinho intrigada com o fator romântico daquela situação... E nutrindo um desejo secreto de ver como "a nossa cara Edith iria reagir".

Edith não reagiu muito bem. Ela repreendeu Pat, arrastando consigo, em sua cólera, a pobre tia Barbara, que andava choramingando pela casa, mas continuava achando que elas não deviam se intrometer. Pat ouviu uma bela bronca.

– Como você pôde fazer isso, Pat?

– Eu não podia refutar o meu querido tio Tom – explicou Pat. – E não faz, na verdade, diferença alguma, tia Edith. Se eu não a tivesse convidado para vir aqui, ele teria ido a New Brunswick para vê-la. E pode ser que ela nem se case com ele, afinal de contas.

– Ora, não tente me reconfortar – grunhiu tia Edith. – Casar com ele! É claro que ela vai se casar com ele. E ela é avó. George Streeter foi quem me disse... E pensa que ainda é uma garota. É simplesmente terrível pensar nisso tudo. Não sei como vou suportar. A agitação sempre provoca uma dor no meu coração. Todos sabem disso. Você sabe disso, Pat.

Pat sabia. E se aquilo matasse a tia Edith? Já era, entretanto, tarde demais. Tio Tom estava bastante fora de si. Ele achava toda aquela situação deliciosa. A vida tinha se tornado subitamente romântica novamente. Nada que Edith pudesse dizer ou fazer o incomodava nem um pouquinho. Ele tinha até começado a negociar a compra de um bangalô em ótimo estado em Silverbridge onde "as meninas" poderiam viver.

– Ele e seu bangalô! – esbravejara tia Edith em um acesso de raiva intenso demais para ser expressado em palavras. – Pat, você é a única que parece ter influência... Qualquerinfluência... Sobre aquele homem enfeitiçado agora. Você não pode fazê-lo desistir disso tudo, de alguma forma? Você pode ao menos tentar?

Pat prometeu tentar, como forma de impedir que tia Edith tivesse um ataque cardíaco e subiu até o quarto de hóspedes para colocar um grande vaso de crisântemos amarelos na cômoda marrom. Se ela iria ganhar uma nova tia, precisava ser sua amiga. Alienar-se de Swallowfield era impensável. Pat suspirou. Que lamentável aquilo tudo! Eles foram tão felizes e contentes lá por anos. Ela odiava a mudança mais do que nunca.

Capítulo 2

A senhora Merridew viria no trem da tarde, e tio Tom iria encontrá-la com a charrete.

– Acho que eu deveria ter um automóvel, Pat. Ela vai achar este meio de transporte muito antiquado.

– Ela não verá cavalos mais bonitos em nenhum outro lugar – encorajou Pat.

E, assim, tio Tom se foi esperando transmitir uma impressão despreocupada e romântica. Por fora, ele realmente parecia tão solene quanto seu retrato no álbum de fotografias da família, mas, por dentro, tinha voltado a ser um rapaz de 20 anos, indo ao encontro de um velho sonho que, para ele, parecia ser de ontem.

Tillytuck insistiu em permanecer por perto, embora Judy tivesse insinuado que havia trabalho esperando por ele em outro lugar. Tillytuck não compreendia insinuações.

– Sempre me interessei por romances – confessou ele desavergonhadamente.

Pareceu uma eternidade, depois de ter ecoado o apito do trem em Silverbridge, até tio Tom retornar. Sid, de maneira nada romântica, expressou sua opinião de que ele havia morrido de pavor. Então, ouviram a charrete parando diante do portão.

– Lá vem a noiva – grunhiu Tillytuck, escapulindo pela porta da cozinha.

Pat e Naninha correram para o quintal. Judy espiou pela janela da varanda. Tillytuck se escondeu atrás de um arbusto de lilases. Até mesmo a mãe Gardiner, que estava em um de seus dias ruins e estava na cama, levantou-se em seus travesseiros para olhar por entre as videiras.

Eles viram tio Tom ajudar uma senhora avantajada, que parecia ainda maior com seu vestido branco e um chapéu branco grande de abas moles, a descer da charrete. Um par de pernas bem gordas a carregaram pela trilha até a porta, onde as garotas a aguardavam. Pat ficou olhando incrédula para ela. Será que aquela mulher, com pés que transbordavam dos sapatos de salto alto, podia ser a fada delicada dos velhos sonhos dançantes de tio Tom?

– E esta é Pat? Como vai, docinho? – A senhora Merridew deu um abraço caloroso em Pat. – E Naninha… Querida!

Naninha foi enlaçada da mesma forma. Pat recobrou-se e convidou a visita a subir. Tio Tom não dissera uma única palavra. Naninha era da opinião de que as cordas vocais dele haviam sido paralisadas pelo choque.

– Será que aquilo tudo é uma mulher só? – perguntou Tillytuck ao arbusto de lilases. – Eu não gosto das magricelas, mas…

– Pensa nissu tudo lá im Swallowfield – disse Judy para Cavalheiro Tom. – Ora, ora, Tom Gardiner divia é ter alargadu a porta di entrada, im vez di só pintar.

Cavalheiro Tom não disse coisa alguma, como era de seu costume, mas McGinty rastejou para debaixo do sofá da cozinha. No andar superior, a mãe Gardiner estava novamente deitada em seus travesseiros, tremendo de rir.

– Pobre Tom! – exclamou ela. – Ah, pobre Tom!

Asenhora Merridew falou e riu durante todo o trajeto até o andar superior. Ela ergueu os braços terrivelmente gordos e tirou o chapéu, exibindo os cabelos brancos como a neve, que escorriam como ondas moldadas e elegantes em um rosto que talvez tivesse sido bonito um dia, mas cujos olhos castanho-avermelhados perdiam-se nas bolsas de gordura. A boquinha vermelha ainda era vermelha... Um tanto vermelha demais. O batom não estava em voga em Silver Bush... Mas o brilho extravagante do ouro nos dentes diminuía sua doçura. Quanto à risada de que tio Tom se lembrava, não passava de um ribombo rechonchudo... No entanto, também havia algo de benevolente nela.

– Oh, querido, vamos sentar lá fora – sugeriu a senhora Merridew, depois de eles terem descido novamente.

Eles seguiram para o jardim atrás dela. Tio Tom, ainda sem palavras, fechava a comitiva. Pat não ousava olhar para ele. O que será que se passava em sua cabeça? A senhora Merridew se acomodou em uma cadeira velha, que rangeu descaradamente, e sorriu.

– Adoro ficar sentada observando as abelhinhas douradas sugando o mel dos trevos – declamou ela. – Adoro o campo. A cidade é tão artificial. Você não acha que a cidade é muito artificial, docinho? Não é possível haver uma troca real de almas na cidade. Aqui, no belo campo, sob o céu azul de Deus – a senhora Merridew ergueu os dedos gorduchos cheios de anéis para cima –, os seres humanos podem ser verdadeiros, as melhores versões de si mesmos. Tenho certeza de que você concorda comigo, meu anjo.

– É claro – disse Pat estupidamente.

Ela não conseguiu pensar em nada concreto para dizer. Não que importasse. A senhora Merridew podia falar por todos e certamente o fazia. Ela tagarelou sem parar como se estivesse em uma tribuna e tudo que sua plateia precisava fazer era ouvir.

– Você se interessa por psicanálise? – perguntou ela a Pat, sem esperar por uma resposta.

Quando Judy anunciou o jantar, Pat convidou tio Tom para ficar e jantar com eles. Tio Tom, contudo, conseguiu encontrar uma forma de recusar. Ele precisava ir para casa cuidar de seus afazeres.

– Lembre-se de que você prometeu me levar para dar uma volta de automóvel esta noite – lembrou a senhora Merridew em um tom galanteador. – E, ah, meninas, ele não me reconheceu quando eu saí do trem. Imaginem só… Sendo que fomos namorados muito tempo atrás.

– Você era… Mais magra… Na época – explicou tio Tom lentamente.

A senhora Merridew sacudiu um dedo gorducho para ele.

– Nós dois mudamos. Você parece bem mais velho, Tom. Mas não importa… Nosso coração continua jovem como nunca, não é, favo de mel?

Favo de mel foi embora. Pat, Naninha e a Sra. Merridew entraram para jantar. A senhora Merridew quis se sentar onde pudesse observar a beleza dos delfínios na trilha do jardim. Sua vida, disse ela, era uma contínua busca pela beleza.

Eles a colocaram onde ela podia ver os delfínios e ouviram, em um silêncio fascinado, enquanto ela falava. Nunca antes alguém como ela havia pisado em Silver Bush. Mulheres gordas já tinham ido lá… Mulheres falantes tinham ido lá… Mulheres sorridentes e afáveis tinham ido lá. Mas nunca uma tão gorda, falante, sorridente e afável como a senhora Merridew. Pat e Naninha não ousaram olhar uma para a outra. Foi apenas quando a senhora Merridew proferiu a expressão: "uma massa heterogênea de potencialidade" com a mesma casualidade com que diria: "o azul dos delfínios" que Naninha chutou Pat debaixo da mesa, e Judy, na cozinha, comentou com Tillytuck, em tom de lamento:

– Pur certu, eu custumava cumpreender u nossu idioma.

Na manhã seguinte, a senhora Merridew desceu para tomar o café da manhã parecendo simplesmente imensa em um quimono azul. Ela falou durante toda a refeição, durante toda a manhã e durante o almoço. À tarde, ela saiu para passear com tio Tom, mas falou durante todo o jantar. No início da noite, ela parou de falar, provavelmente por mera exaustão, e sentou-se na velha cadeira no quintal com as mãos cruzadas sobre a barriga encoberta pelo cetim. Quando tio Tom apareceu, ela começou a falar novamente, e falou a noite toda, exceto pelos breves momentos em que foi tocar piano e cantar este trecho: *"Once in the Dear Dead Days Beyond Recall"*. Ela cantava lindamente, e se fosse invisível, todos teriam apreciado. Tillytuck, que estava na cozinha e não podia vê-la, declarou ter ficado maravilhado. Judy, no entanto, só conseguia se perguntar se o banquinho do piano um dia seria o mesmo novamente.

– Ela simplesmente não consegue perceber que não está na tribuna – disse Pat.

Não havia assunto sobre o qual a senhora Merridew não pudesse conversar. Ela discursou sobre a ciência cristã e vitaminas, sobre os bolcheviques e os pequenos teatros, sobre a arte japonesa na Manchúria e a televisão, sobre teosofia e bimetalismo, sobre a cor da aura das pessoas e o valor do pensamento construtivo em contrapartida ao pensamento negativo, sobre a teoria da reencarnação e a alta crítica, sobre a hipótese planetesimal e a tendência da ficção moderna, sobre a melhor maneira de preservar suas peles das traças e como administrar óleo de castor a um gato. Ela lembrava Pat de um verso aleatório decorado nos tempos de escola, e ela o escreveu em sua descrição da visitante em sua carta a Hilary.

> *A palra dela era como um riacho*
> *Que contorna apressado os sopés,*
> *Ela passava de periquitos a patachos,*
> *Ela saltava de Maomé a Moisés.*

– Eu realmenti achu qui ela num bati bem da cabeça – grunhiu Judy. – Us Hinderson tinham uma linhagem isquisita, eu bem mi lembru. A vó dela tinha um parafusu a menus, i u tiu-avô mandou fazer u caixão anus antis di morrer i guardou dibaixo da cama du quartu di hóspedis. Ora, ora, foi um bafafá.

– Eu conheci o homem quando era garoto – disse Tillytuck. – A esposa dele guardava o bolo de frutas e os lençóis bons dentro do baú.

Judy continuou como se ninguém tivesse interrompido.

– I, mesmu assim, apesar di tudu, minhas mininas quiridas, eu até qui gostu dela.

Na verdade, todos eles "até que gostavam" dela... Até mesmo a mãe Gardiner, que, por outro lado, foi convencida por Pat a permanecer na cama durante boa parte do tempo para que toda aquela falação não acabasse a matando. A senhora Merridew era completamente afável, e seu sorriso era encantador. O chão podia até ranger quando ela caminhava, mas seu espírito era leve como uma pluma. Ela podia gostar em demasia de um pãozinho com manteiga e um punhado de açúcar mascavo espalhado em cima, mas não havia uma única gota de malícia em seu coração. Judy podia especular pessimistamente quanto ao que aconteceria se ela caísse na escada, mas ela adorava McGinty e se dava bem com todos os gatos. Até mesmo Cavalheiro Tom sucumbira aos seus encantos e balançava o rabo franzino e duro quando ela o acariciava atrás das orelhas. Judy, que confiava piamente na percepção de Cavalheiro Tom sobre a natureza humana, admitia que talvez Tom Gardiner não fosse, afinal de contas, o tolo que ela achava. Pois a senhora Merridew, a despeito de sua voluptuosidade, "cuidava muito bem da casa". Ela insistia em ajudar com os afazeres domésticos e lavava a louça, polia a prataria e varria o piso com uma destreza impressionante, falando incessante e incansavelmente o tempo todo. À noite, ela saía para passear de automóvel com tio Tom, ou ficava sentada com ele no jardim sob o luar. Ninguém sabia dizer o que tio Tom estava pensando, nem mesmo Pat. Mas as tias tinham se resignado à calma do desespero. Elas não haviam visitado asenhora Merridew...

Não a aprovariam de forma alguma... Mas achavam que Tom estava hipnotizado por ela.

Pat estava sentada em um tronco no bosque branco certa noite... Seu amado e obscuro bosque branco, repleto de sombras causadas pela lua... Ela havia escapulido para ficar sozinha por um tempo. A senhora Merridew estava na cozinha comendo rosquinhas, contando a Judy como viajar ampliava os horizontes da mente e encorajando-a a fazer sua viagem para a Irlanda. A cozinha de Judy certamente não era o que costumava ser naquele momento, e Pat sentia-se secretamente aliviada por a visita da senhora Merridew estar chegando ao fim. Mesmo se ela retornasse a North Glen, seria para Swallowfield e não para Silver Bush.

Alguém se aproximou e sentou-se ao lado dela com um suspiro pesado. Tio Tom! De alguma forma, Pat entendia o que se passava no coração dele sem que palavras precisassem ser ditas... Que "tudo que restava de seu belo, belo sonho" era poeira e cinzas. Pobre e enganado tio Tom, que imaginava que a antiga magia podia ser recobrada.

– Ela espera que eu a peça em casamento novamente, Pat – comentou ele, após um longo silêncio.

– O senhor precisa mesmo? – perguntou Pat.

– Como um homem de honra, preciso... E preciso fazê-lo esta noite – respondeu tio Tom solenemente... E não disse mais nada.

Pat decidiu que o silêncio valia ouro. Depois de um tempo, eles se levantaram e voltaram para a casa. Quando saíram do bosque, puderem ver a sombra de uma mulher obesa na veneziana da cozinha.

– Olhe para isso – comentou tio Tom, grunhindo guturalmente. – Eu jamais imaginei que qualquer pessoa pudesse mudar tanto, Patsy. Patsy... – A voz de tio Tom vacilou. – Eu... Eu... Gostaria de nunca tê-la visto velha, Patsy.

Quando eles entraram, a senhora Merridew arrastou tio Tom para o salão pequeno. No dia seguinte, no entanto, algo bastante misterioso ocorreu.

A senhora Merridew anunciou, no café da manhã, que precisava pegar o trem das dez horas e quinze minutos para a cidade e perguntou a Sid se ele faria a gentileza de levá-la até Silverbridge. Ela se despediu de todos alegremente e puxou Pat para o lado para lhe sussurrar algumas palavras.

– Não me culpe, docinho. Ele me disse que você sabia de tudo… E eu realmente pretendia aceitar o pedido dele antes de vir para cá, querida. Mas quando eu o vi… Bem, eu soube na hora que simplesmente não podia. É claro que é horrível decepcionar qualquer pessoa desse jeito, mas eu sou terrivelmente sensível quando se trata de beleza. Ele está com uma aparência tão velha e mudada… Não é, nem um pouquinho, como o Tom Gardiner que eu conhecia. Quero que você seja especialmente gentil com ele e o alegre até ele conseguir recobrar o ritmo das vibrações de felicidade que rodeiam todos nós. Ele não disse muito, mas eu sei que ficou muito magoado com minha decisão. De todo modo, depois de um tempo, ele mesmo perceberá que foi a melhor decisão.

Ela entrou no automóvel que a aguardava, acenou com a mão gorducha para eles e partiu.

– Isperu qui as molas du automóvel aguentem até a istação – comentou Judy. – I quandu vai ser u casamentu, Patsy?

– Nunca – respondeu Pat, sorrindo. – Está tudo acabado.

– Graças au Bom Home Lá di Cima – disse Judy devotamente. – Ora, ora, foi um atu muitu nobri da tua parti convidar a mulher para ficar aqui, Patsy, i vucê tevi a tua recompensa. Si u teu tiu Tom tivessi ficadu noivu dela pur correspondência, eli ia ter qui cumprir a promessa, independentimenti di comu eli si sintiu quandu a viu. I num é qui eu num tenha gostadu dela, Patsy, i eu lamentu muitu pela decepção dela… Mas ela num servia para ser isposa du Tom Gardiner. Ainda bem qui eli tevi u bom sensu di perceber, mesmu qui tenha sidu nu últimu sigundu.

Pat não disse coisa alguma. Tio Tom não disse coisa alguma… Nem naquele momento nem depois. Sua pequena incursão no universo do amor havia terminado. As negociações do bangalô em Silverbridge foram abruptamente suspensas. As duas tias insistiram em pensar que Pat tinha "influenciado" tio Tom e ficaram eternamente gratas a ela. Em vão, Pat lhes assegurou que não havia feito nada.

– Não diga isso – disse tia Edith. – Ele ficou simplesmente fascinado no instante em que ela chegou. Andava por aí como um homem em transe. Mas algo o impediu de dar aquele último passo fatal, e esse "algo" foi você, Pat. Ela ficará furiosa por ele ter escapado por entre seus dedos mais uma vez, é claro.

Pat continuou de bico fechado. Elas jamais acreditariam que a senhora Merridew é quem tinha recusado o pedido de tio Tom e que ele agradeceu aos céus por ter escapado.

A vida em Swallowfield e Silver Bush retomou a tranquilidade costumeira.

– Preciso contar tudo a Hilary – disse Pat, sentando-se diante de sua janela após o entardecer.

O mundo estava inundado por uma luz cor-de-rosa clara e deslumbrante. O jardim lá embaixo estava vivo com seus pintarroxos, e as andorinhas voavam baixo pelos prados. O campo do morro era um mar de trigo dourado, e além dele os abetos escuros e aveludados afagavam o ar cristalino. Como tudo era lindo! Tudo parecia acenar para ela! Silver Bush era uma fazenda adorável! E como era maravilhoso ter uma noite silenciosa novamente, com a perspectiva de um "lanchinho" e uma boa conversa com Judy mais tarde. E, ah, ela estava feliz por não haver mudança alguma em Swallowfield. Hilary também ficaria contente em saber.

"Eu gostaria de poder enviar esse pôr do sol junto com a carta para ele", pensou Pat. "Lembro-me de quando eu tinha uns 6 anos de idade e disse a Judy: 'Ah, Judy, não é lindo viver em um mundo onde há pores do sol?' Eu ainda acho que é."

Capítulo 3

Durante o outono e o inverno, após a sombra de uma possível esposa em Swallowfield ter sumido do céu de Pat, a vida prosseguiu deliciosamente em Silver Bush. Foi um inverno muito frio... Tão frio que na maior parte do tempo, o gelo chegava a formar padrões nas janelas... Havia muita neve e ventava violentamente no bosque. E não houve um único degelo, nem mesmo em janeiro, embora Tillytuck se recusasse a desistir de esperar por um.

– Nunca vi um janeiro sem degelo e já vi centenas de janeiros – garantiu ele, perguntando-se rabugentamente por que todos riram.

Aquele ano, contudo, ele viu um pela primeira vez. O frio permaneceu imperturbável. As pedras ao redor dos canteiros de flores de Judy viviam cobertas de neve e pareciam pequenos gnomos corcundas. Pat estava feliz por ver o jardim coberto. Ela sempre sofria ao ver seu belo jardim em invernos em que nevava pouco... Parecia tão desamparado, com hastes de flores desnudas e entristecidas erguendo-se da terra congelada e estéril, arbustos tão contorcidos que você jamais acreditaria que eles poderiam se transformar em montes de botões rosados em junho. Era bom pensar que o jardim estava dormindo debaixo de uma coberta imaculada, sonhando com o momento em que o primeiro narciso brotaria no despertar da primavera.

E também havia beleza por todo lado. Às vezes, Pat pensava que os bosques invernais, com sua timidez branca e sua nudez destemidamente escancarada, pareciam os mais raros e belos de todos. Nunca se sabia como uma árvore era realmente bela até vê-la sem folhas diante de um céu cinza-perolado de inverno. E será que havia algo tão perfeito quanto o bosque de bétulas sob o crepúsculo rosado após a neve ter caído delicadamente?

Nas noites de tempestade, Silver Bush, confortável e protegida, abrigando amor, ria em desafio por meio de suas janelas acesas diante da noite cinza tomada pela neve. Todos se aglomeravam na cozinha de Judy e comiam maçãs e doces, enquanto gatos felizes ronronavam e um cachorrinho ofegante, que, infelizmente, estava ficando velho e um pouco surdo, roncava aos pés de Pat. Loucas e excêntricas ou alegres e instigantes eram as histórias contadas por Judy e Tillytuck em uma rivalidade que, às vezes, agitava os moradores de Silver Bush. Judy passara a ambientar a maioria de suas aventuras na Irlanda, e quando contou a terrível história do homem que tinha barganhado com o Home Mau Lá Debaixo e quebrado o acordo, Tillytuck simplesmente não pôde alegar que o conhecia ou que era o próprio homem.

– Qual foi a barganha, Judy?

– Ora, ora, foi pela vida da isposa deli. Ela iria viver inquantu eli num rezassi para Deus. Mas si eli rezassi para Deus, ela iria murrer i eli iria pertencer au Velhu Satã para sempri. Pur certu, ela viveu pur muitus anus. I intão u pobri homi acabou si isquecenu du acordu i, um dia, quandu um porcu quebrou a pata, eli dissi, im um tom trágicu: "Oh, Deus!", eli dissi. I a isposa deli murreu naquela mesma noiti.

– Mas isso não foi uma prece, Judy.

– Ora, ora, foi, sim. Quandu si convoca Deus dessi jeitu, diante duma dificuldadi, é uma preci, sim. U Homi Mau Lá Dibaixu bem sabia.

– O que aconteceu com o marido, Judy?

– Ora, ora, eli foi levadu imbora – respondeu Judy, de um jeito que transmitiu uma sensação de pavor tamanha que todos sentiram um calafrio na espinha. Satisfeita com o efeito causado, ela prosseguiu em um tom desaprovador: – Mas olha só para mim, falanu di velhus tempus. É melhor eu ir preparar u pãu.

E enquanto Judy preparava o pão, Tillytuck aproveitou para contar a história de quando fora perseguido por lobos em uma noite de luar enquanto patinava. Ele a contou tão bem que todos estremeceram deliciosamente. Judy, por outro lado, comentou friamente:

– Eu já li essa história, Tillytuck, nu velhu livru di fábulas du Alec Cumpridão qui tá nu meu baú azul.

– Ouso dizer que seria possível lê-la por aí – retorquiu Tillytuck sem pestanejar. – Nunca aleguei ser o único homem a ter sido perseguido por lobos.

Então, todos fizeram um "lanchinho" e foram para a cama, aquecidos e aconchegados enquanto os ventos rugiam lá fora.

Dwight Madison tinha começado a assombrar Silver Bush naquele inverno, e era bastante óbvio que ele sofria, como Sid colocara, de "uma enfermidade terrível chamada 'segundas intenções'". Pat tentou esnobá-lo. Dwight não aceitava ser esnobado. Nunca lhe ocorreu que qualquer garota poderia querer esnobá-lo. Tia Hazel era totalmente a favor dele, mas Judy, interessantemente, não era. Ele era um jovem sério, solene e sisudo demais para Judy.

– É um derriçu teu? – quis saber Judy após a primeira visita dele, em um tom que insinuava que ela preferiria chamá-lo de outra coisa não muito lisonjeira.

Pat respondeu que achava que ele roncava, e Naninha observou que ele parecia um espinafre. Depois disso, não houve mais nada a se dizer, e Alec Compridão, que até que gostava de Dwight, visto que ele tinha perspectivas de herança de um tio solteiro, concluiu que garotas modernas eram difíceis de agradar. Tia Hazel foi bastante fria com Pat por um tempo.

Bravo-e-Feroz teve pneumonia em março, mas superou graças, acredita-se, aos cuidados de Tillytuck, que ficou acordado com ele por duas noites inteiras no quarto do celeiro, mantendo-o coberto com uma manta em uma caixa ao lado da janela aberta. Duas vezes em cada noite, Judy foi até ele no meio da neve para levar uma xícara de chá quente e um "lanchinho". Cavalheiro Tom não teve pneumonia, mas teve sua própria experiência de quase-morte, que Judy relatou com gosto.

– Mininas quiridas, eu nunca tinha ouvidu falar im algu assim. Vucês si lembram qui, quandu cumemus aqueli bifi a rolê nu almoçu di dumingu, eu tirei us barbantis antis di levar para mesa i joguei na caixa di madeira? Ora, ora, esta tardi, quandu eu entrei na cuzinha, num é qui u Cavalheiro Tom tava sentadu lá pertu du fugão, cum alguma coisa pendurada na boca, parecenu um rabu di ratu? Quandu eu olhei mais di pertu, vi qui era um pedacinhu di barbanti, sigurei i puxei. Tirei quasi um metru di barbanti. A criatura cumeu até ficar cheia i aí num cunsiguiu ingulir us últimus centímetrus, i foi issu qui salvou a vida deli, já qui eli jamais ia cunsiguir digerir aquilu. Mas, mininas quiridas, si vucês tivessem vistu a cara deli inquantu eu tava puxanu u barbanti! I di agora im dianti, eu vou queimar tudu qui é barbanti dipois di usar, purque num queremus qui ninhum outru gatu nossu cometa suicídiu dessi jeitu.

– Mais uma anedota para você contar a Hilary nas suas cartas, Pat – disse Naninha astutamente.

Finalmente, contudo, eles puderam abrir as janelas para deixar a primavera entrar, e Pat reaprendeu mais uma vez como as jovens cerejeiras eram belas, acenando seus braços brancos sob os crepúsculos verdejantes, bem como o aroma dos botões das macieiras sob o luar, e o perfume dos jacintos-uvas sob as janelas da sala de jantar. No entanto, havia algumas nuvens em seu horizonte, não maiores do que a mão de um homem, mas carregadas de possibilidades preocupantes. Ela não conseguia se aquietar perfeitamente em paz, mesmo depois que a faxina foi, como Tillytuck dizia, "terminada, porém não totalmente acabada". Havia um ou outro canto que requeria uma mão de tinta, algumas cortinas precisavam ser remendadas, as primeiras cenouras precisavam ser desbastadas, e havia dezenas de pequenas e maravilhosas coisas a serem realizadas. Mas volta e meia, o que Nathaniel Hawthorne chama de "um pressentimento medonho de mudança iminente" entranhava-se em sua felicidade como um friozinho setembrino que se atravessa na languidez de uma tarde de agosto. Em primeiro lugar, árvores estavam morrendo por todos os lados como resultado do inverno rigoroso ou por quase de alguma doença. O pequeno abeto do portão do jardim, que havia crescido e se tornado uma grande árvore, morreu, e embora Pat gostasse menos dele do que de qualquer outra árvore, ela se entristeceu por sua morte. Era aterrador caminhar pelo bosque dos fundos e ver um amigo aqui e ali ficando seco ou deixando de produzir folhas. Até mesmo a enorme bétula de Felicidade estava morrendo, bem como um dos "pinheiros gêmeos" de Hilary.

Em segundo lugar, Judy agora estava bastante decidida a visitar a Irlanda no outono. Pat detestava a mera ideia do afastamento dela, mas sabia que não podia ser egoísta e cruel. Judy servira Silver Bush fielmente por muitos anos e merecia umas férias mais do que ninguém. Pat engolia a angústia e dizia palavras encorajadoras. É claro que Judy devia ir. Não havia nada no mundo para impedi-la. Naninha começaria o preparatório em julho e, se passasse, provavelmente iria para Queen's no ano seguinte, mas podia-se chamar alguém para ajudar Pat durante a ausência de Judy. Pois ela ficaria fora todo o inverno é claro. Não valia a pena passar menos tempo, e atravessar o Atlântico no inverno não era recomendável. O

Atlântico! Quando Pat pensava nele revirando entre ela e Judy, sentia-se totalmente mareada. Naninha, por outro lado, estava "arrepiada" com aquilo tudo.

– Arrepiada, é? – disse Judy um tanto amargamente. – Vucê vai é ficar arrepiada a valer si asinhora Bob Robinson vier para mi substituir. Parece qui ela foi a única qui cunsiguimus. Ora, ora, qui será da minha pobri cuzinha nas mãos dela?

– Mas pense em como será divertido colocar tudo em ordem quando você retornar, Judy.

– Ora, ora, essa, sim, é a filosofia certa – concordou Judy, alegrando-se. – Eu já contei qui recebi uma carta da minha prima da Irlanda hoji?

A família tinha ficado bastante curiosa quanto àquela novidade. Aquilo era um fenômeno em Silver Bush. E Judy fora curiosamente afetada pela carta, que se fosse possível que ficasse mais pálida, ela teria ficado. Judy pegara a carta e marchara até o cemitério para ler. Depois, permanecera calada durante todo o dia.

– Eu mandei um recadu para ela um tempu atrás. Num tinha notícia dela há mais di vinti anus i pensei cumigu mesma: "Talvez ela tenha mur-ridu, mas vou discubrir di qualquer forma". I hoji chegou a resposta dela. Vivinha da silva i filiz purque eu vou visitar. I u meu velhu tio Michael Plum ainda tá vivu, cum 95 anus, i chamanu u filu di 75 di "garotu tra-vessu" toda vez qui é contraditu! Eu sinti uma coisa isquisita, Patsy. Tô pensanu qui sei comu é qui vai ser na Páscoa.

– Hilary fará a travessia este mês – contou Pat. – Ele ganhou a bolsa de estudos Bannister e vai passar o verão na França, desenhando casas de campo francesas.

Pat não contou tudo a eles. Ela não contou a eles que Hilary tinha lhe feito uma certa pergunta novamente. E caso ela respondesse o que ele queria, ele passaria o verão na Ilha do Príncipe Edward, em vez da França.

Mas Pat tinha certeza de que não podia responder o que ele queria. Ela o amava muito como amigo, mas isso era tudo.

"Estou colocando nesta carta", concluiu ela, "um pedacinho do pomar, um jovem pinheiro todo tomado por borlas verdes, aquela curva iluminada pelo luar do Jordão de que você se lembra ... Um pouquinho de aroma de ameixas silvestres... Um vento que soprou sobre ervas aromáticas... O ronronar de um gatinho e o latido de um cachorrinho que deseja ser lembrado por você... E, sempre, meu amor de amiga. Isso não é suficiente, Hilary, querido? Venha para casa e desfrute dessas coisas todas. Vamos ter mais um verão do nosso bom e velho companheirismo."

O coração dela reluzia com esse pensamento. Nunca houve um amigo e parceiro no mundo inteiro como Hilary. Ele, no entanto, não conseguia enxergar assim – e, por isso, iria para a França. Talvez Hilary soubesse mais sobre algumas coisas do que Pat costumava lhe contar. Naninha escrevia ocasionalmente para ele e lhe contava mais sobre as atividades de Pat do que ela poderia sonhar. Hilary sabia de todos os "pretendentes" que apareciam em Silver Bush, e talvez Naninha colorisse seus relatos um pouquinho demais. Certamente, Hilary tinha, de alguma forma, a impressão de que Pat se tornara uma namoradeira notável, com uma fila infinita de apaixonados desesperados a seus pés. Nem mesmo quando Naninha escreveu sobre Dwight Madison ela mencionou os olhos esbugalhados dele ou o fato de que ele era um vendedor por comissão de artigos agrícolas. Em vez disso, contou que ele era Presidente da Turma Bíblica de Jovens Rapazes, e que seu pai o achava muito sensato, que herdaria rios de dinheiro quando o tio solteirão falecesse. Se não fosse pela carta dramática de Naninha – que realmente pensava estar fazendo um favor a Pat ao tentar deixar Hilary com ciúmes –, talvez Hilary tivesse ido para a Ilha naquele verão, afinal de contas. Ele estava acostumado demais a ser rejeitado por Pat como pretendente para ser desencorajado apenas por isso.

Havia, também, boatos de que Sid estava noivo de Dorothy Milton. O ciúme perfurava Pat como uma agulha toda vez que ela ouvia isso. Em vão, ela tentou se reconfortar pensando que, de toda forma, Sid não podia se casar até que a outra fazenda fosse paga e uma nova casa construída nela. A velha casa fora demolida e a madeira usada para construir um novo estábulo. Pat também se sentia triste por isso. Aquela costumava ser a casa de Hilary e eles costumavam ir e voltar de lá nas noites frias e azuis de verão. Quanto a Dorothy Milton, ela era, sem dúvidas, uma boa garota e seria uma ótima esposa para Sid, se ele precisasse se casar um dia. Pat disse isso a si mesma uma centena de vezes sem conseguir se convencer de algo que não podia ser remediado. Ela também estava magoada pelo fato de que, se fosse verdade, ele não teria lhe contado nada. Eles costumavam ser tão próximos para todo o resto. Ele a consultava com relação a tudo. Sid estava cada vez mais assumindo os afazeres da fazenda, enquanto Alec Compridão se dedicava à pecuária na outra. Todo domingo, os dois caminhavam por toda a fazenda para observar as plantações, as cercas e planejar o futuro. Sid pretendia transformar Silver Bush na melhor fazenda de North Glen, e Pat o apoiava de corpo e alma. Quem dera as coisas pudessem continuar assim para sempre! Quando Pat leu seu capítulo da Bíblia, certa noite, ela encontrou o versículo: "Não te ponhas com os que buscam mudanças", e o sublinhou três vezes. Salomão, ela achava, chegara à raiz das coisas.

Naninha era outro dos problemas de Pat... Ou melhor, Rae, como agora exigia ser chamada. Em seu aniversário, tinha reunido a família e informado a eles, sem rodeios, que eles não deveriam mais chamá-la de "Naninha". Ela simplesmente não ouviria qualquer coisa que lhe fosse dita a menos que a chamassem de "Rae". E insistiu. Foi difícil no início. Todos odiavam ter que abrir mão do apelido carinhoso e absurdo que estava ligado a tantas belas lembranças de quando Naninha era um bebezinho fofo, de quando começou a ir para a escola, da fase em que era só braços e pernas, de quando ela estava entrando delicadamente na adolescência. Mas Naninha bateu o pé, e eles mudaram de hábito mais cedo do que achavam possível... Todos à exceção de Judy. Ela se esforçou ao máximo, mas nunca conseguiu passar de "Nani-Rae", o que era tão ridículo que Rae, eventualmente, rendeu-se e permitiu que Judy voltasse ao nome antigo.

O pessoal de Silver Bush suspeitava, já há algum tempo, que Rae seria a beldade da família e finalmente tiveram a confirmação. Martin Madison, que tinha três filhas feias, dissera, cheio de desdém, que Rae Gardiner não passava de duas covinhas e um sorriso. Mas ela era mais que isso. Tillytuck considerava que resumira bem a questão quando disse que ela deixava todas as garotas de North Glen no chinelo. Havia certo "glamour" com relação a ela que nenhuma outra tinha. Realmente era um bocado inteligente e falava em ser médica... Mais para horrorizar Judy do que qualquer outra coisa, visto que não tinha pretensões especiais de uma "carreira". E ela era esperta o suficiente para esconder sua perspicácia, especialmente dos rapazes que começaram a visitar Silver Bush... Garotos de uma geração posterior à de Pat, que eles julgavam-na bastante idosa. Rae era muito popular entre eles – ela tinha um ar desafiador que os intrigava e praticava um sorriso distante e misterioso com tanto afinco diante do espelho que eles ficavam bastante loucos tentando adivinhar em que ela estaria pensando. Nenhum deles a interessava, visto que não eram, nem de longe, como os astros do cinema das imagens que ela colara na parede do quarto, na cabeceira da cama. Por outro lado, como ela informara friamente a Pat, eles serviam como treinamento.

Rae era cheia de vida. Cada passo seu era uma dança, cada gesto era cheio de graciosidade e virilidade. Ela andava por aí procurando por frenesi e sempre encontrava. Pat, olhando para aquele deslumbrante rosto oval imaculado, suspirava e perguntava-se o que a vida guardava para sua querida irmã. Ela estava muito mais preocupada com o futuro de Rae do que com o seu próprio e agia como sua mãe – a tal ponto que

Rae considerava absurdo. Era exasperante ter que ouvir que você deveria colocar seus protetores de calçado quando se estava sentindo romântica e etérea! E ouvir que você era esnobe porque reclamou que Tillytuck ficou falando esquisitices na cozinha quando você estava recebendo um garoto de Charlottetown e a irmã dele no salão pequeno.

– Não sou esnobe, Pat. Você sabe muito bem que Tillytuck vive falando coisas esquisitas. É claro que são divertidas e rimos muito, mas estranhos não compreendem. E aquela porta do salão pequeno não fica fechada. Eu nunca vou me esquecer da expressão no rosto de Jerry Arnold ontem à noite quando ouviu uma das discussões de Judy e Tillytuck.

Rae ficou sem fôlego e sem exclamações, o que deu a Pat uma chance de dizer, provocativamente:

– O pai de Jerry Arnold era um calhorda vinte anos atrás.

– Quem é que está sendo esnobe agora? – retrucou Rae. – Jerry terá dinheiro. Ah, não precisa olhar para mim desse jeito, Pat. Não tenho intenção alguma de me casar com Jerry Arnold... Ele não faz meu tipo.

– Essa era... Essa poderia ser a pequena Naninha, que era uma bebê até anteontem? – Por outro lado, quando eu me casar, será com um homem rico. Admito ser materialista. Gosto de dinheiro. E quer saber, Pat? Nós nunca tivemos dinheiro suficiente em Silver Bush.

– Mas pense nas outras coisas que nós temos – retorquiu Pat delicadamente. Rae, a doce e disparatada Rae, não devia ser levada muito a sério.

– Não temos muito dinheiro, eu admito, mas todo o resto que importa. Além disso, sempre temos o amanhã.

– Tudo isso soa muito bonito, mas o que significa? – Rae tinha assumido uma postura mais austera naquela primavera. – Não, minha cara Patricia, é preciso ser prática neste mundo em que vivemos. Já pensei em tudo com muita cautela e decidi que me casarei por dinheiro... E que terei uma boa vida pelo resto dos meus dias.

– Você tem alguém em mente? – perguntou Pat sarcasticamente.

Os olhos azuis emoldurados pelos cílios pretos de Rae se encheram de riso.

– Não, querida. Ainda tenho muito tempo. Embora Trix Binnie esteja casada… Casada aos 17 anos. Pense só… Apenas dois anos mais velha que eu. A expressão dela, quando estava se casando, era de exaltação total. Jerry Arnold diz que ela parecia um gatinho que acabara de capturar o primeiro rato.

– Bem, tivemos uma bela visão das escápulas de May durante quuinze minutos – respondeu Pat, que ficara tão furiosa com os Binnie por terem se atrevido a convidar os Gardiner para o casamento que levou uma noite inteira para Rae conseguir convencê-la a ir à igreja.

– Aquelas meninas ossudas certamente não deveriam usar vestidos com decote nas costas – afirmou Rae, olhando complacentemente para o próprio ombro. – Trix não dava a mínima para Nels Royce, mas como não conseguiu entrar no preparatório, ano passado, realmente não havia mais alternativa para ela. Foi tão divertido ouvir a senhora Binnie fingir que Trix não teria ido para Queen's mesmo que tivesse passado. "Eu não permitiria que Trix ensinasse na escola. Filha minha não vai ser escrava do público."

Pat gargalhou. Rae imitando a senhora Binnie era impagável.

– Tenho certeza de que May ficou furiosa porque Trix se casou antes dela – continuou Rae. – Suponho que ela tenha finalmente perdido as esperanças com Sid, agora que ele realmente está noivo de Dorothy Milton.

– Você acha… Ele realmente está? – indagou Pat.

– Ah, sim. Ela está usando aliança. Eu reparei ontem à noite, no ensaio do coral. Quando será que eles se casarão?

Pat estremeceu. Ela se sentiu subitamente como um gatinho bem pequeno em um mundo muito grande. O dourado estava se esvaindo do céu do entardecer. Uma grande mariposa branca passou voando. O bosque de abetos no morro tinha enegrecido. A lua estava surgindo detrás do morro da névoa. Tudo era lindo, mas havia algo no ar... Outro arrepio de mudança. Rae estava repentinamente crescida, e Sid não pertencia mais a elas. Então, uma de suas mudanças de abril a assolou. Afinal de contas, o mundo estava repleto de junho, e Silver Bush ainda era a mesma. Ela se levantou abruptamente.

– É uma perda de tempo ir para a cama cedo demais em noites de luar. E toda a riqueza de junho é nossa, não importa se somos pobres, segundo os seus padrões materialistas, querida. Vamos sair do carro e correr até a casa de Winnie.

Pat tinha aprendido a dirigir naquela primavera. Judy ficara bastante chateada com aquilo e falava sinistramente de uma garota de Silverbridge que tentara dirigir o automóvel do pai, pisara no acelerador, em vez do freio e atingira um palheiro em cheio... Ou ao menos era o que ela tinha ouvido. Pat conseguira aprender sem passar por nenhum desastre, embora Tillytuck tenha afirmado que, certa vez, ele só conseguira se salvar ao saltar por cima da casinha do cachorro, e Judy ainda ficasse toda arrepiada quando via Pat tirando o carro da garagem em marcha ré.

– Us tempus realmenti mudaram – disse ela para Cavalheiro Tom. – Lá vão a Patsy i a Naninha naqueli automóvel, quandu diviam é estar inu para cama. Meu quiridu gatu, será qui eu é qui tô ficanu velha, já qui num cunsigu mi acustumar cum issu?

Cavalheiro Tom colocou uma pata um tanto enrijecida em cima do ombro. Talvez ele também sentisse que estava ficando velho.

Capítulo 4

Eles ficaram sabendo sobre a casa comprida na casa de Winnie. Ela receberia novos locatários. Uma família havia a alugado para o verão... Não a fazenda, que ainda era cultivada por John Hammond, o proprietário, que a comprara do sucessor dos Wilcox.

Pat ouviu a notícia com uma sensação de desgosto. A casa comprida estava vazia quase desde que Bets falecera. Um casal tinha comprado a fazenda, vivido lá por alguns meses, e então vendido para John Hammond. Pat ficara contente com isso. Porém, era mais fácil imaginar que Bets continuava lá quando a casa estava vazia. Durante a infância, ela temia que o imóvel ficasse vazio e solitário, por isso queria vê-lo ocupado, aquecido e iluminado. Mas agora era diferente. Preferia pensar na casa habitada apenas pela fragrância dos velhos tempos e pelas pequenas alegrias espectrais do passado. De alguma forma, a residência parecia pertencer a ela enquanto estivesse

Abandonada à paz solitária
Das assombrações de outrora.

Na manhã seguinte, Judy tinha mais notícias. Os recém-chegados eram um homem e sua irmã. "Kirk", é o sobrenome deles. Era viúvo e, até pouco tempo atrás, editor de um jornal em Halifax. E eles tinham comprado a casa, e não alugado.

– Cum o jardim e o bosque di abetos di brindi – contou Judy. – John Hammond continua como proprietário da fazenda. Ele teve aqui ontem à noiti, dipois qui vucês saíram, reclamanu du custu tremendu da cirurgia da isposa. "Pur certu, um funeral teria custadu menos", eu dissi. Patsy, quirida, vucê ficou sabenu qui o Lester Conway si casou?

– Alguém me mandou o jornal com a notícia em destaque – respondeu ela, rindo. – Tenho certeza de que foi May Binnie. Imagine só, alguém pensar que eu me importaria.

Parecia que uma eternidade tinha se passado desde que ela se apaixonara perdidamente por Lester Conway. Por que ela nunca mais se apaixonou daquele jeito até aquele dia? Não que ela quisesse... Mas por quê? Será que ela estava ficando velha demais? Besteira!

Não tinha dúvidas de que sua família estava começando a dizer que ela não sabia o que queria, mas ela sabia bastante bem o que queria, porém não conseguia encontrar em nenhum dos homens que a cortejavam. Com relação a eles, Pat parecia estar possuída por um espírito de contrariedade. Não importava o quanto eram gentis, enquanto eram meramente amigos ou conhecidos, ela simplesmente não conseguia suportá-los quando davam sinais de estarem se enamorando. Silver Bush não tinha rival à altura em seu coração.

Ao entardecer, ela ficou parada no jardim, olhando para a casa comprida... O imóvel adquirira uma tonalidade rosada delicada sob a luz do crepúsculo. Pat nunca mais chegara perto dela desde o funeral de Bets. Agora, sentia um desejo estranho de visitá-la uma última vez antes que os estranhos chegassem e a tomassem dela para sempre... Para se encontrar com lembranças antigas e sagradas.

Pat entrou de fininho em casa e jogou um cachecol de cor viva em cima do vestido marrom com babado de chiffon cor-de-rosa plissado na gola. Ela sempre achou que ficava mais bonita naquele vestido do que em qualquer outro. De alguma forma, as pessoas raramente se perguntavam se Pat Gardiner era bonita ou não... Ela era tão vivaz, tão sadia, tão alegre que nada mais importava. No entanto, seus cabelos castanho-escuros eram ondulados e brilhosos, seus olhos castanho-dourados continham um brilho desafiador, e os cantos de sua boca apresentavam uma curvatura jovial. Ela estava linda aquela noite, com um leve rubor de excitação corando suas bochechas alvas e redondas. Ela se sentia como se estivesse viajando para o passado.

Judy estava na cozinha, contando histórias a dois dos filhos de tia Hazel, que estavam visitando Silver Bush. Pat ouviu uma ou duas frases enquanto saía.

– Ora, ora, as orelhas dele, minhas crianças! Ele pudia ouvir até mesmo o ventu mais suave caminhanu pelos morros e o qui as gramas custumavam dizer umas para as outras ao nascer du sol.

A boa e velha Judy! Ela era uma contadora de histórias sem igual!

"Lembro-me de quando Joe, Win, Sid e eu costumávamos sentar nos degraus da porta dos fundos para ouvi-la contar fábulas sob a luz do luar", pensou Pat. "E não importa o que ela conte, você sempre acredita que aconteceu mesmo... Só pode ter acontecido. Essa é a diferença entre as histórias dela e as de Tillytuck. Ah, é realmente terrível pensar que ela viajará no outono e passará o inverno todo longe."

Pat subiu até a casa comprida pelo velho e maravilhoso atalho que passava por Swallowfield, atravessando o riacho e subindo pelos campos do morro. Já fazia muito tempo que ela não pisava naquela trilha das fadas, mas nada tinha mudado. Os campos do morro ainda pareciam que se amavam. A enorme bétula branca permanecia pairando sobre a ponte de troncos no riacho. A hortelã úmida, amassada pelos seus pés, soltava seu velho aroma de frescor, e flores silvestres de todos os tipos preenchiam as fissuras do dique de pedra onde ela e Bets costumavam colher morangos silvestres. A base ainda estava oculta sob um amontoado de samambaias e murtas. E no morro, o pinheiro observador ainda observava e parecia acenar significativamente para ela. No topo estava, o velho portão, agora em ruínas, e além dele, a trilha pelo bosque de abetos onde o silêncio parecia se ajoelhar como uma freira de cinza, e ela sentiu que Bets deveria vir encontrá-la, caminhando sob o crepúsculo com sonhos nos olhos.

Passando o bosque, ela chegou ao jardim com a casa no meio. Pat parou e olhou ao redor. Tudo o que olhava guardava alguma lembrança de prazer ou dor. O velho jardim era muito eloquente... Aquele velho jardim que costumava ser tão amado por Bets. Ela parecia ter retornado nas flores de que cuidara e que amara. Todo o local estava repleto dela. Ela havia plantado aquela fileira de lírios... Ela tinha entrelaçado aquela videira na treliça... Ela tinha colocado aquela roseira ao lado da escada da varanda. Mas boa parte era, agora, um amontoado purulento de ervas daninhas e, no meio de tudo, estava a pobre casa vazia, com a pequena janelinha do sotão sombreado pelos abetos... Por onde ela havia visto a alvorada tocar o rosto morto de Bets. Uma pontada terrível de solidão rasgou sua alma.

– Eu odeio as pessoas que vão viver em você – disse ela à casa. – Ouso dizer que elas vão dilacerá-la e virá-la do avesso. Isso partirá meu coração. Você deixará de ser você.

Ela atravessou o jardim pela velha trilha musguenta, onde as roseiras não podadas prendiam seu vestido como se quisessem segurá-la. Ela foi até o outro lado do terreno, tomado pela grama alta demais, até o pomar de cerejas e fazendo a curva. Então, parou abruptamente, surpresa e envergonhada.

Em um pequeno semicírculo de jovens abetos havia uma fogueira, como uma luminosa rosa da noite. Duas pessoas estavam agachadas na grama diante dela... Duas pessoas, um gato e um cachorro. O cachorro, uma criatura branca e dourada maravilhosa, que parecia ser capaz de entender uma piada, estava sentado ao lado do homem, e o gato, preto, maior que qualquer gato tinha o direito de ser, com olhos verdes claros em formato de lua, estava aconchegado ao lado da moça, com as lindas patas brancas cruzadas debaixo de seu peito nevado. Pat, em um surto insensato de indignação – fora Bets quem plantara aquele semicírculo de árvores... –, murmurou um breve "Perdoem-me... Eu não quis... Invadir."

Ela, Pat, uma invasora ali! Aquilo era amargo.

Mas antes que ela pudesse dar meia-volta e desaparecer, a garota tinha se levantado, corrido até ela e segurado seu braço.

– Não vá – implorou ela. – Ah, não vá. Fique e se apresente. Você deve ser uma das garotas Gardiner de Silver Bush. Já ouvi falar de vocês.

– Sou Pat Gardiner – disse Pat secamente.

Ela sabia que estava sendo tola e amarga, mas, naquele momento, não conseguia evitar, quase odiava aquela garota – e, no entanto, havia algo de inegavelmente atraente com relação a ela. Deu para sentir desde o princípio. Era um pouco mais alta que Pat e estava usando calças *knickerbocker* e uma camisa cáqui. Tinha olhos verdes compridos e tortos, com cílios claros longos, que deveriam acompanhar cabelos claros, que, contudo, eram pretos como abrunho, presos em uma trança brilhosa em torno da cabeça e afastados da testa de uma forma peculiarmente viril. A pele era alva, com algumas sardas... Sardas deliciosas, como se tivessem sido polvilhadas de um pimenteiro sobre o nariz e as maçãs do rosto. Ela tinha a boca sinuosa e astuta, com uma inclinação rebelde. Pat não a achara nem um pouco bonita, mas não conseguiu evitar sentir-se atraída por aquele rosto.

– E eu sou Suzanne Kirk. "Suzanne" mesmo. Batizada assim. Não uma "Susan" metida a besta. Agora nos conhecemos... Ou melhor, nos conhecemos há centenas de anos. Eu a reconheci assim que a vi. Venha ficar conosco.

Pat, ainda um tanto relutante, permitiu-se ser conduzida até o fogo. Ela queria ser simpática... Mas também não queria.

– Este, senhorita Gardiner, é meu irmão, David.

David Kirk se levantou e estendeu a mão morena comprida. Ele era bastante velho... No mínimo 40 anos, pensou Pat impiedosamente... E havia pinceladas grisalhas nos cabelos escuros sobre suas orelhas. Não era bonito, mas certamente era o que Judy chamaria de "um tanto distinto". Boa parte do charme da irmã também figurava em seu rosto, a mesma inclinação na boca... Talvez fosse apenas um pouco mais decidida... Um pouquinho cínica. E quando ele falou, embora tenha dito apenas "prazer em conhecê-la senhorita Gardiner", havia algo na voz dele que fazia com que tudo que dizia parecesse significativo.

– E este é Ichabold – apresentou Suzanne, apontando para o cachorro, que abanou o rabo insinuantemente. – É claro que é um nome absurdo para uma criatura nobre como ele, mas David queria dar a ele um nome que nenhum outro cachorro pudesse ter tido antes. Tenho certeza de que nenhum cachorro jamais se chamou "Ichabold" antes, você não?

– Nunca ouvi falar de nenhum.

Pat sentia que estava se rendendo, mesmo sem querer. Realmente parecia que ela já os conhecia antes.

– Nosso gato se chama Alphonso-dos-Olhos-Esmeralda. Alphonso, esta é a senhorita Gardiner.

Alphonso não abanou o rabo. Ele meramente piscou os olhos desdenhosos e continuou apenas sendo o Alphonso-dos-Olhos-Esmeralda. Suzanne sussurrou para Pat:

– Ele é um gato arrogante de uma linhagem antiga, mas gosta que cocem atrás de suas orelhas exatamente como um gato que não sabe quem é seu avô. Ele entende cada palavra do que falamos, mas nunca faz fofocas. Escolha um lugar macio no chão, senhorita Gardiner, e vamos passar uns momentos deliciosos fazendo nada.

Por um instante, Pat hesitou. Então, acomodou-se ao lado de Alphonso.

– Acho que estava invadindo a propriedade – comentou ela –, mas não sabia que vocês já tinham chegado. Então queria vir até aqui me despedir da casa comprida… Eu… Eu costumava vir muito aqui. Tenho muitas lembranças boas.

– Mas você não vai se despedir dela… E voltará a vir muito aqui. Sei que seremos boas amigas – afirmou Suzanne. – David e eu queremos vizinhos… Queremos muito. E ainda não nos mudamos… Vamos dormir no celeiro esta noite… Mas nossa mobília esta ali dentro, toda entulhada. A única coisa no lugar é aquela antiga lamparina de ferro acima da porta da frente. Queremos pendurá-la e colocar uma vela dentro. É nossa estrela-guia… Nós a acenderemos todas as noites. Não é linda? Adquirimos quando fomos à França, certa vez… Em um antigo castelo que algum rei havia construído para sua amada. David foi pelo jornal, e eu hipotequei meu futuro por anos e fui com ele. Nunca me arrependi. É engraçado… Mas todas as coisas de que eu me arrependo foram coisas prudentes… Ou pareciam ser, na época. David e eu estávamos apenas vagueando esta noite. Chegamos há duas horas em um automóvel velho péssimo, barulhento e surrado… Um carro de segunda mão que compramos na semana passada. Gastamos todo o dinheiro que tínhamos guardado na compra do imóvel, mas não nos arrependemos. No instante em que vimos a casa, soubemos que precisávamos comprá-la. É uma casa de uma personalidade maravilhosa, não acha?

– Eu sempre a amei – confessou Pat suavemente.

– Ah, eu soube que ela tinha sido amada no momento em que a vi. Acho que sempre se sabe quando uma casa foi amada. Ela ficou, contudo, adormecida por tempo demais. E sozinha. Sempre me magoa ver uma casa solitária. Sinto que preciso trazê-la de volta à vida e fazer amizade com ela. Sei que ela está feliz porque vamos recuperá-la.

Pat sentiu o gelo de seu coração derreter. Casas significavam, para aquela garota, o que significavam para ela própria… Criaturas, e não coisas.

– Nós encontramos esta pilha de galhos de macieira aqui e não conseguimos resistir à tentação de acender uma fogueira. Nenhuma madeira rende uma fogueira tão bonita quanto a de macieiras... E estamos felizes demais esta noite. Estávamos ávidos por um lar... Com árvores, flores e um ou dois gatinhos para ronronar para nós. Não temos um lar desde que éramos crianças... Nem mesmo quando David era casado. Ele e a esposa viveram em um pequeno apartamento durante o pouco tempo que a pobrezinha viveu. Não temos muitos parentes, então dependemos dos nossos vizinhos. Não é muito difícil nos fazer rir, e embora sejamos bastante espertos, não somos tão espertos a ponto de alguém precisar ter medo de nós. Não conseguimos ser muito desregrados... David sofreu um trauma em algum lugar da França quando tinha 20 anos e precisa viver em um lugar tranquilo... Mas s tentamos, sim, levar a vida com alegria.

– Eu não estava nada contente quando subi até aqui – confessou Pat com franqueza, permitindo-se se abrir um pouquinho mais. – Sabe, eu realmente ressentia o fato de vocês... Qualquer pessoa... Vir morar aqui. A casa parecia pertencer a uma querida amiga minha que costumava viver aqui... E faleceu há seis anos.

– Mas você não ressente mais, não é? Porque agora sabe que nós também amamos este lugar. Seremos gentis com os seus fantasmas e as suas lembranças, senhorita Gardiner.

– Apenas "Pat", por favor – disse ela, rendendo-se por completo.

– Assim como sou apenas "Suzanne".

Subitamente, todos se sentiram confortáveis e sossegados. Ichabold deitou-se... Alphonso chegou a adormecer. A fogueira de galhos de macieira crepitava e estalava amigavelmente. Ao redor deles, o veludo e a sombra da noite iminente, com as árvores sonhadoras banhadas pelo luar ao fundo. Nos abetos, pequenos ventos fofocavam, e lá embaixo, o rio brilhava como um laço azul amarrado em torno do morro verde.

– Fico tão feliz por essa vista fazer parte da casa – comentou Suzanne. – Você não faz ideia de como me sinto rica só de olhar para ela. E aquele velho jardim é tudo que eu sempre sonhei. Eu sabia que precisava ter glicínias, esporas, dedaleiras, campânulas e malvas, e cá estão todas elas. É excepcional. Vamos construir uma lareira de pedras aqui, nesta meia-lua de árvores. Este lugar simplesmente pede uma.

– Bets... Minha amiga... Foi quem plantou essas árvores. São dela... Realmente... Mas ela não se importará em emprestá-las a vocês.

Suzanne esticou o braço por cima de Alphonso e apertou a mão de Pat.

– Que bom que você disse isso. Não, ela não se importará, porque nós as amamos. Nunca nos importamos em emprestar as coisas às pessoas quando sabemos que elas as amarão. E ela não se importará por fazermos uma clareira de íris no bosque de abetos. Essa é outra coisa com que sempre sonhei... Centenas de íris com abetos ao redor... Por todo lado, para que a clareira nunca seja vista, exceto por aqueles que querem vê-la. E nós podemos ir lá quando quisermos ficar sozinhos. É preciso um pouco de solidão na vida.

Eles ficaram sentados conversando pelo que podia ter sido uma hora ou um século. A conversa tinha cor... Pat reconheceu esse fato imediatamente. Tudo sobre o que conversaram era interessante no instante em que o assunto vinha à tona. Ocasionalmente, percebia-se uma pitada de escárnio na risada de David Kirk, bem como uma veia mordaz em sua sagacidade. Pat o achou um pouquinho amargurado, mas havia algo de estimulante e pungente na amargura dele, então percebeu-se gostando daquele rosto magro e sombrio dele, com sorrisos breves. Ele tinha um jeito de dizer as coisas que lhes conferia contundência, e Pat adorava a forma como ele e Suzanne conseguiam manter a conversa sempre estável e contínua.

– A lua está se escondendo atrás de uma nuvem... Uma lua de um branco prateado – comentou Suzanne. – Eu adoro nuvens assim.

– Há tantas coisas dessa natureza para nos conferir prazer – disse Pat sonhadoramente. – Coisas pequenas... E, no entanto, tanto prazer.

– Eu sei... Como o coração de uma rosa não desabrochada – murmurou Suzanne.

– Ou o aroma da madeira do pinheiro – complementou David.

– Vamos, cada um de nós, fazer uma lista das coisas mais belas – sugeriu Suzanne. – As coisas que mais nos agradam, aquilo que vier à nossa cabeça, não importa o que seja. Adoro as sombras intensas e estranhas que surgem pouco antes do pôr do sol... Besouros batendo na janela... Uma mordida de pão caseiro... Uma bolsa de água quente em uma noite fria de inverno... Pedras musguentas molhadas em um riacho... A canção do vento no topo de um velho pinheiro. E você, Pat?

– A maneira como o gato dobra as patinhas debaixo do peito... Fumaça azul subindo pelo ar em uma manhã gelada de inverno... A maneira como minha linda sobrinha Mary ri, apertando os olhinhos... Campos antigos sonhando sob o luar... O ruído de folhas secas sob nossos pés no bosque branco em novembro... Os dedinhos dos pés de um bebê... O cheiro de roupas limpas quando você as tira do varal.

– David?

– O gelado do gelo – começou David lentamente. – Os olhos do Alphonso... O cheiro da chuva após uma seca escaldante... Água à noite... Chamas flamejantes... A estranha brancura sombria de uma noite de inverno... Olhos castanho-claros em uma garota.

Jamais ocorreu a Pat que David Kirk estivesse tentando lhe fazer um elogio. Ela achava que seus olhos eram amarelos... "Olhos de gato", dissera May Binnie. Ela se perguntou se a falecida esposa de David Kirk tinha olhos castanho-claros.

Os Kirk desceram o morro com Pat, e ela os fez entrar na cozinha para comer os biscoitos de laranja de Judy e tomar um copo de leite. Não havia outro lugar para levá-los, pois Rae estava com visitas no salão grande, a mãe Gardiner estava recebendo uma velha amiga no salão pequeno, e Alec Compridão estava papeando com o ministro na sala de jantar. Os Kirk, contudo, eram do tipo de gente que você levaria para a cozinha assim que os conhecia. Judy foi excessivamente gentil, apesar de Suzanne estar vestindo calças e camisa... Gentil demais, para falar a verdade. Judy não sabia o que pensar daquela intimidade repentina.

– Quero vê-los com frequência... Tenho certeza de que seremos bons amigos.

Sid chegou e falou com eles da porta.

– Você já os conhecia? – perguntou Pat, surpresa.

– Eu os encontrei na loja de Silverbridge hoje de tarde. A garota me perguntou se eu sabia quem morava na casa anormal e velha no pé do morro.

Pat, que estava se sentindo muito rica, sentiu-se subitamente muito pobre... Terrivelmente pobre. Ela saiu no jardim e olhou para Silver Bush... A simpática Silver Bush, com suas luzes acolhendo todo o mundo. Botões de flores frios do sereno a rodeavam, mas não significavam nada para ela. Squedunk esgueirou-se por entre os delfínios para se esfregar em suas pernas, e ela nem sequer o notou. A cor havia se esvaído de tudo.

– Ela ousou rir de você... Ela ousou chamá-la de "velha" – sussurrou ela para a casa.

Ela sacudiu o punho moreno para a escuridão. Nunca conseguira ouvir crítica alguma a Silver Bush. Ela odiara tio Brian, na semana anterior, porque ele disse que Silver Bush estava afundando sobre a fundação e começando a ter rachaduras no chão. E, agora, odiava Suzanne Kirk. Suzanne, ora essa! Bastava de Suzanne para ela. E pensar que ela estava pronta para aceitá-la como amiga... Para substituir Bets por ela! E pensar que ela havia socializado com ela em torno da fogueira e lhe contado segredos sagrados! Nunca mais.

– Eu... Eu me sinto como uma lagarta em que alguém acaba de pisar – disse Pat estranguladamente.

Na cozinha, o gênio da profecia havia baixado em Tillytuck.

– Isso ainda vai dar em casamento, pode escrever, Judy Plum.

– É milhor vucê ir lá fora admirar a lua – respondeu Judy desdenhosamente. – Pretendentis num são tão iscassos assim im Silver Bush para Patsy pricisar si contentar cum isso. Ele tem idadi suficienti para ser pai dela. Mas vamos ser bem-educados cum ele, purque mi disseram qui ele tá iscrevenu um livro e si a genti ofender, ele podi nus colocar na história.

Na casa Ccmprida, David Kirk estava dizendo para Suzanne:

– Ela me faz pensar em um riacho de bosque.

Capítulo 5

Pat esnobou Suzanne quando ela lhe telefonou para convidar Sid e ela para uma recepção na nova casa. Disse que não podia ir porque já tinha outro compromisso àquela noite... O que era, afinal, verdade, visto que a recepção aconteceria, tinha prometido ir a um baile em South Glen. E quando Suzanne e David desceram o morro pela trilha certa noite, para um luau que os hóspedes do hotel de Bay Shore haviam organizado na praia de North Glen, e a convidaram para ir com eles, ela foi totalmente educada, distante e lamentou muitíssimo por não poder acompanhá-los... Sem dar qualquer outra desculpa – embora, em seu coração, quisesse ir. Algo nela, no entanto, havia sido profundamente machucado. Jamais poderia perdoar uma ofensa a Silver Bush, como acontecera com o pobre Lester Conway anos antes, e se regozijou amarguradamente em recusar com muita delicadeza...

– Ora, ora, ela foi terrivelmenti educada – contou Judy a Tillytuck.

Judy estava igualmente feliz por aquela amizade ameaçada com o pessoal da casa comprida parecer improvável de se concretizar. "Viúvos são terrivelmenti sorrateiros", refletiu ela.

Suzanne não era dessas que não compreende uma indireta, e Pat não recebeu mais convites indesejados. As luzes brilhavam na casa comprida à noite, mas Pat desviava o olhar com determinação. A música descia o morro quando Suzanne tocava violino no jardim sob as estrelas, mas Pat mantinha as orelhas tapadas para ela.

Mesmo assim, às vezes, sentia uma pontada estranha de solidão. Volta e meia, emergia um sentimento estranho e até então desconhecido, expressado pela palavra mortal "gris"... Como se a vida fosse feita de um tecido cinza. Então, ela sentia culpa. A vida em Silver Bush jamais poderia ser assim. Ela não queria nada além de Silver Bush e da própria família... Nada!

Rae contribuiu um pouquinho para o drama que foi aquele verão tendo um ataque assustador de paixonite adolescente, cujo objeto era um jovem evangelizador que estava conduzindo reuniões de avivamento no grande celeiro do senhor Jonas Monkman. Ele não aprovava as "igrejas organizadas", promovendo reuniões gratuitas. Os encontros, eram bastante animados, atraíam muita gente, algumas das quais iam para desdenhar e acabavam ficando para rezar. Pois não se podia negar que o jovem pregador tinha um poder pungente de mexer com as emoções de seu público ouvinte. Ele tinha um rosto extremamente bonito, alvo como mármore, com olhos um tanto grandes demais, delicados demais, castanho-acetinados demais, e cabelos longos, ondulados, cor de mogno, que escorriam como uma crina pelo que Rae descuidadamente um dia chamara de "testa fidalga", além de uma voz extraordinariamente amorosa, acalentadora, totalmente expressiva. As adolescentes estavam caidinhas por ele. Um coral foi montado, consistindo de todas as pessoas de North e South Glen que puderam ser persuadidas a participar. Rae, que cantava lindamente, era a primeira soprano, o centro das atenções quando trovava com seus olhos voltados para o céu... Ou ao menos voltados para as teias de aranha dependuradas no teto do celeiro. Ela comparecia todas as noites, desistiu de insistir em ter permissão para usar calças em casa e parou de usar brincos porque o evangelizador se referira a joias como "frivolidades... Meras frivolidades". Estava terrivelmente atormentada por sua "paixão" pelo pregador, mas mantinha a compostura, e todos, à exceção de Pat, achavam que não passava de um interesse passageiro. Todas as garotas, afinal de contas, estavam igualmente apaixonadas por ele, e era difícil dizer onde o amor acabava e a religião começava, como o Ancião Robinson sarcasticamente apontara, e, contudo, não aprovava as reuniões conduzidas por evangelizadores itinerantes... "Pregadores de oportunidade", era como os chamava. E Rae e sua gangue consideravam o Ancião Robinson um fóssil velho e mesquinho. Nem mesmo quando Jedidiah Madison, de Silverbridge, que não frequentava a igreja há anos, entrou no celeiro certa noite e foi salvo em três minutos, o Ancião Robinson se convenceu de que aquilo era algo positivo. "Vamos ver quanto tempo dura", ele teria dito... E acrescentado que tinha justamente acabado de ler sobre um evangelizador muito bem-sucedido que era, no fundo, um ladrão de bancos. Pat não temia que o senhor Wheeler fosse um ladrão, mas o detestava e estava tão confusa quanto alarmada com o arrebatamento de Rae.

Tillytuck também estava irredutível e afirmou que as tais reuniões eram meramente uma forma de dissipação religiosa. Judy acompanhou Rae certa noite, por curiosidade, mas nunca mais foi convencida a ir novamente. O senhor Wheeler tocou violino aquela noite, e ela ficou apavorada. Não importava que a reunião fosse realizada em um celeiro. Era – ou deveria ser – um Culto Divino e não era, portanto, lugar adequado para violinos. Sua opinião com relação ao sermão também não foi das melhores.

– Ora, ora, num foi, exatamenti, um sermão! Pur certo, eu cunsigui intender tudo qui ele falou.

Então, Pat e Rae eram as únicas que compareciam regularmente, sendo que Pat ia apenas por causa de Rae... E em pouco tempo, o alvoroço em South e North Glen foi tamanho que as meninas Gardiner pretendiam deixar a igreja presbiteriana para se juntar aos rendidos. Aquilo feria o orgulho de Pat, e ela não era nada educada com o senhor Wheeler quando ele caminhava com elas na volta para casa após as reuniões. De fato, Silver Bush ficava no caminho do evangelista para sua pensão, e ele sempre andava ao lado de Pat, e não de Rae, mas Pat era uma irmã desconfiada e superprotetora até o osso. Rir de uma paixonite adolescente era divertido e tudo o mais, mas Rae precisava ser protegida. Foi um alívio imenso para a cabeça de Pat quando, após seis semanas frenéticas, o senhor Wheeler partiu para novas terras, e o celeiro do senhor Monkman voltou a ser dominado pelo silêncio e pelos ratos. Rae continuou corando tremendamente durante semanas quando Sid a provocava, falando de seu namorado… O senhor Wheeler havia dito que estava contente em descobrir que ainda havia garotas que coravam no mundo… Mas não passou disso, e o alarde de Pat evaporou. Rae foi convidada para cantar no coral de South Glen… Começou a experimentar o efeito de seus cílios no tenor e voltou a usar "frivolidades"… E tudo foi pelos ares, exceto por um pequeno grupo de discípulos fiéis que continuou promovendo encontros na casa deles e não quiseram mais se envolver com qualquer igreja.

Capítulo 6

Pat estava em uma loja na cidade, certa noite, quando Suzanne Kirk foi conversar com ela e, a despeito do aceno de cabeça frio de Pat, perguntou, sorrindo:

– Posso pegar uma carona com você, senhorita Gardiner? David deveria vir me buscar, mas deve ter imprevisto, alguma coisa com nosso automóvel.

– Ah, é claro – respondeu Pat graciosamente.

– Tem certeza de que não a atrapalharei?

– Nem um pouco – garantiu Pat com ainda mais graciosidade.

Por dentro, ela estava furiosa. Tinha prometido a si mesma que a volta para casa seria deliciosa sob a noite dourada de agosto, passando por uma estradinha secundária que ninguém usava e onde havia coisas maravilhosas para apreciar. Pat conhecia diferentes caminhos para casa e gostava de cada um deles por seus charmes peculiares. Mas agora tudo estava arruinado. Bem, ela podia pegar a estrada regular e chegar em casa o mais rápido possível. Ela fez o carro guinchar violentamente na primeira curva. O veículo parecia expressar seus sentimentos.

– Não vamos por esta estrada – sugeriu Suzanne delicadamente. – Tem trânsito demais... E é tão reta. Uma estrada reta é uma abominação, você não acha? Gosto de belas curvas, ladeadas por samambaias e abetos... E de pequenas encostas que acabam em vales com riachos... E das coisas que os faróis dos carros iluminam quando terminamos a curva, olhando para você da relva como seres fantásticos pegos de surpresa.

– Um temporal está a caminho – alertou Pat com ainda mais graciosidade.

– Ah, nós seremos mais rápidas. Vamos pegar a estrada que sai daquela rua. David e eu fomos por ela na semana passada... É uma estrada linda, esquecida, encantadora.

Ah, se ela soubesse! Pat fez uma curva tão abrupta na direção da estrada secundária que escapou por pouco de uma colisão. Como Suzanne Kirk, que havia dito que Silver Bush era "anormal", ousava gostar daquela estrada? Aquilo era um insulto. Ela odiava que Suzanne Kirk gostasse de qualquer coisa de que ela gostava. Bem, a estrada era esburacada e acidentada... E a tempestade era uma desculpa para dirigir rápido. Suzanne Kirk teria um passeio bastante turbulento que repensaria seu gosto por estradas secundárias.

Pat não conversou ou tentou puxar conversa. Suzanne, depois de algumas tentativas frustradas, também não. Elas estavam no meio do caminho quando ela disse, com uma pitada de alarme na voz:

– A tempestade está se aproximando depressa, não é?

Pat tinha, pesarosamente, percebido já há algum tempo. Estava ficando escuro. Enormes nuvens pretas ameaçadoras acumulavam-se a noroeste, acompanhadas de um vento cada vez mais forte. Aquela era uma estrada péssima para se estar na chuva... Estreita e sinuosa, com fossos juncosos dos dois lados. Curvas, encostas e seres mágicos assustados eram maravilhosos quando o tempo estava bom, mas com vento, chuva e escuridão... Tudo pareceu abocanhá-las ao mesmo tempo... Um paredão preto... Um oceano de chuva... Um uivo tempestuoso... O clarão de um raio azul--esbranquiçado... O estrondo ensurdecedor de um trovão... E, então, o desastre. O carro derrapou na estrada agora escorregadia e, no instante seguinte, elas estavam no fosso.

Bem, poderia ter sido pior. O automóvel estava em pé e o fosso não era fundo. Mas a lama sob as samambaias era mole, e Pat sabia que jamais conseguiria retornar com o veículo para a estrada.

– Não há nada a fazer a não ser permanecer aqui até o temporal passar e aparecer alguém para ajudar – disse ela. – Eu... Eu sinto muito por termos caído no fosso, senhorita Kirk.

– Não se desculpe. Estamos vivendo uma aventura! O tempo esteve fechado o dia todo, mas eu realmente não esperava que a tempestade fosse chegar tão rápido. Que horas são?

– Oito e meia. O problema é que esta é uma estrada esquecida. Pouquíssimas pessoas passam por aqui em qualquer horário. E as casas são poucas e afastadas umas das outras. Mas acho que o clarão daquele último raio mostrou um imóvel à direita. Assim que a chuva cessar, irei até lá para ver se alguém pode vir nos resgatar... Ou ao menos se há um telefone para pedirmos ajuda.

Uma hora se passou até a tempestade acalmar. Estava totalmente escuro àquela altura, e o fosso em que elas confortavelmente se encontravam era um verdadeiro rio.

– Vou tentar ir até aquela casa – declarou Pat com determinação.

– Vou com você – disse Suzanne. – Não ficarei aqui sozinha. E tenho uma lanterna na bolsa.

Elas conseguiram sair do carro e do fosso. Não havia sentido em procurar pelo portão, se é que havia um portão, mas quando a lanterna de Suzanne exibiu um lugar onde era possível passar por cima da cerca, elas saltaram e atravessaram um matagal de framboeseiras. Além dos arbustos, surgiu um celeiro, e elas tiveram que dar a volta nele pela lama. Finalmente, chegaram à casa.

– Nenhuma luz acesa – comentou Pat enquanto subiam os degraus irregulares até uma varanda bastante escangalhada. – Receio que ninguém viva aqui. Há várias casas inabitadas nesta estrada, e tivemos a sorte de encontrar uma delas.

– Que lugar mais velho e anormal! – exclamou Suzanne, iluminando o imóvel com sua lanterna.

Ela não podia ter dito nada mais infeliz. Pat, que havia degelado um pouquinho, congelou novamente.

Ela bateu à porta... Bateu novamente... Pegou uma tábua do chão e bateu com força... Chamou... Por fim, gritou. Não houve resposta.

– Vamos ver se está trancada – sugeriu Suzanne.

Não estava. Elas entraram. A lanterna revelou uma cozinha que não parecia ser usada há um bom tempo. Havia um velho fogão enferrujado, uma mesa-cavalete, várias cadeiras surradas e um sofá ainda mais surrado.

– Qualquer porto serve em uma tempestade – afirmou Suzanne alegremente. – Sugiro, senhorita Gardiner, que passemos a noite aqui. Está começando a chover novamente... Ouça... E pode ser que estejamos a quilômetros de uma casa habitada. Podemos pegar os tapetes. Você fica com o sofá e eu encontrarei o cantinho mais macio do chão. Ao menos estaremos secas e, pela manhã, podemos buscar ajuda com mais facilidade.

Pat concordou que era a única coisa a se fazer. O pessoal de Silver Bush provavelmente não ficaria preocupado. Não se sabia ao certo se ela retornaria para casa aquela noite... Uma antiga colega de Queen's a tinha convidado para visitá-la. Elas voltaram para o carro, pegaram os tapetes e o trancaram. Pat insistiu que Suzanne ficasse com o sofá, e Suzanne estava decidida a fazer com que Pat dormisse nele. Elas resolveram o impasse no cara-ou-coroa.

Pat enrolou-se em um tapete e se encolheu no sofá. Suzanne ficou deitada no chão com uma almofada debaixo da cabeça. Nenhuma delas esperava conseguir dormir. Quem conseguiria dormir com as pancadas ruidosas da chuva caindo e ratos correndo de um lado para o outro no piso superior. Depois do que pareceram horas, Suzanne falou baixinho:

– Está dormindo, senhorita Gardiner?

– Não... Sinto como se nunca mais fosse conseguir dormir.

Suzanne sentou-se.

– Então, pelo amor de Deus, vamos conversar. Isso é um horror. Tenho um pavor mortal de ratos. Parece haver uma multidão deles nesta casa. Conversar... Conversar. Você não precisa fingir que gosta de mim se não gosta. E, por falar nisso, de mulher para mulher, por que você não gosta de mim Pat Gardiner? Por que não gosta de mim? Pensei que tivesse gostado naquela noite da fogueira. Nós gostamos de você... Achamos que havia algo de simplesmente maravilhoso com relação a você. E então, quando nós passamos em sua casa no caminho para o luau... Ora, parecia que estávamos olhando para você por uma janela! Simplesmente não conseguíamos chegar perto de você. David ficou magoado, mas eu fiquei furiosa... Muito furiosa. Tenho certeza de que meu sangue ferveu. Podia ouvi-lo borbulhando nas minhas veias. Ah, como eu desejei que seu marido batesse em você! E, no entanto, todas as noites desde então, eu tenho observado a luz da sua cozinha e me perguntado o que estaria acontecendo lá dentro e desejando poder ir até lá e socializar. Não consigo imaginar você e eu não sendo amigas... Amigas de verdade. Nascemos para isso. Não é o Rudyard Kipling quem diz: "Não há presente como a amizade"?

– Sim... Parnesius e Puck.

– Ah, você também conhece o livro *Puck of Pook's Hill*? Agora, por que é que não damos esse presente uma à outra?

– Você acha – disse Pat em uma voz embargada – que eu poderia ser amiga de qualquer pessoa que... Que ri de Silver Bush?

– Ri de Silver Bush! Pat Gardiner, eu nunca ri. Como poderia? Eu a adorei desde o instante em que David e eu a vimos pela primeira vez.

Pat sentou-se no sofá ruidoso.

– Você...Você perguntou, na loja de Silver Bridge, quem vivia naquela casa anormal e velha Sid ouviu.

– Pat! Deixe-me pensar. Ora, eu me lembro... Eu não disse "anormal". Disse: "Quem vive naquela velha casinha pitoresca e excepcional no pé do morro?" Sid se esqueceu de um dos adjetivos e confundiu outro. Pat, eu jamais poderia chamar Silver Bush de "anormal". Você sabe o quanto eu a admiro. E a admiro ainda mais por ser velha. Foi por isso que amei a casa comprida à primeira vista.

Pat sentiu o gelo em torno de seu coração descongelar rapidamente. "Pitoresco" era mais elogioso do que ofensivo, e ela não se importava com o "velha". Realmente queria ser amiga de Suzanne. Talvez Suzanne fosse prosa, ao passo que Bets era poesia. Mas que prosa!

– Desculpe ter me afastado – disse ela com franqueza. – É que eu sou extremamente sensível quando se trata de Silver Bush. Não conseguiria suportar que a chamassem de "anormal".

– Não a culpo. E agora tudo ficará bem. Simplesmente nascemos para estar juntas de alguma forma. Você não sente? Você é tão gentil. Eu adorei a Judy... Ela foi tão perspicaz, empática e lisonjeira. E aquele velho rostinho sábio, bem-humorado e maravilhoso dela... Ela é realmente uma peça de museu. Não há nada como ela em qualquer lugar do mundo. Você também vai gostar da gente. Sou bastante decente, e David é gentil... Às vezes, ele é gentil demais. Um dia, ele é um filósofo... No outro, é uma criança.

– Os homens não são todos assim? – questionou Pat, tremendamente sábia.

– David é mais que a maioria, eu acho. Ele teve uma vida podre, Pat. Levou anos para superar o trauma. Simplesmente arrasou com a carreira. Costumava ser tão ambicioso... Quando melhorou, já era tarde demais. Ele foi subdiretor de um jornal em Halifax por anos... E odiava. A esposa dele também faleceu após alguns meses de casamento. Eu dava aulas na escola... E detestava. Então, o velho tio Murray, lá da costa oeste, morreu e nos deixou um pouco de dinheiro... Não uma fortuna, mas o suficiente para vivermos. E, assim, ficamos livres. Livres! Ah, Pat, você nunca soube o que a escravidão significa, então não sabe o que é a liberdade. Eu adoro cuidar da casa... É realmente uma função maravilhosa, não é? Cuidar dela... Protegê-la contra o mundo... Contra todas as forças que tentam escancará-la. E David finalmente tem tempo para escrever seu livro... Como ele sempre quis. Estamos tão felizes... E ficaremos ainda mais de ter você como amiga. Acho que não faz ideia de como é uma ótima pessoa, Pat. E, agora, vamos passar a noite conversando.

Elas conversaram durante boa parte da noite. E, então, Suzanne ficou subitamente quieta. Pat sentia certa inveja dela, no chão. Era nivelado, ao menos... Não cheio de calombos e buracos, como o sofá. Será que pararia de chover? Como as janelas chacoalhavam! Céus, o que era aquilo? Ah, apenas um tijolo que desprendera da chaminé e rolara pelo telhado. Aqueles ratos! Quem dera Cavalheiro Tom pudesse passar uma hora ali! Era... Tão bom... Ser amiga... De Suzanne... Ela esperava... Uma onda imensa de sono atingiu Pat e a tragou.

Quando ela acordou, a chuva tinha cessado, e o mundo exterior jazia sob a luz atemporal da alvorada. Pat apoiou-se no cotovelo e olhou para fora. Alguns esquilos estavam papeando e resmungando em uma velha macieira. Uma pequena lagoa no pé do morro, limpa e transparente, podia ser avistada com os abetos escuros e delicados ao fundo. A velha coroa de uma cicuta meneava a cabeça represensivamente para uns brotos levianos no morro. Nuvens leves flutuavam no límpido e prateado céu que parecia não ver um temporal há um século. E um enorme cachorro preto estava parado na porta. Aquele lugar lembrava uma casa irlandesa que figurava nas histórias de Judy, que era assombrada por um cachorro preto que ladrava à porta antes de uma morte. Contudo, aquele não parecia, exatamente, um fantasma!

Suzanne ainda estava dormindo. Pat olhou em volta e viu algo que lhe deu uma ideia. Ela levantou-se cautelosamente.

Capítulo 7

Quando Suzanne acordou, meia hora depois, ela se sentou e olhou ao redor, surpresa. Um aroma bastante característico emergia de uma frigideira sibilante no fogão, na qual podia-se enxergar fatias de toucinho. Na lareira, havia um prato cheio de triângulos de torradas douradas, e Pat estava colocando uma colher de chá em uma velha chaleira de granito.

A mesa estava posta e, ao centro, havia um buquê de samambaias e rainha-dos-prados em um antigo pote de picles.

– Pat, que mágica é essa? Você é uma bruxa?

– Nem um pouquinho. Quando acordei, vi uma pilha de lenha atrás do fogão e uma frigideira pendurada na parede. Encontrei pratos, xícaras e talheres na copa. Evidentemente, esta casa é usada de tempos em tempos. O proprietário provavelmente vive em outra fazenda e acampa aqui nas épocas de plantio e colheita e coisas assim. Acendi o fogo e fui até o carro. Arrisquei minhas chances com o cachorro... Tem um cachorro... Mas ele não deu bola para mim. Peguei um pacote de toucinho e uns pães do carro. Minha mãe gosta de torradas com mel, sabe? Encontrei chá na copa... E, assim, o café está servido, madame.

– Você é uma dona de casa nata, Pat. Este lugar pavoroso até parece bastante aconchegante e agradável. Nunca pensei que um buquê em um pote de picles pudesse ser tão charmoso. E estou com fome… Estou realmente faminta. Vamos comer. Nossa primeira refeição juntas… Nossa primeira partilha de pão. Gosto dessa frase… Partir o pão juntas… Você não gosta? Quem é que fala do "pão da amizade"?

– Carman – respondeu Pat, comendo seu toucinho.

– Que bela e adorável manhã! – exclamou Suzanne, levantando-se. – Olhe, Pat, tem um pinheiro enorme perto daquela lagoa. Eu gosto tanto de pinheiros que chega a doer. E adoro um toucinho crocante e torradas ainda mais crocantes. Ainda bem que tem bastante. Nunca estive com tanta fome na vida.

Elas estavam no meio do café da manhã quando um som esquisito e estrangulado as assustou. Se viraram… E congelaram de pavor. Havia um homem parado na porta do corredor… Uma criatura alta, esquelética, barbuda, vestindo diversas peças de roupa discrepantes, com um bigode grisalho extraordinariamente longo que não parecia pertencer àquele rosto magro e quadrado, escorrendo pelas laterais do queixo dele. Aquela aparição estava olhando para elas, aparentemente não tão surpresa quanto elas estavam.

– Eu achei que já tivesse passado – disse ele pesarosamente, meneando a cabeça grisalha. – Costuma passar depois de dormir.

Pat se levantou e gaguejou uma explicação. O cavalheiro abanou a mão para ela.

– Tudo bem. Lamento que você tenha tido que dormir no chão. Se eu estivesse acordado, teria oferecido minha cama.

– Nós batemos… E chamamos…

–Eu imagino. Nem mesmo a trombeta do velho anjo Gabriel podia ter me acordado ontem. Eu estava meio passado, para falar a verdade. Vocês fizeram bem em se acomodar. Mas é um milagre que o cachorro não tenha feito picadinho das duas. Ele é brabo que só.

172

– Ele não estava aqui quando chegamos... E pareceu bastante tranquilo esta manhã.

– É mesmo? Então fui enganado. Comprei o bicho porque me disseram que era uma fera. Ele espanta os vagabundos. Meu nome é Nathaniel Butterbloom e estou meio que acampado por aqui, enquanto faço a colheita. Moro em Three Corners.

– Não quer se sentar e tomar o café da manhã conosco? – perguntou Pat, sem jeito.

– Se vocês não se importarem – respondeu o senhor Butterbloom, sentando-se sem mais delongas. – Desculpem por não ter toalha de mesa. Eu tinha uma, mas os ratos comeram.

Pat, trocando um sorriso com Suzanne, serviu uma xícara de chá para ele e lhe serviu toucinho e torradas.

– Esta é uma bela surpresa, isso é fato. Eu que tenho preparado minha própria comida. Quando a despensa fica vazia, eu frito um gato – acrescentou ele, pesarosamente. – Aquele celeiro lá tá lotado. Começou com três gatos, dois anos atrás, mas agora deve ter centenas.

– É de se admirar que não deem um jeito nos ratos – comentou Suzanne em um tom travesso. – E o seu telhado está com goteiras enormes, senhor Butterbloom.

– Bem – respondeu ele placidamente –, quando chove, não posso subir no telhado para trabalhar, não é mesmo? E quando o tempo 'tá bom, não pinga água.

– Sinto muito por não ter leite para o seu chá – disse Pat.

– Tem um pouco na copa se as aranhas não tomaram conta.

– Elas tomaram – afirmou Pat curtamente.

O senhor Butterbloom tomou sua xícara de chá e comeu seu toucinho em silêncio. Suzanne tinha acabado de sussurrar solenemente: "um homem forte e calado" para Pat quando ele secou o bigode com o dorso da mão e voltou a falar.

– Como vocês se chamam?

– Esta é a senhorita Kirk… E eu sou uma das garotas Gardiner de North Glen.

– Prazer em conhecer as duas. Então vocês não são casadas?

– Não… Não. – Suzanne meneou a cabeça, modestamente entristecida.

– Nem eu. Tenho uma viúva que cuida da casa para mim em Three Corners. Ela não é das melhores cozinheiras, mas massageia as minhas costas. Preciso de meia hora de massagem nas costas toda noite para poder dormir… A não ser que tenha bebido. Já ouvi falar dos Gardiner. Muito gentis. Nunca estive em North Glen, mas já cortejei uma solteirona de South Glen por um tempo. Eu era mais jovem, na época. Ela me enrolou por um ano e então se casou com um viúvo. Desde então, meio que perdi meu entusiasmo pelo casamento.

Ele voltou a ficar calado, enquanto enchia o prato novamente. Quando terminou, suspirou fundo.

– Senhorita, que café da manhã. No fim das contas, talvez eu tenha cometido um erro ao não me casar. – Ele lançou um olhar desconfiado e especulativo na direção de Suzanne. – Não tive muita educação formal, mas tenho algumas fazendas, quase quitadas.

Suzanne não mordeu a isca, mas ela e Pat se ofereceram para lavar a louça antes de ir embora.

– Não se preocupem – disse o senhor Butterbloom melancolicamente. – Eu não lavo a louça. O cachorro lambe tudo até ficar limpinho. Se vocês precisam ir, vou pegar as cordas para resgatar o carro de vocês do fosso.

Ele se recusou a aceitar qualquer pagamento.

– Você não me fez o café da manhã? E você não quer um gato, não? Tem um monte por aqui na idade perfeita.

Pat explicou a ele que eles tinham todos os gatos necessários em Silver Bush.

– Mal não faz. Eu suponho – ele suspirou – que sejam úteis quando a despensa esvazia.

Quando elas já não conseguiam mais ver a casa, Pat parou o carro para que elas pudessem rir. Quando duas pessoas riam... Realmente riam... Juntas, tornavam-se amigas para a vida toda.

– Duas mulheres desacompanhadas passam a noite em casa com homem embriagado – declamou Suzanne. – Vamos torcer para que o redator do *North Glen Notes* nunca fique sabendo.

Ninguém além de Judy ficou sabendo da história toda. Judy, é claro, sabia tudo sobre Nathaniel Butterbloom.

– Custumava ser indiabradu aquele lá – disse ela. – Mas agora ele tá velho dimais para causar muita balbúrdia. Di toda forma, fiquem filizes pur ele num ter pididu para vucês fazerem massagem nas costas dele.

Capítulo 8

Pat tinha ido até seu campo secreto em busca do alento para a alma que ela sempre encontrava ali. Estava tão lindo, remoto e místico como sempre e banhado pelo sol de incontáveis verões. As árvores do entorno recepcionaram Pat, e ela se jogou na relva macia e ficou ouvindo o silêncio até se sentir parte dele e conseguir se focar adequadamente em certos problemas que a andavam preocupando ultimamente, como sempre acontecia naquele lugar delicioso, onde as fadas certamente ainda habitavam – se é que ainda habitavam o mundo. Sob o velho feitiço do campo secreto, Pat se tornava criança novamente e podia acreditar em qualquer coisa.

De lá, foi para felicidade por uma trilha estreita no bosque, onde as samambaias chegavam à altura da cintura de ambos os lados. Pat conhecia todas as pequenas trilhas da floresta e era conhecida por elas, que tinham seus humores e seus caprichos: uma sempre parecia cheia de riso oculto e pés furtivos. Outra nunca parecia saber exatamente aonde queria ir. Naquela, parecia que sempre se estava em um templo. Acima de sua cabeça, nos galhos jovens e resinosos dos pinheiros, o vento entoava um cântico. O aroma que pairava sob os arcos, vindo de antigos vales ensolarados e recantos secretos, era como o incenso da veneração, as sombras maravilhosas que enchiam o bosque eram acólitos, e os pensamentos que vinham à sua mente eram como preces.

– Quem dera pudéssemos sempre nos sentir assim – dissera ela certa vez a Judy. – Todas as preocupações soterradas... Todos os pequenos rancores, medos e decepções esquecidos... Apenas amor, paz e beleza.

– Ora, ora, mas o qui é qui sobraria para o paraíso, minha quirida? – questionara Judy.

A trilha finalmente chegou aos campos dos fundos da outra fazenda, e Pat tomou o caminho para felicidade e sentou-se perto da fonte retirada, em um pequeno vale em meio aos morros verdejantes. Bem abaixo dela, além dos pastos inertes e dourados, avistava-se o azul-safira do golfo. Sobre o morro de abetos a oeste, um pôr do sol carmesim e dourado estava dando lugar a um tom verde-maçã. E toda aquela beleza estava à sua disposição para admirar. Naqueles lugares silenciosos e memorados, ela conseguia pensar em coisas antigas e amadas... Em crepúsculos que ela e Hilary haviam assistido ali, juntos... Hilary, que, naquele exato momento, deveria estar em algum lugar do oceano, retornando de seu verão na Europa. Ele lhe tinha escrito cartas maravilhosas, mas Pat estava contente porque em breve ele estaria novamente no Canadá. Seria ótimo pensar que o Atlântico não revolvia mais entre eles. Ela se perguntou, um tanto melancolicamente, por que ele não podia ter planejado ficar alguns dias na Ilha, antes de seguir para Toronto. Ela tinha pedido, e ele nunca sequer mencionara o convite, embora tivesse encerrado sua carta dizendo: "Minhas saudações a Silver Bush". Ela podia ver, do local onde estava sentada, seu nome e o de Hilary entalhados em um bordo e tomados pelo líquen. Pat suspirou sentimentalmente. Desejava poder ser criança novamente, livre de preocupações. Ela certamente achava que tinha preocupações na época... Seu pai viajando para a costa oeste, ela própria pensando que era feia, Joe indo embora para o mar e coisas assim. Mas não havia homens naquele tempo… Nada de pretendentes e pessoas que insistiam em relacionamentos amorosos, quando tudo que ela queria era a amizade. Jim Mallory agora estava apaixonado por ela. Conhecera-o em um baile em Silverbridge e, como Rae contou a Hilary em uma carta posterior, ele apaixonou-se perdidamente por ela. Ele era um rapaz deveras excelente… "Ora, ora, gostei di ver", dissera Judy na primeira vez em que ele apareceu em Silver Bush. Pat gostava muitíssimo dele… Quase tanto quanto gostava de Hilary e David. Rae dissera a Judy que achava que Pat estava realmente apaixonada, mas Judy havia ficado pessimista diante das repetidas decepções.

– Num achu qui vai durar – dissera ela.

Nem a própria Pat, quando saiu de casa aquela noite, sabia ao certo se não estava um pouquinho apaixonada. Certamente… A expressão nos olhos dele… O toque de seus dedos quando ele se demorou na despedida sob a lua encantada… Ela não se sentia daquele jeito desde os tempos de Lester Conway. A hora que ela passou no campo secreto e em felicida-de, contudo, esclareceu essa questão. Não, gostar não era o suficiente… Pequenos êxtases e arrebatamentos não eram o suficiente. Devia haver algo mais, antes de ela sequer cogitar em deixar Silver Bush. O pobre Jim Mallory nunca teve uma chance, e após uma ou duas semanas, Alec Compridão perguntou à esposa, em um tom levemente exasperado: "que diabos aquela garota queria, afinal de contas. Será que ninguém era bom o bastante para ela"?

– Não – respondeu a mãe Gardiner suavemente. – Assim como nin-guém era bom o bastante para mim até você aparecer, Alec.

– Ora essa! – exclamou Alec Compridão.

Seu tom, contudo, era terno. Afinal de contas, ele não estava com pressa alguma de perder Pat.

Rae era outro dos pequenos problemas de Pat. Ela tinha entrado no preparatório e queria ir para Queen's. Mas de onde é que sairia o dinheiro?

A colheita não tinha sido das melhores, houve algumas perdas grandes no rebanho, eles mal conseguiriam pagar os juros da hipoteca aquele ano. Seu pai queria que Rae esperasse mais um ano, e Rae não estava nada contente. Em felicidade, no entanto, Pat decidiu que Rae precisava ir. Eles emprestariam dinheiro de tio Tom, que o faria de bom grado. Alec Compridão tinha pavor de emprestar dinheiro. Passara várias noites em claro quando hipotecou a casa para comprar a propriedade dos Adams. Mas Pat achava que podia convencê-lo. Rae poderia pagar o empréstimo de volta após um ano dando aulas na escola, se tivesse a sorte de conseguir a escola local. Caso contrário, em dois. Tudo parecia viável em felicidade.

Quem dera Judy não fosse para a Irlanda! Mas Judy estava tão decidida àquela altura que nada poderia impedi-la, mesmo que alguém fosse egoísta o bastante para tentar. Ela pretendia partir em novembro, e já estava falando sobre passaportes e uma nova mala.

– Pur certu, eu num posso levar o meu velho baú azul. Tá um tantu ultrapassadu. Eu fui cum ele para Austrália e dipois vim para o Canadá, mas os tempos mudaram desdi intão, e a genti pricisa si manter atualizadu. E acho qui eu também vou ter qui comprar um *négligé*. Tem um di seda rosa cum florzinhas brancas lá no Brennan's. Vucês acham qui eu tô velha dimais para isso, mininas?

A ideia de Judy em um "*négligé*" rosa com florzinhas brancas era algo que ninguém em Silver Bush podia contemplar com equanimidade. Mas nenhuma palavra foi dita para dissuadi-la. Pat garantiu a ela que não havia mais idade quando se tratava de moda.

Sim, Judy viajaria. O fato precisava ser encarado. Aquilo, no entanto, não bloqueava mais o futuro. O inverno passaria... A primavera chegaria... E Judy retornaria com ela. Enquanto isso, ela não estava levando Silver Bush para a Irlanda no bolso. Silver Bush permaneceria onde estava, sob suas árvores acolhedoras, com os campos se estendendo tranquilos e silenciosos ao seu redor. Pat, no caminho para casa, parou, como sempre, no topo do morro para admirá-la – aquela casa onde seus amados estavam dormindo.

Pois ela tinha se demorado tanto em felicidade que Silver Bush havia adormecido. Uma luz ainda estava acesa no quarto de Judy. Provavelmente estava escarafunchando o livro de *Conhecimento útil* em busca de remédios para enjoo em alto mar – embora tio Tom tivesse discretamente sugerido que a velha garrafa preta dela era o melhor remédio que existia.

Pat estava feliz. Apesar de tudo, o mundo outonal era lindo. Alguns dias podiam trazer presentes arroxeados... Outros podiam trazer paz... Todos trariam beleza.

– Querida Silver Bush! – exclamou Pat. – Como é que alguém poderia um dia pensar em deixá-la, se pudesse evitar?

Ela se lembrou de como sentia pena quando era criança dos Jameson de Silverbridge... Uma família que vivia se mudando. Eles certamente gostavam... Mas só de pensar naquilo, Pat já estremecia.

Alec Compridão ficou, em um primeiro momento, horrorizado quando Pat propôs a ideia de emprestar dinheiro para que Rae fosse para Queen's. Ela, no entanto, o convenceu. O pessoal de Silver Bush estava começando a suspeitar de que Pat tivesse o pai na palma da mão. Rae afirmava que ela conseguia elogiando-o sem parar, mas Pat negava veementemente.

– Elogiar o pai não adiantaria de nada. Você sabe tão bem quanto eu, Rae, que ele é imune a elogios.

– Ora, ora, num ixisti home assim – murmurou Judy com um sorriso.

Com ou sem elogio, Alec Compridão se rendeu e logo tudo foi acertado. Rae ficou exultante.

– Se eu precisasse esperar até ano que vem, teria ido até o fim do mundo e saltado da beirada. Emmy vai este ano, Dot Robinson, também, e você sabe que sempre fomos amigas. E vou estudar, Pat... Ah, como eu vou estudar! Sei que todos dizem que as meninas de Silver Bush são atraentes e populares com os garotos, mas não têm cérebro. Pretendo mostrar a eles.

Tia Barbara diz que uma garota não precisa de cérebro se for bonita, mas essa é uma noção da época vitoriana. Hoje em dia, é preciso ter cérebro para capitalizar a beleza.

– Vucê pensou nisso sozinha, minha quirida? – perguntou Judy.

– Não – admitiu Rae. Um de seus charmes era a honestidade. – Li em uma revista. Ah, mas estou feliz! Pat, querida, só se tem 16 anos de idade uma vez. Não podemos dar uma festa antes da minha ida?

– É claro, já tenho tudo planejado

Pat adorava dar festas e ficava contente com qualquer desculpa para organizar uma. E aquela, sendo uma espécie de despedida para Rae, precisava ser especial.

– Faremos na noite de sexta da próxima semana. Mandaremos fazer uma plataforma no bosque branco para dançarmos e penduraremos lanternas chinesas nas árvores.

– Pat, que lindo! Será como a terra das fadas. Será que teremos lua?

– Teremos. Eu me encarregarei disso – prometeu Pat.

– Não faça muitos planos mirabolantes – advertiu Sid. – Lembre-se de que, quando você faz, alguns acabam dando errado.

Pat ergueu a sobrancelha desafiadoramente.

– De que importa? Eu adoro planejar coisas. Posso estar com 80 anos que continuarei fazendo planos. Vamos começar a trabalhar imediatamente, Rae, definindo os comes. Faremos aqueles sanduíches diferentes que a Norma serviu no chá dela na semana passada. São tão bonitos.

As cabecinhas dourada e castanha se debruçaram, juntas, em cima dos livros de receitas. Uma animação deliciosa começou a se espalhar por tudo. Pat e Rae falaram tanto sobre o evento que Alec Compridão, que tinha uma visão pessimista das coisas naquela época, queixou-se para Judy por "ainda haver gente tola no mundo".

– Ora, ora, e vucê num acha qui o mundo vai ficar bem chatu quandu num tiver mais? – indagou Judy. – Vucê acha – sussurrou ela acalentadoramente – qui gostaria di uma torta di toucinho e batata para a janta?

Alec Compridão se regozijou. Afinal de contas, talvez a colheita tivesse sido ruim, e talvez ele tivesse começado a suspeitar que havia pagado demais pela velha propriedade dos Adams, mas as tortas de toucinho e batata de Judy eram de outro mundo. E as meninas nunca mais seriam jovens novamente.

Capítulo 9

A carta de tio Horace aumentou ainda mais a deliciosa agitação. Tio Horace, que vivia como capitão aposentado em Vancouver, estava vindo para casa para fazer uma visita pela primeira vez em vinte anos. Os mais velhos ficaram, naturalmente, mais profundamente tocados com aquela notícia. Judy ficou em cima do muro por um tempo. Mas Pat e Rae também ficaram intrigadas ao pensar naquele tio misterioso e romântico que elas nunca haviam visto e sobre quem Judy contara tantas histórias… O Horace do bolo de frutas de tinta preta, do macaco e do motim de Mumbai. O homem que, segundo Judy, guardava os ventos em potes. Elas costumavam acreditar nisso quando eram pequenas, e o charme ainda persistia em seus pensamentos com relação a ele.

Ele tinha dito que quarta-feira era o dia provável de sua chegada e, na terça, Pat comandou tamanha faxina em Silver Bush que Sid perguntou sarcasticamente se tio Horace iria visitá-los para ver a família ou os móveis da casa.

– O qui é qui a genti vai fazer cum esses benditus gatus é qui eu num sei – comentou Judy, preocupada. – O tio Horace odeia gatus tantu quantu o primo Nicholas.

– Ah, vocês se lembram do primo Nicholas entrando na cozinha naquela noite chuvosa de Natal em que a pequena Mary nasceu? – lembrou Rae, rindo.

– Lembrar? Ora, ora, eu jamais pudia mi isquecer dele, paradu ali, parecenu incarnar a ira di Deus. E, agora, temos três para isconder du Horace. Pur certu, o Cavalheiro Tom num vai incomodar o home, mas o Bravo-e-Feroz e aquele Squedunk são amigáveis dimais. Vamos ter qui garantir qui a porta du quartu du poeta fique bem fechada e deixar o resto nas mãos du Bom Home Lá di Cima. Qui sorte termos nos livradu du Popka.

Pat não sabia se era mesmo sorte. Ela tinha ficado com o coração partido por dar Popka àquele primo distante lá de East Point. Ele era um gato tão lindo, com sua pelagem maltesa macia e as patinhas brancas, e tão carinhoso. Oras, ele costumava passear pela casa à noite, visitando todos os quartos e dando beijos em todos os moradores. E como ronronava! Ele conseguia superar os ronronados de Bravo-e-Feroz e Squedunk juntos. Foi uma pena doá-lo. Alec Compridão, entretanto, foi irredutível. Três gatos eram o suficiente... Mais que o suficiente... Para qualquer casa. Ele realmente gostaria de ter certeza de que haveria alguma cadeira desocupada de vez em quando. Popka precisava ir embora... E Popka foi. Tanto Pat quanto Rae choraram quando o novo dono o levou, gritando pesarosamente em um cesto.

Tio Horace não veio na quarta-feira. Nem na quinta nem na sexta. Alec Compridão deu de ombros, decepcionado. Provavelmente tinha mudado de ideia no último minuto e desistira de ir. Era a cara de Horace agir assim.

– Mas se ele realmente vier, quero que vocês todos se comportem – advertiu Alec Compridão. – Horace tem umas peculiaridades. Era extremamente rigoroso no navio, pelo que sei. Tudo precisava ser nos conformes, operando perfeitamente, como engrenagens recém-lubrificadas. E ele queria que uma casa funcionasse da mesma forma. É por isso que nunca se casou, pelo que nos contou na última vez em que esteve aqui.

Não conseguiu encontrar uma esposa organizada o bastante. É muito divertido ouvir as histórias de Judy sobre as peripécias dele. Ele costumava ser um libertino, eu admito, mas ninguém mais podia sair da linha, e não havia espaço para acidentes no sistema dele. Não sei o que ele achará da festa de vocês. Na última vez em que esteve em casa, ele não gostava nada desses bailes.

– E pensar qui ele foi o milhor dançarino da Ilha, há quarenta anos – comentou Judy.

– Ele se converteu, desde então... E convertidos geralmente são os mais rígidos. De toda forma, todos vocês, façam seu melhor para manter as coisas nos trilhos. Não quero que Horace vá embora pensando adjetivos que não são dignos de serem verbalizados nesta casa.

Pat e Rae prometeram, e então se esqueceram completamente dele em meio ao entusiasmo dos preparativos para a festa. Centenas de coisas de última hora para fazer. Nata que precisava ser batida... Pisos e móveis que precisavam ser polidos... No último segundo, um bolo extra que precisava ser assado porque Pat ficou com receio de que talvez eles não tivessem comida suficiente. Judy garantiu que nem mesmo a despensa da rainha poderia estar tão bem abastecida, mas cedeu diante da insistência de Pat.

– Ora, ora, vucê é mesmu a sinhora da casa – disse ela com certa pompa.

Pat preparou uma velha receita de rocambole de geleia que seria cortado em fatias de espirais douradas com geleia vermelha no meio. Um belo bolo... Tão bonito quanto qualquer receita moderna. Onde é que Rae tinha se metido? Enfeitando-se em seu quarto, é claro... Ajeitando os cabelos. Sendo que ainda havia tanta coisa a ser feita! Pat nunca compreendera tamanha vaidade. Ela estava, no entanto, muito feliz. Silver Bush estava linda. Adorava as superfícies polidas... As flores em vasos por toda a casa... O brilho do vidro e da prata na sala de jantar... Tudo seguindo a tradição Gardiner. Sid havia pendurado lanternas chinesas nas árvores em torno de toda a plataforma, e Tillytuck tocaria violino, com o velho Matt Corcoran, de Silverbridge, para acompanhá-lo no canto. O dia de ouro seria seguido por uma noite de prata, pois o tempo estava se comportando perfeitamente. E, ao entardecer, garotas bonitas e não tão bonitas estavam se olhando nos espelhos de South Glen, e de North Glen, e de Silverbridge, e de Bay Shore. Judy, soltando grunhidos estrangulados, colocava seu vestido de cor vinho, e Tillytuck batalhava com uma camisa branca no quarto do celeiro. Até mesmo os gatos estavam dando umas lambidas a mais em seus flancos. Pois a festa em Silver Bush era, sem sombra de dúvidas, o evento da temporada.

Pat, apressando-se para colocar um vestido de chiffon amarelo, afofou a nuvem de cabelos castanho-escuros e olhou-se no espelho com prazer. Estava se sentindo um pouco cansada, mas seu reflexo a alegrou imensamente. Ela tinha se esquecido de que era bastante bem-apessoada. "Nada bonita", é claro… Pat jamais se esquecera da máxima da tia-bisavó Hannah… Mas agradável aos olhos.

E Rae, em seu vestido azul-delfínio, estava um sonho. "Azul realmente é a cor mais linda do mundo", pensou Pat. "Lamento nunca poder usar."

O vestido caíra bem em Rae. Por outro lado, todos os vestidos caíam. As roupas de Rae sempre pareciam ter sido feitas para ela. Não era possível imaginar qualquer outra pessoa as usando. Assim que ela passava um vestido por aquela cabecinha de cachos dourados, podia se dizer que havia nascido com ele. Pat pensou, sentindo um entusiasmo orgulhoso que nunca tinha visto sua querida irmã tão bonita. Seus olhos exibiam uma luz estrelar por trás dos cílios longos… Olhos tão cheios de charme quanto violetas azuis. Certamente, Rae não iria querer que fossem comparados com violetas… Nem com não-me-esqueças. Isso era muito vitoriano. Agora, azul-centáurea… Isso parecia muito mais atual. Don Robinson tinha lhe dito, no último baile, que seus olhos eram azul centáurea.

Os Binnie foram os primeiros a chegar… "Sondar o terreno", segundo Judy. Eles ouviram a risada de May lá da rua.

– A genti sempre ouve aquela lá, antis di ver – comentou Judy, bufando.

May estava deslumbrante em um vestido de renda barata, comprada por correspondência, que se abria em vagalhões em torno de seus pés e proporcionava uma vista maravilhosa da maioria dos ossos de sua espinha. Ela tocou no ombro de Pat de forma condescendente e disse:

– Você parece esgotada, querida. Se eu fosse você, passaria o dia todo na cama amanhã. Minha mãe sempre me obriga a fazer isso após um festejo.

Pat sacudiu os ombros para se livrar daquela mão gorda e odiosa, com as unhas pintadas de coral. Que frase intolerável... "Se eu fosse você"! Como se uma Binnie um dia pudesse ser uma Gardiner! Ela ficou contente com a chegada dos Russell e das filhas do tio Brian, que a pouparam da necessidade de responder. Winnie parecia novamente uma menina àquela noite, a despeito de seus dois filhos. Havia um novo bebê em Bay Shore, e Judy iria cuidar dele durante a noite, como adorava fazer.

Pat só foi dançar tarde da noite. Havia coisas demais para fazer. E até mesmo quando estava livre, preferia ficar um pouquinho afastada, em um local onde uma touceira de majestosas dedaleiras brancas brilhava diante dos abetos, e vangloriar-se de toda aquela cena. Tudo estava correndo às mil maravilhas. A noite onírica de agosto parecia como um frasco de perfume que fora derrubado. A cadência alegre do violino de Tillytuck se entremeava ao luar e morria magicamente, passando por arbustos verdes e encantados, nos lindos silêncios do bosque branco e dos campos enevoados e cintilantes além dele. Era mesmo de se admirar que Dick, o Aventureiro, não tivesse se levantado do túmulo para dançar com eles.

A plataforma, repleta de rostos e de vestidos delicados, estava linda demais. Todos pareciam felizes. Como sua querida mãe estava bonita, sentada em meio aos jovens como uma bela rainha branca, com os olhos castanho-dourados brilhando de regozijo. Tio Tom parecia tão jovem quanto os demais, dançando com uma alegria imensa, como se nunca tivesse ouvido falar da senhora Merridew. Sua barba estava magnificamente comprida de novo, e os fios grisalhos não apareciam sob a luz suave. Que vestido lindo Suzanne estava usando... Crepe e renda verdes rodopiando em torno de seus pés. Suzanne não era realmente bonita... Ela mesma dissera que tinha a boca de uma gárgula... Mas tinha uma aparência distinta... Uma amiga de quem se orgulhar. May Binnie, com toda sua beleza reluzente e plenamente desabrochada, parecia quase cômica ao lado dela. O pobre Rex Miller não tinha ido. Em casa, amuada, Pat pensou nisso, dando de ombros e sentindo-se arrependida. Não o tinha rejeitado – não exatamente – dois dias antes... Na verdade, muitas vezes não rejeitava seus pretendentes... Ela era, como Judy teria dito, diplomática demais... Mas tinha o dom de fazê-los entender com delicadeza e, assim, poupava a si mesma e a eles do constrangimento de um "não" descarado.

Onde estava a Dorothy do Sid, com seu belo rosto moreno? Ela também não tinha ido. Pat perguntou-se por quê. Ela se odiou por torcer para que Sid e Dorothy tivessem brigado. Mas se esse fosse o motivo pelo qual ele estava dançando com tanta frequência com May Binnie, Pat sentia que já estava sendo punida por sua esperança egoísta. É claro que May dançava bem... Ao seu modo. De toda forma, todos os garotos gostavam de dançar com ela. May nunca correu o risco de passar despercebida.

A aliança de Amy brilhou no ombro de seu parceiro quando ela passou. Amy estava noiva. Mais uma mudança. Era uma pena que as pessoas precisassem crescer... E se casar... E ir embora. Sempre gostara muito mais de Amy do que de Norma. Ela se lembrou, com uma satisfação considerável, da vez em que dera um tapa no rosto de Norma por ter feito troça de Silver Bush. Norma nunca mais ousara fazê-lo novamente.

Que perfil estonteante Rae exibiu ao erguer a cabeça para seu parceiro... Um garoto alto de Silverbridge. Também não faltavam parceiros para Rae. E a maneira como ela olhava para eles! Realmente, aquela menina daria um trabalho e tanto. Havia mesmo alguém parado no escuro, atrás de Tilltyuck? Pat achou ter visto uma silhueta diversas vezes, mas não conseguiu ter certeza. Provavelmente, era o empregado contratado de tio Tom.

David a procurou e insistiu que dançasse com ele... E que se sentasse com ele no bosque branco depois... A uma distância suficiente da plataforma para que o violino de Tillytuck parecesse uma música entoada pelas fadas. Pat gostou das duas atividades. David era um dançarino soberbo, e ela adorava conversar com ele. Tinha uma voz tão charmosa... Às vezes, era um pouco amargo, mas havia uma pungência muito estimulante na amargura dele. Como cerejas silvestres. Elas provocavam caretas ao serem mastigadas, mas, mesmo assim, era impossível parar de comê-las. Pat preferia muito mais ficar sentada ali conversando com David do que dançando com garotos que a seguravam mais perto do que ela gostaria e faziam elogios tolos, tendo aprendido a maioria deles em filmes.

Então, ela deu um pulo na casa para ver o bebê. Era maravilhoso observar um bebê dormir, com Judy debruçada sobre ele como uma velha madona desgastada pelo tempo. Judy estava um pouco chateada por alguns motivos.

– Patsy, quirida, tem uns casais si apalpanu nos túmulos du cimitério. Vucê acha qui isso é decenti?

– Não é de muito bom gosto, mas não podemos afugentá-los, Judy. É apenas nos túmulos de Dick, o Aventureiro, e de Willy, o Chorão. Dick, o Aventureiro, aprovaria o comportamento deles, e quanto a Willy, o Chorão... Quem se importa com os sentimentos dele? Ele não é um dos nossos falecidos mais ilustres... Sentando e chorando, em vez de trabalhar com coragem. É só isso que a preocupa, Judy?

– Num é qui eu teja preocupada, é qui acunteceu um desaparecimento misterioso. O rocambole di geleia sumiu da dispensa, e a nata batida disapareceu da câmara fria. O Siddy si isqueceu di trancar. O Bravo-e-Feroz tá lambenu os bigodes di um jeito bem suspeito, mas ele ao menos teria deixadu a tigela. É claro qui eu posso bater mais nata num piscar di olhos. Mas quem é qui podi ter pegadu u bolu, Patsy? Issu nunca acunteceu antis.

– Suponho que algum dos garotos esteja pregando uma peça. Deixe para lá, Judy, tem bolo o suficiente... Você mesma disse.

– Mas qui impertinência, a deles... Entrar na minha dispensa assim. É bem provável qui tenha sidu o Sam Binnie. Patsy, quirida, o Rex Miller num veio. Vucê num brigou com ele, brigou?

– Não, Judy, querida. Mas ele não aparecerá mais por aqui. Não pude evitar. Ele era uma boa pessoa... Eu gostava dele... Judy, não fique assim. Quando eu fazia uma pergunta a ele... Qualquer pergunta... Eu sempre sabia exatamente o que ele iria responder. E ele nunca... Nunca mesmo, Judy... Ri no momento certo.

– Talvez vucê pudesse ter insinadu para ele a rir no momentu certu – sugeriu Judy sarcasticamente.

– Não acho que eu poderia. A pessoa precisa nascer sabendo. Então eu precisei dispensá-lo delicadamente... "Simbolicamente falando".

– Ora, ora, vucê tem feito isso com uma frequência um tantu alta, meu tesouro – afirmou Judy sombriamente.

– Judy, esse negócio de amor é uma apoquentação sem-fim. Citando Thomas Campbell, "na marcha matinal da vida, quando meu âmago era jovem", eu costumava achar que devia ser extremamente romântico. Mas não passa de um aborrecimento. A vida seria muito mais simples se não houvesse nada do tipo.

– Ora, ora, simplis, é? Um tantu chata, eu acho. Eu mesma nunca tive um casu amoroso para contar história, mas, ah, como já mi diverti observanu os das outras pessoas!

Pat conseguira despistar Rex Miller "diplomaticamente", mas não teve a mesma sorte com Samuel MacLeod... Provavelmente porque nunca lhe ocorreu que ele tinha qualquer "intenção" com relação a ela. Samuel – ninguém jamais o chamava de "Sam", simplesmente não era factível – volta e meia aparecia em Silver Bush para conversar com Pat e Rae sobre os programas da Sociedade dos Jovens, da qual era presidente, mas ninguém, nem mesmo Judy, o considerava um possível pretendente. Mas, depois do jantar, ele convidou Pat para dançar… Rae havia dito que dançar com Samuel era um ato quase tão solene quanto coordenar a Sociedade… Ele deu sequência convidando-a para passear pelo jardim. Pat o conduziu para o cemitério, que ele pareceu confundir com o jardim, e o levou até a trilha dos delfínios. E, parado ali, ainda mais terrivelmente cerimonioso do que de costume, declarou que seu coração a havia escolhido para ser o objeto supremo de seu amor, e que se ela quisesse ser a senhora Samuel MacLeod, bastava dizer a palavrinha mágica.

Pat ficou tão estupefata que, em um primeiro momento, não conseguiu dizer coisa alguma, e foi só quando Samuel, entendendo seu silêncio como um consentimento virginal, começou a cautelosamente envolver sua cintura com o braço comprido que ela recobrou a consciência e conseguiu se safar.

– Ah, não… Não… Não acho que eu posso… Quero dizer, tenho certeza de que não posso. Ah, é totalmente impossível.

Enquanto ela falava, ouviu-se um risinho abafado do outro lado dos delfínios, e Emmy Madison e Dot Robinson saíram correndo pela relva.

– Ah, eu sinto muito – exclamou Pat. – Não fazia ideia de que havia alguém ali.

– Não importa – garantiu Samuel, com uma dignidade que, de alguma forma, não lhe caía bem. – Não é vergonha alguma para mim que as pessoas saibam que eu a aspirava.

Apesar daquelas frases vitorianas absurdas, Pat se percebeu, pela primeira vez, gostando bastante dele. Ele não podia evitar ser um MacLeod de South Glen. Eles eram todos assim. E ela decidiu que nunca contaria a Judy ou a Suzanne sobre o pedido dele… Embora tivesse certeza de que aquela infeliz da Emmy e o Dot espalhariam a notícia por todos os cantos.

Afinal de contas, Pat soltou um suspiro de alívio quando o último convidado se foi, e a última vela se apagou, legando o bosque branco aos seus sonhos e ao seu luar. A festa tinha sido um tremendo sucesso…

– A melhor festa a que já fui – sussurrou Suzanne para ela antes de subir o morro. – E que jantar! Vá lá em casa amanhã à noite para conversarmos sobre tudo.

Mas quando se é a anfitriã, há, como diz Judy, "um certu disgasti", especialmente depois de somado o pedido de casamento de Samuel. Ela virou-se e voltou correndo pela trilha, esmagando a hortelã úmida enquanto corria. A noite de agosto tinha ficado um tanto fria, e a cozinha de Judy, onde o fogo havia sido acendido para fazer café, parecia atraente.

Pat parou à porta, estupefata. Lá estavam tio Tom e as tias... Sua mãe... Rae... Judy... Tillytuck... Seu pai... E tio Horace! Afinal, é claro que aquele estranho não podia ser mais ninguém.

Pat sentiu-se um tanto zonza quando ele se levantou para apertar sua mão. Aquele não era o tio Horace que ela tinha imaginado... Não era nem o velho e genial malandro das histórias de Judy, nem o típico marinheiro das lembranças de seu pai. Ele era alto, esguio e saturnino com cabelos grisalhos. Com seu rosto comprido e magro e os óculos de aro de tartaruga, parecia mais um ministro um tanto dispéptico do que um capitão aposentado. Certamente, havia algo com relação à sua boca... E seus olhos azuis pungentes... Pat sentia que não iria gostar de encabeçar um motim contra ele.

– Esta é Pat – apresentou Alec Compridão.

– Hunf! Já ouvi histórias sobre você – grunhiu tio Horace enquanto apertava sua mão.

Pat não fazia ideia se as tais "histórias" eram lisonjeiras ou o contrário, e permaneceu quieta. Tio Horace, ao que parecia, havia chegado inesperadamente, tendo vindo a pé de Silverbridge. Ao encontrar a festa a pleno vapor, ele decidira permanecer nas sombras até terminar.

– Eu até que me diverti observando o baile dos arbustos – afirmou ele. – Algumas garotas bonitas vestidas com sorrisos... E não mais do que isso. Nunca esperei ver as meninas da Ilha do Príncipe Edward sem roupa em um baile.

– Sem roupa – repetiu tia Edith, um tanto desconcertada. Ela não tinha ido à festa, mas viera até a casa para descobrir por que Tom ainda não havia retornado a Swallowfield.

– Nem umazinha. Havia três garotas sem tecido algum nas costas dos vestidos. Os tempos mudaram desde que éramos jovens, Alec.

– Para melhor, eu acho – intrometeu-se Rae atrevidamente. – Devia ser horrível... Vestidos com camadas e mais camadas, mangas enormes como balões, e ratos nos cabelos.

Tio Horace a fitou meditativamente como se estivesse tentando descobrir que tipo de inseto ela era, uniu as pontas dos dedos delicadamente e continuou com seu relato. Pela primeira vez na vida, Rae Gardiner sentiu-se intimidada.

– Quando eu senti que precisava de um pouco de sustância, entrei de fininho na despensa quando não havia ninguém por perto e peguei um bolo. Um bolo excelente... Rocambole de geleia... Eu não sabia que ainda se fazia esse tipo de bolo. Então, fui procurar um pouco de leite e encontrei uma tigela de nata batida na câmara fria. "Tem muito mais de onde veio esta", pensei. Foi uma bela refeição.

– E eu culpanu o Sam Binnie – disse Judy. – Ora, ora, vou ter qui pidir perdão, mesmo ele senu um Binnie.

– Fiquei lá no bosque... Precisei ficar – continuou tio Horace. – Se eu me mexesse, tropeçaria em algum casal enamorado. Havia pessoas apaixonadas por todos os lados.

– O amor está no ar em Silver Bush, simbolicamente falando – comentou Tillytuck. – Eu acho bastante agradável. Os casos de amor dos jovens conferem certo sabor à vida.

– Mas a Judy aqui ainda não se casou – apontou tio Horace em um tom grave.

– Ora, ora, eu num suportaria um maridu – alegou Judy, suspirando.

– Você não acha que já está na hora? – perguntou tio Horace em um tom grave. – Nenhum de nós está ficando mais jovem, você sabe, Judy.

– Mas eu ispero qui alguns di nós estejam ficanu mais sábios – retorquiu Judy, esmaecendo.

Ela estava, contudo, claramente se gabando. Horace sempre detivera um lugar especial em seu coração, e aos seus olhos ele ainda era um garoto.

– Peguei água no velho poço enquanto vocês estavam jantando – informou tio Horace em um tom diferente. – Não há água no mundo como essa. Eu sempre compreendi Davi e sua ânsia por um gole d'água do poço em Belém. E as samambaias ao longo da estrada de Silverbridge. Eu já senti cheiros ao redor de todo o mundo, a leste e a oeste, e não há perfume como a fragrância das ervas enquanto se caminha por uma rua da Ilha do Príncipe Edward em uma noite de verão. Bem, jovens como as suas meninas e a Judy não se importam em ficar acordados a noite toda, Alec, mas eu não sou mais páreo para eles. Judy, será que podemos ter frango frito no café da manhã?

"Típico de um homem!", telegrafou Rae, enojada, para Pat. Esperar ter frango frito para o café quando eram quatro horas da manhã após uma festa! Mas Judy, na verdade, parecia contente.

– Tem um par di frangos jovens qui tá pidinu para ser frito – disse ela pensativamente.

Judy, Pat e Rae conversaram mais um pouquinho depois que todos se foram.

– Ora, ora, eu tô acabada – disse Judy, suspirando. – Pur outro ladu, a festa foi um tremendu sucesssu, e nem mesmo o fato du Tillytuck ter sentadu num pedaço di papel mata-mosca na dispensa, ondi num tinha nada qui istar, e daí ter saídu todo pomposo na plataforma, cum o papel coladu nas calças, causou qualquer disgosto para Silver Bush. Ele fingiu ter ficadu zangadu, mas eu achu é qui ele fez di propósito para causar alvoroço. Ora, ora, eu tive uma surpresa e tantu inquantu lavava a louça du jantar. Eu ouvi um barulho… E lá tava o bom e velho Horace, istiradu nu chão qui vucê incerou tão bem, Patsy. "Qui chão mais iscorregadio, mulher", foi tudo o qui ele dissi. Nunca si sabe quandu o Horace tá zangadu ou não.

– Eu gosto dele – confessou Pat, que havia formado sua opinião com relação a ele depois de ele falar tão bem das plantas e do poço.

– Pat, o que é que você e Samuel MacLeod estavam fazendo no jardim?

– Ah, apenas admirando a lua – respondeu Pat, reservada como uma coruja.

– Nunca vi algo tão engraçado quanto vocês dois dançando. Ele parecia um moinho de vento fora de controle.

– Num faz troça du pobrezinhu – ralhou Judy. – Ele num tem culpa pur ter braços e pernas tão cumpridos. É milhor du qui num ter. E embora ele num fale muito, ele consegue dizer o qui pricisa.

"Consegue mesmo", pensou Pat. Heroicamente, contudo, ela se contentou em apenas pensar.

Capítulo 10

Tio Horace não era uma pessoa difícil de entreter. Quando ele não estava conversando sobre o passado com Alec Compridão ou com tio Tom ou Judy, ele estava lendo romances sentimentais... Quanto mais sentimentais, melhor. Quando esgotou a biblioteca de Silver Bush, ele passou a emprestar dos vizinhos. O livro que David Kirk emprestou a ele, no entanto, não o agradou nem um pouco.

– Eles não se casam no final – grunhiu ele. – Não gosto nenhum pouco de livros em que as pessoas não acabam devidamente casadas... Ou enforcadas... Ao final. Esses romances modernos que deixam tudo inacabado me irritam. E as heroínas são todas velhas demais. Não gosto que passem dos 16 anos.

– Mas as coisas frequentemente ficam inacabadas na vida real – ponderou Pat, que aprendera tal concepção com David.

– Mais motivo ainda para darem certas nos livros – retrucou tio Horace impacientemente. – Vida real! Já temos vida real o suficiente vivendo. Eu gosto de contos de fadas. Gosto de um belo final feliz nos livros, com todas as pontas atadas. As histórias de Judy nunca deixam as coisas no ar. É por isso que ela sempre foi um sucesso tremendo como contadora de histórias.

O próprio tio Horace não era um mau contador de histórias quando eles conseguiam convencê-lo a contar uma... O que nem sempre acontecia. Nas noites frias, ao redor do fogo na cozinha de Judy, era quando ele se soltava. Eles ouviram a história de quando ele naufragara nas Ilhas da Madalena em sua primeira viagem... Do tubarão que quebrara o teto de vidro de sua cabine e caíra na mesa de jantar... Do fantasma do cachorro preto que assombrava um de seus navios e pressagiava infortúnios.

– O senhor chegou a vê-lo pessoalmente? – perguntara David Kirk, contraindo os lábios ceticamente.

Tio Horace o fitou com olhos desmoralizadores.

– Sim... Uma vez – respondeu ele. – Antes do motim de Mumbai.

Os ouvintes estremeceram. Quando Tillytuck e Judy contavam histórias de fantasmas que haviam visto, ninguém se importava ou acreditava. Mas, com tio Horace, era diferente, de alguma forma. Mesmo assim, David manteve-se firme. Marinheiros sempre eram supersticiosos.

– Não está querendo dizer que o senhor realmente acredita em fantasmas, está, capitão Gardiner?

Tio Horace olhou para David e muito além.

– Acredito no que vejo, senhor. Pode ser que meus olhos tenham me enganado. Nem todos conseguem ver fantasmas. É um dom.

– Um dom de que não fui dotada – comentou Suzanne, um pouco complacente demais.

Tio Horace a destruiu com um daqueles seus olhares raros. Depois daquilo, Suzanne contou a Pat que sentiu como se aquele olhar tivesse escavado um buraco nela, revelando como ela era rasa e vazia.

O alvoroço seguinte foi o casamento de Amy, ao qual todos de Silver Bush e Swallowfield, exceto Judy e a mãe Gardiner, foram debaixo de uma chuva torrencial. Tio Horace se recusava a ir de carro. Estava claro que ele nunca tinha entrado em um automóvel antes e estava decidido a jamais entrar. Então, ele foi com tio Tom de faetonte e, para próprio prejuízo, ficou todo encharcado. Choveu o dia todo. Tio Horace, no entanto, voltou para casa de muito bom humor.

– Ainda bem que ainda há uma ou duas noivas disponíveis no mundo – disse ele ao entrar, pingando, na cozinha de Judy, onde Rae, que chegara em casa antes dele, estava descrevendo para uma Judy curiosa como o véu de tule de Amy, seguindo a última moda, era preso na cabeça por um cordão de pérolas de três voltas, com gardênias brancas na parte detrás.

Judy não achava que "como-é-que-chama-mesmos" poderiam trazer mais sorte que botões de laranjeira, mas ela sabia, sem precisar perguntar, que o banquete do casamento seria mais moderno que satisfatório e tinha deixado um "lanchinhu" preparado para todos quando voltassem. Pat foi a última de todos, tendo ficado para trás para ajudar tia Jessie e Norma. Ela olhou em volta para a imagem alegre e caseira com satisfação. Era funesto ir para qualquer lugar na chuva, mas voltar para casa na chuva era agradável... Sair do frio e do molhado e entrar no calor e no aconchego. A única coisa de que ela sentia falta eram os gatos. Desde a chegada de tio Horace, eles haviam sido religiosamente banidos. Cavalheiro Tom passava o tempo no quartinho da cozinha, Tillytuck abrigava um enfadado Bravo-e-Feroz no silo, e Squedunk era um prisioneiro paciente no celeiro-igreja. Era só quando tio Horace estava fora que eles tinham permissão para retornar, às escondidas, à cozinha.

Mas, naquela noite, enquanto todos adormeciam no conforto de Silver Bush, um pobre gatinho moribundo, com as patas machucadas, apareceu na rua. Era Popka, com frio, cansado, com fome, em sua última curva da jornada de cento e sessenta quilômetros de East Point. Quando chegou à adorada soleira da porta, ele pausou e tentou lamber o pelo molhado para aparentar um pouco de decência antes de miar fraca e pesarosamente, pedindo para entrar. Mas a porta de Silver Bush permaneceu cruelmente fechada. Nem mesmo Judy, no quartinho da cozinha, ouviu o choramingo. O pobre Popka se arrastou até os fundos da casa e lá descobriu a vidraça quebrada na janela do porão de que Judy reclamava há uma semana. Na cozinha, ele encontrou um pires de leite debaixo da mesa, que o já satisfeito Bravo-e-Feroz deixara lá quando Judy o levara furtivamente para dentro da casa para que ele jantasse. Comovido, Popka olhou alegremente em volta. Era seu lar. A cozinha era quente e aconchegante... Havia diversas almofadas convidativas. Mas Popka ansiava pelo conforto do contato com alguns de seus amigos humanos. Suas quatro patinhas cansadas subiram as escadas. Infelizmente, todas as portas estavam fechadas para ele. A porta do quarto do poeta estava semiaberta. Popka entrou de fininho. Ah, ali havia companhia. Popka pulou na cama.

Pat, que descia para a cozinha antes de todo mundo, viu uma imagem pela fresta da porta do quarto do poeta que tanto a apavorou quanto a deleitou. Popka, seu amado e lamentado Popka, estava encolhido em uma bola plácida e vibrante na barriga de tio Horace. Pat entrou de mansinho, pegou Popka com delicadeza e saiu sem fazer barulho, deixando tio Horace aparentemente imperturbado. Mas quando ele desceu para o café da manhã, suas primeiras palavras foram:

– Quem entrou e pegou meu gato?

– Eu – confessou Pat. – Achei que o senhor detestasse gatos.

– Detestava – corrigiu tio Horace. – Não os suportava, anos atrás. Estou mais sábio agora. Descobri que eles fazem a vida valer a pena. Estava mesmo me perguntando por que não tinha visto nenhum. Costumava ter mais gato que qualquer outra coisa por aqui. Senti falta deles. Hoje à noite, eu conto como foi que passei a ser amigo da gatarada.

Naquela noite, diante do fogo da cozinha, enquanto Popka ronronava em seu joelho e Bravo-e-Feroz piscava para ele do sofá, tio Horace contou o mistério do gato preto com os laços nas orelhas.

– Foi na última viagem que fiz neste lado do mundo. Zarpamos de Halifax rumo à China, e o primeiro marinheiro tinha levado o irmão mais novo junto... Um rapazote de 17 anos. Ele levou seu gato preferido junto... Pills era o nome dele. Do gato, não do garoto. O nome do garoto era Geordie. Pills era preto... O bicho mais preto que já se viu neste mundo com uma pata branca e fofo como uma raposa de estimação. As duas orelhas dele haviam sido furadas, e lacinhos vermelhos foram amarrados nos buracos. Com ele sentia orgulho daqueles laços! Certa vez, quando Geordie os tirou para colocar laços limpos e levou um dia inteiro para fazê-lo, Pills passou o dia todo amuado, até ter seus laços de volta. Todos os dias, alguém do navio passava o dia com ele a tiracolo, exceto Jim, o Canibal.

– Jim, o Canibal? Por que o chamavam assim? – quis saber Rae.

Tio Horace franziu o cenho para ela. Ele não gostava de interrupções.

– Não sei, senhorita. Nunca perguntei a ele. Era coisa dele. Eu nunca tinha gostado de gatos antes, mas era impossível não gostar de Pills. Fiquei tão afeiçoado a ele quanto todos os demais e me regozijava tremendamente quando ele escolhia vir à minha cabine para dormir. Não era com todo mundo que ele dormia. Não, senhor! Aquele gato escolhia os companheiros de cama. Só havia três pessoas com quem ele dormia... Geordie, eu e o cozinheiro. Em rodízio. Ele nunca se confundia. Certa noite, o cozinheiro o pegou quando era a minha vez, mas o gato esperneou até o cozinheiro soltá-lo e, em menos de um minuto, estava apertando minha barriga com as patinhas. À noite seguinte, era a vez do cozinheiro, mas Pills o puniu, agitando-se novamente, e foi dormir em um carretel de corda no convés. Ele não dormiria com Geordie ou comigo, já que não era a vez de nenhum, mas o cozinheiro precisava aprender uma lição. Pois então, bem no meio do oceano Índico, Pills desapareceu... Simplesmente sumiu. Passamos dias esperando que ele aparecesse, mas ele não apareceu. Eu tive um trabalhão para dissuadir a tripulação de atacar Jim, o Canibal, pois todos achavam que ele tinha jogado Pills no mar, embora ele jurasse de pés juntos que jamais tocara no bichano. E, agora, a parte que vocês não vão acreditar. Seis meses depois, o gato apareceu na antiga casa dele, em Halifax, e se aninhou em sua própria almofada especial. Isso é um fato, encontrem a explicação que quiserem. Ele estava magro que só e com as patas sangrando, mas a mãe de Geordie o reconheceu imediatamente pelos lacinhos nas orelhas. Ela enfiou na cabeça que o navio tinha naufragado e que, de alguma forma, o gato havia sobrevivido e voltado para casa. Ela quase enlouqueceu, até descobrir a verdade. Fui visitar Pills quando retornei, e ele me reconheceu de imediato... Enrolou-se nas minhas pernas e ronronou à beça. Não havia dúvida alguma de que aquele era Pills.

– Mas, tio Horace, como ele poderia ter ido para casa?

– Bem, a única explicação a que consegui chegar foi a seguinte. Um dia antes de darmos pela falta de Pills, fomos abordados por um navio, o Alice Lee, que estava a caminho de Boston, Estados Unidos. Uma doença tinha se alastrado pelo navio, e eles estavam sem algum medicamento, não me recordo de qual, e o capitão queria saber se poderíamos doar um pouco para ele. Nós podíamos, então ele mandou um bote com dois homens até nós. Concluí que um deles afanou o gato. Depois disso, Geordie lembrou que Pills estava sentado, empertigado e impudente, em um carretel de corda quando os homens subiram a bordo. Ele não foi mais visto, e só demos pela falta dele no dia seguinte. Era a vez de Geordie dormir com ele aquela noite, mas ele pensou que o cozinheiro tivesse pegado o bicho, que, por sentir pena do homem, que estava parecendo um esquilo com caxumba por causa de um dente, não fez alvoroço. Ele só foi se preocupar na tarde seguinte. Todos os homens garantiram que nenhum marujo jamais roubaria o gato de outro navio, especialmente um gato preto, e culparam Jim, o Canibal, como eu disse. Mas eu sempre acreditei que nem mesmo Jim, o Canibal brincaria com a sorte assim. De fato, nós só pegamos vendavais e furacões durante o resto da viagem, e um homem até caiu no mar. Eu fui para oeste aquele ano, atravessando o Pacífico, então nunca mais encontrei qualquer tripulante do Alice Lee, mas fiquei sabendo que eles chegaram a Boston dois meses depois de terem passado por nós. Suponho que Pills estivesse a bordo. Restam, assim, quatro meses para contar história. Onde ele estava? Eu digo onde ele estava. Percorrendo os quilômetros entre Boston e Halifax com as próprias patinhas pretas.

Tillytuck bufou, incrédulo.

– Ou foi isso ou ele foi nadando – disse tio Horace em um tom severo. – Acho mais fácil acreditar que ele foi andando. Não me pergunte como ele sabia o caminho. Só digo que eu vi, ao vivo e a cores, que gatos sabem muito mais que qualquer ser humano e decidi ser amigo deles. Quando este rapazinho pulou em mim ontem à noite, eu só disse a ele para escolher um lugar macio na minha velha carcaça e se acomodar.

Quando a visita de tio Horace estava chegando ao fim, todos decidiram que gostavam tremendamente dele, mesmo que ele desaprovasse suas roupas e desviasse os olhos, horrorizado, das calcinhas de seda verde-claro, cor-de-rosa e roxas penduradas no varal nas manhãs de segunda-feira. Eles também achavam que tio Horace gostava deles, embora não pudessem ter certeza. Pat tinha certeza, no entanto, de que ele devia estar contente com Silver Bush. Tudo correu bem até o último dia... E então tudo desandou. Para começar, Sid virou a tigela de massa de panqueca de Judy no chão, e o bebê de Winnie engatinhou por cima. É claro que tio Horace tinha que aparecer bem no pior momento, antes de o bebê ter sequer sido tirado do chão, e provavelmente pensou que era daquele jeito que eles entretinham bebês em Silver Bush. Então, Rae colocou uma lata fechada de ervilhas em cima do fogão para esquentá-las para o almoço. A lata explodiu com um estrondo, a cozinha ficou tomada por vapor e pedacinhos de ervilha, e tio Horace teve uma queimadura na bochecha, no lugar onde a lata o atingiu. Para coroar tudo, Rae o desafiou a ir até Silverbridge de carro com ela após o jantar, e tio Horace, embora nunca tivesse entrado em um automóvel antes, jurou que nenhuma garota o provocaria e entrou no veículo. Ninguém sabe o que aconteceu... Rae era considerada uma boa motorista... Mas o carro, em vez de descer a rua, atravessou a cerca de estacas, atingiu o celeiro-igreja, e acabou batendo em uma árvore. Não houve estrago algum além de um para-choques entortado, e Rae e tio Horace seguiram seu caminho. Tio Horace não pareceu se perturbar. Ele disse, quando chegou em casa, que supôs ser apenas o jeito de Rae de dar início ao passeio e que estava pensando em comprar um carro quando voltasse à costa oeste.

– Pur certu, e algum di vucês deve ter vistu uma criatura fantástica, cum todo esse azar qui a genti teve hoje – comentou Judy, arfando, depois que ele já estava na cama, em segurança.

– O dia de hoje simplesmente não aconteceu. Estou eliminando da semana – disse Pat pesarosamente. – Depois de tanto esforço para causar uma boa impressão! Mas vocês já viram algo mais engraçado que a expressão dele quando aquela lata o acertou?

– Sim… A expressão dele quando bati no celeiro-igreja – respondeu Rae.

As duas gargalharam.

– Receio que tio Horace pensará que somos todos terríveis, especialmente você, Rae.

Tio Horace, no entanto, não pensava assim. Aquela noite, ele disse a Alec Compridão que queria bancar as despesas de Rae em Queen's.

– Ela é uma garota vistosa e bonita – disse ele. – Não tenho nem esposa nem filhos. Gosto das suas meninas, Alec. Elas conseguem rir quando as coisas saem errado, e eu gosto disso. Qualquer um pode rir quando o mar está calmo. Não voltarei ao leste, Alec, mas fico feliz por ter vindo uma última vez. Foi bom ver a velha Judy novamente. Aquelas tortas de ameixa dela com creme batido! Meu estômago nunca mais será o mesmo, mas valeu a pena. Fico contente por vocês manterem as velhas tradições vivas por aqui.

– Faz-se o melhor possível – respondeu Alec Compridão com modéstia.

Judy, por outro lado, estava sacudindo os cabelos grisalhos pesarosamente para Cavalheiro Tom na cozinha.

– O jovem Horace num é mais jovem. Toda diabrura si isvaiu dele. E parece tão solene! Houve um tempu im qui quantu mais solene ele paricia, maior era a travessura qui tava aprontanu. Ora, ora! – Judy suspirou. – Receio qui nós todus tamo ficanu velhu, gatinhu quiridu.

O terceiro ano

Capítulo 1

Rae foi para Queen's e Pat ficou extremamente solitária. É claro que Rae ia para casa toda sexta à noite, assim como Pat fez no ano em que fora para Queen's, e elas passavam fins de semana hilariantes. Mas o resto do tempo era difícil de suportar. Nenhuma Rae com quem rir e fofocar… Nenhuma Rae com quem conversar sobre o dia na cama, à noite… Nenhuma Rae para dormir na caminha branca ao lado da sua. Pat chorou até pegar no sono várias noites e então se devotou a Silver Bush com ainda mais paixão do que antes.

Rae, após a primeira semana de saudades de casa, passou a gostar muito da cidade e da faculdade, embora, às vezes, sentisse frio na cama da pensão e a única janela de seu quarto tivesse vista para uma parede de tijolos da casa ao lado, em vez de um jardim de flores, campos verdejantes e morros enevoados.

Judy, por sua vez, estava se preparando para sua viagem à Irlanda. Iria em novembro com a família Patterson, de Summerside, que ia revisitar as velhas raízes, e durante todo o mês de outubro, só se falou nisso em Silver Bush. Pat, embora odiasse a ideia de ficar sem Judy, jogou-se de corpo e alma nos preparativos. Judy podia e devia fazer aquela viagem maravilhosa para sua terra natal depois de uma vida inteira de trabalho árduo. Todos estavam interessados. Alec Compridão foi à cidade e comprou um baú para a bagagem dela. Judy pareceu um tanto estranha quando ele o largou na trilha de entrada.

– Ora, ora, eu sei qui tô inu... Mas também num cunsigu acreditar, Patsy. Esse baú aí... Num parece qui é meu. Agora, si fossi o velho baú azul...

Mas é claro que o baú azul não podia ser levado para a Irlanda. E Judy finalmente acreditou que estava indo quando um parágrafo no *North Glen Notes* anunciou que a senhorita Judy Plum, de Silver Bush, passaria o inverno com os parentes na Irlanda. Judy aparentava mais esquisita do que nunca quando viu aquilo. Parecia tornar tudo tremendamente irrevogável.

– Patsy, quirida, deve ser a vontadi du Bom Home lá di Cima qui eu vá – disse ela quando leu o jornal.

– Nada como uma mudança, como disse o velho Murdoch MacGonigal quando se revirou no túmulo – comentou Tillytuck alegremente.

Todos deram alguma coisa a Judy. Tio Tom deu uma maleta de couro e a mãe Gardiner, um lindo conjunto de escova, pente e espelho de mão.

– Ora, ora, nunca pensei qui eu fossi ter um conjuntu di tualeti – disse Judy. – Mais bunitu qui o di prata qui o bispo roubou! E tem até o meu monograma no versu du ispelhu! Isperu qui o meu velho tio ainda tenha lucidez para perceber a grandiosidadi disso.

Pat deu a ela um negligê, e tia Barbara deu um cachecol de crepe escarlate que ela só usara uma vez, e Judy admirava tremendamente. Até tia Edith deu a ela um bolero cinza, com barra roxa. Pat quase morreu de rir ao pensar em Judy usando uma peça como aquela, mas Judy ficou tocada.

– Pur certu, foi muito gentil da parte de Edith. Eu num isperava, já qui a genti nunca si intendeu muito bem. Talvez eu incontre alguma velhinha lá na Irlanda qui queira usar.

O vestido de viagem de Judy causou um alvoroço, mas ela finalmente encontrou um que a apeteceu. Além de um chapéu de feltro cinza com uma bela peninha vermelha. Judy experimentou o traje completo uma noite no quartinho da cozinha e ficou tão assustada com seu reflexo estiloso no espelho rachado que quis arrancá-lo imediatamente.

– Ora, ora, num parece cumigo, Patsy. Tô realmenti assustada. Será qui um dia vou voltar a ser eu mesma?

Mas Pat a fez ir à cozinha e exibir-se para todos. E todos acharam que aquela Judy de casaco e chapéu com peninha vermelha era uma estranha, mas fizeram elogios, e Tillytuck disse que se um dia suspeitasse de que ela era bonita daquele jeito, não tinha como saber o que poderia acontecer.

– Espero que nada impeça Judy de viajar – comentou Rae. – Ela ficaria de coração partido se algo saísse errado a essa altura. Por outro lado, quando eu penso em vir para casa nas noites de sexta e não encontrá-la… E encontrar aquela pavorosa senhora Robinson, com sua cara de gato!

Rae piscou os olhos ferozmente.

– A senhora Robinson não é tão ruim assim, Rae – protestou Pat sem muito entusiasmo. – De toda forma, ela foi o melhor que conseguimos, e é só durante o inverno.

– Eu digo que ela é uma velha inquisitiva e bisbilhoteira – retrucou Rae. – Você não a viu indo embora pela trilha logo depois que você a contratou; ela lambia disfarçadamente os lábios a cada três passos. Eu vi. "Vou mostrar a esse pessoal de Silver Bush como é que se cuida de uma casa."

Uma questão delicada tinha sido… Quem seria chamada para ajudar Pat durante o inverno? Das várias candidatas, a senhora Bob Robinson, de Silverbridge, fora finalmente escolhida, como a menos indesejável. Tillytuck não gostou dela e a apelidou de "senhora Pata-Choca" assim que a viu. Não era difícil de imaginar o motivo, visto que a senhora Robinson era bem baixinha, bem roliça e bem desengonçada. A família de Silver Bush não conseguiu mais pensar nela como qualquer outra coisa que não "senhora Pata-Choca". Os apelidos de Tillytuck tinham uma tendência a vingar.

Para Judy, é claro, a senhora Pata-Choca não passava de um mal necessário.

– Ela é bem mais atualizada du qui eu, num tenho dúvidas. – Ela sacudiu a cabeça grisalha. – Dizem qui ela fez aquele curso di cuidadus domésticus no ano passadu. Mas será qui ela vai trancafiar us gatus?

– Dizem que ela é uma mulher muito cuidadosa e prudente.

– Ora, ora, cuidadosa, é? Num tenho dúvidas – retrucou Judy em um tom bastante sarcástico. – Ela num puxou isso di um estranho qualquer. O avô dela plantou um girassol no jardim e dipois cunstruiu um dossel para pruteger du sol. Ora, ora, cuidadosa! Vucê qui tá dizenu!

– Ela jamais fará bolinhos de maçã como os seus, Judy, nem que fizesse cinquenta cursos – afirmou Sid, estendendo o prato para repetir a dose.

Havia, também, a questão do passaporte. Levou um bom tempo para convencer Judy de que ela precisava tirar uma foto para o documento.

– Pur certu, vucê ia querer ser fotografada si tivesse um rosto desses, Rae quirida? – indagou ela, apontando para o espelho do banheiro, que nunca foi de embelezar qualquer um.

Mas quando a fotografia chegou, Judy, com seu novo chapéu e o cachecol de crepe enrolado no pescoço, tinha ficado tão surpreendentemente bonita que ela ficou encantada. Ela guardou o passaporte na gaveta do armário da cozinha e o analisava com frequência quando ninguém estava por perto.

– Quem diria qui um chapéu pudesse fazer tanta diferença? Tô achanu qui eu fiquei tão bunita quantu a Lady Medchester, mesmo ela tenu sangue azul!

Se não fosse pela viagem de Judy, outubro teria sido um mês perfeitamente feliz para Pat. Foi um outono dourado, sem geadas, e quando os ventos fortes sopraram, maçãs choveram nos pomares e as samambaias da

Whispering Lane ficaram marrons e perfumadas. Ela passou noites deliciosas com Suzanne e David na casa comprida... Horas de muita conversa diante da luz da fogueira crepitante deles. David havia adquirido o hábito de acompanhar Pat até em casa, o que Judy julgava totalmente desnecessário. Pat já havia descido aquele morro sozinha incontáveis vezes.

– Esses viúvos... – murmuro ela malevolamente... Tomando cuidado para que Pat não a ouvisse. Judy descobrira depressa que Pat ressentia qualquer crítica feita a David.

Então, McGinty morreu. Já fazia um bom tempo que eles esperavam. O cachorrinho estivera fraco durante todo o verão – ele tinha ficado surdo e muito melancólico. Partia o coração de Pat, olhar nos olhinhos suplicantes dele. Até o último suspiro, no entanto, ele tentou balançar o rabo quando ela foi vê-lo. Ele morreu com a cabecinha castanha aninhada em sua mão. Judy chorou como uma criança, e até mesmo Tillytuck e Alec Compridão fungaram um pouco. McGinty foi enterrado ao lado de Snicklefritz no antigo cemitério, e Pat precisou escrever para Hilary contando que ele havia partido.

"Sinto-me como se eu nunca mais pudesse amar outro cachorro", escreveu ela. *"Eu sinto tanta falta dele... É difícil demais lembrar que ele está morto. Vivo procurando por ele. Hilary, pouco antes de ele morrer, ele levantou a cabecinha de repente e ergueu as orelhas, exatamente como costumava fazer quando ouvia seus passos. Acho que ele ouviu algo, sim, porque aquela expressão desoladora de saudades desapareceu subitamente dos olhinhos dele e ele deu um suspiro feliz, aninhou a cabecinha na minha mão e... Parece pesado demais dizer que ele morreu. Ele simplesmente deixou de existir. Gostaria que você tivesse vindo para casa, Hilary. Tenho certeza de que era você que os olhos dele estavam pedindo. Lembra-se de como ele sempre vinha nos encontrar, nas noites de sexta, quando vínhamos para casa da*

faculdade? E ele estava com você naquela noite, tanto tempo atrás, quando você me salvou de morrer de pavor naquela estrada secundária. Ele era apenas um cãozinho amável, mas o falecimento dele deixou um buraco terrível na minha vida. É outra mudança... E Rae não está aqui... E Judy está indo viajar. Ah, Hilary, a vida parece se resumir a mudanças... Mudanças... Mudanças. Tudo muda, exceto Silver Bush. Sempre é a mesma e eu amo mais, a cada dia que passa."

Hilary Gordou franziu o cenho de leve ao ler aquilo. E franziu ainda mais quando leu certo parágrafo de uma carta que Rae lhe enviara.

Eu realmente gostaria que você viesse para casa este verão, Jingle. Se não vier logo, Pat acabará se casando com aquele horroroso do David Kirk. Eu sei que casará. É realmente um mistério, a influência que aquele homem conquistou sobre ela. É "David isso", "David aquilo"... Ela vive citando coisas que ele disse. Pelo que vi até agora, ele não faz nada além de conversar com ela... E ele sabe conversar. É uma criatura abominavelmente esperta.

Hilary suspirou. Talvez ele devesse ter ido à Ilha no verão anterior. Ele estava, contudo, trabalhando para bancar a faculdade... Pois ele se recusava a aceitar ajuda da mãe que o negligenciara a vida toda... E ir para casa no verão – para Hilary, "casa" significava "Silver Bush" – não era algo que ele conseguia encaixar no orçamento.

Capítulo 2

Era chegado o primeiro dia de novembro, e Judy precisava fazer as malas. O dia estava agradável, calmo e ensolarado, mas a geada havia caído na noite anterior pela primeira vez, e o jardim tinha sofrido. Pat odiava olhar para suas flores. Os agriões estavam positivamente indecentes. Ela percebeu que o verão havia finalmente acabado.

O baú de Judy estava no meio do chão da cozinha. Pat a estava ajudando a arrumar as coisas.

– Não esqueça a garrafa preta, Judy – provocou Sid ao passar por elas. Judy ignorou o comentário, mas pegou seu livro de *Conhecimento útil*.

– Este eu priciso levar, Patsy. Tem muita orientação boa aqui. Ou vucê acha qui tá um pouquinhu ultrapassadu? O livro é, di fatu, um tantu velhinhu. Num quero qui os meus primos lá da Irlanda pensem qui eu num conheço as regras mudernas. E, Patsy, quirida, vou levar o velho vistidu di festa, assim como o novo. Eu sempre amei aquele vistidu. O novo é uma belezura, mas eu ainda num usei o suficienti para mi acustumar cum ele. Vucê se lembra qui sempre odiava si disfazer das tuas roupas velhas? E, Patsy, quirida, aqui tá a chave du meu baú azul. Quero qui vucê guarde ele para mim inquantu eu istiver longe, e si alguma coisa acuntecer cumigo lá... Não qui eu teja pensanu qui vai acuntecer... Vucê vai encontrar um testamentuzinhu na latinha di fermentu na gaveta.

– Judy, imagine só... Neste mesmo horário, daqui a uma semana, você estará no meio do Atlântico.

– Patsy, quirida – respondeu Judy com sobriedade –, tem um favor qui eu quero ti pedir. Vucê pode recitar aquele hino toda noiti, quandu fizer as tuas orações? Aquele qui menciona "aqueles nos pirigus du mar". Seria um alentu enorme para mim, lá no meio du oceanu. Bom, meu baú tá pronto, graças ao Bom Home Lá di Cima. Pur certu, eu conhecia uma mulher qui levou quatro baús quandu foi lá para o Velho Mundo. Num sei como ela cunsiguiu carregar. Tá tudo pronto, mas e si alguma coisa mi impidir di ir no último sigundu, Patsy? Eu tô tão animada qui num vou suportar.

– Nada vai acontecer, Judy. Você fará uma viagem maravilhosa e visitará todos os seus primos.

– Ispero qui sim, minha quirida. Mas já tive tantas decepções na vida... E, Patsy, quirida, fica di olho no Cavalheiro Tom, pur favor, e si certifica di que a senhora Pata-Choca num vai maltratar o bicho. Num sei como é qui o pobrezinhu vai ficar sem mim.

– Não se preocupe, Judy. Eu cuidarei dele... Se ele não desaparecer, como na última vez em que você ficou longe de casa.

Aquela noite, Pat se demorou um pouquinho no patamar da escada dos fundos, espiando pela janela redonda. Havia uma promessa de temporal. Um vento rabugento atormentava os galhos do álamo tremedor. Nuvens transeuntes pareciam tocar nas pontas das bétulas brancas. Em breve, a chuva estaria caindo sobre os escuros campos outonais. Mas até mesmo uma noite molhada como aquela seria deliciosa em Silver Bush se seu coração estivesse mais leve. Judy estaria a caminho da Irlanda na noite seguinte, e a senhora Pata-Choca reinaria em seu lugar. Não haveria Judy para encontrá-la ao chegar em casa… Não haveria Judy para providenciar uns "lanchinhus"… Não haveria Judy para mexer a sopa de ervilhas… Não haveria Judy para entrar de mansinho em seu quarto nas noites frias com o edredom surrupiado da cama do poeta.

– E o que – disse Cavalheiro Tom do degrau de cima – um pobre gato haverá de fazer?

Alec Compridão levou Judy à estação na manhã seguinte, em meio à garoa. Ela iria passar a noite na casa de tio Brian, em Summerside, e pegar a barca com os Patterson no dia seguinte. Todos se posicionaram junto ao portão e acenaram para ela, sorrindo corajosamente até o automóvel sumir de vista. Pat virou-se para a cozinha, onde a senhora Pata-Choca já estava fazendo um bolo e parecendo bem à vontade. "Eu a odeio", pensou Pat cruel e injustamente.

O almoço – a primeira refeição sem Judy – foi um evento trágico. A sopa da senhora Pata-Choca não era a sopa de Judy Plum.

– Ela não sabe como mexer o caldo – sussurrou Tilltyuck para Pat.

Rae foi para casa aquela noite, mas o jantar foi um evento sombrio. Parecia que alguém tinha sentado no bolo da senhora. Pata-Choca, embora ela tivesse feito o curso de afazeres domésticos. Alec Compridão estava muito calado. Tillytuck recolheu-se imediatamente aos seus aposentos assim que a refeição terminou. Nada o satisfazia e ele não fingiu estar contente.

– Sinto-me velha, Pat…Tão velha quanto Matusalém – comentou Rae tristemente, enquanto elas espiavam a cozinha antes de ir para a cama.

– Eu me sinto na meia-idade o que é muito pior – grunhiu Pat.

A senhora Pata-Choca estava sentada lá, tricotando um suéter complacentemente. Não havia gato algum em vista, nem mesmo Cavalheiro Tom.

– Eu gostaria de ser um gato por um tempo só para morder você – sussurrou Rae para as costas da inconsciente senhora Pata-Choca, que realmente não merecia todo aquele ódio e, na verdade, estava bastante orgulhosa de si mesma por "ajudar os Gardiner" enquanto Judy Plum ia saracotear na Irlanda.

O sábado foi sombrio e lúgubre, mas uma carta adorável de Hilary ajudou Pat a suportar a manhã. O querido Hilary! Como ele sabia escrever cartas! Hilary como amigo, até mesmo na longínqua Toronto, valia mais que todos os pretendentes das Províncias Marítimas.

No meio da tarde, começou a chover novamente, esmurrando tudo no desolado jardim. Tillytuck e a senhora Pata-Choca já estavam em pé de guerra, porque quando ela reclamou que Apenas Cão latiu a noite toda, ele foi acometido por um de seus surtos de risada silenciosa e limitou-se a dizer:

– Se a senhora tivesse me dito que ele passou a noite ronronando, eu teria ficado mais surpreso.

Sid levou as meninas até Bay Shore para ajudar Winnie a colocar papel de parede em um cômodo. O ar estava repleto com as folhas voadoras da chuva, e a água lamacenta corria pelas valetas da estrada. O tempo estava igualmente ruim quando elas retornaram à noite.

– Suponho que Judy já esteja a bordo do navio a essa altura. Eles partiriam de Halifax às cinco horas – lembrou Rae, suspirando. – Lá está o Tillytuck, tocando violino. Como ele consegue? Suponho que esteja tentando agradar a senhora Pata-Choca. Aquele homem venderia a própria mãe por uns quitutes.

– Não sei como é que nós vamos sobreviver ao inverno – disse Pat.

Elas atravessaram a trilha molhada correndo e abriram a porta da cozinha… E então paralisaram de espanto. O violino de Tillytuck ronronava sob suas mãos. A mãe Gardiner estava cozendo perto da mesa, sobre a qual havia um prato enorme de rosquinhas. Alec Compridão estava deitado no sofá, cochilando alegremente com Squedunk sobre o peito e Bravo-e-Feroz e Popka aninhados em seus pés. Cavalheiro Tom, que exibia os ares de um gato que estava decidindo-se por perdoar alguém, estava sentado no tapete, com o rabo esticado categoricamente para trás.

E Judy… Judy… Em seu velho vestido de droguete, sentada ao lado do fogão, mexendo o caldo da panela! Ela estava com o bordado no colo e não parecia estar nem um pouquinho desolada.

Por um instante, as meninas ficaram apenas olhando para ela, sem acreditar. Então, com um grito de "Judy!!!", elas se lançaram sobre ela. Mesmo estando molhadas, ela as abraçou com um carinho imenso.

– Judy… Judy… Querida… Mas por que… Por quê…?

– Eu num cunsigui, foi só issu, meus tesouros. Eu soube, nu meu curação, assim qui saí daqui. O Alec, pobrezinhu, num cunsiguia nem abrir a boca para falar. Tava aflitu qui só, quandu a genti chegou na istação. Mas eu pensei cumigo mesma: "Eu vou parecer uma boba, si disistir agora, dipois di todos os presentis qui ganhei", eu pensei. Intão, eu mi mantive firme até deitar na cama, lá na casa do tio Brian, aquela noiti… Era u segundi milhor quartu di hóspedis… Ora, ora, eles mi trataram muito bem, num tenho du qui reclamar. Mas também num cunsigui pregar u olhu. Ficava pensanu na minha cuzinha aqui, cum a senhora Pata-Choca reinando no meu lugar… I im todas as coisas qui puderiam acuntecer cumigo, duranti a viagem. Atingir um iceberg, talvez… Ou talvez morrer pur lá. Não qui eu mi importe tantu assim im morrer, mas mais pur ser interrada no meio di istranhus. Além dissu, e si acuntecessi alguma coisa ruim cum algum di vucês aqui? Eu pensei: "Talvez eles discubram qui a senhora Pata-Choca é melhor qui eu, e qui é doce feito mel". Eu cunsiguia ver vucês tudus, confortáveis e aconchegadus, cum os derriços iscapulindu nu iscuru. Eu pensei: "Tem tudus aqueles pirus para serem ingordadus para u Natal, e us tapetis para bordar, e talvez u Joe venha para casa para si casar"… E eu num cunsigui suportar. Intão, nu café da manhã, eu dissi para u Brian qui tinha mudadu di ideia e qui ia voltar para Silver Bush, im vez di ir para Irlanda cum us Patterson.

– Judy, você disse, no outro dia, que ficaria arrasada se alguma coisa a impedisse de ir…

– Ora, ora, ontem e hoje são coisas bem diferentis – declamou Judy complacentemente. – Quandu vucês pensavam qui eu tava toda animada com a viagem, eu só tava falanu para manter u intusiasmu. Ficu é filiz di pensar qui vou durmir na minha própria cama hoje à noiti, com u Cavalheiro Tom aninhadu nus meus pés. U Brian mi trouxe di volta esta tardi, e quandu passei pela porta da minha cuzinha, fiquei mais contenti du qui nunca. Ora, ora, vucês diviam ter vistu a cara da madame Pata-Choca! "Eu imaginei qui ia ser assim", ela dissi, com a mesma raiva di um duendi qui acabou di levar uma surra.

– Judy, onde está a senhora Pata-Choca?

– Sã e salva lá em Silverbridge, di ondi num divia ter saídu. Pur certu, ela num ia ficar pur aqui dipois qui mi viu di volta. Ora, ora, ela vai ter umas coisas a mais para dizer esta noiti nas preces dela. Eu entrei na minha copa pensanu qui ia ver um monti di coisa boa, já qui ela fez u tal cursu di afazeres domésticos. Mas tudu u qui encontrei foi um bolu cum cara di nada e uma torta toda disingonçada. U Tillytuck mi contou qui cumeu um pedaçu e qui u istômagu dele nunca mais vai ser u mesmu. Ora, ora, ciência doméstica, é u qui eu digu! Intão, coloquei nu balde dus porcus e fritei umas rosquinhas.

– "Glorifique o mar, mas permaneça em terra" é um bom provérbio, simbolicamente falando – disse Tillytuck, comendo, após isso, nove rosquinhas.

Todos estavam desavergonhadamente felizes e demonstraram isso, e Judy sentiu-se secretamente satisfeita e aliviada. Eles deixaram a chuva e o frio do lado de fora. Nunca antes a velha cozinha abrigara um grupo de pessoas tão contentes e amáveis. A dor e a solidão tinham partido para onde a lua se recolhe, e até mesmo o rei Guilherme parecia exultante em sua eterna passagem pelo Boyne. Lá fora, podia estar um dia úmido e desagradável de novembro, mas ali reinava o verão eterno no coração de todos.

– Não é uma delícia ver o temporal lá fora? – perguntou Rae. – Ouça o vento rugindo. Eu adoro. Judy, fico feliz por você não estar no Atlântico.

– Estou exatamenti ondi queru istar, Naninha, quirida, e mi sintinu muitu alegre e divertida. Pur certu, fiz as pazes cum Silver Bush. Fazia um bom tempo qui ela olhava para mim cum uma ixpressão repreensiva. Agora sei qui jamais puderia ficar longe. Já tá na minha medula. Intão, cá istou, cum roupas refinadas para usar pelu restu da vida e dipois di ter vividu toda a diversão dus preparativus. Ora, ora, vai ser uma história cabeluda... A história di comu Judy Plum foi para Irlanda e voltou tão rápidu qui incontrou a si mesma nu trajetu di ida. E, agora, vamus cumeçar a planejar u Natal.

Judy entrou de fininho no quarto das meninas aquela noite para checar se estavam aquecidas... Um hábito antigo e atencioso.

– Você é uma criatura muito amada, Judy – disse uma Pat sonolenta, sentando-se e abraçando-a. – Parece inacreditavelmente adorável que você esteja aqui... Aqui... E não lá longe, naquele navio.

Judy não conhecia a parelha de Wilson MacDonald:

"Pois é uma riqueza saber que o retorno de meu passo
É sempre música para um amigo meu."

Mas ela sentia-se uma mulher muito rica com apenas uma pequena nuvem em sua alegria perfeita.

– Patsy, quirida, vucê acha qui eu divia devolver? Os presentis, digo.

– É claro que não, Judy. Foram dados a você e são seus.

Judy soltou um suspiro de alívio.

– Fico realmenti muito filiz pur vucê dizer isso, Patsy. Teria sidu bem duídu abrir mão daquele conjuntu di tualeti tãu eleganti. Mas achu qui vou devolver u boleru da tia Edith. Eu jamais vou dar para ela a chance di dizer qui eu fiquei cum ele sem motivo.

Enquanto uma onda enorme de sono a assolava, um pensamento pre-monitório triste passou por sua cabeça.

– E, mesmo assim... Por mais que ela não tenha ido... Eu sinto como se as coisas fossem mudar.

Capítulo 3

Quando Rae voltou para casa de Queen's naquela primavera como a feliz portadora de uma licença de professora, ela conseguiu a vaga na escola local e se preparou para um verão de diversão antes que a escola reabrisse. "Diversão", para Rae, àquela altura, significava pretendentes e, como Judy dizia, havia uma fila deles. Pat não conseguia se conformar com a ideia de que a "pequena Naninha" tinha idade suficiente para ter pretendentes, mas a própria Rae não tinha dúvidas quanto a isso. E ela admitia, com bastante franqueza, que gostava de tê-los. Não que ela costumasse flertar, a despeito do que diziam os Binnie. "A faculdade melhorou Rae Gardiner um bocado", teria dito a senhora Binnie, "mas não a curou da compulsão pelos garotos."

Rae apenas olhava. "Venha", diziam seus olhos. "Sei de um segredo que você gostaria de saber e ninguém mais pode contar além de mim."

Ela não era tão bonita quanto Winnie, nem tão inteligente quanto Pat, mas havia uma magia nela... Que Tillytuck chamava de "glamour, simbolicamente falando". "A malandrinha tem seu charme", disse tio Tom. E os jovens tanto de South Glen quanto de North Glen sabiam disso. Não importava quantas vezes ou com quanta severidade ela os esnobava, aquela criatura cruel e adorável os tinha na palma da mão. Alec Compridão reclamava que Silver Bush andava literalmente lotada demais, e que eles não tinham mais um domingo de sossego. Judy, por outro lado, não dava ouvidos a tais lamúrias.

– Vucê quer qui as tuas mininas acabem como as du John Madison? – indagou ela sarcasticamente. – Seis moças e nem um único pretendenti para dividir entre elas.

– Há bom senso em todas as coisas – protestou Alec Compridão, que gostava de tirar uma soneca tranquila no domingo à tarde.

– Não nos pretendentes – respondeu Judy astutamente. – E eu bem mi lembru qui u quintal di Bay Shore custumava ficar cheiu di rapazes nas tardis di dumingu, u jovem Alec Gardiner entre eles. Num isquece qui vucê já foi jovem um dia, Alec Cumpridão. Nós vamus nus divertir um bucadu observanu as artimanhas deles. Vucê ficou sabenu du qui acunteceu cum u Apenas Cão nu últimu dumingu à tardi, quandu um dus moçoilus Shortreed... Lloyd, achu qui é u nome dele... Tava sentadu na iscada da varanda da frenti, todu solene e imaculadu, qui nem u velhu avô Shortreed custumava ficar nu cultu. Pur certu, e a pobre criatura... Num tô falanu du Lloyd... Incontrou um ratu nu dique di pedra atrás du celeiro-igreja i incurralou u bichu. Mas u sinhor ratu num si intregou sem lutar i fincou us dentis nu maxilar du Apenas Cão. Ele soltou um uivu comu nunca si ouviu, i disparou pelu quintal, atravessou a minha cuzinha, u corredor, passou pelu rapaz na iscada i pelu meu canteiro di petúnias. Continuou uivanu pela rua, cum u ratu ainda pinduradu nele. As mininas ficaram doidas, i u Tillytuck apareceu soltanu fogu pelas ventas i dizenu qui u própriu diabu divia tá vivenu nu corpu dus ratus di hoje. "Ora, ora", eu dissi: "num fala cum essa petulância du diabu, sinhor Tillytuck. Ele já é um ancião i divia ser respeitadu". U Lloyd Shortreed pareceu bastanti chocadu.

– Não é de se admirar. Eu não gosto nada que esse tipo de coisa aconteça na minha casa no domingo.

– Pur certu, i quem pudia ter evitadu? – protestou Judy. – A culpa foi todinha du Apenas Cão, qui foi caçar ratus nu dumingu. Antes dissu, u rapazote tava bem quietinhu i sóbriu. Quantu au Tillytuck i u linguajar dele, tudu mundu conhece a figura. É sabidu qui ele num aprendeu a falar daquele jeitu im Silver Bush. Apenas Cão voltou mais tardi, sem ratu pinduradu, todu dócil i repreendidu. U Lloyd num voltou mais aqui, i é milhor assim. Us Shortreed num têm sensu di humor.

– Lloyd é um rapaz muito decente – retrucou Alec Compridão secamente.

– I sabi comu manejar uma agulha – acrescentou Judy dissimuladamente. – Ele custurou uma colcha inteirinha quandu tinha só 4 anos e nunca mais cunsiguiu isquecer a façanha. A mãe dele exibe a colcha toda vez qui tem visita.

Alec Compridão levantou-se e saiu. Ele sabia que não era páreo para Judy.

Eles comemoraram a vinda de Rae para casa com outra festa, à qual todas as amigas da faculdade de Rae compareceram. Rae adorava dançar. Seus próprios sapatos, se fossem deixados sozinhos, teriam passado a noite dançando. Os pés de Pat, no entanto, não eram tão leves quanto haviam sido na última festa. Sid não estava lá. Era um garoto muito reservado e infeliz. Um acontecimento social havia alvoroçado North Glen no início do inverno. Dorothy Milton, que fora noiva de Sid por dois anos, fugira e se casara com o primo de Halifax, um jovem dissoluto e fascinante que "viajava" por uma empresa de Halifax. Sid não queria saber da empatia da família. Ele se recusava a sequer tocar no assunto. Mas andava austero, amargurado e desafiador, e Pat sentia-se desesperadamente afastada dele. Ele trabalhava fervorosamente, mas vivia como um estranho em meio à própria família.

– Paciência – disse a mãe Gardiner. – Com o tempo, vai passar. Pobre Dorothy! Tenho mais pena dela do que dele.

– Eu, não – declarou Pat. – Eu a odeio… Por ter partido o coração de Sid.

– Ora, ora, tudu mundu tem u curação partidu vez ou outra – afirmou Judy. – O Sid num é uprimeiro garotu a ser rejeitadu nem será u últimu, enquantu essas pobres mininas num tiverem juízu algum.

A própria Judy, no entanto, não gostava de olhar nos olhos de Sid.

Quando a festa terminou, Pat e Rae atravessaram uma trilha musguenta e aveludada até sua barraca no bosque, em meio a um campo de jovens cerejeiras silvestres. Elas tinham realizado o antigo sonho de dormir no bosque branco, e a realidade era ainda mais bela que o sonho, embora, certa noite, o vento tivesse derrubado a barraca sobre elas e a Pequena Mary quase tivesse sufocado até elas a encontrarem. Havia outro bebê em Bay Shore, e a Pequena Mary fora relegada aos cuidados de tia Pat até sua mãe se reorganizar. Todos amavam a pequena Mary, mas tia Pat a idolatrava e mimava. Ver a pequena Mary correndo pelo jardim com suas perninhas gorduchas, parando de vez em quando para levar uma flor a seu narizinho, ou indo atrás de Judy para alimentar as galinhas ou perseguindo gatos nos velhos celeiros, onde gerações de bolinhas de pelo brincaram e desfaleceram, deixava Pat extasiada. E as perguntas que ela fazia… "Tia Pat, por que as orelhas não são retas?"… "Tia Pat, as flores têm alma?"… "Aonde os dias vão, tia Pat? Eles devem ir para algum lugar"… "Deus vive no baú azul da Judy, tia Pat?" Vez ou outra, ocorreu a Pat o pensamento de que, talvez, se se casar e ter um pontinho de interrogação ambulante como aquele compensasse a perda de Silver Bush.

Judy atravessou a escuridão perfumada para ver se elas estavam bem e fofocar um pouquinho sobre coisas variadas. Judy tinha ido a um funeral aquele dia… Uma atividade bastante incomum para ela. Mas o velho

William Madison, de Silverbridge, tinha falecido, e Judy trabalhara alguns meses para a mãe dele antes de ir para Silver Bush.

– Pur certu, tudu correu muitu bem. Foi um belu funeral, e ele teria ficadu muitu satisfeitu, si tivesse vistu. Disseram-me qui ele si divertiu um bucadu organizanu tudo. Ora, ora, ele morreu cum muita iducação, pidinu disculpa para tudu mundu pur tá causanu transtornu. A velha tia Pollly ficou muitu irritada purque num reservaram uma cadeira para ela nu funeral e ela achava qui merecia uma, mas ninguém mais incontrou falha alguma nu programa. É mesmu difícil agradar tudu mundu. Polly Madison é uma daquelas cristãs sagradas, pelu qui mi disseram.

Os discípulos do "pregador de oportunidade" tinham se agrupado em uma "igreja cristã sagrada", e eram cruelmente referenciados em North Glen como os cristãos sagrados.

– Fiquei sabendo que eles vão construir uma igreja – comentou Pat.

– Vão mesmo... Mas num tão chamanu di "igreja". Vai ser um "local di incontro". A própria tia Polly vai ceder um terreno para a construção. I u sinhor Wheeler tá voltanu para ser ministru deles... Ou "pastor", couu eles tão chamanu, já qui num aprovam us ministrus nem u fato di eles receberem um saláriu. I ele vai viver di ar, pur certu? Tia Polly diz qui ele é muito ispiritualizadu, mas eu achu qui é só u jeitu dele di erguer us olhus e bajular ela. Di toda forma, u maridu dela num compartilha dessas religiões mudernas. "U senhor tá preparadu para morrer?", u pregador di uportunidadi perguntou para ele, todu solene, pelu qui mi disseram. Mas u pobre Jim Polly sempre foi um ossu duru di roer. "Melhor mi perguntar si eu tô preparadu para viver", ele dissi. "Viver bem primeiru", ele dissi.

Pat detectou um movimento repentino de Rae quando Judy mencionou o nome do senhor Wheeler, e sentiu sua preocupação aumentar. Imagine só, se ele se engraçasse dela novamente!

Capítulo 4

O senhor Wheeler realmente retornou e realmente "se engraçou" com Rae. Isto é, ele visitava Silver Bush com bastante frequência e se mostrava muito agradável socialmente…Ou tentava. Os Gardiner não frequentavam mais os cultos dele, e os cristãos sagrados achavam que ele podia encontrar maneiras mais espirituais de passar o tempo do que fazendo duetos de violino com Rae Gardiner e passeando pelo jardim com Pat a ponto de até mesmo os gatos ficarem entediados, pois Pat se dispunha, com determinação, a ela mesma entretê-lo quando ele aparecia por lá e esforçava-se para estar presente durante a maioria dos duetos. É verdade que Rae ria e fazia troça dele frequentemente. Mas ela também nunca parecia ser a Rae atrevida e indiferente de sempre na presença dele. Ficava quieta e contida, sem nunca flertar com ele, e Pat não se sentia exatamente tranquila. O rapaz era bonito, à sua maneira, com seus olhos escuros, a coroa de cabelos ondulados e a voz permeada por ecos de tudo que existe. Dizia-se que a filha de tia Polly, que era professora em South Glen, havia comentado que ele tinha certo charme byroniano. Com ou sem charme byroniano,

Pat não permitiria qualquer gracinha e ficava segurando vela com uma persistência amigável sempre que ele aparecia. Ele olhava bastante para Rae e baixava o tom de voz carinhosamente quando conversava com ela, mas também não demonstrava aversão alguma em conversar com Pat... "Bajulação", afirmara Tillytuck.

Judy, às vezes, provocava Rae quanto a ele.

– Pur certu, e vai ser fácil cuzinhar para ele, Naninha, quirida. Disseram-me que ele num come nada além di nozes e biscoitu di farelu. Num é di si admirar qui ele num pricisi di um saláriu. Mas comu é qui ele vai sustentar uma esposa?

– Você fala umas coisas tão ridículas – retrucou Rae irritadamente. – De que me interessa se ele pode sustentar uma esposa ou não?

Tillytuck não estava tão tranquilo quanto a isso. Considerava o senhor Wheeler um homem perigoso e não entendia por que Alec Compridão sequer tolerava a presença dele. Como ele desaprovava completamente os cristãos sagrados, decidiu que iria voltar a frequentar a igreja, como sinal de sua desaprovação. Ele levou várias semanas para angariar coragem suficiente para ir, pois temia, como contou a Judy, causar muito alvoroço. Mas quando finalmente foi e ninguém prestou muita atenção, ficou secretamente furioso.

– Não havia uma única mulher bonita na igreja – reclamou ele. – E o ministro não era grande coisa. Fala demais, e eu acho que as visões dele sobre o diabo não são sólidas. Meio frouxas. Gosto do diabo com um pouco de fibra.

– Achu qui vucê tem mesmu frequentadu us cristãos sagradus – disse Judy desdenhosamente, enquanto fatiava o repolho roxo para fazer picles. – Fiquei sabenu qui eles promovem lutas cum Aquele Um cum certa frequência.

– As pessoas desta casa já estão dando corda demais para esses cristãos sagrados – retrucou Tillytuck amargamente. – Vai chegar uma hora em que vão se arrepender.

– Nada di mal vai acuntecer cum Silver Bush pur causa daquele pobre rapaz – garantiu Judy. – E, um dia, vucê vai si deparar cum uma grande surpresa.

– Você é maluca – retorquiu Tillytuck.

Pat, naquele momento, estava trabalhando no jardim, em paz consigo mesma e o mundo todo. De alguma forma, ela se sentia imune a mudanças naquele jardim. Naquele instante, o jardim parecia regozijar-se consigo mesmo. Suas flores eram visitas, não prisioneiras… Seus delfínios azuis, a beleza fugaz e frágil das papoulas, as campânulas, com tom malva salpicado de roxo, as rosas de ouro e neve, os lírios de leite e vinho.

A oeste, o sol estava se ponto sobre uma terra distante de morros cintilantes. O ar estava doce com uma fragrância misturada que apenas o jardim de Silver Bush conhecia. Todo aquele cenário lindo estava repleto de sombras ametistas suaves.

Como eram mágicas as sementes das ervas-do-caril! Que lindo nome era "bergamota"! Era em noites como aquela, muitos anos antes, que ela ficava esperando ouvir o assobio de Sid voltando para casa. Mas não havia mais assobio… Ele não assobiava mais. Pobre Sid! Será que ele nunca mais se recuperaria do baque causado por aquela odiosa Dorothy? Ela andava saracoteando por todos os lados, com tudo quanto era tipo de mulher, pelo que diziam. Eles o viam pouquíssimo em Silver Bush. Trabalhava o dia inteiro… E ficava fora até tarde a noite toda. Os olhos de sua mãe, às vezes, ficavam muito tristes. Judy aconselhava paciência…Que ele ainda voltaria a ser quem era. Pat achava difícil ter paciência. Volta e meia, sentia vontade de chacoalhar Sid. Por que ele a mantinha afastada daquele jeito? Essa sempre era uma das pequenas sombras que pairavam sobre ela.

Havia uma pitada do friozinho de setembro soprando em meio à languidez de agosto…Outro verão quase no fim. Os anos certamente estavam começando a passar bastante rápido. Bem, envelhecer com Silver Bush não seria difícil, refletiu Pat, com a filosofia de alguém que ainda está longe da velhice.

Subitamente, Pat franziu o cenho. Era aquele infeliz do senhor Wheeler, subindo a trilha. Ainda bem que Rae tinha ido à casa de Winnie. Seria mais uma noite de aborrecimento. Quando é que perceberia que as atenções que ele direcionava a Rae não eram bem-quistas por ela, nem por qualquer outra pessoa? Sua deliciosa noite no jardim seria bastante arruinada. E ele tinha estado ali na noite anterior. Realmente, ele estava se tornando um incômodo intolerável.

Será que ser direta com ele seria uma quebra impetuosa demais das tradições de Silver Bush?

O cumprimento de Pat foi um tanto distante, e ela continuou podando as mudas de delfínios. Bravo-e-Feroz, que estava espreitando entre os arbustos proferiu algumas reprimendas odiosas. Não se podia ignorar Bravo-e-Feroz.

O senhor Wheeler ficou parado ali, olhando para ela. Pat estava usando um velho chapéu desbotado de Sid que jamais imaginaria – se sequer tivesse pensado nisso – capaz de atrair a admiração masculina e um velho vestido de crepe marrom que rebarbas e carrapichos não podiam mais estragar. Ela não tinha consciência de quanto suas tonalidades quentes acentuavam a alvura de sua pele... O brilho de seus cabelos... O fogo de seus olhos âmbar. Ela estava realmente mais linda do que nunca e quando, após um silêncio demasiado longo, ela ergueu os olhos para encontrar as órbitas escuras e expressivas do visitante – os adjetivos eram os mesmos da filha de tia Polly – olhando para ela com uma expressão estranha em suas profundezas. Uma ideia absurda ocorreu a Pat... E foi instantaneamente descartada. Besteira! Ela gostaria que ele não estivesse tão perto dela. Soube imediatamente o que ele havia comido na janta. Como seus lábios vermelhos eram carnudos! E quando tinha sido a última vez em que ele limpara as unhas das mãos? Por que ninguém aparecia? As pessoas sempre estavam em outros lugares quando você precisava delas e quando não precisava, surgiam aos montes.

– Você estava sorrindo…Você tem um sorriso fascinante. Em que você está pensando, Patricia? – perguntou ele em um tom baixo e carinhoso.

Minha nossa, imagine se ela contasse a ele em que estava pensando! Pat teve dificuldades em conter um sorriso. E então, do nada, a ficha caiu.

O senhor Wheeler pegou uma de suas mãos e olhou para ela.

– Mão pequenina e branquinha – murmurou ele. – Mão pequenina e branquinha que detém o meu coração.

As mãos de Pat eram bronzeadas e não particularmente pequenas. Ela tentou se desvencilhar. Mas ele a segurou com firmeza e colocou o braço em torno dela. Pior e ainda mais, como diria Tillytuck. Imagine se Judy estivesse olhando pela janela da cozinha!

– Por favor, não seja tão… Tolo – disse Pat friamente.

– Não sou tolo. Sou sábio… Muito sábio… Sábio com a sabedoria de incontáveis eras. – A voz dele estava ficando mais baixa e mais terna a cada palavra. – Há semanas espero por uma oportunidade como esta. É muito difícil encontrá-la sozinha. Minha querida, anjo mais doce, você faz ideia de quanto eu a amo… De quanto eu a amo há mil vidas?

– Jamais cogitei isso… Sempre pensei que fosse Rae – foi tudo o que Pat conseguiu dizer.

O senhor Wheeler sorriu condescendentemente.

– Você não pode ter pensado isso, minha querida. A senhorita Rachel é uma criança adorável. Mas é você, meu bem… E sempre foi, desde o momento em que afoguei minha alma em seus lindos olhos. Acho que eu devo ter sonhado com você minha vida toda… E, agora, meu sonho se tornou realidade. – Ele tentou puxá-la para mais perto. – Você está destinada a mim…Você sabe disso. Teremos uma vida maravilhosa juntos, minha rainha.

Pat se recobrou. Ela puxou a mão de volta, sentindo-se bastante furiosa com sua situação ridícula.

– Você precisa esquecer todo esse disparate, senhor Wheeler – disse ela com determinação. – Eu não fazia ideia de que você se sentia assim com relação a mim. E... – Pat estava ficando zangada. – Como foi que você chegou à conclusão de que eu me casaria com você?

– Você me encorajou a pensar assim. – A voz dele tinha perdido boa parte de sua docilidade terna. – Não consigo acreditar que você não goste de mim.

– Por favor, se esforce – disse Pat em um tom ameaçador.

Aquilo o enraiveceu. Um rubor intenso se espalhou pelo rosto do senhor Wheeler. Ele pareceu transformar-se subitamente em uma pessoa completamente diferente.

– Você deixou bastante claro que apreciava minha companhia, senhorita Gardiner... Quase claro demais. Eu considero que tinha todo o direito de assumir que meu pedido seria bem-quisto... Muito bem-quisto. Você flertou comigo descaradamente...Você me seduziu para seu próprio divertimento agora eu suponho. Eu deveria saber... Eu fui alertado... Haviam me dito que você era...

Pat, olhando nos olhos raivosos dele, sentia-se como em um dia em que virara uma bela pedra musguenta na Whispering Lane e visto o que havia embaixo.

– Acho melhor você ir embora, senhor Wheeler – interrompeu ela gelidamente.

– Ah, eu vou... Eu vou... E pode ter certeza de que eu nunca mais assombrarei as portas deste local novamente.

O senhor Wheeler se foi, com o orgulho consideravelmente ferido, e Pat, ainda em um turbilhão de diversas emoções, correu para a cozinha, enxotou os indignados gatos de uma cadeira e gritou.

– Ora, ora, i u qui é qui vucê i u reverendu tavam confabulanu lá nu jardim qui fez u moçu ir imbora todu infezadu daquele jeitu? – quis saber Judy.

– Judy, estou sentindo tantas coisas diferentes que não sei qual é a que sinto mais. Aquela criatura pavorosa me pediu... Eu, Pat Gardiner... Em casamento! E ele tinha comido cebolas, Judy!

– Pur certu, e vucê nun sabia qui ele era vegetarianu? – respondeu Judy com indiferença. – Já fazia um tempu qui eu isperava pur issu...

– Judy! O que a fazia esperar por isso?

– O jeitu comu ele olhava para vucê, quandu vucê num tava olhanu para ele.

– Ah, Judy... O pior de tudo é que... Ele acha que eu o encorajei! Sinto-me desonrada. E quando ele descobriu que eu não me casaria com ele... Ele foi horrível. Não tem modos, nem mesmo maus.

– Quantu mais confiança a galinha ganha, mais ela bota as asinhas para fora – declamou Judy. – Num leve a sériu, Patsy. Agora vucê si livrou dele di vez.

– Eu realmente acho que sim, Judy. Creio que ele estava falando sério quando disse que não assombraria mais as nossas portas.

– Pur certu, a perda é nossa – disse Judy sarcasticamente. – Ele perdeu um tempu considerável vindu tantas vezes aqui neste verão. E... Num tô defendenu ele, Patsy... Eu sempre achei qui ele num era flor qui si cheirassi... Mas vucê realmenti vivia rodianu u rapaz...

– Eu fazia isso para mantê-lo longe de Rae. Eu... Eu... Pensei que ele entenderia a indireta. Jamais sonhei que ele pensaria que eu estava apaixonada por ele... Por ele! Judy, esse mundo é realmente ridículo e exaustivo. Vou até a casa comprida... Preciso de alguma coisa para eliminar o gosto do reverendo Wheeler da minha alma e, talvez, fazer umas fofocas com David e Suzanne dê conta do recado.

– Comu será qui a Naninha vai reagir? – murmurou Judy depois que Pat saiu. – Achu qui tudu mundu, excetu a velha Judy aqui, é cegu qui nem murcegu pur aqui. Bom, nus livramus du pregador di uportunidadi, vamus dar graças. Mas eu num sei si gostu muitu mais daquele David Kirk. Ele tá di olhu nela. Ele num tem pressa... Quandu já é a sigunda, a pessoa é mais cautelosa. Mas eu conheçu us sinais. Ora, ora, é um milagre qui u meu presuntu num tenha cuzinhadu dimais inquantu eu ouvia as lamentações da Patsy. Tá é perfeitu e vou botar na câmara fria para resfriar. Pretendentis podem ir e vir, mas nós pricisamus dus nossos piquenus confortus.

Pat, que havia subido até a casa comprida, logo se esqueceu da raiva e da humilhação na companhia de David e Suzanne. Eles conversaram e riram juntos ao redor da lareira que os Kirk tinham construído na meia-lua de árvores de Bets, enquanto Ichabold descansava ao lado de David, Alphonso dividia sua atenção entre as meninas e a estrela da tarde espiava sobre as muralhas de nuvens arroxeadas a oeste. Parecia, para Pat, que a cada noite que ela passava ali, ficava mais sábia e mais madura de algum jeito misterioso. A conversa deles era tão diferente... Tão rica... Tão estimulante... Tão repleta de ideias. Os fantasmas do passado foram deixados para trás. Ela tinha começado a pensar na casa comprida como o lar de Suzanne e David, e não como o lar de Bets.

"Ela está ficando mais velha, e eu estou ficando mais jovem. Talvez nos encontremos", pensava David.

"A alma deles tem a mesma idade", pensava Suzanne.

Mas ninguém sabia o que Alphonso-dos-olhos-esmeralda ou Ichabod pensavam.

O quarto ano

Capítulo 1

Pat olhou pela janela do salão pequeno com certa melancolia em uma noite no final de novembro. Outro verão tinha acabado. Como os verões passavam depressa agora! Havia um crepúsculo cinza-escuro após a pouca neve que caíra, e uma ameaça de ainda mais neve no ar sorumbático. As sombras – frias e hostis – pareciam estar transbordando do bosque branco. Um vento mordaz açoitava tudo, como se estivesse determinado a descontar seu mau humor no mundo. Algumas folhas amarelas vãs corriam enlouquecidamente pelo gramado. Um ninho vazio pendia solitariamente ao vento em um galho da grande macieira na qual as maçãs verde-amareladas, sempre perduravam por muito mais tempo depois que as folhas haviam caído. As maçãs não eram boas e nunca eram colhidas, mas a árvore sempre ficava tão maravilhosa ao florescer na primavera que Pat não permitia que fosse cortada. Tinha sido um dia daqueles que Pat chamaria de "rabugento", e nem mesmo a beleza de um abeto alto e escuro perto do dique, polvilhado com flocos de neve, provocava nela aquele arrepio de deleite que tais coisas costumavam provocar. Ela pensou que aquele era o tipo de dia que fazia as pessoas brigarem, se as pessoas brigassem em Silver Bush. Novembro, contudo, tinha sido um mês totalmente conturbador... Em um dia, glorioso... No outro, selvagem. Nunca se sabia como o tempo se comportaria. E Pat não gostava daquela noite... Sentia que o dedo longo da mudança, que vivia tentando alcançá-la, estava finalmente prestes a tocá-la.

Estava inquieta. Gostaria de poder ir à casa comprida, mas os Kirk não estavam. Queria que Rae chegasse em casa... Ela devia ter ido fazer alguma visita depois da escola. Rae, no entanto, não era a mesma nos últimos dois meses. Pat não sabia precisar qual era a diferença, mas ela sentia, no fundo de sua alma sensível. Rae, que costumava ser tão radiante, agora volta e meia perdia a cabeça. E, às vezes, quando elas se encontravam rodeadas por outras pessoas, Pat achava que quando olhava para Rae com olhos repletos de intenção, querendo compartilhar algum chiste sutil, Rae desviava o olhar sem sequer dar uma piscadinha de resposta. E, de vez em quando, chegava a quase parecer que ela agia como se fosse uma pessoa incompreendida. Qual era o problema? Será que as coisas não estavam correndo bem na escola? Pelo que Pat descobriu, estava tudo bem, mas ela não conseguia se livrar da sensação de que Rae guardava algum aborrecimento secreto... Pela primeira vez, uma insatisfação não compartilhada. Nada havia realmente mudado... Mas, mesmo assim, Pat sentia, por vezes, que tudo estava diferente. Certa vez, ela perguntara a Rae se algo a perturbava, e Rae esbravejara um: "Que besteira!", tão hostil que Pat calou-se na hora. Certamente, não podia ser o fato de que o senhor Wheeler tinha parado subitamente de ir a Silver Bush e, pelo que diziam, passara a cortejar uma garota que estava visitando de New Brunswick, o motivo das manchas vermelhas de choro que marcavam os olhos azuis de Rae em algumas manhãs.

Pat garantiu a si mesma, após uma reflexão, de que aquilo iria passar. Enquanto isso, Silver Bush tornava tudo suportável. Pat amava a propriedade e todos os singelos rituais domésticos que tanto significavam para ela cada vez mais a cada ano que passava. Sempre que voltava para casa, a paz, a dignidade e a beleza de Silver Bush pareciam envolvê-la como um feitiço. Nada de muito terrível poderia acontecer ali.

A filosofia alegre de Judy nunca falhava, mas Pat não podia nem sequer comentar com Judy sobre a leve frieza da mudança que se instaurara entre ela e Rae. À noite, quando eles se reuniam na cozinha, e Tullytuck tocava violino, ela por vezes achava que estava apenas imaginando coisas. Rae era a mais animada de todos... "Um pouco alegre dimais", pensava Judy, embora nunca tenha verbalizado tal pensamento. As coisas, muitas vezes, se ajeitavam sozinhas, se você simplesmente as deixasse em paz. Judy estava mais preocupava com a expressão indiferente que percebia nos olhos castanhos de Sid de vez em quando e com alguns boatos que chegavam aos seus ouvidos ocasionalmente.

Pat acendeu a lamparina quando Sid e Rae chegaram. Rae largou os livros da escola em uma cadeira e não disse coisa alguma. Mas Sid soltou uma risadinha e compartilhou uma notícia.

– O seu pregador de oportunidade foi embora, Pat. Os cristãos sagrados culpam você. Dizem que você flertou com ele e o fez de otário, e que ele não suporta mais permanecer aqui. Tia Polly está particularmente desgostosa com você. Ela adora o pastor.

Sid falou em um tom de gracejo, e Pat estava com o riso de resposta na ponta da língua quando um ruído abafado, algo entre um ofego e um grito, faz Pat olhar para Rae.

– Minha nossa, irmãzinha, você vai queimar seus cílios, com esse fogo todo no olhar – comentou Sid.

Rae o ignorou. Ela estava olhando para Pat.

– Então você é a culpada... Você o afastou – disse ela em um tom grave e tenso... Um tom que Pat nunca tinha visto Rae usar antes... A "pequena" Rae, com seus 17 anos de idade, que Pat ainda julgava ser uma criança.

Pat quase riu... Mas a risada morreu subitamente em seus lábios. Ora, a pobrezinha estava falando sério! E como ela estava linda, com as bochechas vermelhas e os olhos brilhando ao extremo! Sua cabeça decididamente reluzia como uma lamparina no canto escuro. Ela estava tão bela... E enraivecida... E mortalmente séria. Aquela última percepção devia ter servido de alerta para Pat, mas não serviu.

– Rae, minha querida, não seja boba – disse ela delicadamente.

– Ah, "não seja boba" – caçoou Rae furiosamente. – Essa é a sua atitude que eu já conheço... Sempre foi assim. Eu, é claro, não passo de um bebê... Não tenho direito algum... Não tenho sentimentos... Nenhum sentimento... Não mereço ser tratada como um ser humano. "Não seja boba", diz a sábia Patricia. Essa, sim, é uma ideia inteligente!

A voz de Rae tremia de fervor. Ela saiu tempestuosamente do salão pequeno e subiu as escadas como um furacão loiro. Havia três portas no caminho até o quarto, e ela bateu as três.

– Caramba! – comentou Sid, assobiando. – Eu sempre soube que ela tinha uma queda pelo Wheeler, mas não sabia que era forte assim.

– Sid... Você não acha que ela realmente gostava dele, acha?

– Ah, paixonite juvenil, sem dúvida. Todos sobrevivemos. Mas dói, na hora.

Sid deu uma risada um tanto amargurada.

Pat subiu até o quarto. Rae estava andando de um lado para o outro como um animal enjaulado. Ela voltou o rosto jovem e irado para a irmã.

– Será que você pode me deixar sozinha? Já não me magoou o suficiente? Você o roubou de mim... Deliberadamente. Eu vi você tentando seduzi-lo. Que chance eu tinha? Pois bem, eu a perdoei. Mas agora ele foi embora... Ele foi embora... E eu nunca mais o verei novamente... E não consigo suportar. Eu te odeio... Eu te odeio... Eu odeio tudo.

– Por favor, não vamos brigar – suplicou Pat em vão.

Em uma tentativa desesperada de se acalmar, ela pegou seu melhor par de meias de seda e começou a polir o espelho com elas, sem fazer a menor ideia do que estava segurando nas mãos. Aquela foi a gota d'água para Rae.

– Quem é que está brigando? Não ouse colocar a culpa em mim.

– Ah, Rae, Rae… Não deturpe tudo o que eu digo para parecer que tenha outro significado.

– Ah, ela diz para não deturpar as coisas. Quem foi que deturpou as coisas durante este verão, durante todo o verão, para fazê-lo me achar uma criança? É tão interessante observar o homem que você ama se apaixonar por outra mulher, sendo essa outra mulher sua irmã, que está deliberadamente tentando atraí-lo, por pura diversão!

– Rae… Jamais… Jamais! Eu tentei salvar você de… De…

– Salvar-me! De quê? É claro que você está hesitando. Você sabe que o fez pensar que eu estava interessada em Jerry Arnold. Jerry Arnold! Um zero à esquerda como ele! Era Lawrence Wheeler que eu amava, e você sabia disso. Ele também me amava, até você se intrometer entre nós. Sim, ele amava. Na primeira vez em que nos encontramos, nós sentimos… Nós soubemos… Nós nos amávamos há mil vidas passadas.

Pat não conseguiu conter o sorriso por nada no mundo. Ela reconhecia aquela frase. Não fora Lawrence Wheeler, dos olhos expressivos, quem lhe dissera aquelas palavras?

– Que tal se a gente conversasse… Ou tentasse conversar… Como se fôssemos adultas? – sugeriu ela delicadamente.

– Ah, mas eu não sou adulta… Não passo de uma criança. – Rae estava caminhando furiosamente de um lado para o outro do quarto. – Uma criança não consegue ver… Não consegue amar… Não consegue sofrer. Não consegue sofrer! Ah, tudo o que passei nesses últimos dois meses! E ninguém percebia… Ninguém compreendia… Ninguém sequer tentou me entender. Você não tentou. Você não liga para coisa alguma além de Silver Bush. Você agiu da maneira que agiu simplesmente para que Silver Bush permanecesse como sempre foi. Minha própria irmã me usando desse jeito!

Pat perdeu a paciência e a cabeça. Imagine só, uma cena como aquelas por causa de uma criatura como Larry Wheeler!

– Isso já foi longe demais – disse ela friamente.

– Concordo com você – foi a resposta igualmente fria de Rae.

– Quando você recobrar a sensatez – disse Pat –, vai perceber o papel de palhaço que fez por causa de um pastor com olhos sentimentais.

– Não acha que está sendo um pouco vulgar, minha cara Patricia? – vociferou Rae, com os olhos azuis gélidos. – Eu não me importo, é claro… Mas existe algo chamado "bom gosto". Você parece ter se esquecido disso, bem como de várias outras coisas. Nunca mais mencione o nome de Lawrence Wheeler para mim.

Pat cerrou os dentes para se conter e não dizer coisas das quais se arrependeria amargamente depois. A ânsia de dizê-las passou.

– Nós duas perdemos as estribeiras, Rae, e dissemos besteiras. Não pensaremos mais assim pela manhã.

– Ah, não? Eu nunca pensarei diferente… E nunca perdoarei você, Pat Gardiner. Nunca. Você e aquele seu viúvo!

– Quem é que está sendo vulgar agora? – Pat estava furiosa novamente. – Ao menos o senhor Kirk é um cavalheiro!

– E Lawrence Wheeler não é, presumo?

– Você pode presumir o que quiser. Você é que tocou no nome dele de novo. Ele era simplesmente desleixado em tudo o que fazia. Eu nunca sonhei que você, Rae Gardiner de Silver Bush, poderia levá-lo a sério. E ele tinha comido cebola antes de me pedir em casamento.

– Ah, então ele a pediu em casamento. Não sabia que você o tinha seduzido a esse ponto. Pensei que até mesmo você tivesse respeito suficiente por si própria para parar antes.

– Basta disso – declarou Pat, com a voz trêmula.

– Também acho. Mas vou lhe dizer uma coisa, Pat Gardiner. Já que você é tão afeita a "salvar" as pessoas, é melhor ficar de olho em Sid. Ele voltou a saracotear por aí com May Binnie. Já faz semanas que estou sabendo, mas não disse nada porque sabia que você ficaria preocupada. Eu tinha um pouquinho de consideração por você. Mas estava tão decidida a arruinar a minha vida que não importa mais o que Sid faz ou deixa de fazer, eu imagino.

– Rae, minha querida... Nós duas estamos chateadas... Nós duas dissemos coisas que não devíamos... Vamos esquecer isso. Não devemos permitir que qualquer pessoa saiba que nós brigamos...

– Não me importa se o mundo inteiro ficar sabendo.

Rae saiu marchando e não voltou. Dormiu no quarto do poeta aquela noite... Se é que dormiu. Pat não conseguiu. Era a primeira vez, desde a noite em que sua mãe fora operada, que ela permanecia acordada a noite toda. Certamente, ela e Rae não podiam ter brigado... Depois de tantos anos de parceria e amor... De todos os segredos que guardaram e compartilharam. Aquilo só podia ter sido um pesadelo. As Binnie viviam brigando... Era de se esperar, quando se tratava delas. Mas tais coisas simplesmente não podiam acontecer em Silver Bush. Será que o que Rae havia contado sobre Sid e May era verdade? Não podia ser. Não passava de fofoca. Ela conhecia Sid. É claro que May Binnie era bonita, aquela beleza óbvia e incontestável de cabelos pretos grossos e olhos de cor vívida, risonhos, brilhantes e ousados. Mas Sid jamais poderia gostar dela depois de Bets... Ou mesmo depois da tola da Dorothy. Pat afastou aquele pensamento. Era muito fácil dar início a qualquer boato na região. Nada importava naquele momento além de sua briga com Rae.

E, então, amanheceu. A alvorada é algo muito sombrio. Nada parece realmente humano. O mundo fica "excêntrico". E Rae não estava na cama ao lado da sua. Pat sempre adorara ver Rae despertar... Ela despertava de um jeito tão lindo. E a luz do sol matutino sempre se esparramava por seus cabelos, fazendo com que parecessem uma piscina dourada sobre o travesseiro. Mas Rae não estava ali aquela manhã... Não havia sol. Pat sentou-se e olhou pela janela. As diferentes fazendas estavam começando a ganhar forma sob a luz pálida que atingia a fina camada de neve. A pequena trilha que saía do estábulo e se estendia até o campo torta de carne poderia ter sido traçada por Pat. Um ventinho frio besta do amanhecer suspirava nos beirais das casas. Um bando de pequenos juncos repousava no telhado do silo. As medas de feno pareciam gnomos no campo dos verões de despedida sob o cinza pálido. Pat olhou monotonamente para as nuvens transeuntes e para os amplos campos brancos e para a solitária estrela da manhã.

Tudo parecia tão igual... E tudo estava tão terrivelmente diferente.

Pat parecia um espectro de si mesma durante o café da manhã, mas Rae chegou tranquila, alegre, sorrindo, seu rosto aparentemente desprovido de qualquer preocupação. Ela trocou umas palavras desimportantes com Pat, caçoou de Sid, elogiou Judy pelos bolinhos e foi para a escola, parando antes para fazer um carinho em Bravo-e-Feroz.

Pat tentou se sentir aliviada. Tinha passado. Rae estava envergonhada de seu acesso e queria ignorá-lo. Ela iria simplesmente agir como se nada tivesse acontecido.

"Também não me lembrarei", jurou Pat. Mas havia uma ferida em seu coração, mesmo depois de ela ter conversado sobre o acontecido com Judy... que suspeitava que Rae estivesse guardando uma mágoa secreta que parecia imensa a seus olhos de 17 anos de idade.

– Judy, foi terrível. Nós duas nos descontrolamos e dissemos coisas cruéis... Coisas que jamais poderão ser esquecidas.

– Ora, ora, é realmenti incrível a quantia di coisa qui a genti isquece nessa vida – ponderou Judy.

– Mas foi tão... Tão feio, Judy. Nunca houve uma briga em Silver Bush antes.

– Ora, ora, nunca mesmu, minha quirida? Pur certu, já houve um bucadu quandu teu pai e a garotada eram jovens. As vigas chegavam a tremer cum os gritos... E a Edith volta e meia isbravejava u qui pensava di tudu mundu. Issu vai passar, assim comu tudu u restu passou. Já ti contaram u motivu pelu qual u velhu Angus MacLeod, di South Glen, num si inforcou? Ele tava dicididu a si inforcar, só purque a vida tava ficando intedianti diamis. E aí ele teve uma briga cum a isposa... A primeira da vida deles. Aquilu reavivou tantu u home qui ele acabou usanu a corda para amarrar um bezerru e nunca mais ficou tentadu a si matar. Quantu à pobre Naninha, essa mágoa, e essa dor, e essa sensaçãu di qui vai duer para sempre... Num liga para issu, não, Patsy... Seja vucê mesma e tudu vai voltar au normal um dia.

– A mãe não pode ficar sabendo... Não quero que ela sofra – disse Pat com firmeza.

– Si ela cunsiguir guardar segredu, ela é mais isperta du qui eu pensava – disse Judy a Cavalheiro Tom depois que Pat saiu. – Mas eu achu qui essa briga é um pouquinho mais séria du qui eu tava pensanu. Quandu duas pessoas num si gostam muito, uma briga num tem muita cunsequência para elas. Logu, fazem as pazes. Mas quandu elas si amam comu a Patsy e a Naninha, acaba senu tãu intensu qui é difícil dimais di isquecer. Quem dera u Alec Cumpridão tivesse inxotadu aquele pregador di uportunidadi di Silver Bush cum a ispingarda na primiera vez em qui ele apareceu aqui, cum aqueles olhus melosus. U qui é qui a mininada vê nele? Ele quasi sentou nu Cavalheiro Tom na primeira vez qui veiu aqui!

Capítulo 2

Dezembro foi um mês difícil para Pat. A vida parecia se arrastar como um animal ferido. O inverno chegou cedo. Choveu sem parar por três semanas. Pequenos demônios de tempestade bailavam no quintal e rodopiavam nas ruas. Por todos os lados, havia morros enormes de neve, brancos sob o sol, azul-claro na sombra. A neve se acumulava em coroas pitorescas nas chaminés não usadas. Formava um tapete grosso no campo secreto quando Pat foi até lá com seus calçados especiais. Parecia que a primavera nunca mais retornaria, nem a Silver Bush nem ao coração das pessoas. Nos raros dias bonitos, o mundo parecia feito de poeira de diamante, frio, deslumbrante, esplêndido, cruel. Havia a beleza do luar invernal nas vidraças congeladas e a canção gélida do vento sob as estrelas frias e hostis. Ao menos Pat as achava hostis. As coisas não eram mais como antes. Pairavam entre ela e Rae a frieza e a sombra de algo não discutido… Que precisava ser esquecido. Rae vivia conversando sobre coisas superficiais, mas quanto a todo o resto, ela preservava um silêncio mais terrível que a raiva. Sempre com um falso ar de alegria, bom humor e gentileza! Para Pat, essa atitude bondosa de Rae era terrível. Elas podiam ser meras desconhecidas... Elas eram desconhecidas. Rae parecia ter trancado seu coração para a irmã para sempre.

Pouco antes do Natal, Rae anunciou casualmente que havia sido agraciada com uma bolsa de estudos... Um curso de três meses sobre ciências da natureza na Faculdade Agrícola de Ontario, em Guelph, e pretendia aceitar. Os administradores haviam lhe dado uma licença para ir, e Molly MacLeod, de South Glen, iria assumir a escola por três meses.

– Isso é maravilhoso – disse Pat, que sabia que Rae devia estar ciente da possibilidade há semanas, mas não disse uma única palavra sobre o assunto.

– Não é?

Rae estava radiante. Ela passou os dias seguintes bem ocupada se preparando para a partida e falando casualmente sobre seus planos. Ela transbordava esplendor e brilho e gracejava impiedosamente o fato de Judy temer que ela fosse aprender a fumar cigarros em Guelph. No entanto, nunca consultou Pat com relação a qualquer coisa, e quando, no Natal, Pat lhe deu um quimono carmesim com crisântemos de um tom mais escuro bordados nele, dizendo que achou que seria útil para ela usar em Guelph, Rae meramente disse:

– Que incrível da sua parte! É realmente maravilhoso.

Mas ela não contou a Pat que tio Horace lhe mandou um cheque para que comprasse um casaco novo e quando comprou um com punhos deslumbrantes, com estampa de leopardo e gola de couro de foca, ela o mostrou à Judy, à sua mãe e às tias, mas não à Pat... Simplesmente deixou-o na cama, onde Pat podia vê-lo, se quisesse. Pat ficou magoada demais para comentar.

Quando Rae partiu, parecendo toda requintada e adulta com seu casaco de leopardo e um chapeuzinho verde inclinado provocativamente para o lado, ela deu um beijo de despedida em Pat, como fez com os demais, mas seus lábios meramente tocaram na bochecha de Pat, e a maior parte do beijo se perdeu no ar. Pat a observou se afastar com o coração partido e chorou até pegar no sono aquela noite. A solidão era pavorosa. Ela não conseguia suportar olhar para a cama onde Rae dormia, nem para as velhas sandálias cor de bronze com as quais Rae tantas vezes dançara, mas achou gastas demais para levar para Guelph. Uma delas jazia desamparadamente sob a cômoda; a outra, sob a cama. Pat levantou-se e as uniu. Elas não pareceram mais tão desamparadas e descartadas.

Era verdade que não havia uma parceria de verdade entre ela e Rae há semanas, embora elas compartilhassem do mesmo quarto e comessem à mesma mesa. Mas agora que Rae tinha ido, parecia que a esperança havia partido com ela. Pat era orgulhosa demais e estava muito magoada até mesmo para conversar sobre o assunto com Judy. Era a primeira vez que não conseguia conversar sobre algo com Judy.

O beijo frio e indiferente de despedida de Rae! A pequena Naninha, que costumava envolver seu pescoço com os bracinhos gorduchos e dizer que a amava "de montão!" Pat não conseguia suportar pensar naquilo. Ela olhou para seu novo calendário dependurado na parede... Uma peça maravilhosa que Tillytuck tinha lhe dado. Ela sempre pensara que um calendário novo era um objeto fascinante, mas com algo de levemente terrível. Era bastante divertido virar as páginas e tentar imaginar o que aconteceria nesse ou naquele dia. Agora, ela odiava olhar para ele. Havia três meses a serem vividos até Rae voltar para casa. E quando ela voltasse, será que as coisas estariam melhores?

Bravo-e-Feroz entrou no quarto e pulou na cama. Pat o pegou nos braços. Velho gatinho querido, ainda lhe restava ele. E Silver Bush! Não importava o que acontecesse, quem a amasse ou não amasse, ainda havia Silver Bush.

Mesmo assim, Pat estava tão abatida e desolada no café da manhã que Judy desejou coisas nada dignas de serem ditas em voz alta com relação a pregadores de oportunidade.

Durante aquele triste inverno, os únicos prazeres verdadeiros de Pat foram as noites na casa comprida – Suzanne e David eram tão gentis e compreensivos... Especialmente David. "Sempre me sinto tão confortável com ele", pensou Pat... Além das cartas de Hilary. Uma epístola incentivadora dele sempre a alegrava. Ela as guardava para ler naquele horário azul-violeta antes do anoitecer... O horário que ela e Rae costumavam passar no quarto, conversando e fazendo troça. Ela sempre dormia melhor depois de uma carta de Hilary. E muito mal depois de uma carta de Rae. Pois Rae escrevia regularmente para Pat... Bilhetinhos impertinentes, cada um parecendo dilacerá-la ainda mais. Eram repletos de novidades e gracejos universitários, textos que ela poderia escrever a qualquer um. Nunca, no entanto, uma única palavra sobre os acontecimentos de Silver Bush... Nenhuma referência aos gracejos de casa. Rae guardava esses para as cartas à sua mãe e a Judy. "Quando vejo a estrela da noite sobre as árvores do campus, eu sempre penso em Silver Bush", escreveu ela para Judy. Quem dera Rae tivesse escrito aquilo para ela, pensou Pat.

Pat enviou a Rae uma caixa de guloseimas, e Rae foi bastante efusiva.

"Sem dúvida, foi uma ótima ideia pensar em coisas para comer", escreveu ela, "e como as meninas gostaram da caixa que você mandou. Foi, realmente, extremamente gentil da sua parte pensar em enviá-la"... "Como se eu fosse uma estranha que a surpreendeu por ter mandado um regalo", pensou Pat... "Fiquei sabendo que tio Tom está com caxumba, e que Tillytuck continua cantando hinos a plenos pulmões para a lua no silo. Também me contaram que Sid continua se encontrando com May Binnie. Ela ainda vai fisgá-lo. Os Binnie nunca desistem. Você acha que o pessoal de North Glen ficará chocado se eu aparecer com uma capa de chuva amarela vibrante quando for para casa? Ou um daqueles sofisticados vestidos colantes? Silver Bush realmente precisa despertar para o fato de que a moda evolui. Recebi uma carta de Hilary ontem à noite. É estranho pensar que esse é o último ano dele na faculdade. Ele ganhou outra bolsa de estudos e vai para British Columbia quando terminar. Ele acha que vai conseguir passar aqui para me ver antes de eu ir embora."

Hilary não havia contado sobre nenhum de seus planos a Pat.

O anúncio do casamento do senhor Wheeler saiu no jornal daquele dia. Judy arrancou a página da menção e enfiou no fogo, segurando com o tiçoeiro.

Duas semanas depois, março chegava ao fim, e Judy começou a preparar sua panela de tintura. E Rae iria para casa. Pat se pegou temendo aquele momento... E morrendo de tristeza por estar temendo.

– O que está acontecendo com Pat nesta primavera? – perguntou Alec Compridão a Judy. – Ela pareceu estranha o inverno todo... E, agora, está decididamente amuada. Ela está apaixonada por alguém?

Judy bufou.

– Bem, então, será que ela precisa de um tônico? Lembro que você costumava nos fazer tomar uma dose toda primavera, Judy. Talvez faça bem a ela.

Judy não achava que um tônico seria de grande ajuda para Pat.

Capítulo 3

O dia estava ameno quando Rae voltou para casa... Tomado pela languidez do início da primavera, quando a natureza ainda está cansada após sua luta com o inverno. Uma neve leve e nebulosa havia caído durante a noite, e Pat caminhou até o campo secreto aquela tarde para ver se conseguia angariar um pouco de coragem para encarar o retorno de Rae. Estava delicioso lá, em meio ao bosque silencioso, com suas árvores cobertas de musgo branco. Cada passo que dava revelava algum novo encanto, como se algum artífice élfico ambicioso estivesse se esforçando para mostrar quanto podia ser feito apenas com o mistério da neve por mãos que sabiam como produzir bom uso dela. Uma neve como aquela, pensou Pat, era a maior prova de beleza que existia. Sempre que havia qualquer feiura ou distorção, ela a exibia impiedosamente – mas mais beleza e graça eram acrescentadas à beleza e à graça até mesmo àqueles a quem foi dado em abundância. Pat gostaria de ter alguém ali para curtir todo aquele encanto com ela... Hilary... Suzanne... David... Rae. Rae! Mas Rae chegaria em casa dali a algumas horas, artificialmente cordial, olhando para ela com olhos brilhantes e indiferentes.

"Simplesmente não posso suportar", pensou Pat tristemente.

Quando Pat ouviu o balado dos sinos do trenó se aproximando pela viela sob o "escurecer", subiu correndo para o quarto. Todos os demais estavam na cozinha, esperando por Rae... Sua mãe, Sid, Judy, Tillytuck e os gatos. Pat sentiu que não tinha lugar para ela entre eles.

Tinha esfriado. O céu estava esverdeado atrás das árvores nevadas e a alegria prateada de uma estrela brilhava sobre as bétulas. Pat ouviu os risos e os cumprimentos na cozinha. Bem, ela supunha que deveria descer.

Ouviu-se um barulho de pés correndo nas escadas. Subitamente, pareceu a Pat que não havia mais ar no quarto. Rae entrou como um furacão... Uma Rae corada e radiante, seus olhos mais azuis do que nunca, sua boca como uma flor beijada. Ela envolveu Pat com seu casaco de leopardo em um abraço apertado.

– Patsy, querida... Por que você não estava lá embaixo? Ah, como é bom ver você de novo!

Aquela era a antiga Rae. Pat achou que fosse berrar. Em um instante, a vida era novamente linda. Era como se ela tivesse despertado de um sonho terrível e visto um céu iluminado pelas estrelas.

– Pat, você não tem nada para me dizer? Não está mais zangada comigo, está? Ah, eu não a culparia, se você estivesse. Fui a maior idiota do mundo. Eu percebi logo após a nossa briga, mas fui orgulhosa demais para admitir. E você me escreveu cartas tão frias e rígidas enquanto eu estava longe...

– Ah!

Pat começou a rir e chorar ao mesmo tempo. Os braços de uma envolveram a outra e vice-versa. Tudo estava bem... Lindamente bem novamente.

Foi uma noite maravilhosa. Todos se esbanjaram com o jantar soberbo de Judy, enquanto Rae dava pedacinhos de comida para os gatos e Tillytuck e Judy se superavam em suas histórias. Diversas vezes, os olhos de Rae encontraram os de Pat sobre a mesa, refletindo a velha parceria.

Até mesmo o rei Guilherme parecia estar prestes a realmente conseguir atravessar o Boyne. Mas o melhor de tudo foi quando elas foram se deitar, acomodando-se para uma das velhas sessões de bate-papo, com Bravo- -e-Feroz flexionando e estendendo a patinhas na cama de Pat e Popka piscando os olhos dourados na de Rae.

– Não é maravilhoso sermos irmãs que se dão bem de novo? – exclamou Rae. – Sinto-me como aquele versículo da Bíblia em que todas as estrelas da manhã cantam juntas. Foi simplesmente horrível… Horrível. Como é que eu pude ser tão tola? Eu simplesmente passei o outono inteiro chafurdando na autopiedade e aí parecia que aquele surto tinha que acontecer. E tudo por causa daquele… Daquele ser! Estou morrendo de vergonha por ter sequer sonhado que gostava dele. Não consigo entender, agora, como pude ser tão… Tão fantasiosa. E, mesmo assim, tive uma queda grande por ele. É claro que sabia perfeitamente bem, no fundo do meu coração, que nada poderia acontecer, jamais. No pior momento da minha paixonite… Quando eu estava tentando fingir para todos que não me importava nem um pouquinho… Eu sabia que nenhuma garota de Silver Bush poderia um dia se casar com um pregador de oportunidade. Mas isso não me impediu de ficar doidinha por ele. Parecia tão romântico… Um amor impossível, sabe? Duas almas-gêmeas tragadas para sempre pelo orgulho da família e tudo o mais, sabe? Eu simplesmente me deleitava com a ideia… Agora, consigo perceber. A maneira como ele costumava olhar para mim do outro lado do celeiro! E, uma vez, quando ele leu o sermão… "Como és bela, minha amada, como és bela. Tens olhos de pombos"… Ele olhou bem nos meus olhos e eu quase morri de êxtase. Ele realmente estava apaixonado por mim, na época. Você nunca viu o poema que ele escreveu para mim, Pat. Ele tinha ciúmes de tudo, aparentemente… Do "vento que sussurrava no meu ouvido"… Do "raio de sol que tocava meus cabelos"… Do "luar que se deitava em meu travesseiro". Os versos não eram métricos, e as rimas eram pobres, mas eu achei uma obra-prima. Você consegue imaginar como fiquei furiosa quando você simplesmente se intrometeu e o conquistou bem debaixo do meu nariz? Aliás, ele se casou, você sabia, Pat?

– Sim. Vi no jornal.

– Ah, ele me mandou um comunicado – contou Rae, rindo. – Você deveria ter visto. Com uma borda de não-me-esqueças! Se eu já não estivesse curada, aquilo teria me curado. Pat, por que parece estar escrito nas estrelas que as garotas precisam fazer papel de bobas?

– Nós duas fomos bestas – ponderou Pat.

– Vamos botar a culpa na lua – decidiu Rae.

Elas se sentiam muito próximas uma da outra. E, então, Judy apareceu com xícaras de um chocolate quente delicioso para elas e um "lanchinhu" de pão doce e um punhado de passas, como se elas fossem crianças novamente.

– Pense só – disse Pat –, para outras pessoas, hoje foi apenas uma quarta-feira. Para mim, é o dia em que você voltou para casa… Para mim… De volta para a minha vida. Pode ainda ser março no calendário, mas já é abril no meu coração… Um abril repleto da canção da primavera.

– Que eu tenha mais bom senso nos anos que virão – brindou Rae, erguendo a xícara de chocolate quente.

– Que nós tenhamos mais bom senso – corrigiu Pat.

– É maravilhoso estar em casa novamente – confessou Rae, suspirando. – Minha estadia em Guelph foi esplêndida… E realmente aprendi um bocado… Muito mais que apenas ciências da natureza. A parte social também foi bacana. Havia alguns garotos legais. Fizemos uma viagem incrível para as Cataratas do Niágara. Mas estou tendendo a concordar com você no sentido de que não há lugar como Silver Bush. Deve acontecer algo com as pessoas que moram aqui. Esses gatos queridos! Eu juro que não vi um único gato decente desde que saí da Ilha, Pat… Nenhum gato que parecesse gostar de ser gato, sabe? Eu gostaria de poder fazer alguma loucura para comemorarmos. Dormir lá fora, sob o luar, ou algo assim.

Mas ainda está invernal demais. Então, precisamos nos contentar com um bom bate-papo. Conte-me tudo que aconteceu desde que eu viajei. As suas cartas foram tão… Tão tépidas. Não havia tempero algum nelas. Vou deixar bem claro para você, Pat, que uma pessoa que só fala bem de todo mundo é uma correspondente bem desinteressante. Tenho certeza de que você deve estar fervilhando de fofocas. Houve algum escândalo picante? Quem nasceu? Casou? Noivou? Não você, eu espero. Pat, não vá se casar com o David. Ele é velho demais para você, querida… Ele realmente é.

– Não seja boba, meu bem. Só quero David como amigo.

– Essas mininas fofas – disse Judy alegremente, enquanto descia as escadas. – Eu sabia qui a boa e velha sensatez Gardiner ia prevalecer.

Era maravilhoso estar feliz demais para conseguir dormir. O próprio céu, do outro lado da janela, parecia contente. E quando Pat acordou, uns versos que ela ouvira David ler alguns dias antes – versos que lhe causaram dor na hora, mas que, naquele momento, pareciam ser como um amigo – vieram à sua mente.

Aquele que um dia acorda
Feliz pela vida e pela serenidade,
Por desfrutar o ar, amar o próximo,
Pelo trabalho e pela liberdade,
Já, em sua alma enlevada,
Vive na Eternidade.

Ela repetiu os versos para si mesma, parada ao lado da janela. Rae saiu da cama e se juntou a ela. Judy estava atravessando o quintal, levando alguma coisa para o desjejum de suas galinhas.

– Pat – disse Rae em tom um tanto sóbrio –, você já parou para pensar que Judy está envelhecendo?

– Não! – Pat se encolheu. – Não quero pensar em qualquer coisa que possa arruinar esta manhã feliz.

Mas ela sabia que Judy estava envelhecendo, por mais que quisesse ignorar o fato. Além disso, Judy não havia lhe dito, certa vez, um tanto solenemente:

– Patsy, quirida, tem uma camisola cum pala di crochê prontinha na parti di cima da direita du meu baú azul, caso eu adoeça di repenti.

– Judy... Você não está se sentindo bem? – exclamou Pat, alarmada.

– Ora, ora, num pricisa si preocupar, quirida. Tô forti comu um touru. É só qui eu 'li nu obituáriu du jornal hoje di manhã qui a velha Maggie Patterson murreu im Charlottetown. Éramos amigas, logu qui eu mi mudei aqui para Ilha, e ela era só um ano mais velha qui eu. Intão eu pensei qui divia falar da camisola para vucê. A velha sinhora du castelu di McDermott tinha uma di renda e cetim qui sempre colocava quandu u médicu ia vê-la.

– Fico muito feliz que você e Rae tenham retomado o relacionamento de antes, Pat – disse a mãe Gardiner quando Pat levou seu café da manhã.

Pat olhou para a mãe.

– Não achei que a senhora soubesse – respondeu ela lentamente.

Sua mãe sorriu.

– Não é possível esconder tais coisas das mães, querida. Nós sempre sabemos. E eu acho que um pouquinho de perdão sábio é indicado.

Pat se abaixou e a beijou.

– Minha mamãe amada, que sorte o pai ter se apaixonado pela senhora – sussurrou ela.

Rae estava agitada no corredor quando Pat saiu.

– Ah, Pat, Pat, a vida vale a pena ser vivida. Acabei de ver Judy fazendo Tillytuck tomar uma dose de óleo de castor. Você jamais vai saber o que perdeu.

Sim, a vida valia a pena ser vivida novamente. E, agora, Pat sentia que podia se dedicar de corpo e alma aos planos de faxina da casa e à reforma de primavera com o coração tranquilo. Os dias que pareiam tão intermináveis não teriam nem metade das horas necessárias agora, de tanto que ela queria ocupá-los.

Capítulo 4

David e Suzanne fizeram uma viagem à Inglaterra naquela primavera, e a casa comprida ficou fechada durante o verão. Pat sentiu uma falta tremenda deles, mas Judy e Rae ficaram aliviadas.

– Aquela Suzanne vive tentanu, desde qui chegou aqui, juntar a Patsy cum u irmão – disse Judy a Naninha. – Eu tava ficanu cum medu di qui ela ia cunsiguir. Um home qui logu vai tá pricisanu usar tônicu capilar! A Patsy tava sem ninhum pretendenti pur esses dias. Us homes tãu ficanu disincorajadus. Di alguma forma, ispalhou-si u buatu di qui ela pensa qui ninguém é bom u bastanti para ela.

– E realmente Pat poderia ter qualquer homem que quisesse da região, bastava estalar os dedos – comentou Rae pensativamente. – Acho que é aquele jeito que tem de dizer "eu sei" empaticamentee ela não quer dizer coisa nenhuma quando fala isso.

– Vucê acha, Naninha, qui tem alguma chanci du Jingle vir para casa este verão?

Rae meneou a cabeça.

– Receio que não, Judy. Ele fechou um contrato grande para construir uma pousada nas montanhas em British Columbia... Uma oportunidade esplêndida para um jovem arquiteto. Além disso... Acho que ele se distanciou muito da gente, a essa altura. Ele e Pat nunca serão mais que bons amigos. É impossível deixá-lo com ciúmes... Eu sei porque eu tentei... Então, tenho certeza de que ele só gosta dela da mesma forma que ela gosta dele. Sabe, Judy, acho que seria melhor se os tios e as tias... E talvez todos nós... Parássemos de provocar a Pat quanto a pretendentes ou a falta deles. Ela acha que a família toda está decidida a casá-la... E isso atiça a obstinação Gardiner. Há uma pitada dela em todos nós. Se vocês todos não estivessem tão desdenhosos com o pobre Larry Wheeler, eu acho que não teria olhado duas vezes para ele.

– As garotas são assim, pelu qui sei. Mas eu gustaria di ver tantu vucê quantu a Patsy casadas e filizes, cum alguém qui cuide di vucês, antis qui eu morra, Naninha, quirida.

Rae riu.

– Judy, tenho apenas 17 anos. Estou longe de ficar para titia. E não fique falando sobre morrer... Você viverá para ver nossos netos.

Judy meneou a cabeça.

– Num cunsigu mais trabalhar qui nem antis, Naninha, quirida. Ora, ora, todus nós pricisamus invelhecer, e vucê ainda num sabe comu u tempu tá passanu rápidu.

– Quanto a Pat – retomou Rae –, acho que talvez ela nunca se case. Ela ama Silver Bush demais para deixá-la por qualquer homem. A melhor chance que David tem é o fato de que a casa comprida é tão perto de Silver Bush que ela poderia continuar olhando para a propriedade. Você sabia que a Norma deve se casar este verão?

– Fiquei sabenu. A senhora Brian vai ficar bem tranquila, cum as duas mininas incaminhadas. A Norma nunca vai pricisar mover uma palha. Não qui eu ache qui u noivu dela seja grandi coisa só pur causa di todu aquele dinheiru, imbora ele venha di uma família bem aristocrática. Já a mãe dele... Ela era uma MacMillan di Summerside e nunca permitiu qui umaridu si isquecessi. Ela mantinha todas as tradições dus MacMillan... Nunca usava u mesmu par di meias di seda mais di uma vez, e a criada dela dizia: "U jantar tá servidu, madame", bem assim, antis qui ela cumesse, com jogu di jantar e toda a prataria cumbinanu. E volta e meia lembrava o maridu di qui era uma MacMillan, bem comu para todu mundu qui tinha qualquer relevância na Ilha. A sorti é qui ele tinha um pouquinhu di bom humor, casu contráriu, talvez tivesse sidu um tantu monótonu. Eu nunca vou mi isquecer da história qui ouvi u home contar sobre a madame im uma celebração im Bay Shore. Foi quandu us mininus dele, Jim e Davy, eram dois muleques, i u Jim chegou im casa da igreja, certu dia, todu agitadu e dissi para u Davy: "U ministru passou u tempu todu falanu di Jesus, mas num dissi quem era Jesus." "Ora, Jesus MacMillan, é claru", rispondeu u noivu da Norma, nu mesmu tom qui u da mãe. U sinhor MacMillan gargalhava, mas tua tia Honor achou absurdamenti irreverenti. Infim, um Gardiner é tãu bom quantu um MacMillan, afinal di contas. E agora eu pricisu fazer uns biscoitus, a pequena Mary vai passar uma semana aqui. Ela é muitu paricida com a Patsy quandu era pequena. Às vezes, eu ficu mi perguntanu si u relógio voltou nu tempu. Ela vive danu boa noiti para u ventu, qui nem a Patsy fazia... E as perguntas qui ela faz: "Eu pricisu ser boazinha, Judy? Num possu ser má uma vez ou outra, quandu eu tô só cum vucê?" E: "Di qui adianta eu lavar u rostu dipois qui iscurece, Judy?" Pur certu, é uma alegria quandu ela vem, achu qui até mesmu a menor florzinha du jardim fica filiz, sem contar us gatus.

Pat estava realmente bem mais interessada nas perspectivas matrimoniais de Rae do que nas dela próprias. Para Rae, parecia ser mais "oscilante", como Judy definia, entre dois ótimos jovens. Bruce Madison, de South Glen, e Peter Alward, de Charlottetown, viviam ambos acampados diante da porta da casa e tinham um ciúme assustador e romântico um do outro, ficando, pelo que diziam, bastante lívidos quando se encontravam. A vida, como dizia Tillytuck, era dramática por causa daquilo.

Pat não tinha coisa alguma contra qualquer um deles... Exceto por eles significarem mudança... E, às vezes, pensava-se que Rae gostava mais de um e, depois, de outro. Ela discutia sobre eles com a mesma irreverência de sempre com Pat e Judy, mas tanto Pat quanto Judy concordavam que era altamente provável que ela, eventualmente, se decidisse por um deles. Pat odiava a ideia, é claro. Mas se Rae precisava se casar um dia... É claro que ainda levaria anos... Deveria ser com alguém que morasse perto. Pat tendia a gostar mais de Peter, mas Judy preferia Bruce.

– Nós formaríamos um casal extremamente bonito – aquiesceu Rae. – Eu realmente gosto mais de Bruce no verão, mas tenho a irritante suspeita de que Peter seria melhor para o inverno. E ele sempre faz com que eu me sinta linda... Essa é uma habilidade que muitos homens nunca adquirem, vocês devem ter notado. Por outro lado... O nariz dele! Você já reparou no nariz dele, Pat? Não é tão ruim agora, mas daqui a alguns anos, será bastante ossudo e aristocrático. Não consigo realmente me imaginar tomando café da manhã todos os dias da minha vida com ele diante de mim. E é terrível pensar que talvez minhas filhas herdem esse traço. Não importaria muito se fossem garotos... Meninos se safam com qualquer tipo de nariz, porque poucas garotas se importam com narizes como eu. Mas pobres meninas!

Judy ficou horrorizada, mas ela própria não era muito fã do nariz de Peter. Então, o pessoal de Silver Bush se divertiu com os pretendentes insistentes, a Era de Ouro parecia ter retornado, e ninguém levava nada muito a sério até Pat ir a um baile no Hotel Bay Shore, e Donald Holmes, conforme Rae anunciou na mesa do café da manhã no dia seguinte, se apaixonar perdidamente por ela. Mais do que isso: Pat corou, efetivamente corou, quando Rae o fez. Todos chegaram à mesma conclusão diante daquele rubor. Pat tinha encontrado seu destino,

Na mesma hora, toda a família Gardiner se ajeitou em suas cadeiras e passou a prestar atenção. Durante o resto do verão, Donald Holmes foi uma visita constante em Silver Bush. Rae e seus dois pretendentes ciumentos não ocupavam mais o centro do palco. Todos aprovavam. A família Holmes seguia as tradições sociais e políticas adequadas, e o próprio Donald era sócio júnior de uma próspera empresa de contadores licenciados.

– Ora, ora, e qual essa, agora? – comentou Judy, extasiada, com Tillytuck. – É um rapaz di família. E é bem apessuadu. A Patsy tinha razão im isperar.

– Acho que estou sentindo a fragrância de botões de laranjeira, simbolicamente falando – disse Tillytuck ao tio Tom.

– Bem, já estava na hora – respondeu tio Tom, que não era dado a símbolos.

– É mais sorte do que ela merece, depois de tantos flertes – observou tia Edith um tanto amargamente.

A própria Pat acreditava estar apaixonada… Realmente apaixonada. Foram semanas de belos discursos, silêncios ainda mais belos, luas e estrelas encantadas, gatinhos… Embora, no fundo de sua alma, ela suspeitasse que ele não fosse muito afeito a gatos. Ao menos, contudo, ele fingia gostar dos filhotes. Não se podia ter tudo. Ele era de boa família, bem-educado, bonito e charmoso, e pela primeira vez desde a época de Lester Conway, Pat sentiu arrepios e sensações esquisitas em geral.

– Pensei que eu tivesse deixado tudo isso para trás quando tinha 17 anos – disse ela a Rae –, mas parece realmente ter voltado.

Rae, que estava esperando "um dos rapazes de quem estava noiva", à la May Binnie, perfumou o pescoço cuidadosamente.

– Uma resposta simples para uma pergunta simples, Pat. Você pretende se casar com ele?

– Não sou Betty Baxter – respondeu Pat, piscando.

– Não seja exasperante. Todos sabem que ele pretende pedi-la em casamento. Sinceramente, Pat, eu gostaria muito de tê-lo como cunhado.

Pat parecia sóbria. Em sua mente, imaginou o parágrafo no jornal de Charlottetown anunciando seu noivado.

– Eu enrubesço quando ouço os passos dele à porta – confessou ela meditativamente.

– Já reparei nisso – disse Rae, sorrindo.

– E sinto agonias de ciúmes quando ele profere algum elogio de admiração por qualquer outra garota. No geral… Eu ainda não estou decidida… Não totalmente… Mas acho, Rae, que quando ele disser: "Você aceita?", eu direi: "Sim, por favor".

Rae levantou-se e abraçou Pat apertado.

– Fico feliz… Fico feliz. E, mesmo assim, estou a ponto de chorar.

– Um segredo em troca de outro, Rae. Com qual dos dois rapazes você pretende se casar, se for com algum deles?

Rae puxou uma orelhinha de Squedunk, que estava sentado sobre os quadris em sua cama, olhando para as meninas com seus olhos límpidos e arregalados de costume. Cavalheiro Tom parecia deter toda a sabedoria da história, Bravo-e-Feroz agia como se a vida fosse uma grande aventura, mas Squedunk parecia que poderia ser um filhote para sempre, se quisesse.

– Pat, eu bem queria saber. Tenho sido terrivelmente irreverente quanto a esse assunto, mas é apenas uma máscara. Eu realmente não sei. Gosto tanto dos dois… Pat, será que é possível estar apaixonada por dois homens? Nos livros, não é, eu sei… Mas e na vida? Porque eu realmente amo os dois. Ambos são uns queridos. Mas, Pat, sinceramente, no instante em que decido que gosto mais de Bruce, percebo que estou pensando em Peter. E vice-versa. É tudo o que posso dizer no momento. Bem, o casamento de Norma é na semana que vem. Judy está furiosa porque eles ensaiarão a cerimônia toda na igreja na noite anterior. "Daqui a pouco, vão tá insaianu funerais também", diz ela. Judy simplesmente enlouquecerá de alegria se você se casar com Donald. Por outro lado, ela morrerá de tristeza quando você for embora. Quando você for embora… Isso me causa calafrios. Ah, Pat, não seria bom e simples se as pessoas nunca se apaixonassem? Eu gostaria de poder me decidir entre Bruce e Peter. Mas simplesmente não consigo. Quem dera eu pudesse me casar com os dois.

Os ruídos de um automóvel aflito ressoaram no quintal, e Rae saiu correndo para recepcionar Bruce… Ou talvez fosse Peter.

Na tarde seguinte, Pat, como ela mesma colocou, "desencarnar a Marta e encarnar a Maria", ela se refugiou em seu campo secreto, embora precisasse fazer a geleia de maçã e os picles de pepino. Ela atravessou a misteriosa luz verde do bosque de bordo, onde o silêncio parecia reinar há cem anos, e sentou-se em um velho tronco coberto por um tapete de musgo verde no canto de seu campo. O local tinha mudado pouquíssimo com o passar dos anos. Ainda era só dela, e ainda lhe proporcionava momentos secretos de compreensão. Mas, naquele dia, algo se entrepôs entre o campo e sua alma. Apesar de tudo, algo a havia tocado com inquietação… A certeza de uma mudança iminente, talvez.

Ela ergueu os olhos para o vermelho do bordo acima de sua cabeça. Outro verão estava quase no fim. Havia uma pitada de outono, de decadência e de mudança no ar, até mesmo no ar do campo secreto, com os roxos de seus capins. Sim, ela se casaria com Donald Holmes. Ela tinha bastante certeza de que o amava. Pat se levantou e jogou um beijo para o campo secreto. Na próxima vez em que o visse, ela pertenceria a Donald Holmes.

Ela pretendia dar uma passada em felicidade no caminho para casa… Tinha passado o verão todo sem ir lá… Mas não passou. Felicidade fazia parte de uma vida que havia sido… Que havia passado… Que não poderia retornar.

Ela estava no bosque de abetos quando Donald foi procurá-la, na noite seguinte. Donald Holmes era mesmo um ótimo rapaz e estava completamente apaixonado por Pat. Para ele, ela parecia a encarnação do amor. Ela estava com um gatinho no ombro, e seu vestido era de um tom verde-claro com uma cinta vermelha. Havia algo em seu rosto que o fez pensar em pinheirais, prados montanhosos e brisas do golfo. Ele tinha ido até ela para lhe fazer determinada pergunta e a fez, de forma simples e confiante, como tinha o direito de fazer... Pois nenhuma garota encorajara mais um homem do que Pat encorajara Donald naquele verão.

Pat desviou brevemente o olhar do rosto corado e ansioso dele. Por uma brecha entre as árvores, ela viu o roxo escuro do bosque no morro dos Robinson... O brilho azul do golfo... O verde da segunda safra de trifólios no campo da lagoa... O céu opala enevoado... E Silver Bush!

– Eu... Eu sinto muito – foi o que ela disse. – Não posso me casar com você. Achei que pudesse, mas não posso.

Capítulo 5

"Acho que espero que aconteça um terremoto antes que amanheça", pensou Pat quando foi para a cama aquela noite. O mundo todo tinha paralisado, e a vida parecia mais sem cor do que cinzas. Em certo sentido, ela estava, para falar a verdade, decepcionada. Sentiria uma saudade imensa de Donald. Mas deixar Silver Bush por ele? Impossível!

– Será que você não conseguiria gostar dele, minha querida?

– Eu pensei que conseguiria... Pensei que gostava... Mãe, eu simplesmente não consigo explicar. Sinto muitíssimo! Estou com tanta vergonha de mim mesma... Eu mereço tudo o que as pessoas têm falado de mim... Mas eu não consegui.

As pessoas estavam falando um bocado. Todos os parentes se revezaram para repreendê-la. Alec Compridão lhe deu uma bronca daquelas.

– Mas, pai, eu não o amava... Eu realmente não amava – contestou a pobre Pat miseravelmente.

– É uma pena que você não tenha percebido isso um pouquinho antes – respondeu Alec Compridão, azedamente. – Não gosto de ouvir minha filha sendo chamada de namoradeira. Não, não sorria para mim desse jeito, mocinha. Fique sabendo que você se aproveita demais desse sorriso. Isso já não é mais uma piada.

– Você vai passar a vida escolhendo e ainda vai acabar com um traste – profetizou tia Edith, sombriamente.

– Basta disso, tia Edith – protestou Pat, sentindo que precisava recobrar o amor próprio em algum momento. – Não vou me casar com qualquer um só para agradar a família.

– O que mais ela pode querer em um marido? – indagou tia Barbara.

– Só Deus sabe – respondeu tia Edith, em um tom que indicava muitas dúvidas quanto ao real conhecimento divino. – Ela nunca mais terá uma chance como essa.

– Você sabe que não está ficando mais jovem, Pat – ponderou tio Tom delicadamente. – Por que não podia ter se contentado com ele?

Pat foi irreverente ao esconder seus sentimentos.

– Meu sangue inglês e escocês gostava dele, tio Tom, mas o francês, não, e eu não tinha muita certeza com relação ao irlandês.

Tio Tom meneou a cabeça.

– Se você não tomar cuidado, todos os homens serão fisgados – alertou ele tragicamente. – Pretendentes não nascem em árvores, sabia?

– Se nascessem, ficaria tudo bem – retrucou Pat, mais irreverente do que nunca. – Ninguém precisaria colhê-los. Podiam ficar simplesmente dependurados lá.

Tio Tom desistiu. O que se podia fazer com uma garota como aquela?

Tia Jessie disse que os Selby sempre foram inconstantes, e tio Brian disse que sabia, o tempo todo, que Pat estava apenas fazendo o pobre rapaz de palhaço, divertindo-se àcusta dele, e tia Helen disse que Pat sempre fora diferente de todos os outros.

– Uma menina que prefere perambular pelo bosque a ir a um baile. Não me diga que ela é normal.

A mais odiosa de todas foi a empática senhora Binnie, que disse, quando a encontrou:

– Você parece levar azar com os seus pretendentes, minha querida Pat. Mas não se chateie, mesmo que ele tenha escapado pelos seus dedos. Há muitos bons peixes no mar. E você sabe, querida, mesmo que não consiga arranjar um marido, há muitas opções de carreira acessíveis às mulheres hoje em dia.

Foi difícil ouvir isso de uma Binnie. Como se Donald Holmes a tivesse dispensado! E foi ainda mais difícil ouvir que a mãe de Donald Holmes andava dizendo que "aquela Gardinerzinha" tinha enganado seu filho deliberadamente… Que o tinha engabelado durante o verão todo e, depois, se desfeito dele.

"Mas acho que eu mereço", pensou a pobre Pat amarguradamente.

A única pessoa que, pelo que diziam, não falou coisa alguma foi o próprio Donald Holmes, que preservou um silêncio imaculado e se comportou, como observou tia Edith, da maneira mais cavalheiresca possível com relação a tudo relacionado àquela infeliz situação.

Judy ficou chateada em um primeiro momento, mas logo recobrou, quando todos os demais estavam culpando sua menininha amada, e lembrou que Donald Holmes tinha um tio-avô bastante esquisito.

– Era meio avarentu e sempre andava pur aí todo maltrapilho, feitu um gatu iscaldadu. Até mesmu us cachorrus pararam di olhar para ele, di tão peculiar qui ele era. E tô mi lembranu aqui di uma prima di algum lugar, du ladu da mãe dele, qui si vistiu toda di algas e foi até a igreja, no casamentu di um home qui tinha dispensadu ela. Ora, ora, podi ter certeza di qui pudia pular fora a qualquer momentu, e issu eu digu e assinu imbaixu.

Sid, para a surpresa de Pat, também defendeu a irmã.

– Deixem-na em paz. Se não quer se casar com Donald Holmes, ela não precisa.

Pat se demorou no jardim certa noite. A jovialidade das árvores esvoaçantes se espalhava por Silver Bush, e uma lua nova enevoada e anuviada pairava sobre elas. Primeiro, o crepúsculo era de um verde dourado;

depois, ficou esmeralda. Ao longe, os morros haviam puxado seus capuzes roxos. A despeito de tudo, Pat sentia-se em paz com sua alma de uma forma que não sentia há muito tempo.

– Se é tolo amar Silver Bush mais do que qualquer homem, eu serei tola para sempre – declarou para si mesma. – Ora, eu pertenço a este lugar. Como é inacreditável o fato de que eu estive prestes a dizer algo a Donald que teria me tirado daqui para sempre.

Quando ela se virou para sair do jardim, declamou, com paixão e bastante sinceridade:

– Espero que ninguém mais me peça em casamento.

E então, um pensamento passou um tanto espontaneamente por sua mente.

"Fico contente por não ter de contar a Hilary que estou noiva."

Capítulo 6

Chegou um dia sombrio em novembro. Não havia nada, em um primeiro momento, que o distinguisse de qualquer outro dia. Mas no meio da tarde, Cavalheiro Tom desceu solenemente da almofada do tio-bisavô Nehemiah e olhou ao redor. Judy e Pat o observaram enquanto faziam as tortas de cranberry e o molho para o peru do Dia de Ação de Graças. Ele deu uma olhada longa para Judy, como ela se lembrou depois, então saiu da casa, atravessou o quintal e seguiu pela Whispering Lane, com o fino rabo preto eriçado galantemente no ar. Elas o observaram até ele sumir de vista, mas não deram muita importância à sua partida. Volta e meia ele saía em umas expedições, retornando ao anoitecer. Mas o crepúsculo se transformou em escuridão naquela noite em particular, e Cavalheiro Tom não retornou. Ele nunca mais retornou. Aquilo pareceu uma verdadeira calamidade para o pessoal de Silver Bush. Muitos gatos amados de tempos antigos há muito caçavam ratos nos campos elísios, mas seu vazio logo era preenchido por outros pequenos felinos. Parecia a eles que nenhum poderia ocupar o lugar de Cavalheiro Tom. Ele estava com eles há tanto tempo que parecia ser da família. Eles realmente sentiam que ele deveria viver para sempre.

Nunca se soube o paradeiro dele. Todas as buscas foram em vão. Aparentemente, nenhum olho mortal havia visto Cavalheiro Tom depois que ele deixara Silver Bush. Pat e Rae tinham uma certeza entristecedora de que algo terrível havia acontecido com ele, mas Judy se recusava a aceitar.

– U Cavalheiro Tom recebeu u sinal e foi para u lugarzinhu dele – afirmou ela misteriosamente. – Num mi perguntem ondi é qui podi ser... U Cavalheiro Tom sempre foi muitu reservadu. Vucê si lembra da noiti im qui tudu mundu pensava qui vucê ia morrer, Patsy, quirida? Num vou negar qui vou sintir falta dele. Um bichu discretu e bem comportadu. Só u qui ele quiria era a almofada dele e um pouquinhu di carne ou um golinhu di leiti di vez im quandu. U Cavalheiro Tom nunca foi di chorar pelu leiti derramadu, num é mesmu?

Por mais filosoficamente que Judy estivesse tentando encarar o fato, ela se sentia extremamente solitária quando deitava na cama à note, sem seu guardião negro aos seus pés.

– Mudanças tão mesmu a caminhu – sussurrou ela tristemente. – U Cavalheiro Tom sabia. Foi pur isso qui ele foi imbora. Ele nunca gostou di si chatiar. E receio qui a sorti di Silver Bush tenha partidu cum ele.

O quinto ano

Capítulo 1

Pat, ao voltar para casa da asa comprida, onde ela, David e Suzanne passaram a noite toda lendo poesias diante da fogueira, pausou por um instante para admirar Silver Bush antes de entrar. Ela sempre fazia isso quando voltava para casa de qualquer lugar. E, àquela noite, a casa parecia especialmente bela, formando uma imagem incrivelmente delicada, com o fundo escuro de bétulas brancas e campos invernais escurecidos e sonhadores. Havia uma neve branca e cintilante de uma tempestade recente no telhado. Dois pinheiros ornamentais que haviam ficado enormes nos últimos anos, polvilhados de branco se estendiam na direção poente. Ao sul, havia duas bétulas sem folhas e, bem entre elas, o perolado redondo da lua. Uma luz dourada quente brilhava na janela da cozinha… A luz de casa. Era fascinante olhar para a porta e perceber que bastava abri-la para adentrar à beleza, à luz e ao amor.

O mundo parecia se resumir ao lar e ao bosque branco, levemente permeado pela música de um vento tão incerto que era quase impossível saber se havia mesmo vento ou não. As árvores da Whispering Lane pareciam ter sido tecidas em teares encantados, e uma gatinha adorável estava caminhando delicadamente em sua direção.

Pat estava muito feliz. O inverno tinha sido lindo… Um dos mais felizes de sua vida. Nenhuma das mudanças que Judy havia pressagiado com a partida de Cavalheiro Tom havia, até então, ocorrido. Winnie e suas lindas filhas os visitavam com frequência, e a Pequena Mary passou semanas com eles, embora sua mãe reclamasse que Pat a mimava tão tremendamente que não havia o que fazer com a menina quando ela voltava para casa. Mary disse, certa vez:

– Eu queria ser órfã, para daí poder vir morar com a tia Pat. Ela me deixa fazê tudo o que eu quero.

A única vez em que Mary fez tia Pat se irritar com ela foi no dia em que pegou o machado de Tillytuck e cortou um pequeno álamo que estava no início da vida no celeiro. Os olhos de tia Pat fervilharam naquele momento. Mary foi mandada para casa desacreditada, pensando que se tia Pat um dia a perdoasse, seria mais do que ela merecia. Mary realmente não conseguia entender. Era uma árvore tão pequena. Tia Pat não ficara tão zangada quando ela, pequena Mary, derrubara uma lata inteira de melaço no tapete do salão pequeno, nem quando derrubara o jarro d'água no chão no quarto do poeta.

Mas todos em Silver Bush mimavam a pequena Mary porque a amavam. Ela tinha um rostinho encantador. Tudo nele ria… Os olhinhos… A boquinha… Os cantinhos de seu nariz… As covinhas em suas bochechas… Os cachinhos na frente das orelhas. Judy jurava que era a imagem "cuspida e escarrada" de Pat quando era criança, mas ela era bem mais bonita do que Pat jamais havia sido. No entanto, ela não tinha aquele charme élfico de Pat e, às vezes, Judy achava que era melhor assim. Talvez não fosse bom ter aquele singelo e estranho brilho da distinção que destaca a pessoa e cria uma barreira, por mais leve e sutil que seja, entre você e sua família. É bastante provável que essa ideia inconfessa de Judy tivesse se originado no fato de que nenhum pretendente tornou a aparecer em Silver Bush atrás de Pat. Desde o caso com Donald Holmes, os jovens da região deixaram Pat severamente sozinha. A bem da verdade, quando Tillytuck apontou tal fato, Judy comentou desdenhosamente que Pat tivera todos eles na palma da mão em um momento ou em outro, e que não havia mais homens sobrando. Mas ela se preocupava secretamente. Judy ficava bastante aflita ao pensar em Pat como uma velha solteirona. Nem mesmo David Kirk parecia estar indo a lugar algum com o que a família insistia em achar ser um cortejo. Quando Judy ficou sabendo que a senhora Binnie havia dito que Pat Gardiner tinha mesmo ficado para titia, ela tremeu de raiva.

– Ora, ora, ixisti só uma diferença entre a madame Binnie e uma cascavel, Tillytuck... A cobra num podi falar.

Pat não estava preocupada com a ausência dos homens.

– Eu me apaixono, mas não dura – confessou ela a Judy filosoficamente. – Nunca durou! Você sabe disso, Judy. Sou constitucionalmente inconstante e, sendo esse o caso, nunca mais vou confiar em minhas emoções. Não importaria, se só eu me machucasse... Mas outras pessoas também se machucam. Só existe um único amor na minha vida, Judy... Silver Bush. Eu sempre serei fiel a ela. Ela me satisfaz. Nada mais consegue. Nem mesmo quando eu era louca por Harris Hynes, Lester Conway e... Donald Holmes, eu sempre senti que havia algo faltando. Eu não sabia o quê, mas sabia que havia. Então, não se preocupe comigo, Judy.

O único alento de Judy era que as cartas de Hilary continuavam chegando regularmente.

Pat recebera um livro dele naquele dia... Um livro lindo, com encadernação de couro verde-claro e uma teia de aranha dourada em cima... Um livro que pertencia a Pat. Os presentes de Hilary eram assim... Algo que precisava tê-lo feito dizer assim que colocasse os olhos nele: "Isso é da Pat. Não poderia ser de nenhuma outra pessoa".

Quem dera a vida pudesse simplesmente continuar daquele jeito... Ao menos por alguns anos, "a salvo da mudança que corrói". Durante a infância, as pessoas pensam que é possível, mas depois aprendem que não é assim. Sempre havia algo a caminho... Algo que nunca se esperava. Só que, naquele dia, ela ouviu Judy dizer a Tillytuck:

– Ora, ora, as coisas tão correnu bem dimais. Vamus ter algum infortúniu terrível im breve.

Tillytuck respondera a Judy que ela precisava de um comprimido cura-tudo, mas Pat ficou com receio de que houvesse algum presságio naquelas palavras.

Em Silver Bush, os namoricos de Rae tomaram o lugar dos casos de Pat. Rae discutia seus dois pretendentes com muita franqueza com Pat e Judy durante as noites de conversa diante do fogo na cozinha, frequentemente com o acompanhamento nada romântico de ovos fritos na manteiga ou restos de peru. Rae nunca era da mesma opinião duas noites seguidas.

– Não mude de ideia com tanta frequência – exclamou Pat certa vez, exasperada.

– Ah, mas é incrível – respondeu Rae, rindo. – Pense em como seria terrivelmente monótono estar apaixonada pelo mesmo homem por semanas a fio. É claro que eu pretendo me decidir permanentemente um dia. Tenho certeza de que me casarei com um desses garotos. Ambos são boas opções.

– Rae! Isso soa odiosamente mercenário.

– Querida irmã, não me importo mais com o romance desde que Larry Wheeler me mandou um comunicado cheio de florzinhas anunciando seu casamento. Aquilo me curou para sempre. E não sou mercenária... Apenas deixei de ser sentimentalista. Só acho que é difícil escolher entre dois rapazes igualmente bons.

– Não é nada justo com eles – protestou Pat. – E as pessoas têm comentado. Dizem que você está mais ou menos noiva de ambos.

– Bem, você sabe que não estou. Nenhum dos dois está sendo enganado. E, a despeito do ciúme, ambos também levam a situação com tranquilidade. Eles são absurdamente gentis um com o outro em público. Não há risco de um duelo, mesmo que não fosse algo ultrapassado.

– Você não iria querer que um homem arriscasse a vida por você, iria? – indagou Pat.

– Não… Não. – Por um instante, Rae ficou séria. – Mas acho que eu gostaria que ele estivesse disposto a arriscar. Será que Bruce ou Peter estariam? Por outro lado, eles estão vivendo um frenesi sem-fim. É uma espécie de disputa, sabe, e os homens gostam disso muito mais do que de um cortejo manso. Às vezes, eu penso que decidirei na sorte… Penso mesmo. Eles parecem tão equiparados… Se o nariz de Peter não é aquilo que eu sonhava, as orelha de Bruce também não são. E eles têm bons nomes. Isso é importante. Seria péssimo me casar com um homem que tem um daqueles nomes horrorosos! Judy, você acha que Bruce ficará gordo quando chegar aos quarenta anos? Receio que eu não o amaria mais, se isso acontecesse. Não há esse risco com Peter. Ele sempre será magro como uma narceja. Por outro lado, ele tem bochechas rosadas. Não gosto de bochechas rosadas em homens. Prefiro-os pálidos e interessantes. E será que a mãe dele gostará de mim?

– Num seria di si admirar si ela num gostassi, Naninha, quirida – disse Judy, que estava se regozijando imensamente na "insensatez" de Rae. – A mulher num tem muita presença di ispíritu. Eu custumava ouvir dizer qui ela era du tipu qui servia sopa fervenu para família num dia iscaldanti. Peter parece ter puxadu u bom sensu du ladu du pai.

– Ontem à noite, eu quase disse a ele que me casaria com ele. Mas tive o bom senso de perceber que era apenas a lua. Eu poderia me apaixonar por qualquer pessoa, se a lua for a certa. Eu gostaria de conseguir me decidir… Realmente gostaria. É tão exaustivo. Nunca pensei que me encontraria em uma situação como essa.

– Eu acho que você não gosta nem um pouquinho de nenhum deles – comentou Pat impacientemente.

– Pat, eu gosto... Eu realmente gosto. Essa é a parte exasperante... A parte que não se encaixa.

– Por que você não dispensa os dois e continua com seu curso na faculdade? Você costumava querer ser médica.

Rae suspirou.

– É caro demais! Além disso... Minha ambição parece ter se esgotado... Não, não é uma brincadeira, não é mesmo. Acredito que somos assim em Silver Bush, Pat. Somos apenas garotas caseiras, afinal de contas, e queremos um lar para cuidar, com um bom marido e alguns bebezinhos fofos.

– Ora, ora, essas são as únicas palavras sensatas qui vucê dissi esta noiti, Naninha, quirida – afirmou Judy, sorrindo.

Ela conhecia sua Naninha e não levava seu dilema muito a sério. Era tudo um divertimento adolescente, e só contribuía para a alegria de Silver Bush. Um belo dia, Naninha descobriria de qual daqueles bons rapazes ela gostava mais, haveria um belo casamento e ela iria morar perto de casa, como Winnie. Era o que Judy esperava, em seu velho coraçãozinho de cupido inveterado. Pat era a única que se preocupava. De alguma forma, não conseguia imaginar Rae sendo a senhora Bruce Madison ou a senhora Peter Alward. Contudo, Judy se perguntou com honestidade: seria por que ela achava que Rae não gostava o suficiente de nenhum deles ou por que odiava a mudança que outro casamento provocaria em Silver Bush?

– Deixa issu para lá, Patsy, quirida – aconselhou Judy. – U Bom Home Lá di Cima tem tudu sob controle, eu imaginu.

Capítulo 2

Chegou a primavera... Chegou o verão... Chegou setembro... Era quase outono novamente. Pat tinha voltado para casa de uma visita de três semanas a Summerside, onde tia Jessie tinha adoecido, e Pat cuidara da casa para tio Brian. Agora, estava em casa de novo e, ah, como era bom! Será que a luz do sol era âmbar ou dourada? Como eram galantes as malvas-rosas retardatárias que ladeavam o dique! Que aroma delicioso o pomar de maçãs exalava em setembro! Como eram adoráveis as duas gatinhas rolando sob o sol! E o jardim a recepcionou... Ele a queria de volta.

– Alguma novidade, Judy? Conte-me tudo o que aconteceu enquanto estive fora. Cartas nunca contam o suficiente... E as de Rae foram bastante superficiais.

– Ora, ora, Rae!

A expressão de Judy era de como se o mundo estivesse nas últimas, mas Pat estava absorta demais com Silver Bush no geral para reparar. Tillytuck deu uma tossida significativa na mão e comentou que o cupido tinha estado bastante ocupado em Silver Bush.

– Ah, Peter e Bruce, suponho – disse Pat, rindo. – Será que Rae tapeará os dois pobrezinhos para sempre? Está realmente deixando de ser engraçado. Onde é que ela está, aliás?

– Ela tava subinu nu monti di feno lá nu campo torta di carne meia hora atrás, logu dipois qui voltou da iscola – respondeu Judy, franzindo o cenho para Tillytuck.

Pat se encaminhou para o campo torta de carne, onde uma mancha de cor no monte parcialmente usado revelou o paradeiro de Rae. Pat subiu a escada e Rae a abraçou.

– Querida, estou tão feliz que você esteja de volta. Parece que faz cem anos que você foi para Summerside. Eu estava apenas deitada aqui, deixando meus pensamentos amadurecerem e adocicarem. Acho que tem uma lagarta no meu pescoço, mas não importa. Até mesmo lagartas têm direitos.

Pat deitou-se ao lado de Rae com um suspiro de contentamento. Como o céu estava azul, com aqueles grandes amontoados de nuvens douradas ao sul! Pat não gostava de um céu sem nuvens... Sempre lhe parecia duro e remoto. Algumas nuvens o tornavam amigável... Humanizavam-no. Como a brisa que soprava do golfo ao redor delas era fresca e deliciosa, trazendo consigo todos os tipos de aromas possíveis dos vales e das baixadas da velha fazenda. O campo ranúnculo fora cultivado como pasto aquele ano. Pat se lembrou de como Sid e ela costumavam brincar naquelequando as flores dos ranúnculos tocavam a cabeça dele.

– Não é maravilhoso simplesmente ficar deitada aqui, quietinha desse jeito, e se perder na beleza do mundo? – perguntou ela sonhadoramente.

Rae não respondeu. Pat virou a cabeça e olhou para sua irmã deitada com sua esbelteza jovem e ágil sobre o feno. Como os olhos de Rae estavam suaves e radiantes! Havia algo nela...

– Pat, querida – disse Rae –, estou noiva!

Pat sentiu-se como se um raio a tivesse atingido.

– Rae… Deixe-me ver sua língua.

– Não, não estou com febre, amada… De verdade, não estou.

– Está falando sério, Rae?

– Totalmente. Ah, Pat, estou fraca e trêmula de felicidade. Nunca achei que qualquer pessoa poderia ser tão feliz. Você ficou apenas três semanas fora, mas tudo mudou. Pat, a vida parece ter sido como um livro de histórias, nessas últimas três semanas, e cada dia foi um capítulo emocionante.

– Qual deles é? Bruce ou Peter? – perguntou ela em um tom um tanto seco.

Rae soltou uma risada jovial e alegre.

– Ah, Pat, não é nenhum dos dois. É Brook Hamilton.

Pat sentiu-se chocada.

– Quem é Brook Hamilton?

Rae riu novamente.

– Imagine só, alguém não saber quem é Brook Hamilton. Não consigo acreditar que eu mesma não o conhecia três semanas atrás. Eu o conheci na noite em que você viajou, no baile de Dot…

– Rae Gardiner, não está me dizendo que você está noiva de um homem que só conhece há três semanas!

– Não perca as estribeiras, querida. Não nos casaremos até ele terminar a faculdade, então temos bastante tempo para nos conhecermos. E ele é o meu homem… Não há dúvida quanto a isso. Às nove horas daquela noite, eu nunca o tinha visto antes. Às dez, eu o amava. Judy disse que isso acontece uma vez a cada mil anos. Eu nunca acreditei em amor à primeira vista… Mas, agora, sei que é o único que existe.

– Rae… Rae… Eu também já achei… Eu tinha certeza de que estava perdidamente apaixonada por Lester Conway… E era apenas a lua…

– Não havia lua alguma na noite da festa de Dot, então você não pode culpar a lua.

– Suponho – continuou Pat sarcasticamente – que ele seja extremamente bonito e você tenha se apaixonado por…

– Mas não é. Eu o acho feio, na verdade, quando penso no rosto dele. Mas é uma feiura tão encantadora… E ele tem olhos azuis tão estáveis, e ombros largos tão seguros, e cabelos pretos tão grossos… Embora sempre pareça que ele os penteou com um rastelo. Mas eu também gosto disso. Ele não seria Brook se tivesse cabelo lustroso. Minha querida, está tudo bem… Mesmo. A mãe e o pai gostam dele, e até mesmo Judy o aprova. Vamos nos casar quando ele terminar a faculdade e ir para a China.

– China!

– Sim. Ele vai assumir o comando da filial chinesa da empresa do pai lá… Esqueci de contar que ele é um dos Hamilton de Halifax e primo de Dot.

– Mas… China!

–Parece mesmo muito longe. Mas, francamente, querida, nada importa… Planícies indianas ou a neve da Lapônia… Desde que eu esteja com ele. Não falo assim com os outros, Pat… Mas, com você, eu simplesmente preciso me soltar.

– E quanto a Bruce e Peter? – perguntou Pat com um sorriso fraco.

– Pat, foi bastante cômico. Ah, há tantas coisas a contar para você. Veja, eles não sabiam de nada sobre Brook, mas me disseram, duas semanas atrás, que eu precisava me decidir por um deles. E eu contei a eles que estava noiva de Brook. Você deveria ter visto a cara deles. Aí, eles simplesmente desapareceram. Acho que nunca realmente existiram.

– E você já estava noiva… Uma semana depois de conhecê-lo?

– Querida, nós noivamos três dias depois de nos conhecermos. Eu não pude evitar. O que você faria se Sir Lancelot simplesmente entrasse no seu quintal dos fundos e lhe dissesse que você precisava se casar com ele? Por que Brook não me pediu em casamento, sabe? Ele apenas me disse que eu precisava. Não havia sentido algum em protestar, mesmo que eu quisesse. E... Ah, Pat, eu... Eu chorei. Essa é a verdade vergonhosa. Não faço a menor ideia do motivo, mas eu simplesmente abri um berreiro. Foi um alívio tão grande... Eu estava pensando que era apenas mais uma na multidão para ele... E Dot estava tentando dar a entender que ele estava atrás de Lenore Madison... Aquela coisinha sardenta, de nariz empinado. Pode ter certeza de que não perdi tempo algum para refletir. Pat, você não vai chorar!

– Não... Não... Mas isso é realmente um pouco inesperado, Rae.

Por um instante terrível, Pat sentiu que Rae... Aquela Rae... Era uma estranha para ela. Tinha passado apenas três semanas longe de Silver Bush e aquilo tinha acontecido.

– Eu sei – Rae apertou a mão de Pat. – E eu sei que tudo deve parecer indecentemente apressado para você. Mas se contar o tempo como palpitações do coração, como dizem que deveríamos fazer, já faz um século que eu o conheço. Ele não é um estranho. É um dos nossos... Como Hilary... Conhece todas as nossas peculiaridades, realmente conhece. Você compreenderá quando o conhecer, Pat.

Pat realmente compreendeu. Ela não conseguiu encontrar nenhum único defeito em Brook Hamilton. Como cunhado, ele era tudo que ela poderia desejar. Alto, magro, com olhos intensamente azuis e sobrancelhas pretas lisas. Certamente, ele e Rae formavam um jovem casal maravilhoso, a despeito do rosto "bastante feio" dele. Ela não conseguiu odiá-lo como odiava Frank, mesmo que ele fosse levar sua irmã para longe. Por sorte, contudo, ainda ia levar um bom tempo. E não havia dúvidas de que Rae o amava.

– Eu gostaria de conseguir amar alguém assim – comentou Pat, sentindo uma pequena pontada de inveja.

Ela ficou sentada sozinha no quarto por um bom tempo aquela noite, enquanto os tordos assoviavam lá fora, e o céu roxo da noite a observava. Então, dali a alguns anos, ela teria de ficar sempre sentada ali sozinha.

Pela primeira vez na vida, Pat sentiu-se velha... Pela primeira vez, um pequeno arrepio de medo com relação ao seu futuro a tocou. Ela quase odiou Bravo-e-Feroz por ronronar tão alto na cama. Era um absurdo que um gato pudesse ser tão descaradamente feliz. Realmente, Bravo-e-Feroz não tinha tato algum.

"Suponho", pensou Pat lugubremente, "que chegará um tempo em que eu não terei mais nada além de um gato." Então, ela se alegrou. "E Silver Bush. Isso bastará", acrescentou delicadamente.

Quando chegou a hora de dormir, ela se ajoelhou ao lado da cama de Rae e colocou o braço sobre seus ombros.

– Naninha, querida – disse ela, retomando o velho apelido. – Brook é um amor... E acho que vocês dois têm muita sorte... E eu te amo... Te amo... Te amo.

– Pat, você é a coisa mais amada desse mundo. E por que não jogou na minha cara a lembrança do reverendo Wheeler e me lembrou de quando eu pensava estar apaixonada por ele? Realmente esperava que você o fizesse... Não sei como qualquer ser humano poderia resistir a fazê-lo.

Judy ficou apenas moderadamente contente com o noivado por conta da perspectiva da China.

– Ora, ora, tenhu minhas opiniões quantu aos pagãos, Patsy, quirida. Num tem problema mandar missionários para lá, mas viver entre eles... E ela, cum a aparência qui tem, ir morar na China! Pur certu, achu qui alguma garota feinha teria bastadu para ele, já qui num cunsegui si cuntentar im viver num país civilizadu. Mas num negu qui ele é um bom rapaz, i num tem culpa pelu tio.

– Ora essa, Judy, o que tem o tio dele?

– Ora, ora, é uma história antiga, e talvez seja milhor num disinterrar. Bom, si vucê insiste. Us Hamilton podem ser di Halifax agora, mas u avô deles vivia im Charlottetown quandu us filhus eram piquenus. I u tio du Brook era a ovelha negra... Si num for um insulto para as ovelhas falar assim. Era larápio feitu um ratu. Foi para u oeste dipois di ter brigadu cum u pai, i u qui ele fez foi iscrever um longu relatu di comu ele tinha sidu mortu pur um trem qui tinha atingidu u cavalu i a carroça dele im uma incruzilhada e cunsiguiu qui fossi publicadu num jornalzinhu piquenu, vistu qui u editor era amigu dele, i mandou uma cópia para casa dus pais. A mãe dele ficou di curação partidu... Num tô dizenu qui u pai dele num sofreu tantu e qui num dá para culpar u home pur isso... E aí eles tiveram um trabalhão para inviar um telegrama para mandar trazer u corpu para casa. E quandu eles foram para estação cum u rabecão, u agenti funeráriu e tudo mais para pegar u corpu, u própriu Dicky Hamilton saiu du trem rinu da peça qui tinha pregadu neles!

– Que terrível! Mas não conte isso a Rae, Judy.

– Ora, ora, é pouco provável... Também num faz diferença. Pur que u qui vucê acha que acunteceu, Patsy, quirida? U safadu foi mortu na semana siguinti exatamenti du jeitu qui tinha iscritu... Ele tava conduzinu a carroça uma noiti di um jeitu imprudenti e u trem acertou ele naquela incruzilhada na istrada qui vai para u oesti e ele murreu. Nunca vou acreditar qui num foi castigo. Mas num há dúvidas di qui a Naninha tá doidinha pelu Brook. "Pur certu, ixistem outros homes nu mundu, Naninha, quirida", eu dissi, para dar uma sondada nela. "Num ixistem", ela retrucou, toda séria. "Simplismenti num ixisti mais ninguém nu mundu, Judy", ela dissi. E si esse é u casu, é milhor a genti inxergar pelu ladu positivu, cum tio ou sem tio. Afinal di contas, tem mesmu algu di muitu glamourosu nissu, comu diria u Tillytuck.

A bem da verdade, a única coisa que Tillytuck disse foi:

– Noiva! Minha nossa!

Um namoro tão rápido era simplesmente demais para Tillytuck. Ele apaziguou seu sentimento tocando o violino no cemitério, sentado no túmulo do Dick, o Aventureiro, para horror de Judy.

– Como você sabe que Dick, o Aventureiro, não gosta mais de ouvir o violino, Judy? – questionou Sid audaciosamente.

– Si u Dick, Aventureiro, tiver nu céu, ele tem us anjus para ouvir… E se num tiver, tem outras coisas im qui pensar – foi a resposta indignada de Judy.

Tillytuck precisou dar a ela sua velha camisa de flanela vermelha para os botões de rosa de seu novo tapete para conseguir fazer as pazes com ela. E então quase arruinou tudo novamente ao dizer solenemente à pequena Mary, a quem Judy estava contando uma história de umas crianças levadas que haviam sido transformadas em vassouras por uma bruxa:

– Eu fui uma das vassouras!

O sexto ano

Capítulo 1

Durante um ano, as coisas correram lindamente em Silver Bush. Todos estavam felizes. A mãe Gardiner estava melhor do que estivera em um bom tempo. Sid parecia ter recobrado o bom humor e estava se interessando com afinco por tudo novamente. Não se ouviam mais fofocas relacionadas ao nome dele e de qualquer garota, e Pat viu seu antigo sonho de viver para sempre em Silver Bush com Sid ganhar uma vaga forma novamente. Era como costumava ser. Eles faziam planos, gracejavam e caminhavam sob crepúsculos azul-claro, e Sid lhe contava tudo, e eles faziam troça de Alec Compridão e Tillytuck juntos sempre que alguma diferença de opinião surgia. Juntos, eles conseguiram mandar pintar a casa novamente, embora Alec Compridão odiasse ter qualquer despesa extra enquanto o imóvel ainda estivesse hipotecado. Mas Silver Bush estava linda… Tão branca, asseada e próspera, com suas venezianas e vigas verdes. O coração de Pat se aquecia meramente de olhar para a casa. E, uma vez, ainda ouviu Sid dizer, com a voz embargada, enquanto eles retornavam, em uma noite de inverno, após uma longa ronda, para o campo secreto:

– Você é uma parceira e tanto, Pat. Não sei o que eu teria feito sem você nesses últimos dois anos.

– Ah, Sid! – foi tudo o que Pat conseguiu dizer enquanto esfregava o rosto no ombro dele.

Aquele era um dos momentos bons da vida. Eles tinham feito uma caminhada maravilhosa. Estava lindo lá no bosque. A primeira nevasca tinha caído, e a floresta estava em paz em sua transfiguração alva, placidamente imóvel e calma, onde as fileiras grossas de plantas jovens estavam cobertas pela neve e um ocasional raio de luz dourada do sol poente penetrava, tingindo o verde-escuro dos abetos e os córregos verde-acinzentados de musgo com uma beleza vívida. Eles haviam atravessado felicidade no caminho para casa, onde o Jordão cantarolava para si mesmo sob o gelo. Os antigos pastos, que estavam tão lindos e floridos em junho, agora eram frios e brancos, mas Pat os amava, assim como os amava com qualquer humor.

Ela se demorou no portão para desfrutar de sua felicidade depois que Sid tinha entrado no celeiro. Seria uma noite de geada. À sua direita, o jardim se ocultava nas sombras do anoitecer. Pat adorava pensar em todas as suas leais flores sob as camadas de neve, esperando pela primavera. Ao longe, um morro escurecido se erguia obscuramente diante do crepúsculo invernal. Além do dique, havia um agrupamento de velhos abetos que Alec Compridão volta e meia dizia que deveria ser cortado. Mas Pat implorava que eles ficassem. Vistos à luz do dia, eram velhos e feiosos, quase mortos até o topo, com galhos ressequidos. Mas sob aquela luz encantada, diante de um céu que começava com um tom de ouro rosado, mudava para um verde prateado e terminava azul-cristal, eram como bruxas altas e esguias lançando feitiços de necromancia em runas de outrora. Pat sentiu a excitação de seu desejo infantil de compartilhar de sua magia… De participar de suas bruxarias noturnas.

À sua esquerda, o pomar era branco e inerte, com montes de folhas ao longo da cerca. Acima de tudo, uma delicada escultura de sombras, onde as árvores se erguiam sem vida em aparentes morte e luto. Era, contudo, apenas aparente. O sangue da vida estava no coração delas e, lentamente, iria se agitar e elas voltariam a se vestir com suas vestes matrimoniais de folhas verdes jovens e botões cor-de-rosa, e uma grama viçosa se espalharia pelo chão ocupado pela neve, e ranúnculos dançariam sobre ela. A primavera sempre retornava... Ela não podia se esquecer disso nunca.

Silver Bush parecia linda sob a luz fraca do luar recente... Sua querida e amada Silver Bush... Que ainda a acolhia... Que ainda era sua, independentemente das mudanças que iam e vinham. A vida parecia ter assumido um novo significado, agora que Sid tinha retomado sua parceria, Pat vestiu o amor dele como uma capa e sentiu-se aquecida e satisfeita.

Rae passava os dias montando enxoval e escrevendo cartas diárias de comprimento considerável para Brook Hamilton. Ela estava mudada... Mais doce, reflexiva, madura. Não fingia mais ser casca-grossa. O amor, disse Sid provocativamente, realmente adocicava as pessoas de uma maneira impressionante. A velha irreverência se fora, embora ela estivesse rindo mais do que nunca, e sua risada, pensou a admirada Pat, nunca tivesse soado tão exultante.

Pat havia se conformado com o noivado de Rae. Ela não se casaria por mais, pelo menos, três anos afinal. Elas tinham aqueles anos para aproveitar... Anos, sonhou Pat, de parceria, planos e todas as deliciosas intimidades do lar.

O inverno passou voando... A primavera e o verão se foram. Setembro trouxe uma lua dourada como uma aliança e, novamente, o outono preparou sua poção mágica e a levou aos seus lábios. Apenas Tillytuck achava, secretamente, que o tempo estava passando devagar. Os pretendentes não apareciam mais, já que todos sabiam que Rae estava comprometida e Pat, pelo que se dizia, achava que ninguém era bom o suficiente para ela.

– A vida está ficando um pouco entediante por aqui, Judy – reclamou ele lugubremente. – Não parece haver mais muito glamour, romanticamente falando.

Talvez Judy também concordasse. Ela suspirou… Não era típico de Judy suspirar. Pat faria outro aniversário dali a uma semana… E não tinha pretendente algum em vista. Nem mesmo David, Judy decidira, não tinha intenções realmente sérias, e ela o detestava por isso com a mesma sinceridade que nunca o desaprovara. Ela não queria que Pat se casasse com ele, mas isso era Pat quem tinha que decidir, e não ele. Quanto a Jingle, nunca se teve notícia alguma de uma possível visita dele.

– Ele tem outra vida agora, Judy. Somos apenas lembranças para ele, a essa altura. Ele tem o próprio trabalho e as próprias ambições. Nem mesmo as cartas dele são como costumavam ser.

Pat não parecia se importar. Estava mais dedicada a Silver Bush do que nunca, e Sid e ela eram feito unha e carne novamente. O que era ótimo, afinal de contas. Era verdade que Sid tinha voltado a saracotear nas últimas semanas. Ninguém sabia aonde ele ia, embora Judy tivesse uma suspeita incômoda que nunca compartilhou com ninguém. Ela suspirou novamente enquanto colocava os feijões cozidos e o bacon no forno. Então, se alegrou. Todo mundo precisava de um "lanchinhu" de vez em quando, e enquanto ela, Judy Plum, pudesse providenciá-lo, havia bálsamo em Gileade.

Uma semana depois, Judy relembrou aquele dia e se perguntou se o que tinha acontecido era um castigo por ela ter achado que a vida estava um pouco entediante. Pois o dia do aniversário de Pat tinha chegado e, naquela noite, Sid levou May Binnie para Silver Bush e anunciou, de modo breve e desafiador, mas com uma expressão extremamente lamentável e arrasada no rosto, que eles tinham se casado naquele dia em Charlottetown.

– Pensamos em fazer uma surpresa para vocês – declarou May, olhando ao redor com seus olhos ousados e brilhantes. – Uma surpresa de aniversário para você, Pat.

Capítulo 2

Pat passou a noite em claro, olhando para os campos silenciosos e inalterados da fazenda, tentando encarar aquele fato horroroso de frente. Ela estava no quarto do poeta e tinha trancado a porta. Não permitiu nem que Rae ficasse com ela.

Ela não conseguia acreditar que aquilo tinha acontecido. Em um primeiro momento, não é possível crer em algo tão monstruoso. Será que era possível aceitar um dia? Era um sonho… Um pesadelo. Ela despertaria em breve. Ela precisava despertar… Ou enlouqueceria.

Estava tão feliz aquela noite, ao anoitecer… Tão incomum e inexplicavelmente feliz, como se os deuses fossem lhe dar um presente maravilhoso… E, agora nunca mais seria feliz. Pat ainda era jovem o bastante para pensar que, quando algo como aquilo acontecia, nunca mais se podia ser feliz. Tudo… Tudo… Tinha mudado em um piscar de olhos. Sid estava perdido para ela para sempre. Os próprios campos que ela amava agora pareciam estranhos e hostis, enquanto ela os observava. "Nossa herança foi entregue a estranhos; nossa casa, a estrangeiros." Tinha lido esse versículo em um capítulo da Bíblia duas noites antes e estremecido diante da imagem de desolação que ele apresentava. E, agora, aquilo tinha se tornado realidade em sua vida... A vida que, poucas horas antes, parecia tão plena e linda e, agora, era tão feia e vazia.

Tinha sido uma situação pavorosa. Ninguém sabia o que dizer ou fazer. O rosto de Pat pareceu murchar enquanto ela olhava para eles... Para May, corada e triunfante por baixo de toda a agitação; para Sid, amuado e desafiador. May tentou lidar com a conjuntura impudentemente, como uma verdadeira Binnie faria.

– Ora, Pat, não seja tão esnobe. Estou disposta a deixar o passado para trás, mesmo que nós duas tenhamos nos odiado a vida inteira.

Aquilo era a mais pura verdade, mas era terrível ver aquele sentimento sendo exposto descaradamente daquela forma. Pat não conseguiu responder. Ela deu as costas, como se não tivesse visto nem ouvido May, e saiu cegamente do salão. O único sentimento de que ela estava plenamente consciente naquele momento era um desejo doentio de se afastar da luz e ir para um lugar escuro, onde ninguém pudesse vê-la... Onde ela pudesse se esconder como um animal ferido.

May a observou se afastar, e seu rosto belo e ousado ficou vermelho como um pimentão diante do completo menosprezo de Pat. Seus olhos pretos exibiam uma chama que não era bonita de ver. Mesmo assim, ela riu ao se voltar para Sid.

– Ela vai superar, meu favo de mel. Eu nunca esperei uma recepção calorosa de Pat, você sabe.

Apenas Rae manteve a calma. Nem sua mãe, nem seu pai deveriam ficar sabendo até a manhã, concluiu ela. Quanto a Judy e Tillytuck, eles pareciam não conseguir falar de choque. Tillytuck escapuliu para seu celeiro, meneando a cabeça, e Judy se recolhe em seu quartinho da cozinha, sentindo-se, naquele momento, ao menos, mais arrasada e intimidada do que em qualquer outra fase de sua vida.

– Eu desconfiava u qui tava pur vir – murmurou enquanto se deitava na cama, desesperada. – Fiquei sabenu qui ele andava si incontranu cum essa minina saidinha. E o Cavalheiro Tom num tinha dúvida du qui ia acontecer, ah, num tinha mesmu. Foi pur issu qui foi imbora, ispertu qui era. Ele nunca cunsiguiria suportar uma Binnie. Ora, ora, si eu soubessi tantu di magia quantu a minha vó, eu transformava ela num sapu, transformava, sim. U qui vai acuntecer daqui para frenti, só u Bom Home Lá di Cima é qui sabe. É di si pensar qui u mundu pudia ser um pouquinhu mais bem administradu. Receiu qui essa situação vá partir u curaçãozinhu da Patsy.

Capítulo 3

Durante o resto de sua vida, Pat soube que havia deixado sua meninice para trás naquela noite horrorosa. A esperança pareceu evaporar completamente. As horas que tinham passado já pareciam uma eternidade, e amanhã… Todos os amanhãs… Seriam igualmente ruins. Sua mente corria sem parar em um círculo de infelicidade e não chegava a lugar algum. May Binnie vivendo em Silver Bush… Silver Bush repleta de Binnies… Eles eram uma família unida, à sua maneira. O velho senhor Binnie, que comia ervilhas com a faca, e a velha senhora Binnie, que sempre enxarcava o pão no molho. Toda aquela gentarada indecente e barulhenta, o tipo de gente diante de quem você sempre precisava repassar tudo o que ia dizer para si mesmo antes, para garantir que era seguro. Como Sid podia ter se misturado com essas pessoas? Não, era insuportável.

Pat não desceu quando amanheceu… Não conseguiria. Pela primeira vez na vida, ficara ociosa. Ela podia ouvi-los conversando lá embaixo, na mesa de café da manhã. Conseguia ouvir a risada dessacralizada de May.

Ela cerrou as mãos em punhos, furiosa e devastada. Fechou a veneziana e deixou lá fora um mundo que era feliz demais, com seu sol matutino e as névoas roxas.

Em determinado momento, Rae entrou no quarto... Arrumada, alerta, competente. Seus olhos azuis não exibiam traço algum das lágrimas que ela derramara durante a noite.

– Pat, eu a deixei sozinha ontem à noite porque percebi que uma situação dessa precisava ser discutida pela manhã.

– De que adianta discutir a qualquer hora? – retrucou Pat com indiferença.

– Precisamos discuti-la, porque temos de encarar os fatos, Pat. De nada adianta dar as costas para eles, ou ficar espiando com o canto dos olhos... Ou ignorando. Vamos simplesmente enfrentar a realidade e olhar para o futuro.

– Mas eu não consigo... Rae, eu não consigo! – choramingou a pobre Pat desesperadamente. – Falar sobre o futuro? Não há futuro algum! Se tivesse sido qualquer outra pessoa que não May Binnie! Não sou mais a garotinha tola que eu costumava ser. Já faz tempo que sei que Sid se casaria, eventualmente. Mesmo que eu não conseguisse evitar desejar que ele não se casasse, eu sei que ele casaria. Mas com May Binnie!

– Eu sei. Eu sei tão bem quanto você que Sid cometeu um erro terrível, e que, um dia, perceberá com total clareza. Sei que May é desprezível, ordinária e que não tem tradição alguma... Chula, como Judy diria... Mas...

– Como ele pôde? Como ele pode gostar dela depois... Depois de Bets... Até mesmo depois da pobre Dorothy?

– May é atraente à sua própria maneira, Pat. Nós não conseguimos enxergar, mas os homens enxergam. E ela sempre quis fisgar o Sid. Simplesmente temos que lidar da melhor forma possível e encarar as coisas na medida em que forem acontecendo.

– Eu me recuso – afirmou Pat rebeldemente. – As coisas podem acontecer, mas não preciso aceitá-las sem protestar. Eu nunca me conformarei com isso... Nunca.

– "O hoje que parece tão longo, tão estranho, tão amargo, logo será um ontem esquecido" – citou Rae suavemente.

– Não será – insistiu Pat desanimadoramente.

– Eu já conversei com algumas pessoas agora de manhã – contou Rae. – Para começar, dei a notícia para o pai.

– E ele... O que ele...

– Ah, ficou possesso. O pavio curto dos Gardiner aflorou. Mas eu sei como lidar com o pai. Eu disse a ele para olhar as coisas de uma perspectiva racional, pelo bem da mãe. Quando ele se acalmou, nós dois definimos tudo. Sid e May precisarão viver aqui por um ou dois anos, até acabarmos de pagar a hipoteca. Então, o pai vai construir uma casa para eles na outra fazenda, e eles podem morar lá.

– E enquanto isso – disse Pat fervorosamente –, será impossível viver em Silver Bush... Você sabe que será.

– Não sei, não. É claro que não será agradável como sempre foi. Mas, Pat, você sabe tão bem quanto eu que precisamos dar nosso melhor, pelo bem da mãe.

– Ela sabe?

– Sim. O pai contou. Eu quis fugir dessa.

– E como... E como ela reagiu?

– Como a mãe reage a tudo? Como a mulher corajosa que ela é! Não podemos desapontá-la, Pat.

Pat estendeu a mão, pegou a de Rae e apertou. De alguma forma, suas idades pareciam reversas. Era como se Rae fosse a irmã mais velha.

– Farei o meu melhor – prometeu ela. – Há um versículo em algum lugar da Bíblia... "Sede fortes e corajosos"... Eu sempre achei essa uma frase maravilhosa. Suponho que sirva para momentos exatamente como este. Mas, ah, Rae, como poderemos viver com May? Os hábitos dela... Os ideais dela... O ponto de vista dela sobre tudo... São tão diferentes dos nossos.

– Ela deve ter algumas perspectivas interessantes – ponderou Rae sensatamente. – Ela é bastante popular, à sua própria maneira. Todos dizem que é trabalhadora.

– Não temos trabalho algum aqui para ela – afirmou Pat amargamente.

– Sabe, Pat, nada nunca é tão terrível na realidade quanto na expectativa. Nós precisamos simplesmente superar isso. Nossa visão presente está bloqueada porque estamos perto demais.

– Nunca poderemos ser nós mesmas... Nós mesmas de verdade... Quando ela estiver por perto, Rae.

– Talvez não. Mas ela não estará sempre por perto. E ela não vai reinar por aqui, independentemente do que pense. "Eu sou o senhor da casa", foi o que o pai disse, ao final da nossa conversa, "e sua mãe é a senhora de Silver Bush e assim permanecerá". Então é isso. Preciso ir para a escola agora. Você não precisa encarar May esta manhã. Sid a levou para casa para passar o dia.

Judy, que, pela primeira vez na vida, tinha se acovardado, entrou no quarto de Pat e se jogou em seus braços.

– Judy... Judy... Ajude-me a suportar.

– Ora, ora, suportar, é? Nós vamus suportar juntas, Patsy, quirida, até u últimu suspiru, cum um sorrisu nu rostu, pela honra di Silver Bush. E num si isqueça, Patsy, du qui u Bom Livro diz... Sobre a filicidade istar dentru da genti, i não fora. As palavras podem num ser exatamenti essas, mas é isso qui eu achu qui significam.

– É um pensamento lindo, se as coisas externas parassem de nos cutucar – retorquiu Pat, em um tom bem menos lúgubre.

– Nós pricisamos salvar Silver Bush dela – afirmou Judy astutamente. – Ela vai tentar estragar tudu inquantu istiver aqui, e nós vamus nus

divertir cortanu as asinhas dela, Patsy, quirida… Di um jeitu diplomáticu
e sem rebuliçu, pela honra da família. Vucê teria ridu esta manhã si tivesse
descidu para cuzinha, Patsy, di ver u Bravo-e-Feroz danu as costas para
ela, mesmu dispois di ela fazer u maior alvoroçu im tornu dele. Ela gosta
bastanti di animais, intão a genti num pricisa si preocupar cum issu.

Para Pat, o fato de May gostar de gatos era quase um ponto a favor dela.
Ela detestava admitir que ela tivesse qualquer ponto positivo.

– Como estava o Sid, Judy?

– Ora, ora, num paricia nem um poucu cum um home recém-casadu
filiz. E já começou a fazer as vontadis dela, pelu qui eu pude perceber.
Ela, cum aquele "meu favu di mel" para lá e para cá e falanu da maneira
comu u cabelu dele incaracola na testa! Comu si eu num soubessi dissu
desde qui ele nasceu. Mas eu fui doce feitu mel, quirida, e respeitosa
comu vucê nunca viu antis, nem reparei nas meias dela tudu inrolada
nus tornozelus. Pur certu, foi um alentu, para mim, saber qui u Alec
Cumpridão num tava pensanu im passar Silver Bush para u Sid, comu
us Binnie isperavam. U Alec Cumpridão vai calçar as botas até batê-las.
"Vucê e a sua isposa podem ficar aqui até eu cunsiguir cunstruir uma
casa para vucês", ele dissi… E a nossa cara May num gostou nadinha.
Ela andava falanu pur aí u qui faria quandu si apossassi di Silver Bush.
"Façu u Sid Gardiner voltar para mim num istalar di dedos", ela dissi.
Ora, ora, ela fisgou ele, foi um azar, mas num cunsiguiu ficar cum Silver
Bush e nunca vai cunsiguir. Um ano ou dois vão passar rápidu, Patsy,
quirida, e aí nós vamus ficar livres dela. Talvez até antis, cum um pou-
quinhu di sorti.

– Ela foi passar o dia em casa – lembrou Rae.

– Para pegar as caixas e dar a notícia para os Binnie. Achu qui eles vão
ficar bem alvoroçadus. Ela insistiu im lavar a louça primeiro, e eu deixei,
para manter a paz. Ela causou tantu tumultu quantu um gatu surtadu,
discubriu ondi cada coisa divia ir, e quebrou u velhu pratu azul, para

mostrar du qui ela é capaz. Mas num vou negar qui ela lavou tudu direi-tinhu e num deixou a pia ingordurada.

Pat sempre lavara a louça. Ela começou a se arrepender por não ter descido para o café da manhã, afinal de contas. Teria sido mais digno... Mais "Silver Bush".

– Agora, vem cumigo, Patsy, quirida, fazer um lanchinhu – disse Judy mansamente. – Tô querenu fritar um pouquinhu daquele presuntu novu e um ovu na manteiga. Uma xícara di chá vai restaurar u teu equilíbriu. I vamos dar umas boas risadas di vez im quandu pelas costas dela, Patsy.

Pat voltou a abrir a veneziana. Havia um frio em seu coração que nunca estivera ali antes e que ela sentia que sempre estaria ali daquele dia em diante. Mas, ao longe, o Morro da Névoa estava lindo sob o sol de setembro. Quando ela olhou para lá, ele lhe transferiu um pouco de seu próprio orgulho, sua calma e sua leve austeridade.

Ela subiu para ver a mãe depois de tomar café da manhã e a encontrou, como sempre, serena, tranquila e pálida, como uma estrela avistada por entre as brechas de uma nuvem tempestuosa.

– Querida, é difícil, eu sei. Eu sinto muito por Sid... Ele cometeu um grande erro, pobrezinho. Mas se nós todos dermos o nosso melhor, tudo se resolverá de alguma forma. Sempre se resolve.

Pobre e corajosa mãe!

– Ficaremos bem quando recuperarmos o fôlego – declarou Pat com convicção. – Serei decente com May, mãe, e não haverá qualquer quere-la... Não permitirei isso aqui. Mas Silver Bush será salva dos Binnie, mãe, pode ter certeza disso.

Sua mãe riu.

– Confio em você para isso, Pat.

O sétimo ano

Capítulo 1

Pat e Rae sentiram, nos meses o inverno que se seguiu, que precisavam de cada gota de filosofia e "diplomacia" de que dispunham. As primeiras semanas foram muito difíceis. Às vezes, adaptar-se parecia quase impossível. O pavio curto de May aumentava a dificuldade. Algumas das cenas que ela causava permaneceram na memória de Pat como coisas degradantes e vulgares. Mesmo assim, as garotas achavam que os espasmos de fúria não eram tão ruins quanto os sorrizinhos e as insinuações acerca de tudo.

– Certamente, eu acho que tenho alguns direitos – ela dizia a Sid, sacudindo a cabeça lustrosa. – É difícil fazer qualquer coisa com alguém observando e criticando o tempo todo, não é, favo de mel?

E Sid olhava para Pat com uns olhos desafiadores, porém suplicantes que quase partiam seu coração.

Quando May não conseguia o que queria, ficava amuada e passava um ou dois dias "arrastando a tromba", como dizia Judy. Então, ao perceber que ninguém dava bola para seus choramingos, voltava a ser amigável. Pat cerrava os dentes e mantinha a calma.

– Não permitirei brigas em Silver Bush – declarou ela. – Não importa o que ela faça ou diga, não brigarei com ela.

E até mesmo quando May exclamava fervorosamente:

– Você sempre tentou causar problemas entre mim e Sid.

Pat sorria e respondia:

– Ora, May, seja racional. Não somos mais crianças, sabia?

Então, ela subia para o quarto e se contorcia toda em segredo com o tormento e a fealdade daquilo tudo.

Com o passar do tempo, May sucumbiu ao inevitável, ambos os lados fizeram concessões, e a vida assumiu novamente uma calma superficial em Silver Bush. Uma coisa que ninguém podia negar era que May trabalhava duro e, felizmente, ela gostava mais dos trabalhos externos do que dos internos. Ela assumiu os cuidados com o leite e as galinhas, e Judy acabou se beneficiando com a necessidade de passar as tarefas para ela e nunca negou que o separador estava sempre bem limpo. "May", disse a senhora Binnie desnecessariamente, "não é uma mulher indolente. Eduquei minhas filhas para o trabalho".

Era verdade que May aprontava uma tremenda algazarra em tudo o que fazia, e em Silver Bush, onde os rituais caseiros sempre foram executados silenciosamente, aquilo era uma espécie de crime doméstico. Pat, que estava sofrendo demais para ser justa, disse a Rae que May causava mais tumulto em dez minutos do que qualquer pessoa poderia causar em um ano.

Judy e May travaram uma batalha real para decidir quem limparia a cozinha. Judy venceu. May nunca mais tentou usurpar os privilégios da cozinha de Judy.

Pat descobriu que podia se acostumar a viver infeliz… E, depois, que podia até mesmo ser feliz novamente, em meio aos espasmos de infelicidade. É claro que houve mudanças por toda a parte… Mudanças pequenas e irritantes que eram, talvez, mais difíceis de suportar do que alguma transformação maior. Para começar, as amigas de May fizeram um "chá de panela" para ela, deixando Silver Bush atolada de bugigangas. Pat detestava, em especial, uma mesa com tampo de ônix horrorosa. E as novas almofadas coloridas de May, que faziam com que todo o resto parecesse desbotado, estavam espalhadas por todo o lado. No entanto, May não conseguiu o que queria com relação a mudar os móveis de lugar.

Ela aprendeu que as coisas deveriam permanecer onde estavam e que uma réplica enorme do veado de Edwin Landseer, com uma moldura de veludo carmesim e dourada de trinta centímetros de largura, não seria pendurada na sala de jantar. May, após fazer uma cena, levou o quadro para o próprio quarto, onde ninguém interferia em suas decisões.

– Suponho que vossa alteza não tenha objeções quanto a isso – disse ela a Pat.

– É claro que você pode fazer o que bem entender no próprio quarto – respondeu Pat em um tom cansado.

Será que essa rixa besta iria durar para sempre? E naquela mesma tarde, May tinha quebrado o velho vaso de cerâmica Bristol enfiando um buquê enorme de crisântemos nele. É claro que estava rachado... Sempre estivera rachado. May alegou não estar acostumada a ter coisas rachadas em casa. Ela mandou trocar o papel de parede de seu quarto... Rosas azuis em um fundo rosa. "Tão alegre", disse a senhora Binnie entusiasticamente. "Aquele papel de parede cinza no que eles chamam de 'quarto do poeta' me dá chiliques, May, querida."

May levou seu cachorro para lá, um animal conhecido pelo confiável nome de "Rover". Ele matou as galinhas, desenterrou os bulbos de Pat, mastigava as roupas no varal... Tillytuck teve uma batalha ferrenha com May porque sua melhor camisa foi arruinada... E perseguia os gatos em seu tempo livre. Eventualmente, Apenas Cão deu uma surra nele que o repreendeu, e Rae, nas ausências de May, costumava bater nele com gosto com um jornal dobrado, de modo que ele aprendeu algumas maneiras.

Havia vezes em que Pat até receava estar aprendendo a gostar do bicho. Era difícil, para Pat, não gostar de um cachorro se ele tivesse um pingo de decência.

Como Pat havia pressagiado, Silver Bush foi tomada pelos Binnie. Os irmãos de May derrubavam cinzas de cigarro pela casa toda. As irmãs e as primas vinham no que Judy costumava chamar de "manadas", preenchendo a casa com gritos e ouvindo atrás das portas. Judy as pegou no flagra. E elas sempre ficavam mais ou menos ofendidas, independentemente de como eram tratadas. Se as pessoas eram gentis, estavam sendo condescendentes; se as deixavam em paz, eram esnobes. Olive levava a família toda. Olive era contra castigar crianças. "Elas devem aproveitar a infância", dizia ela. Talvez aproveitassem, mas ninguém mais aproveitava. Elas eram o que Judy chamava de "diabinhos". Judy encontrou um elefante de veludo cinza sujo em sua panela de sopa, certa vez. O filho de seis anos de Olive tinha colocado o bicho lá "por diversão".

A senhora Binnie aparecia com frequência e passava a tarde na cozinha de Judy, proclamando para o mundo que, em se tratando dela, tudo era paz e boa vontade. Balançava-se ferozmente na cadeira de balanço dourada que May havia colocado na cozinha... Felizmente, pensou Judy, pois certamente nenhuma cadeira de Silver Bush poderia suportar os cento e cinco quilos da senhora Binnie.

– Não, não, cento e sete, mamãe – argumentava May.

– Acho que eu sei meu próprio peso, menina – respondia a senhora Binnie descontraidamente. – E não me envergonho. "Por que você não faz regime?", minha irmã Josephine vive me falando. "Não é para mim", eu digo a ela. "Estou contente por ser como Deus me fez!"

– Ora, ora, acho qui Deus num teve nada a ver cum issu – disse Judy a Tillytuck.

A senhora Binnie tinha um narizinho redondo e cabelo branco amarelado que prendia em um coque apertado no topo da cabeça. Fofoca era sua língua materna, e a gramática era seu criado, não seu mestre. Além disso, "órgãos infernos" lhe causavam bastante transtorno. Pat costumava se perguntar como Sid conseguia olhar para ela e pensar que May seria como ela quando tivesse 60 anos.

– Eu gostaria de tingir aqueles cabelos dela de azul – sussurrava Rae maliciosamente para Pat quando a senhora Binnie desandava a pregar sobre alguma coisa, balançando a cabeça até um grampo invariavelmente escapulir.

A senhora Binnie, ao contrário de May, "não suportava gatos". Eles lhe provocavam asma, e, pelo que May disse, ela começava a arfar se um gato estivesse a até um quilômetro e meio dela. Então, quando a senhora Binnie chegava, os gatos saíam. Nem mesmo Bravo-e-Feroz era exceção. Ele, no entanto, não chafurdava na autopiedade e ficava bem à vontade no celeiro de Tillytuck.

"Mas eu gostaria di ver comu seria com u Cavalheiro Tom", pensava Judy maleficamente.

Geralmente, uma ou mais "daquelas Binnies turbulentas" a acompanhavam, e elas e May conversavam e discutiam sem parar. Os Binnie eram uma família que desconhecia a discrição. Todos contavam tudo a todos os demais... "Analisar o assunto", era como eles chamavam. Nenhum deles jamais conseguiria entender por que nem tudo que se pensava podia ser discutido. Eles simplesmente não compreendiam, eram pessoas que pensavam alto e despejavam as borras de seus sentimentos. Havia vezes em que o ruído incessante do falatório deles fazia Tillytuck se refugiar no celeiro até mesmo nas tardes mais frias do inverno em busca de um escape, e Pat ansiava desesperadamente pelos velhos e belos silêncios.

Havia, ao menos, uma consolação para Pat e Rae... Suas noites permaneciam imperturbadas. May achava péssimo ficar na cozinha "com os criados". Geralmente, ela arrastava Sid para um baile ou concerto e, quando eles voltavam, tinham as próprias companhias no salão pequeno...

Que havia sido tacitamente relegado a May e que ela chamava de "sala de estar", para imenso espanto de Judy.

– Ora, ora, só temos uma sala di istar im Silver Bush, e é a minha cuzinha – dizia ela para Tillytuck, piscando. – As pessoas ficam mais lá du qui im todus us outrus cômodus da casa juntus.

– Você disse uma verdade – respondia Tillytuck, da mesma forma que respondera Lady Medchester.

Então, Pat, Rae, Judy e Tillytuck se reuniam como sempre na cozinha à noite e se esqueciam, por algumas horas, da sombra que pairava sobre Silver Bush. Eles sempre faziam uma festinha especial para se livrar do gosto de alguns dias particularmente difíceis da boca... Como, por exemplo, o dia em que Pat pegou May fuçando nas gavetas de sua cômoda... Ou o dia em que May, que gostava de bancar a anfitriã, garantiu a um clérigo visitante difícil de agradar e que havia recusado uma segunda porção de comida que havia muito mais na cozinha.

Eles conseguiam até rir dos malapropismos da senhora Binnie. Foi delicioso quando ela perguntou a Rae, em um tom sério, se "fobias" eram anuais ou perenes. É verdade que nem Judy, nem Tillytuck tinha certeza absoluta de qual era a piada, mas era maravilhoso ver as meninas rindo novamente como nos velhos tempos. Aquelas noites eram quase o único momento em que era seguro rir. Se May ouvisse risos, ela enfiava na cabeça que estavam rindo dela e ficava amuada. De vez em quando, May saía para fazer uma de suas frequentes visitas à casa dos pais, Sid também os acompanhava, para se divertir um pouquinho e petiscar um "lanchinhu" de Judy. Sid e Pat tiveram seu momento de reconciliação bem antes disso: Pat não conseguia suportar ficar "de mal" com Sid. No entanto, não havia mais passeios, conversas e planos juntos. May ressentia qualquer coisa nesse sentido. Agora, era ela quem saía com ele para fazer tais caminhadas pela fazenda e expunha suas ideias acerca das mudanças que deveriam ser feitas. Ela também revelava suas visões para toda a família. Muitas árvores

Silverbridge... Nunca se viu uma mulher tão decepcionada. O marido era marinheiro, e ela achava que ele estava morto e ia se casar de novo, quando ele reapareceu, vivo e saudável.".

Houve um grande e alegre casamento na propriedade dos Sutton, e todos acharam o bronzeado Joe incrivelmente bonito. Pat também achou, e estava orgulhosa dele; contudo, ele parecia um estranho agora... Joe, cuja partida tinha sido uma tragédia imensa. Ela ficou até um pouco contente quando todo o alvoroço passou, e Joe e sua esposa foram fazer uma maravilhosa viagem de lua de mel ao redor do mundo no novo navio dele. Ela podia voltar a se dedicar a limpar a casa e cuidar do jardim... Ao menos depois que a senhora Binnie declarou o que tinha achado do evento.

– Um casamento grandioso. Algumas pessoas não entendem como o velho Charlie Sutton conseguiu bancar, mas eu sempre digo que a maioria das pessoas só se casa uma única vez, então por que não ostentar? Sempre gostei de casamentos. May foi uma danadinha, fugindo para se casar às escondidas daquele jeito, não foi? Tenho certeza de que vocês, aqui, ficaram tão chocados quanto eu quando fui informada. E, talvez, eu até tenha ficado chateada por ela ter vindo morar aqui com vocês. Mas eu sempre acreditei que tudo se encaixaria e foi o que aconteceu. As pessoas diziam que May jamais conseguiria viver em paz aqui, já que Pat é tão excêntrica. Mas eu dizia: "Não, Pat não é excêntrica. Só é preciso compreendê-la". E eu estava certa, não estava, querida? May estava decidida a se dar bem com você quando veio para cá. "Quando um não quer, dois não brigam, mamãe, você sabe", foi o que ela disse. E eu falei: "Esse é o espírito, querida. Comporte-se como a dama que você sempre foi. Você é uma Gardiner agora, e deve obedecer às tradições deles. E precisa fazer concessões. Foi isso que eu disse a ela. "Você precisa fazer concessões. E não tenha medo. Espero que minha filha não seja uma covarde", eu disse. É uma alegria imensa, para mim, ver como vocês estão se dando bem, embora eu não negue que Judy Plum tem sido um osso duro de roer. May sentiu algumas coisas… May sempre foi muito sensível. "Judy Plum é muito mimada, como todos sabem", eu disse a ela, "mas ela está velha e caducando rápido, e você pode agradá-la um pouquinho, querida". "Ah, não vou me rebaixar para discutir com uma serviçal," diz May. "Estou acima disso." May sempre foi tão sensata. Bem, fico contente que a pobre Enid Sutton tenha finalmente se casado… Ela passou uns bocados nesses últimos três anos, esperando por Joe sem saber se ele voltaria. E quanto a você, Pat, querida? Não consigo imaginar o que se passa na cabeça dos homens. Aquele seu viúvo não é um pouco lento? – Ela deu um sorrisinho malicioso que teve, para Pat, o mesmo efeito que uma cotovelada nas costelas. – As pessoas acham que ele está tentando se safar, mas eu digo a elas: "Não, eles ainda formarão um casal". Apenas o encoraje um pouquinho mais, querida… É só disso que ele precisa. Por outro lado, May me disse, dia desses: "Eu não aceitaria as sobras de outra mulher, mamãe". Mas você não está ficando mais jovem, Pat, se me permite dizer. Eu me casei aos 18 anos e poderia ter me casado aos 17. Meu vestido era de veludo vermelho, e meu chapéu, de veludo preto com uma pluma verde. Todos acharam elegante, mas eu fiquei decepcionada. Eu sempre quis me casar em um vestido azul-celeste, o tom do paraíso de Deus.

– Um dos devaneios poéticos dela – sussurrou Tillytuck para Judy.

Pat e Rae, contudo, o ouviram e quase engasgaram, tentando não rir. A senhora Binnie, que jamais sonhara que alguém poderia rir dela, prosseguiu.

– É verdade que os Kirk estão colocando um relógio de sol no jardim da casa comprida?

– Sim – respondeu Pat, curtamente.

– Ora essa, eu nunca gostei dessas invenções modernas – declarou a senhora Binnie complacentemente – Um relógio antigo é bom o suficiente para mim.

– Deixe para lá – disse Rae quando a senhora Binnie finalmente se retirou para a "sala de estar". – Logo chegará o crepúsculo.

– Com os ramos brancos das macieiras emoldurando a lua – lembrou Pat.

– E violetas no bosque branco – acrescentou Rae.

– E uma nova fileira de lírios a serem plantados ao longo do dique – complementou Pat.

– E grandes trevos carmesim no campo torta de carne.

– E alecrins-de-são-josé em torno da lagoa...

– E salgueiros em felicidade...

– E a dança das margaridas ao longo do Jordão.

– Ah, nós ainda temos um montão de coisas preciosas, Pat. Coisas que ninguém, nem mesmo um Binnie, pode arruinar.

Será que os dias em que ela podia banhar seu corpo no sol nascente e sentir-se alegre como um passarinho haviam acabado para sempre? Talvez eles retornassem, quando a casa nova fosse construída e Silver Bush voltasse a ser apenas deles. Mas esse ainda era um futuro distante. Lá vinha Judy, atravessando o quintal, trazendo algumas galinhas enxarcadas que May esquecera de guardar na granja. Será que Judy estava ficando arcada? Pat estremeceu.

Ainda assim, a vida parecia tristemente fora de tom, por mais que se lutasse com bravura.

Capítulo 3

– Não me importarei com mais nada hoje, além da primavera – prometeu Pat, até com certa alegria.

Pois May tinha ido para casa aquela manhã e eles tinham o dia todo para ficarem sozinhos… Três deliciosas refeições para saborear sozinhos, quando podiam sentar ao redor da mesa e conversar pelo tempo que desejassem, como sempre fizeram. Às vezes, Pat e Judy achavam que aquelas visitas frequentes de May à casa dos pais eram o que preservava sua racionalidade. Tudo parecia diferente. Judy jurava que até mesmo a máquina de lavar trabalhava com mais tranquilidade quando ela estava longe. A própria casa parecia soltar um suspiro de alívio. Ela nunca se acostumou com May.

Não havia sido uma primavera fácil em Silver Bush, a despeito de sua beleza. Limpar a casa com May era uma tarefa árdua. Ela vivia dando sugestões. "Por que não nos livramos daquele jardim velho e bagunçado, Pat, e fazemos um gramado de verdade?" Ou: "O pomar está realmente tentando entrar na casa, Pat. Por que não cortamos aquela árvore"?

May simplesmente não entendia ou não conseguia entender que Pat não aceitaria que árvore alguma fosse cortada. Quanto àquela árvore em particular, talvez May não estivesse tão errada em algumas de suas sugestões. A árvore ficava, realmente, perto demais da casa. Uma macieira que brotara sozinha e crescera tão furtivamente que havia se tornado uma árvore antes que qualquer pessoa percebesse. Agora, seus galhos chegavam a empurrar a janela dosalão grande. Quando May disse aquilo, ainda era uma encarnação da beleza, toda estrelada com pequenos botões vermelhos prestes a florescer.

– Acho lindo que o pomar adentre a casa desse jeito – respondeu Pat.

– É claro que acha – disse May. Aquela era sua resposta preferida para Pat, e ela sempre se esforçava para proferi-la com o maior desdém possível.

Nenhuma de suas sugestões era adotada, e Judy a ouvira dizer à própria mãe, com lágrimas nos olhos, que ela "simplesmente não podia fazer coisa alguma na casa do marido". May estava decidida a ter um "jardim herbáceo" e importunou Sid até ele interceder junto a Pat e ficar decidido que ela poderia fazê-lo ao longo do pequeno gramado onde, até então, nada além de lírios do vale havia brotado e crescido descontroladamente e em abundância. Havia muitos outros lírios do vale por ali, mas Pat detestou vê-los sendo arrancados para que as íris, os delfínios e o que a senhora Binnie chamava de "concubinas" fossem colocados no lugar. Porque May realmente não ligava a mínima para flores. Ela queria seu jardim herbáceo porque Olive tinha lhe dito que era a última moda e todos na cidade estavam fazendo um.

– Você sabia que May conseguiu finalmente convencer Sid a levá-la lá atrás e mostrar o campo secreto para ela? – perguntou Rae.

Sim, Pat sabia. May tinha rido dela ao retornar de lá.

– Conheci seu famoso campo, Pat… Nada além de uma pequena clareira na mata. E você fazendo o maior alvoroço em torno dele durante todos esses anos…

Para Pat, o fato de Sid ter tido que mostrar o campo secreto para May era o cúmulo da traição... O seu campo secreto. Mas ela não podia culpá-lo. Ele precisou fazê-lo para manter a paz.

– Você ama a sua irmã mais do que sua esposa – acusava May fervorosamente, toda vez que ele se recusava a fazer qualquer coisa que Pat não quisesse.

Ele e May tinham começado a discutir violentamente, e a vida em Silver Bush se tornara infernal durante todo o verão por causa disso. As refeições eram as piores. As provocações entre eles eram quase incessantes.

– Não podemos fazer uma única refeição sem brigar? – explodiu Alec Compridão certo dia.

Pat, que estava ouvindo o sarcasmo de May e as respostas emburradas de Sid em silêncio, levantou-se e foi para o quarto.

– Não consigo mais suportar... Não consigo – disse ela freneticamente.

Ela puxou a persiana para fechá-la e deixar o sol insultante lá fora. A persiana escapou de sua mão e enrolou-se violentamente novamente, quase matando Bravo-e-Feroz, que dormia na cama de Rae, de susto.

– Você não merece um gato – disse Bravo-e-Feroz, ou algo nesse sentido.

Pat o fitou enraivecida.

– E pensar que Silver Bush chegou a esse ponto!

Rae, tendo subido pouco depois com a correspondência e um braço carregado de flores, trancou a porta. Aquilo agora era necessário. Não havia mais a velha privacidade em Silver Bush. May podia entrar no quarto delas a qualquer hora sem se dar ao trabalho de bater. Ela meramente ria da ideia de trancar a porta e chamava aquele hábito de "esnobismo de Silver Bush".

– Pat, querida, não leve tão a sério. Eu admito que todos os dias há um momento em que May me faz ansiar pelos bons e velhos dias em que se podia decapitar as pessoas. Mas quando eu me sinto assim, simplesmente penso no que os olhos de Brook pensariam dela... Você não consegue imaginar o brilho deles? E ela volta a ter sua reles insignificância. Não vai durar para sempre.

– Vai, sim... Vai sim – exclamou Pat com fervor. – Rae, May não quer que a casa seja construída na outra fazenda... Ela quer Silver Bush. Eu a ouvi conversando com Sid... Não pude evitar... Você sabe como a voz dela fica quando ela está zangada. "Jamais vou viver na velha propriedade do Adams... Seria longe demais do mundo... Não há como trocar todos aqueles celeiros de lugar. Você me disse, quando me convenceu a se casar com você, que viveríamos em Silver Bush. E eu vou... E também não será sob o comando da sua irmã solteirona. Ela não passa de um parasita... Vivendo à custa do seu pai, sendo que não há nada que a impeça de ir embora e trabalhar para se sustentar, agora que estou aqui para administrar a casa."

– Ela está se esforçando ao máximo para voltar Sid contra nós todos... Você sabe disso. E ela atribui seus motivos fúteis a tudo que fazemos ou dizemos... Ou não dizemos. Lembra-se da cena que ela fez semana passada porque eu não tinha reparado no vestido novo dela? Aquela mistura horrorosa de uma renda barata sobre uma seda azul berrante de quinta categoria. Eu pensei que a coisa mais gentil que eu podia fazer era não reparar. Fiquei com vergonha de pensar que qualquer pessoa de Silver Bush poderia usar aquilo. E ela diz ao Sid que vivemos rindo dela.

– Bem, você riu ontem à noite, quando ela disse aquela coisa sobre a lua – lembrou Rae, sorrindo.

– Quem conseguiria evitar? Eu estava perdida no deleite de ver aquela lua nova acima do topo daquele pinheiro no bosque branco e mostrei para May. "Que fofo!", foi o que a minha cunhada disse. E a criatura é, pela lei, uma Gardiner de Silver Bush!

– Mesmo assim, a lua sobre o pinheiro continua sendo tão maravilhosa quanto sempre foi – ponderou Rae, delicadamente.

317

Mas Pat se recusava a ouvir quaisquer palavras de reconforto naquele momento.

– Pense no almoço. Na melhor das hipóteses, nós nunca mais temos uma conversa de verdade durante as refeições... E na pior, é como foi hoje. Rae, às vezes, parece-me simplesmente que tudo que é doce, são e feliz desapareceu de Silver Bush e só retorna brevemente enquanto ela não está aqui. Ora, ela ouve conversas telefônicas... Imagine, alguém de Silver Bush escutando os telefonemas alheios! E faz fofoca sobre o que ouve. Eu me sinto sugada pela terra quando a ouço. Você sabia que ontem ela trouxe aquele bando de primas de Summerside dela para o nosso quarto para mostrá-lo a elas? O nosso quarto!

– Bem, não estaria repleto de grampos de cabelo e pó facial que nem o dela – comentou Rae, olhando com satisfação ao redor do quartinho imaculado, iluminado pela luz dourada das novas cortinas amarelas que ela e Pat haviam escolhido naquela primavera. Ali, ao menos, a tranquilidade, a paz e o frescor ainda reinavam, independentemente do estado das coisas lá fora. – E quanto a voltar Sid contra nós, ela não conseguirá fazer isso, Pat. Sid agora sabe quem ela é. E o pai continuará sendo o senhor de Silver Bush. Vamos segurar as pontas e esperar. Aqui tem uma carta de Hilary que acebei de pegar na caixa. Isso vai alegrá-la.

Mas não alegrou muito, embora Pat a tivesse lido melancolicamente três vezes, na esperança de encontrar aquele refúgio que as cartas de Hilary costumavam apresentar. Era bacana, como todas as cartas dele. Mas era a primeira em um bom tempo... E era um tanto distante, de alguma forma... Como se ele estivesse pensando em alguma outra coisa no momento em que estava escrevendo. Ele iria para a Itália, e depois para o Oriente... Egito... Índia... Para estudar arquitetura.

"Quero ver o mundo todo", ele tinha escrito. Pat estremeceu. "O mundo todo" lhe soava frio, gigantesco. No entanto, pela primeira vez, a ideia de que talvez fosse interessante conhecer o mundo com Hilary ou com

alguma outra companhia agradável. Filas diante do pôr do sol desértico...
O histórico palácio de Alhambra... O desbunde branco-perolado de Taj
Mahal sob o luar... Petra, a "cidade vermelha tão antiga quanto o próprio
tempo", como Hilary descrevera. Seria maravilhoso ver tudo isso. Mas
seria mais maravilhoso ainda poder olhar para Silver Bush e saber que ela
era sua novamente... Como ela receava que nunca mais fosse ser. Talvez,
May estivesse ali para ficar. Era o que queria, e ela sempre conseguia o
que queria. Ela queria Sid e o conseguira. Ela abocanharia Silver Bush de
um jeito ou de outro. Por vezes, assumira ares furtivos de "senhora da
casa" e atribuíra a beleza do jardim ao seu "jardim herbáceo", explicando,
grosseiramente, que as pedras ao redor dos canteiros eram um capricho
da velha Judy Plum. "Nós tentamos agradá-la."

E a casa vivia tomada pela família dela. Judy costumava dizer a Tillytuck
que Silver Bush transbordava de Binnies. Pur certu, qui família mais fértil!

Aquele odioso irmão mais novo de May, com seus olhos de doninha,
passava metade do dia lá, "ajudando" Sid e caçoando de Judy, que se
vingava na despensa escondendo as guloseimas que ele queria comer e,
imperturbavelmente, desconhecendo o paradeiro delas.

– A pobre e velha Judy está caducando rápido – disse May. – Ela guarda
as coisas e esquece onde as colocou.

May passava bastante tempo na cozinha, agora, fazendo o que Judy chamava de "gororoba" para suas amigas e deixando todas as panelas e tigelas
sujas ou engorduradas para Judy lavar. Judy não sabia dizer se desgostava
mais de May de bom humor ou "para baixo". Quando ela estava amuada,
batia tudo, mas permanecia de boca fechada; quando estava de bom humor, não parava de falar. Havia poucos momentos de calmaria em Silver
Bush. Judy, desesperada, começou a bordar e tricotar no túmulo de Dick,
o Aventureiro. Tillytuck também ficava lá, sentado no túmulo de Willy, o
Chorão, fumando seu cachimbo. "Gosto de companhia, mas não tanto",
era tudo o que ele dizia. Tudo era um grande divertimento para May.

Ela insistia em presumir que Tillytuck e Judy estavam "namorando" no cemitério.

– Di qui mi importa o qui ela diz? – disse Judy em um tom amargo para Pat. – Ora, ora, ela num podi mandar na minha cuzinha. Ontem, ela pindurou um calendáriu na minha paredi, logu dibaixu du Rei Guilherme e da Rainha Vitória… Uma imagem duma mulher gorda sem roupa ninhuma. Eu arranquei da paredi e joguei nu fogu. "Pur certu", eu dissi para ela, "aquela vagabunda num era cumpanhia adequada para um rei e uma rainha". Nem aquela prima dela, qui veiu aqui ontem di roupa di banhu. Ela apareceu toda ousada, cum aquelas pernas gordas di fora, e sentou na cadeira du tio-bisavô Nehemiah, cruzandu as pernas. Nem eram branquinhas comu deveriam… "Bronzeadas", foi comu ela ixplicou… Tava mais para cor di um queiju di leiti disnatadu. U Tillytuck deu uma única olhada e fugiu para u celeiru. Eu num pudia fazer cum ela u qui fiz cum u calendário, mas falei: "As pessoas qui querem ixibir as pernas diviam fazer um poucu di regime". "Sua isquisita!", foi u qui ela dissi. Ora, ora, foi graças au Bom Home Lá di Cima qui ela num mi chamou di "cômica". É u adjetivu preferidu dela. Mas quandu a May dissi qui roupas di banhu di uma peça só tão na moda agora e perguntou si eu isperava qui as pessoas fossem nadar di vistidu longu e crinolina, eu dissi: "Ora, ora, longi di mim ser comu a tua tia Ellice, May". "Quandu a subrinha mandou para ela uma réplica da Vênus di Milo comu presenti di Natal, ela botou um vistidu na istátua, di muitu bom gostu, antis di mostrar para as amigas. Num tô mi oponu a pernas só pur serem pernas", eu dissi, "ispecialmente na praia, ondi tem bastanti ispaçu para elas, mas quandu são tão grandis e gordas qui nem as da sinhora sua prima", eu dissi, "elas acabam ocupanu um bom ispaçu da minha cuzinha." "Tudu mundu acha qui a Emma ficou impressionanti com u maiô", dissi a May. "'Impressionanti' é mesmu a palavra certa", eu falei. "Vucê viu u efeitu qui ela provocou nu Tillytuck, i ele num é um home di si chocar à toa", eu dissi. "Quantu à moda, é claru qui u macacu faz u qui todus us outrus macacus tãu fazenu". Minha cara May disse qui eu tinha insultadu a amiga dela i num pronunciou mais uma única palavra u dia todu, mas eu tô gostanu mais dela quandu tá imburrada du qui quandu tá simpática. Ela tentou mi sondar hoje di manhã, perguntanu sobre u Cleaver, mas eu num sabia di nada. Tem alguma coisa para saber, Patsy, quirida?

– Nadinha – respondeu Pat com um sorriso.

– Ora, ora, eu num tava isperanu – continuou Judy, sem sorrir.

Ela não sabia se devia se sentir aliviada ou decepcionada. Ela não gostava muito de Cleaver, que era estudante na Universidade de McGill e passara o verão fazendo pesquisas no porto de Silverbridge. Pat o conhecera na casa comprida, e ele tinha ido algumas vezes a Silver Bush. Era incrivelmente inteligente, e suas pesquisas sobre diversas bactérias elusivas já o haviam transformado no centro das atenções. Mas o pobre Cleaver parecia uma bactéria ampliada, e Judy, por mais que tentasse, não conseguia vê-lo como um marido para Pat.

– Vai acabar senu u viúvo, eu receiu – disse ela a Tillytuck no cemitério. – Ispecialmenti si as notícias qui eu ouvi falar du Jingle forem verdadi. Eu sempre tive minhas próprias ideias… Mas sou só uma velha tola e num tô ficanu mais jovem, comu a senhora Binnie volta e meia diz.

– A velha Matilda Binnie tem uma dentadura nova e um novo casaco de pele – contou Tillytuck. – Agora, se ela pudesse conseguir um novo cérebro, talvez ficasse bem por um tempo. – Ele deu algumas tragadas no cachimbo e então acrescentou, solenemente: – Simbolicamente falando.

Capítulo 4

Tia Edith morreu subitamente em agosto. Todos ficaram chocados. Ninguém gostava muito dela... Não era uma pessoa amável. Mas era parte da ordem estabelecida das coisas e seu falecimento significava outra mudança. Estranhamente, Judy, que nutrira uma inimizade de uma vida inteira com ela, pareceu ser a que mais se abalou e a que mais sentiu falta dela. Judy achava que a vida seria quase indigesta sem tia Edith para aterrorizar e trocar farpas educadas.

– Quandu eu penso qui nunca mais vou vê-la na minha cuzinha, mi insultanu, sintu uma coisa bem esquisita, Patsy, quirida.

Foi May, é claro, quem contou a Pat, com muito prazer, que Hilary estava noivo. Alguma Binnie recebera uma carta de outra Binnie que vivia em Vancouver e conhecia a garota. Hilary e ela se casariam quando ele voltasse de seu ano fora, e ele seria incorporado ao renomado escritório de arquitetos do qual o pai dela era sócio sênior.

– Ele foi seu namorado muito tempo atrás, não foi? Quando você era uma menina? – perguntou May em um tom arrastado e malicioso.

– Acho que é verdade – disse Rae a Pat aquela noite. – Eu ouvi boatos um tempo atrás. Dot tem amigos em Vancouver e eles falaram a mesma coisa. Eu… Eu não sabia se devia contar a você ou não.

– Por que é que você não deveria me contar? – perguntou Pat com uma frieza extrema.

– Bem… – Rae hesitou. – Você e Hilary sempre foram tão amigos…

– Exatamente! – esbravejou Pat. Seus olhos castanho-claros refletiam um fogo um tanto perigoso. – Sempre fomos bons amigos, então é claro que eu estaria interessada em saber de qualquer boa notícia relacionada a ele. Só o que… O que me machuca é o fato de ele ter deixado que eu ficasse sabendo por outras pessoas. Rae Gardiner, por que você está olhando para mim desse jeito?

– Eu sempre pensei – começou Rae, assumindo o risco – que você… Que você gostava muito mais do Hilary do que até mesmo você suspeitava, Pat.

Pat soltou uma risada um tanto incerta.

– Rae, não seja besta. Você e Judy sempre foram um tanto delirantes com relação ao Hilary. Eu sempre o amei e sempre vou amá-lo. Ele é como um irmão querido para mim. Você já parou para pensar que não o vejo há anos? É claro que nos afastamos, até mesmo como amigos. Era inevitável. Até mesmo nossas cartas estão morrendo uma morte natural. Não recebo uma carta dele desde que viajou.

– Eu não passava de uma criança quando ele foi embora, mas me lembro de como gostava dele – disse Rae. – Costumava pensar que ele era o garoto mais legal do mundo.

– E era mesmo – concordou Pat. – E espero que se case com alguém que seja boa para ele.

– Ele era realmente apaixonado por você, não era?

– Ele achava que era. Eu sabia que ele superaria.

– Bem… – Rae passara o dia todo radiante por causa de alguma felicidade secreta, que agora seria revelada. – Brook virá passar uma semana aqui antes que as aulas comecem. Eu realmente espero que a senhorita Macauly termine meu vestido de crepe georgette azul a tempo. E acho que vou mandar fazer um casaquinho daquele lindo veludo azul-claro que vimos na cidade para usar com ele. Tenho certeza de que Brook vai me amar naquele vestido.

– Eu achava que ele a amasse em qualquer vestido – provocou Pat.

– Ah, ele ama. Mas há níveis, Pat.

"E ninguém", pensou Pat um tanto sobriamente, "se importa com a maneira como eu me visto."

Ela olhou pela janela e viu a lua surgindo no céu... E lembrou-se de antigos nasceres da lua que havia assistido com Hilary... "Quando era uma menina". Aquela frase de May ecoava irritantemente. E a senhora Binnie tinha sido bastante odiosa, em um outro dia, garantindo a ela que ainda havia muitos peixes no mar, quando foi anunciado o noivado de Donald Holmes com uma garota de South Glen.

– Você ainda é bastante jovem – disse a senhora Binnie acalentadoramente. – E quando as pessoas dizem que você está começando a se assemelhar a uma solteirona, eu sempre respondo: "É de se admirar? Pense na responsabilidade que Pat tem carregado há anos, com a mãe doente e tanto fardo em seus ombros. Não é de se admirar que esteja envelhecendo antes do tempo".

Pat tinha ficado bastante proficiente no hábito de ignorar a senhora Binnie, mas aquela expressão "bastante jovem" a assombrava. Ela foi até o espelho e olhou desanimadamente para si mesma. Realmente não achava que parecia velha. Seus cabelos castanhos estavam brilhosos como sempre... Seus olhos âmbar, igualmente iluminados... Suas bochechas, igualmente lisas e redondas. Talvez houvesse algumas pequenas rugas nos cantos de seus olhos e... O que era aquilo? Pat aproximou-se do espelho, suas pupilas se dilataram de leve. Aquilo era... Poderia ser... Sim, era! Um cabelo branco!

Capítulo 5

Pat foi até a casa comprida àquela noite. Ela caminhava alegre e saltitante. Não iria se preocupar com aquele cabelo branco nem sequer o arrancaria. Todos os Selby ficavam grisalhos cedo. De que importava? Seu coração não envelheceria. Manteria sempre a bandeira da juventude galantemente hasteada. Rugas poderiam aparecer em seu rosto, mas nunca haveria nenhumazinha sequer em sua alma. E houve um momento, naquele dia, em que Pat sentira que não queria mais ser jovem. As coisas machucavam demais quando se era jovem. Certamente, machucariam bem menos quando envelhecesse. Você deixaria de se importar tanto… Tudo se ajeitaria… Não haveria muitas mudanças. As pessoas que você conhecia não viveriam fugindo para terras distantes… Ou se casando. Seus cabelos seriam totalmente grisalhos, e tudo bem. Seu coração não se angustiaria ansiando por um paraíso perdido.

No geral, aquele não tinha sido um dia agradável. May tivera um surto de aborrecimento e descontara batendo portas… Rover havia comido um prato inteiro de fudge que Rae colocara do lado de fora para esfriar… Judy parecia amuada com alguma coisa… Talvez a notícia sobre Hilary, embora ela nunca tocasse no assunto, limitando-se a resmungar ocasionalmente para si mesma sobre "acontecimentos estranhos". Pat decidiu que estava se sentindo um pouco tensa e precisava de algo para animá-la um pouco. Certamente o encontraria na casa comprida... Sempre encontrava. Toda vez que a vida parecia um pouco cinzenta... Toda vez que ela sentia uma pontada passageira de solidão por causa das mudanças que estavam acontecendo e – pior ainda – ainda aconteceriam, então subia o morro até a casa de David e Suzanne. Toda vez que a porta da casa comprida se fechava atrás dela, parecia que o mundo todo ficava lá fora, com seus descontentamentos e aborrecimentos corrosivos. Houve uma época, lembrou Pat com uma pontada de dor, em que tinha os mesmos sentimentos quando entrava em Silver Bush. O fato de ela não poder mais se sentir assim era muito amargo... Algo com que ela não conseguia se acostumar. Mas, naquela noite, ela, David e Suzanne se sentaram ao redor da lareira – era uma noite fria de setembro, e qualquer desculpa servia quando eles queriam acender a lareira – e comeram nozes e conversaram... Ou não conversaram. A amargura se dissipou do coração de Pat, como sempre acontecia na companhia deles. Suzanne estava bastante quieta, sentada com Alphonso encolhido em seu colo, mas Pat e David nunca sofriam de escassez de coisas para dizer. Pat olhou para o lema escrito em letras irregulares pitorescas ao redor da lareira.

Há três coisas boas e fraternas,
Estarmos aqui,
Estarmos juntos,
E pensarmos bem uns dos outros.

Aquilo era verdade: e, enquanto continuasse sendo, era possível suportar qualquer coisa, independentemente de qual tipo de buraco a situação causasse em sua vida. Como Suzanne era amável! E como os olhos de

David eram bondosos… Muito excêntricos quando não eram afáveis e muito afáveis quando não eram excêntricos. E a voz dele… De que a voz dele a lembrava? Nunca soube dizer, mas era de algo que sempre aquecia seu coração. Sabia que ele gostava muito dela. Era bom ser querida… Era bom ter amigos como aqueles a quem recorrer sempre que você quisesse.

David fora com ela até em casa, como sempre fazia. Pat nunca tinha, até aquela noite, parado para pensar em como aquelas caminhadas para casa eram agradáveis. Naquela noite, os morros estavam sonhadores sob a lua da colheita. Eles atravessaram o bosque de abetos mais próximo que sempre parecia guardar muitos segredos… Desceram a trilha do campo sob o pinheiro observador, que continuava observando… Atravessaram o riacho e seguiram pela Whispering Lane. No portão, onde eles sempre se despediam, ficaram parados em silêncio por um tempinho, perdidos na beleza da noite. Uma música suave chegou aos seus ouvidos. Era apensa Tillytuck, tocando em sua toca, mas, abafado pela distância, parecia uma melodia fantástica sob uma lua assombrada. Além das árvores, avistavam-se grandes quietudes de céu, onde queimavam as estrelas que nunca mudavam… As únicas coisas que nunca mudavam.

David estava pensando que aquele silêncio com Pat era mais eloquente do que uma conversa com qualquer outra mulher. Também estava se perguntando o que Pat diria ou faria se de repente fizesse o que sempre quis fazer… Envolvê-la com o braço e chamá-la de "querida". O que ele disse foi quase tão dilacerante para o contentamento recém-conquistado de Pat.

– A Suzanne já lhe contou o segredinho dela?

Suzanne? Um segredo? Havia apenas um tipo de segredo sobre o qual as pessoas falavam naquele tom. Pat involuntariamente ergueu a mão, como que se protegendo de um golpe.

– Nã… ão… – respondeu ela, fracamente.

– Provavelmente teria contado, se vocês estivessem sozinhas esta noite. Ela está muito feliz. Fez as pazes com um antigo namorado com quem tinha brigado antes de virmos para cá… E eles estão noivos.

Aquilo era demais... Realmente era. Então ela também perderia Suzanne! Mas ela precisava ser educada e dizer alguma coisa.

– Eu... Eu... Espero que ela sempre seja muito feliz – respondeu, arfando.

– Acho que será – opinou David baixinho. – Ela o ama há anos... Nunca soube qual foi o problema. Somos bastante reservados, os Kirk. É claro que eles não se casarão até ele terminar a faculdade. Ele precisa trabalhar para bancar os estudos. E então... O que é que eu vou fazer, Pat?

– Você... Você sentirá falta dela – respondeu Pat. Ela sabia que estava sendo incrivelmente estúpida.

– Você precisa me dizer o que fazer, Pat – insistiu David, aproximando-se um pouquinho mais, sua voz assumindo um tom bem significativo.

Será que David a estava pedindo em casamento? E, se estivesse, o que é que ela podia dizer? Ela não iria dizer coisa alguma! Já tinha tido choques suficientes por um dia... Hilary noivo... Cabelo branco... Suzanne noiva! Ah, por que a vida precisava ser algo tão incerta? Nunca se sabia onde se estava... Nunca se tinha segurança... Nunca se sabia quando um raio pavoroso cairia sem prévio aviso. Ela simplesmente fingiria que não tinha ouvido a pergunta de David e entraria em casa. E foi o que fez.

Naquela noite, no entanto, ela ficou sentada à janela do quarto por um bom tempo, olhando para os dois caminhos que podia tomar na vida. Rae tinha saído, e a casa estava silenciosa... E parecia solitária para Pat. Quando a noite caía, Silver Bush sempre parecia lamentar sua paz usurpada. O céu lá fora estava despido de nuvens, mas um vento forte soprava. "Por que o vento está com tanta pressa, tia Pat?", perguntara pensativamente a pequena Mary não muito tempo antes. Tudo parecia com pressa... A vida estava com pressa... Não deixava as pessoas em paz... Varria todos como se fossem folhas ao vento.

Que caminho deveria tomar? David ia pedi-la em casamento... Sabia, há um bom tempo, no fundo de sua mente, que ele a pediria, se um dia

328

ela lhe desse chance. Era extremamente afeiçoada a David. A vida com ele seria uma peregrinação muito agradável. Até mesmo um dia cinzento era repleto de cor quando David estava por perto, ela sempre estava contente. E os olhos dele, às vezes, eram tão tristes… Queria fazê-los felizes. Será que isso era motivo suficiente para se casar com um homem, até mesmo um tão bom quanto David? Se não se casasse com ele, ela não o teria mais em sua vida. Ele jamais ficaria na casa comprida depois que Suzanne partisse. E ela não podia perder mais amigos… Simplesmente não podia.

E se ela não pegasse esse caminho? E se simplesmente continuasse vivendo ali, em Silver Bush… Assumindo o papel de "tia Pat"… Ajudando a planejar os casamentos e funerais da família… Seus cabelos castanhos ficando grisalhos. Aquele cabelo branco ressurgiu em sua mente. Parecia que a idade tinha dado um tapinha em seu ombro. Mas ficaria tudo bem, se Silver Bush pudesse ser sua para amar, para quem planejar e viver, livre de quaisquer estranhos ou intrusos. Ela não hesitaria um único segundo, se esse fosse o caso. Mas será que seria? Será que Silver Bush um dia seria sua novamente? Ela sabia quais eram os desejos de May. E Sid também não queria deixar Silver Bush. Será que seu pai ficaria contra eles? Será que ele podia? Não, acabaria com May se tornando a senhora de Silver Bush um dia. Esse era o receio secreto que vivia assombrando Pat. E se um dia acontecesse…

Algumas semanas depois, David lhe perguntou baixinho no jardim da casa comprida… O jardim onde, para Pat, o fantasma de Bets às vezes ainda caminhava…

– Você acha que poderia se casar comigo, Pat?

Pat olhou por um instante, em silêncio, para o contorno dos pinheiros em um morro ao leste. Então, respondeu, igualmente baixinho:

– Acho que sim.

Capítulo 6

A mãe de Pat foi a primeira a saber. Seu rosto era sempre sereno, mas mudou de leve quando ela lhe contou.

– Querida, você realmente o ama?

Pat olhou pela janela. Havia geado na noite anterior, e o jardim estava com um aspecto assolado. Ela esperava que sua mãe não fizesse aquela pergunta.

– Eu realmente amo, mãe, mas, talvez, não da forma que a senhora está insinuando.

– Há apenas uma forma – respondeu sua mãe delicadamente.

– Então, sou do tipo de pessoa que não consegue amar dessa forma. Já tentei… E não consigo.

– Também não acontece quando se tenta – ponderou sua mãe.

– Minha querida mãe, eu sou extremamente afeiçoada a David. Nós combinamos um com o outro… Nossa mente se conecta. Ele ama as mesmas coisas que eu. Estou sempre feliz ao lado dele… Sempre seremos bons amigos.

Sua mãe não disse mais nada. Ela pegou algo que estava fazendo para o enxoval de Rae e continuou fazendo pontinhos invisíveis nele. Afinal de contas, talvez desse certo. Não era o que ela queria para Pat, mas a garota precisava tomar as próprias decisões. David Kirk era um bom homem... A mãe Gardiner sempre gostara dele. E Pat viveria perto dela.

Judy foi a próxima e, para alguém que sempre parecia ansiosa para ver Pat "arranjada", não demonstrou grande entusiasmo. Mas ela desejou tudo de bom a Pat e tomou o cuidado de dizer que o senhor Kirk era de uma boa linhagem. Como o noivado era um fato consumado, Judy não iria dizer qualquer coisa que desmerecesse um futuro membro da família.

– Pobrezinha, ela num tá tão filiz quantu ela mesma acha qui tá – disse Judy a Bravo-e-Feroz, considerando-o o único confidente de confiança. Ela sentia, no entanto, que Bravo-e-Feroz não a entendia tão bem quanto Cavalheiro Tom. – E dipois di todus us homes qui ela pudia ter tidu! Mas isperu qui u Bom Home Lá di Cima saiba u qui é milhor para nós tudu.

Com Rae, Pat conversou com mais franqueza do que com qualquer outra pessoa.

– Pat, querida, se você o ama...

– Não como você ama Brook, Rae. Simplesmente não sou capaz desse tipo de amor... Ou, ao menos, não dura. David precisa de mim... Ou precisará, quando Suzanne partir. Não vamos nos casar até ela ir embora... Por, pelo menos, dois anos. Eu não me casaria com ele, Rae... Eu não me casaria com ninguém... Se soubesse que poderia continuar vivendo em Silver Bush. Mas se May continuar aqui... E ela pretende continuar... Eu não posso, especialmente sabendo que você vai embora para a China. Eu sempre amei a casa comprida, depois de Silver Bush. Estarei perto dela... Sempre poderia olhar para Silver Bush e protegê-la.

"Acho que esse é o real motivo para você se casar com David Kirk", pensou Rae. Ela olhou para a sombra das folhas da videira no chão do quarto. Pareciam um fauno bailarino. Rae piscou para esconder lágrimas tolas súbitas. Pat iria perder algo. Mas, em voz alta, ela disse:

– Espero que você seja feliz, Pat. Você merece ser. Você sempre foi uma querida.

Seu pai encarou a notícia filosoficamente. Teria preferido alguém mais jovem. Mas Kirk era um bom homem e parecia ter dinheiro suficiente para sustentar a família. Havia algo de distinto com relação a ele. Seu livro de guerra era aclamado pela crítica, e ele estava trabalhando na obra *História das Províncias Marítimas*, para a qual, pelo que Alec Compridão tinha ouvido, havia uma grande expectativa. Pat sempre gostara desses rapazes argutos. Ela tinha o direito de fazer o que a agradava.

O restante da família ficou surpreso e perplexo. Pat sentia que nenhum deles realmente aprovava. Winnie e as tias de Bay Shore não disseram absolutamente nada, mas o silêncio, por vezes, pode falar muito. Apenas tia Barbara dissera, depreciativamente:

– Mas, Pat, ele é grisalho!

– Eu também – respondera Pat, exibindo o único fio de cabelo branco.

– Vamos torcer para que dure, dessa vez – disse tio Tom.

Pat pensou que poderia ter sido mais amável, depois de ela ter ficado ao seu lado durante o caso com a senhora Merridew.

May ficou claramente satisfeita, embora seu contentamento tenha minguado de leve quando ela ficou sabendo que não havia perspectiva de um casamento imediato. A senhora Binnie, balançando-se violentamente na cadeira, também emitiu sua opinião.

– Então, você finalmente fisgou o viúvo, Pat? O que foi que eu disse? Nunca desista. Eu nunca compreendi como uma garota poderia se contentar em casar com um viúvo… Por outro lado, qualquer porto serve, em caso de tempestade. É claro, como eu disse a Olive, que ele já tem certa idade…

– Não gosto de meninos – retrucou Pat friamente. – Eu me dou melhor com homens. E a senhora precisa admitir, senhora Binnie, que ele não tem orelhas de abano.

– Eu chamo isso de petulância, Pat. O casamento é algo muito sério. Como eu estava dizendo, quando eu disse isso à Olive, ela disse: "Suponho que seja melhor ser a queridinha de um velho do que ser a escrava de um jovem. Pat não é mais tão jovem quanto costumava ser, mamãe. Ela será uma ótima esposa para David Kirk". Olive sempre gostou um pouco de você, Pat. Ela sempre dizia que suas intenções eram boas.

– Que gentil da parte dela.

O sorriso distraído e arredio de Pat ofendeu a senhora Binnie. Aquela era a pior característica de Pat. Sempre rindo de você pelas suas costas. Talvez ela descobrisse que se casar com um viúvo velho não era motivo de risada.

Suzanne estava exultante de felicidade.

– Tenho esperado por isso desde o começo, Pat. Vocês foram feitos um para o outro. David tem um pouco de receio por ser tão mais velho. Eu disse a ele que está ficando mais jovem a cada dia, e você está ficando mais velha, então logo vocês se encontrarão. Ele é um querido, por mais que seja meu irmão. Nunca ousou sonhar... Até pouco tempo atrás, sempre dizia que tinha dois rivais.

– Dois?

– Silver Bush... E Hilary Gordon.

Pat sorriu.

– Silver Bush era um rival, admito. Mas Hilary... É como dizer que Sid era um rival.

Sua expressão, no entanto, mudou sutilmente. Parte do riso se esvaiu dela. Pat estava se perguntando por que havia um alívio tão distinto no pensamento de que, como sua correspondência com Hilary parecia ter morrido de morte natural, ela não precisaria escrever para ele contando que iria se casar com David Kirk.

O oitavo ano

Capítulo 1

Choveu na quinta e na sexta-feira, e então, para variar um pouco, como Tillytuck disse, choveu no sábado. Não aquela chuva estrondosa, baderneira, repleta de risos da primavera, mas a chuva triste e desesperançosa do outono, que parecia ser as lágrimas de antigos pesares escorrendo nas vidraças de Silver Bush.

– Eu amo alguns tipos de chuva – disse Rae –, mas não esse. O jardim não parece desolado? Não restou nada além dos espectros das flores… E espectros bastante desleixados, também. E nós nos divertimos tanto trabalhando nele durante todo o verão, não foi, Pat? Será que no próximo verão voltará a ser como era? Estou com uma sensação chata e pressagiosa esta manhã. Não estou gostando nada.

Judy também tinha recebido algum tipo de "sinal" durante a noite e estava pessimista. Contudo, ninguém, em um primeiro momento, conectou esses presságios à mulher alta e magra que apareceu na viela de entrada no final da tarde e amarrou um velho e abatido cavalo cinza na paliçada do cemitério.

– Mais uma dessas mascates – disse Judy, observando-a da janela da cozinha, enquanto ela atravessava a trilha molhada com uma mala dependurada na ponta de um de seus longos braços. – Pur certu, fui atazanada pur meia dúzia esta semana. Num parece qui o negócio dela tem sidu muito próspero.

– Ela parece uma minhoca em pé – observou Rae, rindo.

– Eu não a deixaria entrar, se fosse você – declarou a senhora Binnie, que raramente passar uma tarde de sábado sem visitar Silver Bush.

A própria Judy estava com essa ideia na cabeça, mas as palavras da senhora Binnie a fizeram desistir.

– Ora, ora, nós somus mais educadus qui issu aqui im Silver Bush – respondeu ela soberbamente, convidando a estranha a entrar cordialmente e oferecendo uma cadeira perto do fogo. Nenhum Binnie iria dizer a Judy quem poderia entrar ou sair de sua cozinha!

– Quanta chuva – comentou a visitante, suspirando, enquanto afundava na cadeira e largava a mala no chão com uma expressão de alívio.

Ela era surpreendentemente alta e muito magra, vestida com roupas pretas surradas, e com enormes olhos azul-claros. Eles definitivamente engoliam seu rosto e passavam a esquisita impressão de que ela não tinha qualquer outro traço além de olhos. Caso contrário, teria-se notado que as maçãs de seu rosto estavam um pouco ruborizadas demais, e que sua boca fina era bastante longa e com um formato de lua nova. Ela lançou um olhar tão desaprovador a Squedunk que o astuto gato observou que sairia dali para dar uma olhada no tempo e não se importou com qualquer protocolo.

– É um dia molhado demais para viajar, mas só me permiti dez dias para percorrer a Ilha, e o tempo está passando.

– Você não é daqui? – perguntou Rae... Bastante superfluamente, pensou Judy. Pur certu, era visível qui aquela mulher num era da Ilha!

– Não. – Outro longo suspiro. – Moro na Nova Escócia. Já tive dias melhores. Mas quando não se tem um marido para te amparar, é preciso ganhar o sustento de alguma forma. Eu era mascate antes de me casar, então peguei a estrada novamente. Qualquer pouquinho já ajuda.

– Pur certu, num é nada fácil ser viúva nesse mundo cruel – disse Judy, instantaneamente empática, puxando a panela de sopa.

– Ah, não sou viúva, é pior. – Outro suspiro. – Meu marido me deixou anos atrás.

– Ora, ora! – Judy largou a panela de sopa novamente. Se o marido a tinha deixado, havia algo de errado. – E u qui vucê tá vendenu?

– Todos os tipos de comprimidos e unguentos, tônicos e perfumes, cremes faciais e pós – respondeu a visitante, abrindo a mala e preparando-se para exibir os produtos.

Mas, naquele instante, a porta da varanda se abriu e Tillytuck apareceu. Ele não chegou a entrar, parecendo estar paralisado. Quanto à mulher dos olhos, ela uniu as mãos e abriu e fechou a boca duas vezes. Na terceira, conseguiu ejacular:

– Josiah!

Tillytuck disse algo como: "Minha nossa!" Ele olhou em volta, sem ação.

– Estou sóbrio… Estou sóbrio. Não posso esperar estar bêbado agora.

– Ora, ora, intão essa sinhora num é uma istranha para vucê, ao qui parece? – questionou Judy.

– Estranha! – A mulher em questão revirou os olhos rapidamente, fazendo Rae pensar nos cachorros da antiga fábula de Hans Christian Andersen. – Ele é… Ele era… Ele é meu marido.

Judy olhou para Tillytuck.

– É verdadi o qui ela tá dizenu, Tillytuck?

Tillytuck tentou encarar a situação destemidamente. Ele confirmou com a cabeça e sorriu.

– Ora, ora – disse Judy em um tom sarcástico. – Num é bom ouvir a verdadi dipois di todas as mintiras qui temos ouvidu?

– Eu sempre achei – retrucou Tillytuck em um tom entristecido – que vocês realmente nunca acreditavam em qualquer coisa que eu dizia. Mas se essa... Pessoa está dizendo que eu a deixei, ela está falando simbolicamente. Eu fui obrigado. Ela me mandou embora.

– Porque ele não acreditava... E se recusava a acreditar... Em predestinação – exclamou a senhora Tillytuck. – Era praticamente um modernista. Eu não conseguiria viver com um homem que não acreditava em predestinação. Você conseguiria?

– Pur certu, eu nunca tentei – respondeu Judy, a quem a senhora Tillytuck parecia apelar.

A senhora Binnie perguntou o que era predestinação, mas ninguém a respondeu.

– Ela me mandou embora – repetiu Tillytuck –, e eu a levei a sério. "Realmente, já passou dos limites", eu disse... E foi tudo o que eu disse. Eu pergunto a você, Jane Maria, não foi tudo o que eu disse?

Lágrimas encheram os olhos da senhora Tillytuck. Parecia que uma pessoa poderia realmente se afogar neles.

– Você é bem-vindo a qualquer hora, Josiah – choramingou ela. – Quanto a acreditar em predestinação, você pode voltar para casa.

Tillytuck não respondeu. Ele deu as costas e saiu. A senhora Tillytuck enxugou os olhos, enquanto Judy a observava um tanto estupefata, e Pat e Rae tentavam manter a compostura.

– Isso... Isso me aborreceu um pouco – disse a senhora Tillytuck, desculpando-se. – Espero que me perdoem. Eu não botava os olhos em Josiah há quinze anos. Ele não mudou nadinha. Ele esteve aqui esse tempo todo?

– Não – respondeu Judy secamente. – Apenas a sete anos.

– Então vocês o conhecem bastante bem, ouso dizer. Sempre contando narrativas maravilhosas de suas aventuras, suponho? Quantas histórias eu já ouvi! E cada uma mais maluca que as outras.

– O avô dele era mesmo um pirata? – quis saber Rae. Ela sempre tivera curiosidade quanto a esse ponto.

– Olhe só para ela. O avô dele, pirata! Oras, ele era apenas um ministro. Mas isso não é típico do Josiah? Ele e seus romances e "tragédias"! Sempre teve um desejo ardente por ser famoso... Sempre tinha alguma doidice para misturar com qualquer escândalo ou catástrofe que ouvia. Oras, o homem não gostava de funerais porque não podia fingir ser o defunto. Mas não era isso que me incomodava. Afinal de contas, as invencionices dele eram interessantes, e eu gosto de uma conversinha frívola de vez em quando. Era fácil viver com ele, isso eu preciso admitir. E não me importava tanto com as farras furtiva dele, embora o tenha alertado quanto ao que aconteceu com meu tio Asa. Ele se jogou em uma banheira cheia quando estava embriagado, pensando que era a cama. Então quebrou o pescoço primeiro, e se afogou. Não, era a visão religiosa de Josiah. Em um primeiro momento, eu achava que era apenas indigestão, mas quando percebi que ele falava sério, minha consciência não conseguiu tolerar. Ele dizia que Adão e Eva nunca existiram, e que a doutrina da predestinação era blasfema e abominável. Então, eu disse a ele que precisava escolher entre mim e o modernismo. Mas eu sofri. Eu amava aquele homem, mesmo com todos os defeitos. Aquilo ficou corroendo minha mente durante todos esses anos. O que será da pobre alma imortal dele?

Ninguém, nem mesmo a senhora Binnie, tentou responder à pergunta.

– Bem – retomou a senhora Tillytuck mais energicamente –, isso foge aos negócios. Não sei se me sinto muito comerciante agora. Meu coração não está muito bem. Foi um choque. Eu sofro imensamente de um coração cansado.

Ninguém sabia se aquela era uma enfermidade física ou mental. A senhora Binnie entendeu tratar-se da primeira, e perguntou, com muita empatia:

– Você já experimentou passar pasta de semente de mostarda na boca do estômago, senhora Tillytuck?

– Receio que isso não ajudaria um coração cansado – respondeu a senhora Tillytuck pateticamente. – Imagino que a senhora nunca tenha sofrido, como eu, de um coração muito cansado e ferido?

– Não, graças a Deus, meu coração é bom – garantiu a senhora Binnie. – Meu único problema é o reumatismo nas articulações dos joelhos.

– Tenho o produto perfeito para isso – anunciou a senhora Tillytuck com vigor. – Experimente este linimento.

A senhora Binnie comprou o linimento, e a senhora Tillytuck olhou com olhos suplicantes para as demais. No entanto, Judy disse, em um tom sombrio, que elas não queriam ninhum creme imbelezador.

– Todas nós somus bunitas u bastante sem cremes.

– Nunca vi qualquer pessoa tão bonita que não pudesse ficar ainda mais bela – retorquiu a senhora Tillytuck, dando outro suspiro enquanto fechava a mala.

Quando chegou à porta, ela se virou.

– Suponho que vocês não saibam se, por acaso, Josiah guardou algum dinheiro nesses 15 anos?

Ninguém sabia.

– Ah, bom. É improvável. Pedra que rola não cria limo. Embora ele não fosse preguiçoso… Isso eu não posso falar. E vocês podem dizer a ele que minhas últimas palavras para ele foram… Acredite em predestinação, Josiah, e você será bem-vindo em casa quando quiser voltar.

A senhora Tillytuck se foi. O eco de seus passos morreu na calçada. Pat e Rae soltaram a gargalhada que há muito estavam contendo. A senhora Binnie disse que sempre houve algo em Tillytuck que a fazia pensar que ele era casado.

Judy ficou totalmente calada; seu único comentário, enquanto ela observava a senhora Tillytuck ir embora foi:

– Um sacu di ossu desses!

Capítulo 2

Tillytuck não apareceu para o jantar, tendo ido dar conta de uma incumbência, real ou inventada, em Silverbridge. No entanto, ele apareceu na cozinha à noite, quando Judy, Rae e Pat estavam assando maçãs ao redor do fogo, e se acomodou em seu cantinho. Judy se alvoroçou para providenciar um lanchinhu para ele e estava surpreendentemente cordial. Pur certu, agora ela pudia ser tão gentil quantu quisessi cum ele qui ninguém, nunca mais, ia ficar pesanu qui ela tava querenu fisgá-lo!

– Suponho que vocês estejam todas um pouco surpresas por descobrir que sou um homem de família? – disse ele em um tom que misturava acanhamento e provocação.

– Tillytuck, conte para a gente – pediu Rae. – Estamos morrendo de curiosidade.

E então ele uniu as pontas dos dedos das mãos cuidadosamente.

– Não há muito o que contar – respondeu ele… E começou a relatar, pontuado pelas bufadas suaves de Judy.

– Muitas vezes, eu me perguntei como acabei me casando. Tudo começou com a lua. Nunca se pode confiar na lua.

– Ora, ora, nós sempre pricisamos jogar nossa culpa im alguma coisa – disse Judy em um tom bem-humorado, enquanto colocava um prato cheio dos pãezinhos de canela preferidos dele no canto da mesa.

– Eu já a conhecia há algum tempo, de certa forma, mas a primeira vez em que realmente encontrei com ela, foi na casa de um amigo, e nós nos aboletamos na varanda e conversamos. Ela era uma bela mulher, na época... Tinha carne naqueles ossos... E os olhos eram meio devastadores sob o luar. Não nego que havia um toque de glamour naquilo. Mas eu não pretendia pedi-la em casamento... Sinceramente, não pretendia. Não foi um pedido... Apenas uma espécie de insinuação. Em partes, por simpatia, e em partes, por causa da lua. Mas ela me enlaçou tão rápido que me vi noivo antes mesmo de saber o que tinha acontecido comigo. Eu estava de mãos atadas afinal de contas. Bem, nós nos casamos e fomos morar na casa dela. Era um tanto tediosa para um homem com o meu temperamento romântico, mas a gente se virava bem. Eu era devotado àquela mulher, Judy. (Bufada.) Quantas vezes não me levantei de madrugada para fazer uma xícara de chá para ela... Ela sempre gostava de uma xícara de chá quando se levantava de madrugada. Dizia que fazia bem para o coração dela. E era a melhor esposa do mundo, exceto por algumas poucas coisas. Suspirava demais e costumava ficar irada se eu pendurasse meu chapéu no gancho errado. Da mesma forma, me dava a maior bronca se eu entrasse em casa sem raspar as botas. Não nego que tivemos algumas discussões superficiais, mas apenas o suficiente para apimentar um pouco a vida. Foi por causa da visão religiosa dela que finalmente nos estrebuchamos. Não conseguia engolir e disse para ela. Ela era fundamentalista... Ah, ela era fundamentalista? Eu mesmo também era, mas não daria a ela a satisfação de admitir, e, de toda forma, o que pegou mesmo foi a predestinação. Quanto a eu ter falado que Adão e Eva não existiram, eu estava apenas falando poeticamente, mas quando vi como ela se apoquentou por causa daquilo, fingi estar falando sério. Daquele momento em diante, não havia mais como viver com ela, e, quando ela se zangou e me mandou ir embora, eu fui o mais rápido possível. Estava cansado do molho empelotado, de toda forma, e da lavagem que chamava de sopa. Se ela cozinhasse como você, Judy, eu poderia acreditar em qualquer coisa.

Tillytuck pigarreou e deu uma mordida grande em um pãozinho de canela.

– A vida seria monótona se não tivéssemos algumas tragédias a relembrar – declamou ele filosoficamente.

Três dias depois, no entanto, o mundo de Silver Bush mergulhou temporariamente no caos. Tillytuck entregou seu aviso prévio.

Todos entraram em um estado de consternação. Alec Compridão e Sid, porque estavam perdendo um bom homem; Judy, Rae e Pat, porque estavam perdendo Tillytuck. Não parecia possível. Ele fazia parte da vida deles há tanto tempo que o fato de ele poder deixar de existir era impensável. Mais uma mudança, pensou Pat, entristecida.

– Ele sente que foi humilhado – diagnosticou Rae. – Jamais teria pensado em ir embora se aquela mulher horrorosa não tivesse vindo aqui e revelado tudo. Esse é o real motivo, não importa o que ele diga. Vou apenas sentar aqui e odiá-la com todas as forças.

– É mesmo péssimo qui vucê num cunsiga mais nos aturar – disse Judy em um tom amargo para ele aquela noite.

– Você sabe que não é isso, Judy. Já fiquei mais tempo aqui do que em qualquer outro lugar. Mas eu estava ficando satisfeito demais aqui. Meu lema sempre foi seguir adiante se eu ficasse satisfeito demais em qualquer lugar. E admito que há Binnies demais para o meu gosto por aqui ultimamente. Além disso, os anos estão pesando. Não há como escapar da idade. O trabalho braçal em um lugar como este é um pouco difícil para mim, hoje em dia. Guardei um pouco de dinheiro e eu e um amigo da costa Sul vamos investir no nosso próprio sítio de raposas. Mas nunca vou me esquecer de vocês. Vou sentir saudades da sua sopa, Judy.

A voz de Tillytuck estava embargada. Judy estava arrumando a mesa do jantar e tentando fazer o sal sair de um saleiro desregrado. De repente, ela o pegou e o arremessou pela janela aberta.

– Tive qui aguentar aquela coisa pur vinti anos – esbravejou ela –, mas num vou mais aturar nem mais um único dia.

Tillytuck foi embora em uma noite desoladora de novembro. Ele virou-se à porta para umas últimas palavras.

– Que o tempo seja gentil com todos você, poeticamente falando – disse ele. – Vocês são a melhor família com quem eu já tive a sorte de conviver. Compreendem um homem do meu calibre. É ótimo ser compreendido. Alec Compridão é um homem muito trabalhador, e sua mãe é uma santa, se é que existem santas. Eu não choro desde que era moleque, mas cheguei perto quando ela se despediu de mim antes de ir para cama. Se aquela minha esposa maluca vier visitar vocês de novo, Judy, pelo amor de Deus, não conte para ela que eu, agora, acredito em predestinação. Se ela souber, vai me arrastar de volta para casa de um jeito ou de outro. Mando buscar meu rádio quando eu estiver acomodado. Tchau!

Ele acenou a mão com uma expressão cortês; inspirou, cheio de tristeza, o aroma dos feijões e das cebolas de Judy, e deu as costas para a alegre cozinha dela. Eles o observaram se afastar no anoitecer, com a coruja de pelúcia debaixo do braço e o mesmo velho chapéu de pele que estava usando no dia de sua chegada na cabeça. Apenas Cão caminhava ao lado dele, com um rabo que parecia não conseguir mais abanar. Uma lua esquisita, com costeletas de nuvens estava emergindo acima do Morro da Névoa. O vento que soprava cada vez mais forte nos galhos das árvores era muito choroso.

O rosto de Rae se contorceu.

– Eu… Eu… Acho que quero chorar – disse ela, sufocada. – Lembra-se da noite em que ele chegou? Você me mandou mostrar o caminho até o celeiro e ele disse: "Boa noite, pequena Naninha", enquanto subia as escadas. Eu senti que ele era um velho amigo na mesma hora.

– Pur certu, eu gostaria di nunca ter achadu ruim qui ele tocassi u violinu nu cimitério – lamentou Judy. – Talvez a pobre alma nunca mais cunsiga saborear uma boa torta di maçã di novu. Aquela isposa dele tava si perguntanu u qui seria da alma dele, mas eu mi perguntu u qui é qui vai acontecer cum u corpu du coitadu.

– Ele era uma velha alma genial – afirmou a senhora Binnie.

– Havia algo de tão pitoresco nele – choramingou May.

Pat queria chorar, mas não o fez porque May já estava chorando. Ela colocou um braço em torno de Judy, que, de alguma forma, estava parecendo estranhamente velha.

– Enfim, ainda temos Silver Bush e você – sussurrou ela.

Judy atiçou o fogo vigorosamente.

– Pur certu, esse é um mundu friu e nós todus devemus fazer nossu milhor para trazer um poucu di calor para ele – disse ela, energicamente.

E, assim, Josiah Tillytuck passou pelos anais de Silver Bush.

Capítulo 3

A vida parecia ter mudado de alguma forma depois da partida de Tillytuck, embora fosse difícil definir exatamente o que havia mudado. Para começar, as noites na cozinha não pareciam mais tão divertidas, pois faltava a rivalidade na contação de histórias entre Judy e Tillytuck. A vaga de Tillytuck havia sido preenchida pelo jovem Jim Macaulay, de Silverbridge, que era um trabalhador eficiente, mas era apenas "o jovem Jim Macaulay". Ele se instalou no quarto do celeiro, mas, quando caía a noite, saía para os próprios eventos sociais. Ele nunca ia para a "farra" e era mais obediente do que Tillytuck, então Alec Compridão gostava dele. Mas Judy dizia que ele era sem sal. Pat sentia-se da mesma forma; ninguém jamais poderia tomar o lugar de Tillytuck, era bom mesmo que não houvesse ninguém para tentar. Ela passou mais noites na casa comprida naquele inverno do que na vida toda. David, às vezes, descia até Silver Bush, mas ele sempre parecia um tanto deslocado na cozinha de Judy. Ela o tratava com muita cordialidade, e sempre se fechava como um mexilhão. Ele e Pat estavam, como Pat frequentemente lembrava a si mesma, muito felizes com seu noivado. Eles se entendiam maravilhosamente bem. Não havia contrassenso. Apenas uma bela parceria, risadas silenciosas e um ou outro beijo. Pat não se importava nem um pouco com os beijos de David.

Então, outro inverno passou... Outro milagre da primavera aconteceu... Outro verão trouxe seus tesouros a Silver Bush. E, uma noite, Pat leu no jornal que o Ausonia havia chegado a Halifax. No dia seguinte, ela recebeu o telegrama de Hilary. Ele estava indo para a Ilha para passar um único dia.

Rae encontrou Pat em uma espécie de transe no quarto.

– Rae... Hilary está vindo... Hilary! Ele chegará amanhã à noite.

– Que ótimo! – exclamou Rae. – Eu não passava de uma criança quando ele foi embora, mas me lembro bem dele. Pat, você está esquisita. Não está feliz por vê-lo?

– Eu ficaria feliz de ver o Hilary que foi embora – respondeu Pat, inquieta. – Mas será que é ele? Ele deve ter mudado. Todos nós mudamos. Será que ele vai pensar que estou terrivelmente velha?

– Pat, sua boba! Quando você ri, parece ter uns 17 anos. Lembre-se de que ele também envelheceu.

Mesmo assim, Pat não conseguiu dormir aquela noite. Ela releu o telegrama antes de ir para a cama. Aquilo significava Hilary... Hilary e o bosque branco com aroma de pinheiros... Hilary e a água rindo nas pedras em felicidade... Hilary e lanches na cozinha de Judy... Mas séria... Poderia ser? Será que um golfo inteiro de anos separados poderia ser superado com tanta facilidade?

"É claro que seremos estranhos", pensou Pat miseravelmente. Mas não... Não. Hilary e ela jamais poderiam ser estranhos. Vê-lo novamente... Ouvir sua voz... Ela não ficava entusiasmada daquele jeito há anos. Será que os olhos dele ainda riam quando olhavam para ela? Com aquele encanto melancólico por trás daquele riso? E, no fundo de sua mente, bem longe de vista, havia um alívio estranho pelo fato de que David estava fora. Ele e Suzanne tinham ido fazer uma visita na Nova Escócia. Pat se recusava a reconhecer aquele alívio ou a reparar nele.

Judy quase chegou a tremer com a notícia. Ela passou o dia seguinte fazendo todas as coisas que sabia que Hilary costumava gostar e poliu tudo na cozinha até brilhar. Até mesmo os gatinhos brancos e o Rei Guilherme e a Rainha Vitória tiveram o rosto lavado. May dizia que era de se pensar que o Príncipe de Gales estava a caminho.

– Suponho que ele vá se casar assim que retornar a Vancouver – disse ela.

– Ora, ora, vai ser comu u Bom Home Lá di Cima desejar – respondeu Judy –, e nem vucê nem eu temus qualquer coisa a ver cum issu.

– Pat sempre o quis, não é? – perguntou May. – Ela só foi aceitar David Kirk depois de ficar sabendo que Hilary estava noivo.

– Pat nunca "u quis" – garantiu Judy. – U sapatu tava nu pé erradu. Mas vucê jamais intenderia.

Ela resmungou, enquanto entrava na despensa: "Num fales aus ouvidus du insensatu." May ouviu e deu de ombros. Quem se importava com o que Judy dizia?

Havia um sussurro de chuva no ar e o grunhido de trovões quando Pat subiu para se arrumar para a chagada de Hilary. Ela experimentou três vestidos e descartou todos, em desespero. Finalmente, ela colocou seu velho vestido de chiffon amarelo. Afinal de contas, amarelo era a sua cor. Ela afofou os cabelos castanhos e olhou para si mesma com um pouquinho de entusiasmo – algo que ela não sentia há muito tempo. O espelho ainda era seu amigo. Ela estava corada de euforia… Seus olhos castanho-dourados brilhavam… Certamente, Hilary não pensaria que ela tinha mudado tanto assim.

Ela se movia inquietamente pelo quarto, trocando as coisas aleatoriamente, e então voltando a trocá-las. O que é que David havia lido para ela de um poema na noite anterior à sua viagem?

Nada na terra ou no céu
Retorna da mesma forma.

Não poderia ser o velho Hilary que estaria voltando.

"E não conseguirei suportar se ele for um estranho... Não conseguirei", pensou ela fervorosamente. "Seria melhor se ele nunca voltasse, se for para voltar como um estranho."

– Pat, ele chegou... Está saindo de um carro no quintal.

– Eu simplesmente não consigo descer para vê-lo – exclamou Pat, arfando, desandando momentaneamente. – Ele estará tão mudado...

– Besteira! Judy está abrindo a porta para ele. Ele estará no salão grande... Vá logo!

Pat desceu as escadas correndo. Colidiu com alguém no corredor... Nunca soube quem era. Ela ficou parada à porta por um instante. Foi um momento bastante comovente. Mais tarde, Pat teve certeza de que nunca tinha vivenciado nada parecido. Sempre insistiria que saberia exatamente como se sentiria na manhã da ressurreição.

– Jingle!

O velho apelido escapuliu espontaneamente. Era Jingle... Jingle, e não um estranho. Como ela podia sequer ter receado de que ele seria um estranho? Ele estava segurando suas mãos.

– Pat... Pat... Tenho anos de coisas para lhe dizer... Mas direi todas elas em uma única frase... Você não mudou nada. Pat, eu estava morrendo de medo de que você tivesse mudado. Mas foi apenas ontem que nos despedimos na ponte sobre o Jordão. Mas por que você não está rindo, Pat? Eu sempre a vi rindo.

Pat não conseguia rir naquele momento. No dia seguinte... Na hora seguinte, talvez ela risse. Mas, naquele instante, naquele encontro tão esperado depois de tantos anos, precisava ficar serena.

Mesmo assim, eles tiveram uma noite maravilhosa... Apenas ela e Hilary e uma Judy rejuvenescida... E, é claro, os gatos... Na velha cozinha. Por sorte, May tinha saído, e Rae, muito solicitamente, desapareceu. Lá fora, o mundo inteiro podia ser um turbilhão de vento, chamas e água, mas, ali, era calma, beleza e um antigo prazer. Era tão fascinante estar reclusa da tempestade com Hilary... Exatamente como outrora... Estar tomando chá de âmbar e comendo o bolo de maçã de Judy com ele, conversando sobre os velhos tempos, divertimentos e sonhos.

Ele tinha mudado um pouquinho, afinal de contas. Seu rosto delicadamente delineado estava mais maduro e havia perdido as curvas infantis. Sua figura esguia – tão jeitosamente magra – estava acrescida de distinção e elegância. Seus olhos, contudo, ainda sorriam melancolicamente, e seus lábios finos e delicados ainda se abriam no velho sorriso intrigante. Pat subitamente percebeu do que sempre gostara no sorriso de David. Era um pouco parecido com o de Hilary.

Hilary, olhando para Pat, viu, como sempre vira, todos os seus desejos, suas esperanças e seus sonhos em forma humana. Ela também mudara um pouco. Mais madura... Até mesmo mais desejável. Seu lindo rostinho bronzeado... O sorriso ligeiramente torto... O encanto de seus olhos castanhos... Eram todos como ele se lembrava. Como era bela a curva de seu queixo e seu pescoço se derretendo no brilho da lamparina fraca atrás dela! Parecia toda dourada, rosada e risos. E ela ainda tinha o mesmo artifício de erguer os olhos que costumava fazer sua cabeça rodopiar anos antes... Um artifício ainda mais eficiente por ser totalmente inconsciente.

Como era parecido com os velhos tempos... E como era diferente! O tempo tinha sido gentil com a velha propriedade. Por outro lado, Cavalheiro Tom e McGinty haviam partido, e Judy envelhecera. Ela olhava para ele com a mesma afeição de antigamente em seus olhos verde-acinzentados, mas os olhos eram mais fundos do que ele lembrava, e os cabelos, mais cinzentos. Mesmo assim, ela ainda sabia contar histórias e ainda sabia preparar um "lanchinhu" delicioso. Durante anos de vida em hospedarias, Hilary sempre se lembrara dos "lanchinhus" de Judy.

– Judy, você deixa para mim o quadro dos gatinhos bancos quando, daqui a uns cem anos, eu espero, você encerrar sua participação neste planeta?

– Ora, ora, deixo, sim – prometeu Judy. – É o único quadru qui eu tive na vida. Eu trouxe cumigu lá du velhu mundu i num reconheceria a minha cuzinha sem ele.

– Vou pendurar no meu escritório – disse Hilary.

– Im uma daquelas casas maravilhosas qui vucê anda construinu – disse Judy em um tom malicioso. – Pur certu, vucê alcançou u sucessu, num foi, Jingle? Ora, ora, vucê mi disculpa? Eu divia tá ti chamanu di "sinhor Gordon".

– Não sabe o que aconteceria com você se me chamasse assim, Judy? Eu adoro ouvir o velho apelido. Quando a ter alcançado o sucesso... Sim, suponho que eu consegui. Tenho basicamente tudo que eu sempre quis.

"Exceto", acrescentou ele, mas apenas em pensamento, "a única coisa que importava."

Judy percebeu o olhar que ele lançou a Pat e entrou na despensa, pretensamente para pegar algum outro quitute, mas, na verdade, era para fechar a porta e suspirar de alívio.

– Ora, ora, num desejo nada além di coisas boas para o sinhor Kirk – disse ela à terrina de sopa –, mas si ele tomassi um chá di sumiçu, eu intenderia comu um atu di bondade du Bom Home Lá di Cima.

O brilho no coração de Pat quando ela foi dormir continuava reluzindo quando ela acordou e lá permaneceu o dia todo... Um dia delicioso de sol, quando a beleza parece verdadeiramente resplandecer sobre os campos, bosques e mares... Quando havia montanhas de nuvens enormes e cremosas, com vales âmbar além dos morros... Quando o ar estava tomado pelo aroma doce da grama jovem no comecinho da manhã... Pat e Hilary voltaram ao passado. A iridescência banhava tudo aquilo em que eles punham os olhos. Eles foram até o poço onde Hilary, certa vez, resgatara um gatinho... E Pat, ao olhar lá embaixo, como não fazia há muito tempo, viu a velha Pat do poço, com o rosto de Hilary ao lado do seu em suas profundezas calmas, adornadas de samambaias. Eles fizeram excursões ao campo da lagoa, ao campo torta de carne, ao campo ranúnculo e ao campo dos verões de despedidas. Eles foram ao pomar e viram a pequena clareira em meio aos abetos na parte antiga, onde todos os gatos de Silver Bush eram enterrados.

– Será que os espíritos de todos os seres felinos e caninos que eu amei virão ao meu encontro com ronrons e latidos de alegria nos portões perolados? – indagou Pat, excentricamente, enquanto atravessavam o cemitério até o túmulo de McGinty. – Nós o enterramos aqui, Hilary. Ele era um cachorrinho tão fofo. Nunca mais me apaixonei por outros desde então. Os cachorros vêm e vão… Sid tem um para pastorear as vacas… E o de May não é tão ruim assim… Mas eu nunca conseguiria me permitir realmente amar um cachorro novamente.

– Eu também não tive mais nenhum. É claro que nunca tive uma casa em que pudesse ter um cachorro de forma decente… Um dia… Talvez…

Hilary parou e olhou para as pedras caiadas de Judy ao longo das trilhas do cemitério e em torno de seu canteiro de plantas perenes – Judy não era afeita a jardins herbáceos – perto da granja, onde enfloravam delfínios garbosos, mais altos que um adulto. May nunca conseguiu entender por que seus delfínios não floresciam como os de Judy.

– É ótimo ver isso de novo. Vou colocar umas pedras caiadas… – Hilary se conteve novamente. Ele olhou ao redor com olhos ambiciosos. – Eu já vi muitas residências maravilhosas desde que fui embora, Pat… Diversos palácios e castelos… Mas nunca vi um lugar tão absolutamente certo como Silver Bush. É bom estar aqui novamente e encontrá-la tão inalterada.

– Eu me esforcei para mantê-la assim – confessou Pat em um tom caloroso.

– Ver a chaminé de Swallowfield lá… – Hilary parecia estar falando consigo mesmo. – E os delfínios… E o campo da lagoa… E aqueles álamos ao longe, naquele morro roxo. Só que costumava haver três deles. Até mesmo McGinty deve estar por perto, em algum lugar, eu acho. Espero sentir a língua quente e áspera dele na minha mão a qualquer momento. Lembra-se da vez em que perdemos McGinty, e Mary Ann McClenahan o encontrou para nós? Eu realmente acreditei que ela era uma bruxa àquela noite.

A conversa deles foi pontuada por vários "você se lembra?". "Você se lembra da noite em que me encontrou perdida na estrada secundária?"... "Você se lembra de como costumava me mandar um sinal da janela do sótão?"... "Você se lembra da vez em que ficamos morrendo de medo da viagem do seu pai para o oeste?"... "Você se lembra da vez em que a maré nos deixou presos em Tiny Cove?"... "Você se lembra de quando quase morreu de febre escarlate?"... "Você se lembra..." – essa pergunta foi de Pat, muita delicada e carinhosa – "você se lembra de Bets?"

– É como se o seu retorno também a tivesse trazido de volta... Sinto que ela deve estar lá na casa comprida e talvez desça o morro saltitando a qualquer momento.

– Sim, eu me lembro dela. Era um doce de menina. Quem está morando na casa comprida agora?

– David e Suzanne Kirk... Irmãos... Amigos meus... Eles estão viajando no momento. – Pat falou com um ar um tanto patético. – Vamos voltar a felicidade agora, Hilary?

Voltar a felicidade! Será que era possível voltar à felicidade? De todo modo, eles tentaram. Eles atravessaram um mundo veranil dourado... O eterno crepúsculo verde do bosque branco... O campo além... A velha ponte de pedras no Jordão.

– Nós fizemos um bom trabalho aqui, não fizemos? – observou Hilary. – Não tem uma única pedra fora do lugar, depois de todos esses anos.

Tudo era como nos velhos tempos. Eles eram crianças novamente. O vento os acompanhava galantemente, e o capim emplumado banhava seus pés em frescor. A cada passo, havia pequenos vales verdes repletos de formosura. Tudo estava envolto na luz de outrora. A dança dos raios solares era exatamente como há tantos anos. E, enfim eles chegaram novamente à felicidade e à fonte retirada.

– Fazia anos que eu não vinha aqui – disse Pat baixinho. – Não conseguia suportar... de alguma forma... vir sozinha. Está tão linda quanto sempre foi, não é?

– Você se lembra – começou Hilary lentamente – do dia... em que minha mãe veio... e você queimou as minhas cartas?

Pat confirmou com a cabeça. Ela queria pegar a mão de Hilary e dar aquele velho apertão empático. Algo no tom de voz dele lhe dizia que a dor e a decepção daquela lembrança ainda eram fortes.

– Ela morreu – contou Hilary. – Morreu ano passado. Ela me deixou... Algum dinheiro. Em um primeiro momento, não achei que pudesse ficar com ele. Depois... Pensei... que talvez fosse um tapa na cara falecida dela, se eu ficasse. Então fiquei... E passei um ano no Oriente... Afinal de contas... Acho que, um dia, ela chegou a me amar... Quando eu era o pequeno bebê Jingle. Depois... Ela esqueceu. Ele a fez esquecer. Pretendo tentar pensar nela sem rancor, Pat.

– Guardar rancor não é nada bom – concordou Pat lentamente. – Judy sempre diz isso. O rancor... O rancor envenena a vida. Eu bem sei. Estou tentando eliminar um certo rancor da minha própria vida. Ah, Hilary... Sei que é infantil ter tanta saudade quanto tenho dos velhos tempos felizes... Eles nunca voltarão, embora, agora que você está aqui, pareçam estar muito perto.

À noite, eles atravessaram o bosque até o campo secreto. Hilary sempre compreendera o amor dela por aquele campo. O bosque estava de ótimo humor aquele dia. Um humor amigável. Nem sempre era assim. Às vezes, ficava indiferente... Imerso nas próprias preocupações. Às vezes, chegava até mesmo a franzir o cenho. Mas ela e Hilary tinham voltado a ser crianças, e o bosque os acolheu calorosamente. Estava repleto de pequenos bolsinhos de luz solar, trilhas decoradas com samambaias e sussurros e touceiras de bétulas que os ventos amavam... Vegetações, cores e aromas silvestres em uma doce procissão... O pôr do sol avistado por entre os topos dos pinheiros. Grandes nuvens rosadas pairavam sobre o campo secreto... Toda a velha magia e bruxaria havia retornado.

"Quem dera pudesse durar", pensou Pat.

Chovia luar por entre os álamos quando voltaram e entraram no velho jardim, perfumado e aveludado sob a lua. Rosas brancas reluziam misteriosamente aqui e ali. O vento suave trouxe até eles o cheiro das ervas ao longo da Whispering Lane. Pat estava quieta. Conversavam sobre banalidade que não pertencia àquela hora encantada. Era um daqueles momentos em que a beleza parecia fluir por ela como um rio. Ela se rendeu completamente ao charme do momento e do lugar. Não havia passado, nem futuro, apenas aquele presente espetacular.

Hilary observou o brilho da lua nos olhos dela e se aproximou de leve... Seus lábios se abriram para falar. Mas um automóvel entrou ruidosamente no quintal e May saiu de dentro dele, em meio a um coro de uivos sem palavras dos demais ocupantes. Pat estremeceu. May estava de volta. O dia de encantamento havia terminado.

May os viu no jardim e foi até eles. Aroma de madressilva... Fragrância de samambaias... Perfume de rosas... Tudo foi engolido pela onda de perfume barato que a precedia. Ela cumprimentou Hilary de forma bem efusiva e pareceu desagradada com a resposta fria dele. Hilary nunca gostara de May e não ia fingir estar contente em encontrá-la novamente. May deu uma de suas risadinhas sórdidas.

– Acho que estou atrapalhando – comentou ela. – Não é... Uma sorte... O David não estar em casa, Pat?

– Não sei o que você quer dizer com isso – retrucou Pat friamente... Sabendo perfeitamente.

– É claro que Pat lhe contou sobre o noivado dela com David Kirk – disse May em um tom malicioso, voltando-se para Hilary. – Ele é mesmo um senhor muito bacana, sabe? Uma pena que você não tenha podido conhecê-lo.

Ninguém falou. May, tendo destilado seu veneno, entrou na casa. Pat estremeceu novamente. Tudo estava arruinado. Hilary pareceu subitamente muito distante... Tão distante quando aqueles pinheiros escuros acima das bétulas brancas.

– É verdade, Pat? – perguntou ele em um tom grave.

Pat confirmou com a cabeça. Ela não conseguia falar.

Hilary pegou sua mão.

– Como um velho amigo, não há felicidade que eu não deseje a você, minha querida. Você sabe disso, não sabe?

– É claro! – Pat tentou falar com leveza... Despreocupação. – E meus desejos a você são recíprocos, Hilary. Ficamos... Ficamos sabendo do seu noivado no ano passado.

Ela pensou, entristecida: "Eu simplesmente não vou deixar que ele se safe dessa. Eu teria contado a ele sobre David... Se ele tivesse me contado..."

– Meu noivado? – Hilary riu de leve. – Não estou noivo. Ah, eu sei que rolaram uns boatos bestas sobre mim e Anna Loveday. O irmão dela é um grande amigo meu, e vou entrar para o escritório dele quando retornar. Anna é um doce de pessoa, e já tem um "derriço", como diria Judy. Há apenas uma garota na minha vida... E você sabe quem é, Pat. Eu não achava que haveria qualquer esperança para mim, mas pensei que devia vir e checar.

– Você ainda... Encontrará alguém...

– Não... Você me impede de amar qualquer outra pessoa. Só existe uma você.

Pat não disse mais nada... Não havia mais nada que ela pudesse dizer.

Eles entraram na cozinha para passar a última hora antes que Hilary precisasse ir pegar o trem para a barca. Todos estavam lá... Judy, Rae,

Sid e Alec Compridão. Até mesmo a mãe Gardiner havia ficado acordada até mais tarde para se despedir. Deveria ter sido uma noite alegre. Judy estava afiadíssima e contou algumas de suas histórias inimitáveis. Hilary ria com os demais, mas não havia alegria em seu riso. Pat teve um de seus momentos lúgubres em que sentia que nunca mais riria novamente.

Ela e Judy ficaram paradas à porta e observaram Hilary atravessar o quintal até o automóvel que o aguardava.

– Ora, ora, é muito triste ver qualquer pessoa inu imbora sob u luar – comentou Judy. – Tô achanu, Patsy, qui eu nunca mais vou ver u Jingle di novu, esse rapazinhu quiridu.

– Não acho que ele um dia retornará a Silver Bush – concordou Pat. Sua voz era tranquila, mas as próprias palavras pareciam lágrimas. – Judy, por que precisa haver tanta amargura no mundo? Mesmo no que deveria ser uma linda amizade?

– Num sei – admitiu Judy.

– A tesoura sumiu de novo – informou May quando elas entraram novamente na cozinha, com um tom que insinuava que todos de Silver Bush eram responsáveis por seu desaparecimento.

– Ora, ora, quem dera só isso tivessi perdidu! – lamentou Judy, tristemente, enquanto subia para seu quartinho.

Judy não conhecia Alfred Tennyson, mas teria concordado plenamente com ele de que havia algo de errado no mundo... Ora, ora, muito errado. E ela estava longe de ter certeza, agora, de que, um dia tudo se ajeitaria.

O nono ano

Capítulo 1

Hilary escreveu para Pat uma única vez depois que foi embora... Uma de suas velhas e deliciosas cartas, cheia de pequenos esboços desenhados a lápis das casas que ele iria projetar. No final, ele escreveu:

Não se sinta mal, querida Pat, por eu amá-la e você não conseguir me amar. Eu sempre a amei. Não consigo evitar e não evitaria, se pudesse. Se a escolha fosse minha, eu ainda teria escolhido amar você. Há pessoas que tentam esquecer um amor impossível. Não sou uma delas, Pat. Para mim, o maior infortúnio que a vida poderia trazer seria me obrigar a esquecê-la. Quero me lembrar de você e amá-la para sempre. Isso será indescritivelmente melhor que qualquer felicidade que eu poderia alcançar ao esquecê-la. Meu amor por você é a melhor coisa – sempre foi a melhor coisa – da minha vida. Não me empobreceu. Pelo contrário, enriqueceu toda a minha existência e me deu o dom de ter uma visão clara das coisas que importam; tem sido uma lamparina posicionada diante dos meus pés, que me ajudou a evitar muitas quedas por paixões mais ordinárias e sonhos injustificados. Sempre será assim. Portanto, não tenha pena de mim e não se sinta infeliz por minha causa.

Mas Pat se sentia infeliz, e o sentimento persistiu mais ou menos por debaixo de toda a felicidade externa do outono e do inverno. Pois parecia mesmo ser um período feliz. Alec Compridão tinha confirmado com certeza que, em um ano, contado a partir da primavera, ele esperava construir uma casa para Sid e May na outra fazenda. Todos sabiam que essa decisão era final, e May, após muito choramingo e amuação, precisou se conformar com o fato de que jamais seria a senhora de Silver Bush.

Sua mãe também estava mais forte e melhor do que em anos. Ela disse, aos risos, que estava vivendo uma segunda juventude. Conseguia participar da vida da família novamente e visitar as amigas. Parecia um milagre, pois todos haviam, durante anos, aceitado o fato de que a mãe sempre seria uma inválida, com um "dia bom" de vez em quando. Agora, os dias bons eram a regra e não a exceção. Então, apesar de May, aquele foi o ano mais agradável que Pat teve em muito tempo… Exceto por aquela dorzinha estranha persistente de uma saudade indefinível por debaixo de tudo. Nunca realmente cessava… Embora ela a esquecesse com frequência… Quando estava mexendo no jardim… Costurando… Planejando… Quando a pequena Mary ia a Silver Bush e queria uma das "torradas maliciosas" de Judy… Quando Bravo-e-Feroz surrava algum gato arrogante e lhe ensinava uma lição…Quando sentava com Suzanne e David diante da fogueira na casa comprida… Quando ela e Rae trocavam conselhos sobre planos e problemas… Quando ela acordava cedo para se deleitar com Silver Bush sob o silêncio enevoado da manhã… Seu lar… Seu lar querido, amado, plenamente satisfatório… Quando Winnie ia a Silver Bush, trazendo consigo seus bebês loirinhos. Pois Winnie tinha tido gêmeos… Winnie e Rachel… Bebês que pareciam ter saído de um anúncio publicitário de uma revista. Quando Pat olhava para aquelas criaturinhas de rostinho redondo incrível e fofo e olhos azuis deitadas no mesmo travesseiro, ela sempre engolia um pequeno soluço de saudade.

Rae devia se casar dali a um ano. O baú de seu enxoval estava quase transbordando, e ela e Pat já estavam planejando os detalhes do casamento... Um tradicional casamento da família, é claro.

– O último grande casamento de Silver Bush – disse Pat.

– Mas e o seu? – indagou Rae.

– Ah, o meu. Não será um grande evento. David e eu vamos simplesmente escapulir um dia e nos casar. Não haverá qualquer alvoroço – respondeu Pat, apressadamente... Mudando de conversa para outro assunto.

Ela gostava muito, muito de David, mas as coisas estavam bem do jeito que estavam. Ela não queria nem pensar em casamento. Pensar em deixar Silver Bush era insuportável.

Rae a fitou com curiosidade, mas não disse nada. Rae era muito sábia para sua idade.

"É melhor eu não me meter", refletiu ela sabiamente. "Às vezes, gostaria de nunca ter falado para Hilary de todos os pretendentes de Pat. Talvez, tenha causado mais prejuízo do que o contrário... Se ele tivesse vindo antes..."

Bem, a vida era cheia de "ses". E se ela não tivesse ido ao baile onde conheceu Brook, por exemplo? Ela quase não fora. Rae deu de ombros.

– Quando Rae se casar – disse Pat a Judy –, quero que tenha o casamento mais lindo já feito em Silver Bush.

– Ora, ora, um casamentu cum um ano inteiru di preparativus – concordou Judy.

Mas nada acontece como a gente imagina, como Pat muitas vezes descobriu. Uma semana depois, veio a notícia bombástica. Brook escreveu avisando que o gerente da filial chinesa havia morrido repentinamente. Era absolutamente necessário que ele partisse para a China imediatamente e não no ano seguinte. Será que Rae iria com ele?

É claro que Rae iria com ele. Isso significava preparar um casamento com três dias de antecedência.

– Você... não pode! – exclamou Pat.

Elas estavam sentadas na meda de feno no celeiro-igreja, pois descobriram que era praticamente o único lugar onde ficavam a salvo de May ou de qualquer outro Binnie mexeriqueiro. A fragrância dos trevos secos as rodeava, e um arrogante gato laranja-dourado sentou-se em uma viga e olhou para elas com seus misteriosos olhos que mais pareciam pedras preciosas.

– Eu posso e eu vou – afirmou Rae com determinação. – Lily Robinson assumirá a escola e ficará contente com isso. Não precisamos ter um bolo de casamento...

– Rae, quer matar a Judy do coração? É claro que teremos um bolo. Não haverá tempo para descansá-lo, como se deveria fazer com todos os bolos de casamento, mas, em todos os outros sentidos, será o bolo mais casamenteiro já visto. Mas e o seu vestido?

– Seria possível ter um vestido branco, Pat? Um vestido de cetim branco? Sou antiquada... Sou vitoriana... Quero me casar em um vestido de cetim branco. Eu adoro cetim.

– Nós faremos acontecer – respondeu Pat.

Prontamente, Pat, Rae, Judy e a mãe Gardiner montaram um comitê para os preparativos. Pat e Rae foram correndo à cidade atrás do vestido... Inez Macaulay foi contratada para fazê-lo e costurou dia e noite. A mãe Gardiner, que não cozinhava há anos, declarou que faria o bolo.

– Ora, ora, e ela é mesmo a mulher certa para isso – disse Judy. – Todas as mininas di Bay Shore sabem fazer um bolo di fruta digno da rainha.

Judy implorou por "um casamento piquinininhu". Eles certamente podiam chamar os tios, as tias e os primos. Mas ninguém concordou com ela.

– Não podemos chamar as duas famílias inteiras, e como não podemos chamar todos, não devemos chamar ninguém. Não, Judy, Brook e eu vamos nos casar aqui mesmo, só com vocês de casa.

Judy precisou se conformar. Mesmo assim, ela meneou a cabeça grisalha. Os tempos haviam mesmo mudado em Silver Bush, se uma das filhas iria se casar daquele jeito.

– Pur certu, eu mi sintu velha e acabada – lamentou Judy, olhando cautelosamente em volta, contudo, para ter certeza de que ninguém a tinha ouvido.

– Vocês levaram um bom tempo para me contar – reclamou May, sacudindo a cabeça quando Pat a informou do casamento de Rae.

– Nós mesmos só estamos sabendo há um dia – explicou Pat.

May, no entanto, estava decidida a ficar aborrecida. Mesmo assim, havia momentos em que Judy a pegava com uma expressão presunçosa no rosto.

– Ela tá pesanu qui vai ser uma pessoa a menos nu caminhu dela – refletiu Judy desdenhosamente.

– Fico feliz em saber que você conseguiu casar mais uma de suas meninas – disse a senhora Binnie à mãe Gardiner condescendentemente. – Logo, você ficará como eu... Apenas uma sobrando. – Um suspiro sentimental. – E você, Pat? Não está na hora de começar a pensar em sair do ninho? Os homens não parecem ser como eram quando eu era jovem.

Pat subiu correndo para o quarto, onde Rae havia empilhado todas as suas coisas na cama.

– Esqueça a Binnie mãe, Pat, e me ajude a fazer a mala. Nunca fui boa nisso. Diga o que devo levar e o que devo deixar.

O baú escancarado foi como uma facada em Pat. Rae estava mesmo indo embora... Indo para a China! Por que o destino não a tinha alocado para perto de casa, como Winnie? Ela lembrou, no entanto, que achara a partida de Winnie uma tragédia. Como a vida se desenrolava em torno de mudanças, até elas se tornarem parte da vida e não serem mais mudanças! Winnie vindo para casa com os bebês... Winnie em casa, visitando... Ora, aquilo era uma delícia. Mas a China? Por outro lado, Rae estava serenamente contente com tudo. Um verso de uma canção antiga que tia Hazel costumava cantar há muito tempo veio à cabeça de Pat, enquanto ela dobrava roupas e colocava no baú. "Aquele que parte é bem mais feliz do que aquele que fica para trás."

Talvez fosse verdade. Ela quase invejava a felicidade de Rae. E, ao mesmo tempo, ela também lamentava... Por Rae, que estava indo embora de Silver Bush. Como qualquer pessoa poderia ficar feliz ao ir embora de Silver Bush?

– Amanhã, neste mesmo horário, serei uma velha senhora casada – disse Rae, examinando-se no espelho. – Acho que já passou da hora de eu me casar, Pat. Parece-me que eu já estou ficando com uma aparência de professora escolar. Sabia que Brook mandou fazer uma aliança personalizada? Nada de joias antigas para mim, ele disse. Espero que eu sobreviva à cerimônia com dignidade. A Binnie mãe estará lá, me observando.

– Ela não virá, Rae!

– Virá, sim. May me perguntou se a mãe dela não podia vir assistir ao meu casamento. Eu realmente não podia negar. Então, quero que tudo corra bem. Não olharei para Brook quando proclamar o último voto. Isso se tornou tão comum... A senhora Binnie disse que Olive o fez, e todos acharam "tão comovente". De todo modo, eu certamente teria rido. Ouça aquele turtídeo azul cantando no pomar, Pat. Suponho que não existam turtídeos azuis na China... Ou será que existem? Mas existem gatos... Certamente existem gatos na China... Gatos protegendo segredos misteriosos... Gatos peludos e contentes... E só que... Será que eles miam em chinês? Imagine se miarem! E aí, é claro, depois de um tempo, terei meus filhos. Quero dez.

– Dez? Por que não ter uma dúzia logo de uma vez? – brincou Pat, rindo.

– Ah, não sou gananciosa. É preciso deixar alguns para outras pessoas.

– Ah, se tia Barbara ouvisse! – comentou Pat enquanto enfiava um saquinho de lavanda seca no baú de Rae... Lavanda do jardim de Silver Bush para perfumar os lençóis na China.

– Mas não ouviu. Não falo essas coisas para ninguém além de você. Sempre fomos tão companheiras, não é mesmo, Pat? Nós já rimos e choramos juntas... Somos amigas, além de irmãs... Exceto por aquelas semanas horrorosas que passamos sem conversar direito. Essa é a lembrança que me deixa envergonhada. Mas tenho tantas outras bonitas... De casa, de você, da mãe e de Judy. Elas sempre iluminarão a vida como uma lamparina. Você pode recitar aqueles versos que encontramos uma noite dessas e achamos lindos?

O que o Amor antevê pode morrer em flor
O que o Amor possui pode ser teu ao alvor
Mas nos dezembros escuros da Vida transborda
O que o Amor Recorda.

– É verdade, não é, querida? Nós sempre teremos nossas adoráveis lembranças, mesmo nos "dezembros escuros". Ah, sentirei tanta falta de todos vocês. Eu ficarei frequentemente com saudades de Silver Bush. Não pense que não lamento deixar a fazenda e todos vocês, Pat. Eu lamento. Mas... Mas...

– Mas há Brook Hamilton – completou Pat, sorrindo.

– Sim. – Rae ficou bastante pensativa. – Mas a velha vida que estou deixando para trás sempre será muito especial para mim. E você foi a irmã mais querida.

– Não faça isso – pediu Pat. – Você vai me fazer desandar e chorar. Já decidi que não vou estragar seu casamento com lágrimas.

– E, por favor, querida, não chore depois que eu me for. Não consigo suportar pensar em você, aqui, aos prantos, depois que eu me for.

– Eu provavelmente chorarei um pouquinho – admitiu Pat com franqueza. – Não acho que consiga escapar. Mas eu não cedo mais ao desespero, como costumava fazer muito tempo atrás. Rae, eu aprendi a aceitar a mudança, embora nunca consiga evitar receá-la... Nunca conseguirei entender as pessoas que parecem gostar dela. Lá está Lily, chamando você para sua última prova.

No dia anterior ao casamento, havia esperança de que a senhora Binnie não conseguisse comparecer, afinal de contas. Seu primo de primeiro grau, o velho Samuel Cobbledick, havia falecido, e o funeral seria uma hora antes do horário marcado para a cerimônia.

– É uma verdadeira apóstrofe, que ele tenha morrido nesse momento específico – lamentou a senhora Binnie para May. – Ele sofria de uma condição geral há anos, mas não precisava morrer antes (até depois) do casamento. Ele sempre foi um homem muito exaustivo. Foi uma hemorragia interna que acabou com ele. Estou terrivelmente decepcionada. Estava animada para ver a querida Rae se casar.

– Ora, ora, eu isperu qui esse funeral seja mais tranquilu qui u du irmão dele, u John – disse Judy. – U John quiria deixar tudo certu para u própriu funeral antis di murrer... Já qui quiria qui fossi tudu muitu istilosu i num cunfiava na isposa, qui num era muito requintada. Eles passaram a vida toda briganu, mas a maior briga qui eles tiveram foi pur causa du funeral. Ela num falou mais cum ele inquantu ele tava vivu, i si recusou a sentar cum u pissual qui tava di lutu, purque num tinha participadu di nada dus preparativus. E issu meiu qui istragou a ocasiãu.

– Todas as famílias têm suas pequenas diferenças – retrucou a senhora Binnie, secamente. – A pobre esposa do Sam estava bastante triste. Eu passei a tarde toda congregando a coitadinha.

– Vucê quis dizer "consolanu" – disse Judy inocentemente. Ela não costumava se dar ao trabalho de corrigir a senhora Binnie, mas havia momentos e momentos.

– Quis dizer o que eu disse – retorquiu a senhora Binnie – e agradeço, senhorita Plum, se não puser palavras na minha boca.

Pat e Rae acharam difícil pegar no sono aquela noite. Meia dúzia de vezes, uma delas dizia:

– Bem, vamos nos virar e dormir.

Elas realmente viravam, mas não dormiam. Logo, estavam conversando de novo.

– Espero que o tempo esteja bom amanhã – disse Rae. – Quero que minha última imagem de Silver Bush, quando eu estiver indo embora, seja dela banhada pelo sol.

– Amanhã? – exclamou Pat. – Hoje! O relógio do salão pequeno acaba de badalar doze horas. É o dia do seu casamento, Naninha.

– Está na hora de eu ficar nervosa – brincou Rae. – Não acho que eu vá ficar. Tudo parece tão… Tão natural, casar com Brook, sabe?

Elas devem ter dormido um pouco, pois Pat ficou surpresa ao se ver sentada na cama, olhando pela janela para um mundo que se estendia sob a luz clara, pálida e suave da alvorada. Era o dia do casamento de Rae e, dali em diante, quando ela acordasse, precisaria acordar sozinha.

Um lindo dia de sol, como Rae desejava, com grilos felizes e eufóricos cantando por todos os lados e ventos sinuosos provocando tremores dourados nos campos de trigo.

– Realmente – disse Rae –, o tempo em Silver Bush não é como o tempo em qualquer outro lugar, nem mesmo em Swallowfield. Eu a provoquei muito, Pat, por achar que as coisas aqui são tão diferentes de qualquer outro lugar… Mas, no meu coração, eu sempre soube também.

– Não é um dia maravilhoso? – exclamou May quando elas desceram.

May estragou o tempo para Pat. Por outro lado, para May, tudo sempre era "maravilhoso" ou "impagável". Aqueles eram seus adjetivos preferidos. Pat sentia que não queria que May tivesse qualquer relação com o casamento de Rae, nem mesmo sua aprovação.

Foi uma manhã corrida. Brook chegou ao meio-dia. Pat arrumou e decorou a mesa do casamento. May, também, como forma de reafirmar seus direitos, colocou um arranjo enorme de flores do seu jardim herbáceo bem no centro, depois que Pat subiu para se vestir. Judy o levou descaradamente para a cozinha.

– Sempre querenu aparecer – murmurou ela.

May se vingou dizendo, quando Judy apareceu em seu vestido de cor vinho:

– Como esse vestido foi bem preservado, Judy. Realmente, nem parece muito antiquado.

Capítulo 2

No piso superior, uma noiva estava sendo vestida.

– Aqui está algo azul para lhe dar sorte – sussurrou Pat.

Rae se levantou, um tanto fantasmagórica em seu resplendor de cetim e tule. Ela estava usando o antigo véu de sua mãe… Um tanto amarelado e um tanto antiquado… Alto na cabeça, em vez do moderno gorro com babados… Mas a beleza jovem de Rae reluzia resplandecentemente em meio às pregas. Ela estava tão tomada pela felicidade que parecia transbordar e tornar tudo lindo.

– Ela não está uma graça? – disse May, que havia entrado sem ser convidada.

Os olhos de Pat e Rae se encontraram na última de suas muitas trocas de olhares secretas e deleitadas. Pat sabia que era a última… Ao menos por muitos anos.

– Não vou… Não vou chorar – afirmou ela com severidade para si mesma. – Ao menos não agora.

Enquanto Rae juntava o vestido para descer as escadas, Bravo-e-Feroz enxergou sua oportunidade. Ele estava sentado no topo da escada, muito aborrecido e ofendido porque fora trancado para fora do quarto de Pat. Ele saltou e mordeu... Mordeu Rae bem na parte carnuda de sua perna esguia. Rae soltou um gritinho... Bravo-e-Feroz fugiu... E Pat examinou o estrago.

– Ele não furou a pele... Mas, querida, o bicho puxou um fio na sua meia. O que foi que deu nele?

– Não há nada a se fazer agora – ponderou Rae, contendo o riso. – Ainda bem que as saias são longas. Eu mereci... Fui eu quem fechou a porta na cara dele. Fiquei com medo de que ele se embolasse no meu véu. Não foi o modo correto de tratar um velho gato da família. Ele fez certo em me morder.

Todo o resto pareceu correr como um sonho para Pat. A cerimônia foi linda... Embora Rae, mais tarde, tenha confessado que não conseguia pensar em mais nada além daquele fio puxado em sua meia o tempo todo. Seria péssimo se a senhora Binnie percebesse de alguma forma, a despeito das saias longas... Pois a senhora Binnie compareceu, no fim das contas, tendo ido voando para lá assim que o funeral do querido Samuel terminou. Ela chegou a Silver Bush assim que a noiva tinha acabado de descer as escadas.

A mãe Gardiner estava pálida, serena e encantadora, e o pai, sonhando com a juventude e o dia de seu casamento, olhando com muito carinho para seu bebê, que tinha crescido tão rápido e inexplicavelmente e estava se casando antes mesmo que ele percebesse que ela havia saído do berço.

Assim que Brook tomou sua noiva nos braços para beijá-la, Bravo-e-Feroz entrou de mansinho... Um Bravo-e-Feroz arrependido, carregando um rato grande e suculento na boca, que largou aos pés de Rae, com um ar de reconciliação. Um instante antes, todos estavam prestes a chorar... Mas a tensão se dissolveu em uma explosão de risada, e o banquete de casamento de Rae foi tão alegre quanto ela queria que fosse.

Mesmo assim, achou difícil conter as próprias lágrimas quando se virou à porta do quarto para uma olhada de despedida. Ela se lembrou de todas as vezes em que havia saído de casa antes... Mas sempre para voltar. Agora, ela estava partindo para nunca mais voltar... Ao menos não como Rae Gardiner. Ela sairia, fecharia a porta e nunca mais a abriria, pondo um fim a ela e ao passado feliz e repleto de riso que a ela estava relacionado. Então se agarrou a Pat.

– Querida, você me escreverá toda semana, não é? E tenho certeza de que virei para casa para visitar emtrês anos, no máximo.

Eles se foram.

– Nunca vi Rae tão linda e adorável – choramingou a senhora Binnie, sua figura gorda tremia.

May estava tentando forçar algumas lágrimas, mas Pat não sentia vontade alguma de chorar, embora achasse que seu rosto poderia rachar se ela continuasse sorrindo. Ela e Judy limparam os cômodos, lavaram a louça e guardaram tudo. Quando Pat entrou na cozinha de mansinho à noite, encontrou Judy sentada ao lado do fogo que tinha acendido.

– Ora, ora, pensei qui num pudia faltar um foguinho numa noiti como essa. Os gatus tão gostanu. Sabe, Patsy, eu gostaria qui o pobre Tillytuck tivessi aqui, ali nu cantinhu dele, fumanu seu cachimbu. Num... Num ia parecer tãu solitáriu.

Era estranho ouvir Judy falando de solidão. Pat sentou-se ao lado dela no chão, repousando a cabeça no colo de Judy e colocando o braço de Judy em torno de seus ombros. Elas ficaram sentadas daquele jeito, em silêncio, por um bom tempo, ouvindo os estalidos gostosos do fogo crepitante e o ronrom vociferante do gatinho que Judy havia acomodado ao seu lado. Judy sempre soube como deixar as criaturinhas felizes.

– Judy, essa é a terceira vez que montamos vigília nesta velha cozinha depois de ver uma de nossas meninas ir embora, recém-casada. Você se lembra do casamento da tia Hazel? E de Winnie? De como ficamos sentadas aqui, e você me contou histórias para me alegrar? Não quero histórias esta noite, Judy. Só quero ficar quietinha... E que você me mime um pouquinho. Estou... cansada.

Quando Pat se levantou e foi até a porta da varanda para deixar o suplicante Popka entrar, Judy suspirou e sussurrou para si mesma.

– Ora, ora, tô pensanu qui todas as histórias já foram contadas. Pur certu, eu num passo di uma vela derretida, agora.

Ela não deixou, contudo, que Pat a ouvisse. E, em pouco tempo, quando lembrou da senhora Binnie aparecendo com o rosto vermelho após o funeral, ela começou a rir.

– O que foi, Judy?

– Ora, ora, eu num pretendia rir, Patsy, mas acabei di mi lembrar qui tinha, sim, uma história sobre o velho Sam Cobbledick. Ele gostava di um gole quandu era mais jovem, mas dipois qui a isposa começou a controlar, ele num teve mais muita chance di tomar umas. Certa vez, ele ficou bem duenti di gripe, e o médico deixou um pouquinhu di uísque numa garrafa para ele. A senhora Cobbledick achou qui era só remédio e foi para igreja. Um vizinhu apareceu, o velho Lem Morrison, e também levou um pouquinhu di bebida numa garrafa, iscondidu. Mas o velho Sam olhou para ela muito decepcionadu. "Num tem u suficienti para nós dois ficarmus bêbadus", ele dissi. "Vamus juntar tudu e imbriagar um di nós", falou. "E vamus tirar na sorti para ver quem vai ser", ele dissi. I a sorti agraciou u velhu Sam. Mas vucê dissi qui num quiria ouvir ninhuma história esta noiti.

– Quero ouvir essa. O que aconteceu com o velho Sam, Judy?

– Ora, ora, quandu a Sarah Coddledick chegou im casa, u maridu duenti tava dançanu e cantanu no meio da sala e num tinha mais gripe ninhuma. Ela num ficou sabenu da verdade, mas falou para u médicu qui us remédius dele eram fortes dimais para um home duenti, mesmu qui u tivessem curadu rápidu. E agora, Patsy, quirida, vamus fazer um lanchinhu. Reparei qui vucê num comeu muitu na janta.

Pat achou a noite difícil. Parecia pairar um silêncio sinistro sobre toda a casa. Ela sentou-se à janela por um bom tempo no escuro. Lá embaixo, no jardim, as flores brancas reluziam… Uma das muitas flores que Bets tinha lhe dado… Aquela amiga dos lábios doces de tanto tempo atrás. A dor da morte de Bets havia se dissipado com o tempo com a mesma suavidade com que uma lua bem, bem velha se dissipa em meio à alvorada, mas sempre retornava em momentos como aquele. Ela se lembrava de como costumava ficar acordada, especialmente em noites tempestuosas, depois que Winnie e Joe tinham saído de casa. Ela não conseguia suportar olhar para a caminha branca de Rae.

O nascer do sol na manhã seguinte, contudo, foi maravilhoso… Carmim e dourado incandescendo até se transformar em azul. Um pássaro estava cantando em algum lugar do pomar, e os limites do campo do morro estava afogueado com uma borda dourada. A alvorada ainda amanhecia lindamente… E ela ainda tinha Silver Bush. A pequena Mary ocuparia a cama de Rae com frequência. Seus cabelos louros brilhariam naquele travesseiro solitário.

E, é claro, sempre havia David… O adorável e leal David. Ela não podia esquecê-lo.

O décimo ano

Capítulo 1

Levou um tempo para Pat se acostumar com a ausência de Rae. Às vezes, ela pensava que nunca se acostumaria. As semanas do outono foram muito difíceis. Cada lugar… Cada quarto… Parecia cheio de Rae… Mais ainda do que quando ela estava em casa. Pat vivia, de alguma forma, esperando vê-la… Reluzindo entre as bétulas nas noites de luar… Saltitando pela Whispering Lane… Vindo para casa da escola, rindo de alguma brincadeira do dia… Trajando sua juventude como uma rosa dourada. E, então, a tristeza renovada da percepção de que ela não viria. Por um tempo, realmente parecia que Rae havia levado a risada de Silver Bush quando foi embora. Então, ela retornou devagar; novamente, havia chistes e conversas nas noites na cozinha.

Duas coisas ajudaram Pat a sobreviver ao outono e ao inverno… Silver Bush e suas noites com David e Suzanne. Seu amor por Silver Bush não havia sido nem um pouco abalado… Não, parecia ter aumentado e intensificado com os anos, na medida em que outros amores passavam por sua vida, que outras mudanças chegavam… Ou ameaçavam chegar. Pois a grande barba grisalha de tio Tom já estava bastante grisalha, seu pai estava ficando careca, e os cabelos dourados de Winnie estavam desbotando e ficando pardos. E... Embora Pat afastasse com veemência o pensamento sempre que ele lhe vinha à cabeça... Judy estava ficando velha. Nem tudo era malícia de May.

Por outro lado, sua mãe estava muito melhor... Quase bem... Começando a retomar seu lugar na família. Era como um milagre, todos diziam. Então, Pat estava feliz e contente, a despeito de certas pontadas passageiras de solidão que se faziam sentir nas noites de insônia, quando um vento tomado pelo luto choramingava nos beirais.

Então, pareceu que a primavera tocou Silver Bush durante a noite, e o inverno terminou. Partículas de chuva se dissolviam nos morros que ainda não estavam verdes... Era mais como se uma sombra verde-claro tivesse caído sobre eles. Ventos quentes e molhados sopravam no bosque branco que começava a despertar. Névoas suaves encaracolavam e desencaracolavam no campo da lagoa. Então, veio a neve nas pétalas das cerejeiras nas trilhas, vento nos gramados pela manhã e o deleite de ver botões florescerem no jardim.

– Hoje, não tenho obrigação nenhuma para com o mundo além da primavera – declarou Pat na manhã seguinte à grande faxina.

Ela se recusava a se chatear até mesmo com o fato de que a construção da nova casa, na outra fazenda, precisaria ser adiava novamente por motivos financeiros. Ela passou o dia todo no jardim, planejando, descobrindo, exultando. O arbusto de coração-sangrento de Judy estava em flor. Nada podia ser mais lindo. Se bem que, para Pat, uma flor do jardim de Silver Bush sempre seria mais bela do que toda a vitrine de um florista.

– Vamos jantar no pomar esta noite, Judy.

Elas jantaram... Apenas ela, sua mãe, Judy e a pequena Mary, pois todos os homens tinha saído, e May tinha ido para a casa de sua mãe para ajudar na limpeza. Os Binnie geralmente começavam a faxina quando todos já estavam terminando.

Jantar sob galhos brancos dependurados... Flores de macieira caindo na jarra de creme... Uma noite bela e tranquila, com a "antiga loucura lírica" de que Bliss Carman falava solta no ar. Uma refeição como aquela era um sacramento. Pat estava feliz... Sua mãe estava feliz... A pequena Mary estava feliz porque sempre estava feliz quando tia Pat estava por perto... Embora o céu fosse terrivelmente grande. Era um dos medos secretos da vida da pequena Mary, que ela nunca havia revelado para qualquer pessoa, o do céu ser grande demais. Até mesmo Judy, que passara o dia todo se lamentando porque uma ninhada de perus havia molhado os pés e morrido, se animou e pensou que talvez ainda vivesse muitos anos.

"A vida é doce", pensou Pat, olhando ao redor com uma expressão de deleite sonhador.

Algumas horas depois, a vida lhe presenteou com outra de suas surpresas.

Ela subiu até a casa comprida sob o crepúsculo... Passando pelo verde aveludado do campo do morro, pelo bosque de abetos. O perfume dos lilases não havia mudado, e os tordos ainda entoavam hinos em alguma doce língua perdida de tempos passados. Ela encontrou David no jardim, ao lado da lareira de pedra, onde ele havia acendido o fogo... "Para ter companhia", segundo ele. Suzanne tinha ido à cidade, mas Ichabold e Alphonso estavam sentados ao lado dele. Pat sentou-se no banco.

– Alguma novidade? – perguntou ela despretensiosamente.

– Sim. A cerejeira silvestre no canto sudeste do bosque de abetos está florescendo – disse David... E não disse mais nada por um bom tempo.

Pat não se importava. Ela gostava dos silêncios longos, frequentes e amigáveis entre eles, quando se podia pensar em qualquer coisa que quisesse.

– Suzanne vai se casar no mês que vem – disse David de repente.

Pat ergueu o rosto perplexo. Ela não achava que seria antes do outono. E... Se Suzanne iria se casar... E quanto a David? Ele não podia ficar na casa comprida sozinho. Será que as palavras seguintes dele seriam algo nesse sentido? Pat sentiu os lábios e a boca ficarem curiosamente secos. Mas, é claro...

O que David estava dizendo?

– Você realmente quer se casar comigo, Pat?

Que pergunta extraordinária! Ela não tinha prometido se casar com ele? Eles não estavam noivos... Felizes e contentes em seu noivado há anos?

– David! Como assim? É claro...

– Espere. – David se inclinou para frente e a encarou de perto. – Olhe nos meus olhos, Pat... Não vire o rosto. Diga-me a verdade.

Diante do olhar irrefutável dele, Pat arfou.

– Eu... Eu não posso... Eu não sei. Mas eu acho que sim, David... Ah, eu realmente acho que sim.

– Eu acho, minha querida – disse David, lentamente –, que sua atitude, perceba você ou não, é: "Se preciso me casar, é melhor me casar com você mesmo". Isso não é o bastante para mim, Pat. Não, você não me ama, embora tenha fingido que ama... Fingido lindamente, para si mesma e para mim. Eu não a quererei nessas condições, Pat.

O jardim girou em torno de Pat... Pulou para cima e para baixo... Aquietou-se.

– Eu... Eu queria fazê-lo feliz, David – disse ela em um tom lastimável.

– Eu sei. E não me importo em assumir riscos com minha vida... Mas com a sua... Não, não posso arriscar.

– Você parece estar decidido a me dispensar, David. – Pat estava entre as lágrimas e algo como o riso histérico. – E eu gosto... Gosto muito de você... De verdade.

– Isso não basta. Não estou culpando você. Eu me arrisquei. Pensei que podia ensiná-la a me amar. Eu falhei. Sou o tipo de homem de que todas as mulheres gostam… E nenhuma ama. Foi… Foi assim antes. Eu não aceitarei novamente… É doloroso demais. Há uma antiga parelha de versos:

Sempre há um que beija
E um que vira o rosto.

– Nem sempre – murmurou Pat.

– Não, nem sempre. Mas frequentemente… E não será assim comigo uma segunda vez. Nós sempre seremos bons amigos, Pat… E nada mais.

– Você precisa de mim – suplicou Pat desesperadamente mais uma vez.

Afinal de contas… Embora ela soubesse, em seu coração, que ele tinha razão… Que ele nunca fora qualquer outra coisa além de um escape… Que, às vezes, às três da manhã, ela acordava a se sentia uma prisioneira… Ela não podia suportar não tê-lo mais em sua vida.

– Sim, eu preciso de você… Mas nunca poderei tê-la. Eu sei disso desde a visita de Hilary Gordon, no verão passado.

– David, que besteira você enfiou na sua cabeça? Hilary sempre foi como um irmão querido para mim…

– Ele faz parte das raízes da sua vida, Pat… De um jeito que eu jamais poderei fazer. Não posso superar um rival como esse.

Pat não sabia dizer como ela se sentia… Por fora. Toda aquela experiência parecia irreal. Será que David tinha realmente lhe dito que não podia se casar com ela? Bem lá no fundo, entretanto, sabia que se sentia livre… Curiosamente livre. Ela estava quase um pouco zonza com a ideia da liberdade… Como se tivesse bebido um vinho potente e inebriante. Mecanicamente, começou a tirar a aliança do dedo.

– Não. – David ergueu a mão. – Fique com ela, Pat… Use em algum outro dedo. Tivemos uma… Amizade maravilhosa. Foi apenas a minha cegueira que me fez esperar por mais. E não se preocupe comigo.

Ofereceram-me o cargo de editor-chefe da Weekly Review. Quando Suzanne se casar, eu aceitarei.

Então, ele também sairia de sua vida. Pat nunca lembrou, exatamente, como chegou em casa. Mas Judy estava tricotando na cozinha, e Pat sentou-se diante dela, um tanto irritada.

– Judy... Fui dispensada.

– Dispensada, é?

Judy não disse mais nada. Ela se transformou subitamente em um terrier atento.

– Sim... Do jeito mais descarado possível. David Kirk me disse esta noite que não se casaria comigo... – Pat conseguiu conferir um tom queixoso à sua voz. – Que nada no mundo o forçaria a se casar comigo.

– Ora, ora, num foi vucê qui pidiu ele um casamento, eu achu. Ele ti falou os motivos?

Judy continuava atenta.

– Ele disse que eu não o amo... O suficiente.

– Ora, ora e ama?

– Não – confessou Pat baixinho. – Não. Eu tentei, Judy... Eu tentei... Mas acho que sempre soube. E você, também.

– Num vou lamentar qui tenha terminadu – confirmou Judy.

Ela continuou tricotando em silêncio.

– O que os Binnie vão dizer? – indagou Pat manhosamente.

– Ora, ora num acho qui vucê tenha passadu a si preocupar cum o qui os Binnie dizem, meu tesouro.

– Não, não ligo a mínima para o que dizem. Mas os outros... Ah, bem, eles já estão acostumados comigo, a essa altura. E esse é meu último romance corrompido com o qual eles precisarão se preocupar. Nunca mais terei um namorado, Judy.

– "Nunca" é tempo dimais – disse Judy ceticamente, e então acrescentou: – Vucê ainda vai encontrar a pessoa certa. Uma coisa dessas num fica relegada ao acaso.

– Enfim, Judy, não vamos mais falar disso. Não... Não é agradável. Estou livre novamente... Livre para amar e viver por Silver Bush. Isso é tudo o que importa. Livre! É um mundo maravilhoso.

Quando Pat saiu, Judy continuou tricotando inescrutavelmente por um tempo. Então, falou para Bravo-e-Feroz:

– Intão esse é o fim do viúvo, graças ao Bom Home Lá di Cima.

Capítulo 2

A notícia do desmanche do noivado de Pat não causou muito furor na família. Eles já haviam desistido de esperar qualquer outra coisa daquela garota volúvel e inconstante. May disse que ela já esperava... Sabia que David não era do tipo casadoiro. O pai de Pat não disse nada... O que havia para dizer? A mãe compreendeu como sempre. Em seu coração, ela ficou aliviada. Suzanne também entendeu.

– Eu lamento muito... Muito mesmo... E estou extremamente decepcionada. Mas era uma dessas coisas que são para ser.

– É bom poder jogar a culpa de tudo na predestinação – disse Pat em um tom pesaroso. – Sinto que falhei com você... E com David... E eu gosto tanto dele...

– Talvez isso seja o suficiente para alguns homens, mas não para David – disse Suzanne baixinho. – Eu gostaria que tivesse sido diferente, Pat, querida... Mas não pode ser, então precisamos simplesmente deixar isso para trás e seguir adiante.

Quando Suzanne se casou e David foi embora, a casa comprida ficou fechada e escura novamente. Mais uma vez, ela era a casa comprida e solitária. Algumas casas eram assim… Tinham um destino do qual nunca conseguiam escapar por muito tempo.

Pat avaliou as coisas. Ela estava em paz. Todo o seu mundo tinha sido temporariamente destruído… Arruinado… Virado de cabeça para baixo, mas nada realmente mudara em Silver Bush. Não havia mais nada entre ela e seu lar… E nunca mais haveria. Ela não queria mais saber do amor e suas contrafações. Dali em diante, Silver Bush não teria rival algum em seu coração. Pat poderia viver por ela sozinha. Talvez houvesse algumas horas de solidão. Mas tinha algo de maravilhoso até mesmo na solidão. Ao menos você pertence a si mesmo, quando está sozinho.

Pat jogou a cabeça castanha para trás e seus olhos castanhos incendiaram.

– A liberdade é uma maravilha – disse ela.

Capítulo 3

Em uma noite fumacenta de outubro, eles encontraram Judy caída inconsciente no estábulo ao lado da velha vaca branca. Ela não tinha permissão para ordenhar há muito tempo, mas tinha escapulido ao anoitecer para fazê-lo, já que May não estava em casa, e ela sabia que "os homes" estariam cansados quando voltassem da outra fazenda.

Eles a levaram para a cama do quartinho da cozinha e mandaram chamar o doutor Bentley. Sob os cuidados dele, ela recobrou a consciência, mas ele parecia bastante sério quando desceu até a cozinha.

– O coração dela está em péssimas condições. Não sei como ela aguentou tanto tempo.

– Judy não se sentiu bem durante todo o verão – contou Pat. – Eu sabia… Embora ela se recusasse a admitir que havia alguma coisa errada e também não me deixasse chamá-lo. "Ele pode curar a velhice?", era o que ela perguntava. Sei que eu devia ter insistido… Sabia que ela estava velha, mas acho que nunca percebi… Nunca acreditei que Judy pudesse adoecer…

– Não teria feito diferença. Não havia nada que eu pudesse fazer – disse o doutor Bentley. – É questão de uma ou duas semanas.

Pat o odiou por sua casualidade. Para ele, Judy não passava de uma criada velha e acabada. Quando ele se foi, ela subiu até o quartinho onde Judy estava deitada. Raios pálidos perfuravam as nuvens acima do bosque branco e reluziam transversalmente em todas as amadas coisas de Judy.

Judy voltou os velhos olhos turvos para o rosto de Pat.

– Num fica triste, Patsy, quirida. Eu tinha certeza, desde qui u Cavalheiro Tom foi imbora, di qui a minha hora num ia demorar para chegar. E, ultimamente, eu tava sintinu qui tava ficanu mais pertu, du mesmu jeitu qui a genti senti a neve nu ar antis dela cair. Ora, ora, ficu contente pur num ser um incômodu para ninguém pur muitu tempu, nem causar muitu transtornu pur morrer.

– Judy... Judy...

– Ora, ora, eu sei qui vucê pensa qui nada du qui puderia fazer pela velha Judy seria um transtorno, quirida. Mas eu sempre pidi para u Bom Home Lá di Cima para num ficar muitu tempu na cama quandu minha hora chegassi, i sempre torci para poder morrer im Silver Bush. Este foi u meu lar pur muitos i muitos anos. Tive uma vida filiz aqui, Patsy, e agora a morti parece mesmu uma amiga.

Pat se perguntou quantas pessoas pensariam que Judy tinha tido uma vida feliz... Uma vida intensa no que eles julgariam ser um trabalho monótono e penoso em uma pequena fazenda. Ah, bem, "o reino dos céus está dentro de nós". Pat sabia que Judy tinha sido feliz... Que ela não havia pedido nada além de que as pessoas a procurassem quando precisassem de ajuda... Que a "quisessem". Nada mais terrível poderia acontecer a Judy do que não ser querida.

Mas será que... Poderia ser... Judy quem estava falando com tanta calma sobre a morte? Judy!

O doutor Bentley tinha dado a Judy mais duas semanas, mas ela viveu por quatro. Estava muito feliz e contente. A vida, ela sentia, estava terminando lindamente, ali onde seu coração sempre habitara. Ela não sairia de Silver Bush... Não jazeria inútil até as pessoas começarem a odiá-la por ser tão imprestável e atrapalhá-las. Tudo estava exatamente como ela teria desejado.

Pat não saiu do lado dela. May não queria nem saber de cuidar dela – "Detesto gente doente", anunciou ela jovialmente –, mas ninguém queria que ela cuidasse mesmo.

– Ora, ora é muito bom ser cuidada – disse Judy a Pat com seu velho sorriso.

– Você cuidou por muito tempo de nós todos, Judy. É sua vez de ser cuidada.

– Patsy, quirida, si eu pudessi ter só vucê, i mais ninguém, cuidanu di mim!

– Estarei ao seu lado até o fim, amada Judy!

– Sei qui vucê vai ficar comigu até ondi puder, mas num si cansi dimais, Patsy.

– Não estou cansada. Só não vou fazer mais coisa alguma por um tempo além de cuidar de você. May está fazendo todo o resto... Para ser justa, Judy, ela não é preguiçosa.

– Ora, ora, mas ela nunca vai ter a sorte com us filhotis di piru qui eu tinha – disse Judy em um tom satisfeitu.

Bravo-e-Fero raramente saía do lado de Judy. Ele se encolhia ao lado da cama, onde ela podia acariciá-lo se quisesse, e sempre ronronava quando ela o fazia.

– Fica olhanu para mim cum os olhinhus grandis e redondos, Patsy, como quem diz: "Eu pudia ti dar uma ou duas das minhas vidas, Judy, si vucê quisesse." Pur certu, ele é uma companhia muito milhor qui qualquer um dus Binnie – acrescentou ela com um sorriso.

A senhora Binnie achava ser sua obrigação "sentar perto" de Judy com frequência, e Judy tolerava educadamente. Ela não iria esquecer suas boas maneiras, nem mesmo em seu leito de morte. Mas ela sempre suspirava de alívio quando ela ia embora.

Sim, era agradável ficar deitada tranquilamente, relembrando os velhos tempos, os chistes e os triunfos... Todas as lágrimas e alegrias de dias esquecidos... Toda a dor e a beleza da vida. "Ora, ora nós nos divertimos", pensava ela, rindo de leve. Nada mais a preocupava.

Pat sempre se sentava com ela e conversava no "escurecer". Às vezes, Judy parecia tão bem e natural que esperanças malucas surgiam no coração de Pat.

– Tenhu mi lembradu um pouquinhu dus velhus tempus, Patsy. É a minha forma di passar u tempu. Vucê si lembra da noiti im qui a tua tia Edith ti pegou dançanu pelada im Silver Bush e eles ti mandaram para Coventry? E da vez im qui u Alec Cumpridão tirou u bigodi e vucê ficou arrasada? E da noiti im qui u Pimenta caiu nu poçu? Lembra quandu u piquenu Jingle e u cachorru dele ficavam pur aqui? Tinha algu nu rostu dele qui eu sempre gostei. Ele tinha um charme. I comu vucê odiava quandu diziam qui ele era teu derriço! "Num era um derriço", ela dizia, indignada. "Era só u Jingle." I vucês dois entranu na cuzinha para mi pidir um punhadu di passas. Ora, ora aqueles foram bons tempus. Mas achu qui us dias di hoje também são bons. Sempre tem coisas boas cheganu para assumir u lugar das velhas qui vão imbora, Patsy. Agora tem a piquena Mary... Ela teve aqui à tardi, com aquela cabecinha loira brilhandu comu uma istrela nu meu velho quartu, e a tagarelanu sem parar. As perguntas qui ela faz. "Num tem uma Senhora. Deus, Judy?" E quandu eu dissi "não", ela só ficou olhanu para mim, i aí perguntou, toda solene: "Intão Deus é um velhu solteirãu, Judy?" Pur certu, talvez eu num devessi ter ridu, Patsy, mas a bunequinha falou sem irreverência ninhuma, i vucê sabe qui eu nunca cunsigui mi conter cum uma piada. Achu qui u própriu Deus teria ridu da carinha dela. Ele também deve gostar di um pouquinhu di diversão, Patsy, já qui faz a genti gostar tantu. Eu tive uma vida longa, Patsy, e muitas coisas a agradecer, mas nada milhor qui u presenti di inxergar alguma coisa qui faz rir im quase tudu. E issu mi lembra… Quandu u doutor Bentley teve aqui hoje, ele tirou a minha temperatura, e eu fiquei pensanu nu sustu qui a tua tia Hazel deu na genti uma vez. Ela teve uma gripe forte, e a tia Edith foi tirar a temperatura dela cum aquele termômetru piquenu ingraçadu. Tia Hazel num gostava nada di ser incomodada, intão sempre qui a minha cara Edith virava as cosas, a Hazel arrancava u termômetru da boca e infiava na xícara di chá quenti. Quandu ela ouvia a Edith voltanu, ela infiava na boca di volta. E a pobre Edith quase morreu du curaçãu quandu olhou e viu a temperatura. Ela desceu a iscada correnu e fez u Alec Cumpridão ir buscar u médicu qui nem um doidu, certa di qui a Hazel tava cum pneumonia. Ora, ora, comu nós rimus, quandu discubrimus a verdadi. Nunca mais si pode falar "temperatura" na frenti da Edith di novu, tadinha. Ela e eu nunca nus demus muitu bem, mas eu nunca vou negar qui ela tinha u milhor sangue da Ilha do Príncipe Edward nas veias.

– Tem certeza de que não está se cansando, Judy?

– Acha qui tô falanu dimais, é? Ora, ora Patsy, quirida, é um discanso… E di qui importam algumas horas para um ladu ou para outur quandu você já chegou nu final da jornada?

Uma noite, Judy falou sobre a distribuição de seus pequenos tesouros.

– Tem um pouquinhu di dinheiro nu bancu para pagar as dispesas du meu funeral. Eu deixei para ser divididu entre a Winnie, a Naninha e vucê. A Winnie vai ficar cum a minha colcha di autógrafos, e eu prometi u baú azul para u Siddy anos atrás. Tem uns tapetes que eu guardei nu sótão para vucê, Patsy, e u meu livro di *Conhecimento útil* e todas as coisinhas da minha caixinha di tesourus. E u livro cum todas as minhas receitas. Vucê tem qui mandar us gatus brancus para u Hilary, quirida. Vou dar minha almofada di alfinetis para tia Barbara, comu uma piquena lembrança. Ela e eu sempre nus demus muitu bem. E vucê vai distruir a minha garrafa preta antis qui qualquer pessoa veja. As pessoas podem interpretar erradu.

– Eu... Eu vou fazer tudo isso, Judy.

– E, Patsy, quirida, pode pidir para mi interrarem nu velhu cimitériu, ondi eu num vá ficar longe di Silver Bush? Tem um espacinhu entre u Willy, u Chorão, e a cerca ondi dá para mi incaixar, cum uma muda di lilás na cabeceira. E eu gostaria di ter uma laje nu meu túmulu, também, nu lugar di uma pedra tumular, para qui us gatus possam durmir im cima. Seria uma companhia. E pode me colocar nu meu velhu vistidu di festa... U azul. Eu sempre gostei dele. Num vai mais ficar tãu apertadu quantu nu casamentu da Winnie. Vucê si importa?

– Judy... – Pat não costumava se abalar com frequência, mas havia vezes em que não conseguia evitar... – Como é que eu... Como é que Silver Bush sobreviverá sem você?

– Vai ter um jeitu – respondeu Judy delicadamente. – Sempre tem um jeito. Tem só uma coisa... Tô pensanu im quem é qui vai caiar as pedras e as istacas na próxima primavera. A May num vai... Ela nunca gostou.

– Eu farei isso, Judy. Tudo será mantido em Silver Bush exatamente como você deixou.

– Vai ser pesadu dimais para as tuas mãos, Patsy, quirida.

Mas Judy não estava realmente preocupada. Ela sabia que o Bom Homem Lá de Cima daria um jeito nas coisas. Parecia, contudo, haver uma ou outra coisa na consciência de Judy.

– Patsy, quirida, vucê si lembra daquele artigo no jornal di quandu a condessa veio visitar Silver Bush e qui vucês nunca discubriram quem foi qui avisou? Quirida, fui eu mesma. Fazia tempo qui eu quiria confessar, mas nunca cunsigui angariar coragem. Eu quiria mesmo qui tudo mundo ficasse sabenu, intão telefonei e contei. Mas o editor deu mesmo uma arrematada. Vucê mi perdoa, Patsy?

– Perdoar? Ah, Judy! Ora... Não foi... Nada.

– Eu num sigui as tradições di Silver Bush e sabia bem dissu. E, Patsy, quirida, todas as minhas histórias... A maioria aconteceu di verdadi, mas talvez eu tenha aumentadu uma coisinha ou outra, dadu uma dramatizada di vez im quandu. Minha vó nunca foi bruxa… Mas ela pudia ver coisas qui as outras pessoas num pudiam. Um dia, eu lembru di istar cunversanu cum ela, eu tinha uns 10 ou 12 anos… E nós incontramos um home involvidu nuns buatos. Ele paricia istar suzinho, mas a minha vó dissi para ele, ela dissi: "Bom dia pru sinhor e para sua companhia". Eu nunca isqueci a cara dele, mas quandu eu perguntei para ela u qui ela quis dizer cum aquilo, ela me dissi para agradecer a Deus pur num saber e num disse mais nada. U home si inforcou um tempu dipois dissu na varanda di casa, deliberadamenti. E agora qui eu ti contei isso, num tenhu mais preocupação ninhuma. Tudo vai acabar bem… Eu sei, di alguma forma. U amor nunca morre, Patsy. Eu gostaria di ter vistu vucê di noiva, quirida. Mas ficu filiz pur nunca ter tidu qui viver im Silver Bush sem vucê.

Uma tarde, Judy caminhou um pouco. Ela achou ter ouvido o assobio de Joe e a risada de Rae.

– As mininas di Silver Bush sempre tiveram uma risada bunita – murmurou ela.

Ela repreendeu alguém que "não estava lavando a manteiga direito". Uma vez, ela disse: "Si puder colocar uma lamparina na janela, Patsy". Novamente ela estava escarafunchando um canteiro de salsinha imaginário, procurando por algo que não conseguia encontrar.

– Acho qui perdi o jeitu di encontrar – lamentou ela, suspirando.

Mas quando Pat foi até o quarto de Judy ao anoitecer, ela estava deitada tranquilamente. A senhora Binnie tinha acabado de descer, passando por Pat na escada com um gemido agourento.

– Graças ao Bom Home Lá di Cima, num vou mais ver Binnie algum – disse Judy. – Eu a ouvi grunhinu para vucê na iscada. Dá azar incontrar as pessoas na iscada, foi u qui u ratu dissi quandu u gatu u pegou nu meiu du caminhu, mas u azar vai ser dela. Ela tava falanu di funerais para mi alegrar. "Quandu u meu pai murreu", ela dissi, "teve um funeral maravilhosu. As flores eram esplêndidas! E quanta genti!" Deu para ver qui foi um grandi alentu para família.

– Você está se sentindo pior, Judy?

– Nunca mi sinti tão bem na vida, quirida. Num tenhu dor ninhuma. Vucê podi mi erguer um pouquinhu? Eu quiria dar uma olhada nu velhu bosque brancu, e nas nuvens si divertinu cum u ventu.

– Consegue adivinhar quem andou perguntando de você, Judy? Ninguém menos que Tillytuck. Ele veio lá da costa Sul para saber de você.

– Ora, ora, isso é muito amável da parti dele – disse Judy em um tom de gratidão.

A cama de Judy foi movida para que ela pudesse olhar pela janela quando sentada. Pat a ergueu sobre as almofadas, e ela olhou com prazer para uma cena que, para ela, era repleta de lembranças. As corujas chamavam no bosque branco. As terras pacientes da velha fazenda se estendiam sob a luz espasmódica de um pôr do sol ventoso. As sombras do crepúsculo, no entanto, caíam pacificamente sobre o jardim coberto da cozinha, onde Alec Compridão estava botando fogo nas ervas daninhas. Tillytuck, que havia perguntado a Alec se podia pegar umas pastinacas, estava agachado, cavando com afinco, enquanto algum tipo de vara que ele havia enfiado no bolso da calça se erguia atrás dele, lembrando grotescamente um rabo eriçado.

Judy pegou a mão de Pat e segurou.

Vucê já viu o diabu
Cum sua pazinha di madeira
Plantanu batatas no jardim
Cum o rabu ouriçadu?

Recitou ela, rindo, e desabou nas almofadas. Seus olhos gentis e amáveis se fecharam. Judy que rira tão bravamente, alegremente, galantemente a vida toda, morreu de tanto rir.

Capítulo 4

Silver Bush foi preparada para receber a morte. Judy foi colocada no salão grande… Pat tinha a estranha sensação de que o funeral deveria ser realizado na cozinha… Enquanto, lá fora, os grandes flocos da primeira neve do ano caíam. Suas mãos sempre ocupadas estavam paradas, bastante paradas, por fim. Flores lindas haviam sido mandadas, mas Pat vasculhou seu jardim e encontrou alguns crisântemos retardatários e algumas folhas carmim e frutas vermelhas para colocar nas mãos de Judy, cruzadas sobre o peito de seu vestido de festa azul. O rosto de Judy assumiu, na morte, uma beleza e uma dignidade que nunca conhecera em vida. Muitas pessoas participaram do funeral… Pat não pôde evitar de sentir que Judy teria ficado orgulhosa. E então terminou… A casa, tão terrivelmente quieta, precisava ser colocada em ordem, e não havia Judy para conversar sobre o evento na cozinha depois! Pat refletiu, com um nó terrível na garganta, que Judy teria adorado conversar sobre o próprio funeral… Como ela teria rido dos chistes… Pois houve chistes… Parecia haver chistes por todo lugar, até mesmo em funerais. O velho Malcom Anderson fazendo um de seus raros comentários ao olhar para o rosto desfalecido de Judy: "Pobrezinha!

Espero que esteja tão feliz quanto parece", em um tom triste, como se duvidasse muito; e o filho de Olive berrando porque as irmãs o tinham afastado da janela e ele não pôde ver as flores sendo levadas para fora...

– Não se preocupe – disse uma de suas irmãs, reconfortando-o. – Você verá as flores no funeral da mãe.

Quando tudo acabou, Pat, perguntando-se como ela poderia suportar a dor obtusa e apática em seu coração, desviou o olhar da paisagem invernal espectral e foi à cozinha, esperando encontrar nela a tragédia do vazio. Mas sua mãe estava lá no lugar de Judy, com uma cadeira cheia de gatos ao seu lado. Pat enterrou a cabeça no colo da mãe e chorou todas as lágrimas que queria chorar desde que Judy adoecera.

– Ah, mãe... Mãe... Não tenho mais nada além da senhora e de Silver Bush.

O décimo primeiro ano

Capítulo 1

Houve muitas vezes, no ano seguinte à morte de Judy, em que ondas geladas de dor assolaram Pat. Em um primeiro momento, parecia literalmente impossível seguir em frente sem Judy. A vida parecia bem insossa, agora que todas as histórias de Judy haviam sido contadas. Mas Pat descobriu, como outras pessoas descobriram, que "esquecemos porque precisamos". A vida começou a ser novamente vivível e, depois, tornou a ser doce. Silver Bush parecia suplicar a ela: "Torne-me um lar novamente… Mantenha meus cômodos acessos… Meu coração, aquecido. Traga o riso jovial para cá para impedir que eu envelheça".

Quase todo mundo que ela amava tinha mudado ou se fora… As antigas vozes da alegria não ressoavam mais… Mas Silver Bush permanecia a mesma.

O primeiro Natal sem Judy foi dolorido. Winnie queria que todos fossem passar o dia em Bay Shore, mas Pat não quis nem saber. Deixar Silver Bush sozinha no Natal? Nem pensar! Todas as tradições foram escrupulosamente seguidas. Era mais fácil porque, agora, a mãe Gardiner podia ajudar nos afazeres, e eles acabaram tendo um bom Natal afinal de contas. Tio Tom, tia Barbara, Winnie, Frank e as crianças foram. May foi passar o dia na casa da mãe, então não havia nenhuma presença dissonante. Uma carta de Rae havia chegado com a boa notícia de que dali a dois anos, ela e Brook voltariam para "casa" para assumir o comando da filial de Vancouver. Em comparação com a China, Vancouver ficava logo ali. Como Judy costumava dizer, sempre havia algo para compensar. Mesmo assim, Pat ficou feliz quando o dia terminou. O primeiro Natal após uma morte nunca pode ser algo totalmente alegre. Ela e a mãe conversaram na cozinha depois e riram de algumas coisas. Os gatos ronronavam em torno delas, e seu pai e tio Tom jogavam cartas. Uma ou outra vez, contudo, Pat se percebeu tentando ouvir os passos de Judy na escadaria dos fundos.

Na primavera, a esperança tinha voltado a ser sua amiga, e seu deleite por Silver Bush estava novamente vivo e ávido. Seu amor por ela a mantinha jovem. A bem da verdade, frequentemente surgiam alguns lembretes pungentes dos anos que passavam. Volta e meia ela encontrava mais um fio de cabelo branco e sabia que o tique no canto de sua boca estava ficando mais pronunciado. "Estamos todos ficando velhos", pensou Pat com uma pontada de dor. Na verdade, aquilo não importava muito para ela. Era a mudança nos outros que ela detestava ver. Winnie estava ficando matronal, e Frank – que tinha acabado de se eleger para a Assembleia Legislativa – estava com os cabelos de cima das orelhas grisalhos. Se as outras pessoas continuassem jovens, pensou Pat, ela não se importaria em envelhecer. Embora fosse horrível ouvir que você "parecia jovem", como tio Brian, certa vez, dissera. Ela sabia que os Binnie consideravam que ela tinha, definitivamente, ficado "para titia" e que a chamavam, entre eles, de "a planta perene". Até mesmo a pequena Mary um dia lhe perguntara, em tom solene: "Tia Pat, você já teve namorados"? Às vezes, ela se divertia pensando que era realmente uma pessoa bem diferente para pessoas diferentes. Para os Binnie, ela era uma solteirona frustrada que havia "se fechado para o amor"… Para as tias-avós de Bay Shore, ela era uma criança inexperiente… Para Lester Conway, ela era uma criatura divina, fascinante, inatingível. Pois Lester, que, agora, era um jovem viúvo, tentara, em vão, requentar a sopa fria. Pat não queria saber dele. O tempo em que ela era completamente louca por ele, na época de Queen's, parecia tão distante e irreal quanto os dias da antiguidade imemorial. A bem da verdade, ele era magro, romântico e elegante na época, ao passo que, agora, era corpulento e tinha um rosto rechonchudo. Ele tinha rido de Silver Bush uma vez. Pat jamais o perdoara por isso… Jamais o perdoaria.

Na primavera, Alec Compridão anunciou novamente que, no ano seguinte, a nova casa seria construída. O projeto já tinha sido adiado duas vezes, mas a hipoteca estava finalmente quitada e não haveria mais adiamentos. Mesmo assim, quando o outono chegou novamente, não era um período sadio para Pat. Às vezes, sua mãe a observava um pouco ansiosa. Pat parecia volta e meia ter um ataque de nervos. Ela adquiriu o hábito de fazer caminhadas sozinha em meio às sombras do crepúsculo. Elas pareciam ser uma companhia melhor do que as que ela encontrava sob a luz do sol. Sua mãe não gostava disso. Parecia a ela que, naquelas caminhadas solitárias, sua filha estava tentando se aquecer com um fogo que havia se apagado há anos. Ela tinha uma expressão esquisita no rosto quando retornava. Sua mãe queria que ela fosse passar um tempo longe, visitando alguém, mas Pat apenas ria.

– Não há lugar nenhum onde eu poderia ir em que seria tão feliz quanto sou aqui em Silver Bush. A senhora sabe que eu morri várias vezes de saudades de casa quando estive longe. Não se preocupe comigo, minha querida. Estou bem e com saúde… E, no ano que vem, Silver Bush será nossa novamente… E tenho uma centena de planos para pôr em prática.

Chegou uma noite em que Pat se viu sozinha em Silver Bush… Totalmente sozinha pela primeira vez, naquela velha casa, onde sempre houvera abundância. Seus pais estavam em Bay Shore e só retornariam tarde da noite. Era maravilhoso o fato de que sua mãe podia novamente passear daquele jeito. Pat pensou que não se importaria em ficar sozinha… Será que conseguiria ficar sozinha com a adorada Silver Bush? Mas uma

inquietação a fez sair da casa. Havia um gemido do vento outonal nas bétulas sem folhas, e uma manifestação maravilhosa das luzes do norte. Pat
lembrou que Judy sempre fora supersticiosa com as luzes do norte. Eram
um "sinal". Como Judy parecia retornar em noites como aquela! Mortos
e anos passados pareciam estar sussurrando para si mesmos ao seu redor.
As folhas secas farfalhavam sob seus pés enquanto ela seguia a trilha até o
pomar. Ela se lembrou de antigos outonos, quando ela e Sid costumavam
correr em meio às folhas caídas. Havia vozes no vento, chamando seu
nome do passado. Muitas coisas retornaram à sua mente... Coisas ruins,
bonitas, tristes, alegres... Crises que pareciam destruir a vida e, agora,
não passavam de lembranças sombrias. Ela estava assombrada. Aquilo
não ia dar certo, precisava afastar aqueles pensamentos. Entraria na casa
e acenderia as luzes. A casa não gostava de ficar no escuro e em silêncio.
No entanto, ela parou à porta, presa de uma fantasia repentina. Aquela
porta fechada era uma porta de sonhos pela qual ela podia entrar na Silver
Bush de tempos remotos. Por um instante fugaz, teve a curiosa sensação
de que Judy, Tillytuck, Hilary, Rae, Winnie e Joe estavam todos ali e, se
ela conseguisse entrar rápido e de fininho, ela os encontraria. Um mundo
que havia acabado completamente poderia ser seu universo de novo.

– Que besteira – disse Pat, chacoalhando-se. – Isso não vai dar certo.
Esses pensamentos têm surgido com frequência demais.

Abriu a porta e entrou... Acendeu uma lamparina. Não havia ninguém
além de Bravo-e-Feroz. Mas Pat podia jurar que Judy tinha estado ali um
instante antes.

Ela demorou muito tempo para dormir aquela noite. Sentia-se vagamente apreensiva, embora não conseguisse definir o motivo. Como disse
depois, sua alma sabia de algo que ela não sabia. Tarde da noite, caiu
em um sono inquieto. Assim ela passou sua última noite naquele velho
e amado quarto onde vivera seus sonhos de menina e sofrera as aflições
da maturidade, onde ela resistira a suas derrotas e se regozijara em suas
vitórias. Ela nunca mais deitaria a cabeça em seus travesseiros... Nunca

mais acordaria para ver o sol da manhã brilhando na janela tomada pelas videiras. Ela tinha observado, daquela janela, o florescimento da primavera e o verde do verão, os campos outonais e as neves invernais. Tinha visto a luz das estrelas e o nascer do sol. Tinha se ajoelhado em felicidade extrema e em dor tremenda. E, agora, tudo estava acabado. O Anjo dos Anos virara a página na qual tudo aquilo estava escrito enquanto ela se debatia naquele sono inquieto... E ela não sabia.

Era domingo e todos foram à igreja. Pat lembrou-se, ao sair pela porta, de que, quando era criança, sempre sentia pena de Silver Bush quando todos iam à igreja. A casa devia se sentir sozinha, ela sempre ficava feliz quando era deixada em casa, pois, assim, lhe fazia companhia.

Algo a fez olhar para trás enquanto o carro descia a rua. Silver Bush parecia linda, até mesmo naquele dia sorumbático de novembro, diante de suas árvores protetoras. Sentiu seu coração voltar para a casa enquanto eles faziam a curva e ela sumia de vista.

O ministro tinha acabado de informar qual seria o texto – sempre ficou marcado como uma curiosa coincidência o fato de ser: "Esta casa será reduzida a escombros" – quando o jovem Corey Robinson entrou na igreja, atravessou o corredor correndo e sussurrou algo a Alec Compridão. Pat ouviu... Todos na igreja ouviram, após alguns instantes.

Silver Bush estava pegando fogo!

Pat pareceu morrer mil mortes no caminho para casa. Entretanto, quando chegou lá, ficou curiosamente amortecida... O terror parecia tê-la despido de tudo. Mesmo enquanto ela via aquelas chamas terríveis queimando diante do morro cinzento de novembro, ela não deu sinal algum... Não emitiu som algum.

Parecia que todas as pessoas de South Glen e North Glen e Silverbridge e Bay Shore estavam ali... Mas nada podia se feito... Nada além de ficar parado ali, impotentemente, vendo uma casa que havia sido um lar há gerações sendo destruída. Naquela noite, Silver Bush, com todas as suas memórias, todos os seus bens, foi reduzida a cinzas!

Capítulo 2

Todos foram para Swallowfield até as coisas poderem ser definidas. Pat não participou da tomada de decisões. A vida tinha, de repente, se tornado para ela como uma paisagem da lua. Tinha a sensação estranha de não pertencer a este ou a qualquer mundo, um sentimento que tivera uma ou duas vezes após uma gripe forte. Só que… Aquele jamais passaria. Sua mãe, que estava aguentando maravilhosamente bem, a observava com ansiedade.

Aconteceu que May havia deixado o fogareiro a óleo aceso na varanda quando foi à igreja. Devia ter explodido. Pat não tinha interesse algum em saber como tinha acontecido. Ela não tinha interesse algum por nada… Nem mesmo ao encontrar a "vaquinha de nata" de Judy bastante intacta em meio às cinzas no porão, bem como a porta da frente, com sua aldrava, caída no gramado. Alguém a havia arrancado em uma tentativa vã de entrar na casa em chamas. Ela não se importou quando descobriram que todos os tapetes bordados que Judy guardara no sótão para ela estavam salvos, pois tia Barbara os tinha emprestado para copiar as estampas um dia antes do incêndio. Quando se está terrível e perdidamente cansado, não há como se importar com qualquer coisa.

A única coisa que pareceu lhe dar um pouquinho de alento era o fato de que os gatinhos brancos não haviam queimado. Ela tinha embrulhado a imagem depois da morte de Judy e mandado para Hilary. Ele nunca tinha sequer confirmado o recebimento, o que a magoara, mas como ela tinha mandado para o escritório dele, tinha certeza de que ele devia ter recebido. Sim, ela estava levemente contente pelos gatinhos de Judy não terem se queimado.

Em um primeiro momento, Alec Compridão falou em reconstruir Silver Bush. A casa estava segurada. Todos pareceram bastante contentes com o seguro… Mas seguro nenhum poderia restaurar as velhas relíquias de família perdidas… As antigas parcerias. E então, quatro dias depois do incêndio, a tia-avó Frances faleceu em Bay Shore, e eles descobriram que ela havia deixado sua fazenda para a mãe de Pat.

– É estranho como as coisas se desenrolam – comentou tia Barbara.

– Muito estranho – concordou Pat em um tom amargo.

O caleidoscópio girou novamente. Alec Compridão, a mãe Gardiner e Pat iriam morar em Bay Shore. E a nova casa de Sid e May – uma casa sem memórias – seria construída sobre a antiga fundação de Silver Bush. Não seria como a antiga Silver Bush. Aquela casa se fora, e a propriedade não a veria mais.

May estava claramente triunfante. Uma nova casa, com todas as *bay windows* que ela queria e uma cozinha com o mesmo esquema de cores da cozinha de Olive! Maravilha!

A mãe Gardiner estava bastante feliz com a ideia de voltar a viver em sua antiga casa.

"Minha mãe é mais jovem que eu", pensou Pat sombriamente.

Ela se sentia terrivelmente velha. Seu amor por Silver Bush a mantinha jovem… E agora ela se fora. Não havia mais nada… Apenas um vazio terrível e insuportável.

– A vida me venceu – disse a si mesma.

Pat tinha sofrido o suficiente na vida para que, com o tempo, até mesmo a maior dor acabasse desaparecendo e se transformando em uma lembrança não desagradável de afeto e doçura. Aquela mágoa, contudo, jamais poderia desaparecer. Tudo desabara em ruínas ao seu redor. Ela nunca conseguiria se encaixar na vida de Bay Shore. Ela tinha a sensação terrível de que não pertencia a lugar algum – nem a qualquer pessoa – nesse novo mundo triste e solitário.

"Acho... Se eu um dia pudesse ficar feliz com alguma coisa de novo... Ficaria por Judy ter morrido antes disso acontecer", pensou Pat. Ela não disse isso a ninguém. Pois, somente sua mãe teria entendido, e ela não ia tornar as coisas ainda mais difíceis para a mãe. Seu coração, contudo, era como um quarto escuro, e ela acreditava que nada poderia um dia iluminá-lo novamente.

Capítulo 3

Uma noite, duas semanas depois, Pat escapuliu durante o crepúsculo e atravessou a Whispering Lane como um fantasma até onde sua casa era construída. Ela não tinha ousado ir antes. Mas algo a atraíra naquela noite.

O local onde a Silver Bush estivera, não passava de um porão aberto cheio de cinzas e vigas chamuscadas. Pat apoiou-se no velho portão do quintal – que não havia queimado porque o fogo soprara as chamas na direção do bosque – e olhou longa e silenciosamente em volta. Ela usava seu longo casaco azul e o vestidinho de crepe vermelho plissado que vestira para ir à igreja – as únicas peças de roupa que tinha agora. Não tinha colocado nada na cabeça e seu rosto estava bem pálido.

A noite estava amena e tranquila e quase sem vento. Nenhuma viva alma se movia nos arredores à exceção de um gato magro e aventureiro que perambulava cuidadosamente pelo quintal. Bravo-e-Feroz e Popka tinham sido transferidos para Swallowfied, e Winnie adotara Squedunk.

O que mais doía em Pat era ver as árvores mortas no bosque de bétulas. Ela estremeceu ao lembrar das chamas que devastaram naquele domingo mortal. Aquela cena pareceu machucá-la mais do que ver sua casa queimar… As árvores que ela sempre amara… Árvores que eram suas consanguíneas. Mais da metade do boque havia perecido. O velho álamo ao lado da porta da cozinha não passava de um toco chamuscado, e o bordo próximo ao poço era uma indecência. O tampo do poço tinha queimado. May mandaria instalar uma bomba, agora. Mas não importava. Nada importava.

Todos os canteiros de flores perto da casa foram queimados… O coração-sangrento de Judy… O abrótano… O lilás branco. O gramado em si parecia um cobertor amarelo velho. Além dele, estendia-se uma terra avermelhada de sombras e sulcos solitários e bosques que se mexiam levemente em seus sonhos. Ao longe, na direção de Silverbridge, Angus Macaulay trabalhava em sua forja, pois ela conseguia ouvir o ruído de sua bigorna, levemente distinto, como se um duende forjador estivesse trabalhando em meio aos morros.

"Suponho que eu possa voltar a dar aula", pensou Pat. "Tenho minha antiga licença. Eles não precisarão de mim em Bay Shore… Anna Palmer está lá há anos, e permanecerá. Mas eu não posso construir uma vida nova… Estou cansada demais. Vou simplesmente continuar existindo… Ressequindo à desimportância… Migrando de um lugar para outro… Sem raízes… Vivendo em casas que odeio… Ah, será que sou eu que estou aqui parada, olhando para o lugar onde Silver Bush costumava ser? Aquele antigo versículo da Bíblia… 'Fique ela em ruínas para sempre… Nunca mais se edificará'… Eu gostaria que fosse verdade… Gostaria que nenhuma casa pudesse ser construída aqui novamente… Será um sacrilégio. Ah, quem dera eu pudesse acordar e descobrir que é tudo um sonho!"

– Pat, querida – disse uma voz das sombras atrás dela.

Ela se virou… Incrédula… Estupefata…

– Jingle!

O antigo apelido escapou de seus lábios. O anoitecer do inverno não era mais frio e cruel nos morros remotos. Alguma coisa parecia ter vindo com ele... Coragem... Esperança... Inspiração... Aquela mesma adorada sensação de proteção e compreensão que ela sentira naquela noite de tanto tempo atrás, quando ele a encontrara perdida no escuro na estrada secundária. Ela estendeu as duas mãos, mas ele a tomou nos braços... Seus lábios buscaram os dela... Um tremor meio medo, meio prazer a chacoalhou. E então aquela dor não identificada de solidão que tentava abafar com Silver Bush desapareceu para sempre. Os lábios dele estavam nos seus... E ela soube. Era como uma mudança desejada de maré.

– Eu a tornei minha para sempre com esse beijo – declarou ele triunfantemente. – Você nunca mais pode pertencer a qualquer outra pessoa. E eu esperei tempo o suficiente por ele – acrescentou ele, com sua velha risada.

Pat ficou parada tremendo, com os braços dele em torno de seu corpo. A vida não tinha acabado, afinal de contas... Estava apenas começando.

– Eu... Eu não mereço você, Hilary – sussurrou ela humildemente. – Parece... Parece... Ah, você está mesmo aqui? Não estou sonhando, estou?

– Sou real, meu bem... Alegria... Gozo... Maravilha! Vim assim que vi a notícia sobre o incêndio em um jornal da Ilha. Mas eu viria de toda forma... Eu estava apenas esperando para terminar a nossa casa. Sei o que essa tragédia de Silver Bush deve ter significado para você... Mas eu tenho uma casa para você em outro mar, Pat. E nela nós vamos construir uma nova vida, e o velho se tornará apenas um repositório de lembranças queridas e sagradas... De coisas que o tempo não pode destruir. Você vem comigo?

– Irei até o fim do mundo com você, Hilary. Não consigo entender por que, durante todos esses anos, eu não sabia que era você que eu amava. Aqueles outros homens... Alguns deles eram ótimos... Eu pensava que não conseguia me casar com eles porque não podia deixar Silver Bush... Mas agora eu sei que era porque eles não eram você...

– Você realmente é a minha garota? Finalmente, Pat? Lembra-se de como costumava negar com veemência? E seus olhos estão castanhos como sempre, Pat. Não consigo ver no escuro, mas tenho certeza de que estão. E eu sei que você se parece com uma rosa alva com dourado no cerne, como sempre. Sabe, Pat, que eu não tinha recebido sua carta nem os gatinhos de Judy até dois meses atrás? Eu passei mais de um ano no Japão, estudando arquitetura japonesa. Cartas eram redirecionadas, mas pacotes não. E você quebrou as regras dos correios desavergonhadamente, ao enfiar a carta dentro do pacote. Minha querida, vamos até o velho cemitério nos sentar em um túmulo. Quero ter você inteira para mim por uma hora antes de voltarmos para Swallowfield. A lua vai nascer esta noite… Há quanto tempo não vemos a lua nascer juntos?

"A lua vai nascer esta noite". Essa sempre fora uma frase mágica. Pat estava em um torpor de felicidade enquanto eles caminhavam até o velho cemitério e se sentavam na pedra tumular reta de Willy, o Chorão. Ela não se sentia daquele jeito há anos… Achava que nunca mais poderia se sentir assim novamente… Como se algum músico celeste tivesse arrancado sua alma com os dedos e criado uma harmonia etérea. Seria possível que a vida sempre pudesse ser tão rica… Tão intensa… Tão significativa daquele jeito?

– Eu quero contar tudo sobre a casa que fiz para você – disse Hilary. – Quando eu voltei do Japão e encontrei a imagem e a sua carta, eu quis vir imediatamente para o Leste. Mas naquele mesmo dia, quando estava sondando os morros da cidade, eu encontrei um lugar… Um lugar que eu reconheci, embora nunca o tivesse visto antes… Um lugar que me queria. Havia uma fonte em um canto, com um pequeno riacho correndo dela… Quatro pequenas macieiras em outro canto… E um morro de pinheiros atrás, com um rio e uma montanha a uma distância curta… Uma montanha azul-claro. Não sei o nome, mas nós chamaremos de "Morro da Névoa". Aquele lugar estava simplesmente suplicando por uma casa. Então… Eu construí uma. Está esperando por você. É uma casa linda, Pat… Chaminés vermelhas gordas… Empenas acentuadas na lateral do telhado... Uma porta que diz "entre" e outra que diz "fique aí". É pintada de branco e tem venezianas verdes, como Silver Bush.

– Parece maravilhoso, Hilary... Mas eu viveria em um iglu na Groenlândia, se você estivesse lá.

– Tem um lindo armário de geleias – contou Hilary maliciosamente. – Achei que você fosse querer um.

Os olhos de Pat brilharam.

– É claro que quero. Enquanto eu viver e me mover e tiver meu ser, vou querer um armário de geleias – afirmou Pat com determinação. – E colocaremos os tapetes de Judy no chão e a velha aldrava de Silver Bush na porta que diz "entre".

– A sala de jantar tem uma janela baixa e comprida que abre para o bosque de pinheiros nos fundos. Podemos comer com o barulho dos pinheiros em nossos ouvidos. E da outra janela, podemos ver o pôr do sol enquanto jantamos. Eu construí a casa, Pat... Eu providenciei o corpo, mas você precisa providenciar a alma. Tem uma lareira linda e enorme onde cabem toras de verdade... Já deixei tudo pronto para acender... Você vai acender o fogo e dar vida ao lugar.

– Como a velha cozinha de Silver Bush. Será familiar.

– Você poderia tornar qualquer lugar familiar, Pat. Ficaremos lá dentro nos importando só quando quisermos nos importar com o que houver lá fora. Teremos um cachorro que balançará o rabo quando nos vir... Mais de um. Muitos cachorrinhos alegres e gatinhos peludos. E um gato de Silver Bush. Suponho que Bravo-e-Feroz esteja velho demais para aguentar a imigração para uma terra distante.

– Sim, ele deve viver seus últimos dias em Swallowfield. Tia Barbara o adora. Mas eu tenho certeza de que é possível mandar um gatinho pelo expresso. Já foi feito antes. Hilary, por que você desistiu de escrever para mim?

– Achei que não adiantasse de nada. Achei que a única coisa decente a fazer era deixar você em paz. Além disso. Você estava muito mal-acostumada comigo, Pat. Você estava cega pelos nossos anos de amizade. Quando podemos nos casar, Pat?

– Quando você quiser – respondeu Pat desavergonhadamente. – Pelo menos... Quando eu tiver tido tempo de comprar umas roupas novas. Não tenho um único trapo além do que estou vestindo.

– Vamos passar a lua de mel em um chalé do Tirol austríaco, Pat. Escolhi anos atrás. E aí iremos para casa... Para casa. Olhe só para mim, revirando a palavra debaixo da língua. Eu nunca tive uma casa, você sabe. Ah, como estou cansado de viver na de outras pessoas! Pat, tem água na casa, é claro, mas eu fiz um pequeno poço para você na fonte no canto com pedras... Um pocinho lindo, de onde podemos puxar a água por entre as samambaias. E vamos colocar um pires de leite lá, toda noite, para as criaturas fantásticas. Os gatinhos brancos de Judy já estão pendurados na parede da nossa sala de estar, e aquele velho cachorrinho de porcelana com os olhos azuis enormes que você me deu anos atrás está repousando na cornija da lareira.

– Hilary, não está dizendo que você ainda tem aquilo!

– Claro que tenho! Ele me acompanhou em todos os lugares aonde fui... Tem sido o meu mascote. Vamos transformá-lo em uma herança de família. E tenho algumas coisinhas que fui adquirindo nas minhas viagens que você vai amar, Pat.

– Tem um bom lugar para um jardim?

– O melhor. Teremos um jardim, minha amada... Com columbinas para as fadas, papoulas para sombras dançantes e calêndulas para risadas. E marcaremos as trilhas com pedras caiadas. Tenho certeza de que serão infestadas por lesmas, aranhas, mangra e míldio. Você sempre será uma espécie de meio-prima das criaturas fantásticas e conseguirá manter tais pragas longe.

Que devaneio delicioso! Era ela, Pat, que estava rindo daquilo? Ela, que estava tão desesperada uma hora antes? Milagres realmente aconteciam. E era tão fácil rir quando Hilary estava por perto. Aquele lar novo, distante e desconhecido seria tão repleto de riso quanto Silver Bush costumava ser.

"E Rae viverá em algum lugar próximo, daqui a dois anos", lembrou Pat.

Eles ficaram sentados em um transe de felicidade, saboreando "a alegria inesgotada de todos os anos por nascer" sob o luar e as sombras oscilantes do antigo cemitério onde tantos velhos e bons corações repousavam. Eles já haviam se transformado em pó há muitos anos, mas seu amor permanecia vivo. Judy tinha razão. O amor não morria... Não podia morrer.

A lua tinha nascido. O céu era como uma grande tigela prateada derramando luz pelo mundo. Um ventinho soprou e sacudiu a grama longa que crescia ao redor da laje do túmulo de Judy, passando a curiosa sugestão de algo aprisionado sob ela e tentando inspirar profundamente e se libertar.

– Eu gostaria que Judy tivesse sabido disso – comentou Pat suavemente. – A boa e velha Judy... Ela sempre quis.

– Judy sabia que aconteceria. Ela me mandou isto aqui. Eu recebi no Japão, após meses de atraso. Eu teria vindo para Silver Bush naquele instante, se pudesse, mas foi impossível. E, de toda forma... Eu achei que teria uma chance melhor se esperasse um intervalo decente.

Hilary tinha tirado um envelope barato amassado de dentro do livro de bolso e tirou dele uma folha de papel com linhas azuis.

"Querido Jingle", Judy tinha escrito em letras fracas e esparsas, "Ela dispensou o David Kirk. Tô achando que você teria uma boa chance se voltasse. Judy Plum."

– A tão querida Judy – disse Pat. – Ela deve ter escrito isso no leito de morte... Veja como algumas letras estão fracas... E conseguiu que alguém colocasse na caixa do correio para ela.

– Judy sabia que isso me traria de volta do mundo dos mortos – disse Hilary, com um exagero perdoável. – Ela morreu sabendo. E, Pat – acrescentou ele rapidamente, sentindo que ela estava perto demais de chorar em um momento de noivado –, você vai me fazer sopa como Judy fazia quando nos casarmos?

Assim que eles concordaram que realmente precisavam voltar a Swallowfield, uma sombra cinza saltou por cima da paliçada, equilibrou-se por um instante na laje de Judy e então e afastou.

– Ah, é o Bravo-e-Feroz! – exclamou Pat. – Preciso pegá-lo e levá-lo de volta. Ele está velho demais para ficar fora de casa à noite.

– Esta noite pertence a mim – afirmou Hilary com firmeza. – Não vou permitir que você fique perseguindo gatos... Nem mesmo Bravo-e-Feroz. Ele vai nos seguir de volta para casa sem precisarmos persegui-lo. Eu encontrei algo que um dia julguei perdido para sempre, e não vou abrir mão de nem um instante.

O velho cemitério ouviu o som mais charmoso do mundo... A risada de rendição de uma garota sendo aprisionada por seu amado.